COLECCIÓN POPULAR

61

EL TEATRO HISPANOAMERICANO
CONTEMPORÁNEO

**

CARLOS SOLÓRZANO

EL TEATRO
HISPANOAMERICANO
CONTEMPORÁNEO

ANTOLOGÍA

**

COLECCIÓN
cfe
POPULAR

FONDO DE CULTURA ECONÓMICA

MÉXICO

862.08
T254
v. 2

Primera edición,	1964
Primera reimpresión,	1970
Segunda reimpresión,	1973
Tercera reimpresión,	1975
Cuarta reimpresión,	1981

D.R. ©1964 FONDO DE CULTURA ECONOMICA
Av. de la Universidad 975, México 12, D. F.

ISBN 968-16-0771-6 TOMO II
ISBN 968-16-0769-4 (EDICION GENERAL)

Impreso en México

DEMETRIO AGUILERA MALTA

[1909]

Ecuatoriano. Nació en Guayaquil. Ha escrito cuentos, novelas y teatro y dado conferencias y cursos en varias importantes universidades de los Estados Unidos y de la América Hispánica. Desempeñó los siguientes cargos: Agregado Cultural del Ecuador en el Brasil, Encargado de Negocios del Ecuador en Santiago de Chile, Subsecretario del Ministerio de Educación del Ecuador, Director del Museo Único en Quito, Encargado del Departamento de Castellano de la Unión Panamericana, en Washington. Publicó un libro de cuentos titulado Los que se van, *en 1930, reeditado en 1955. Ha escrito las siguientes novelas:* Don Goyo, *publicada en Madrid en 1933, reeditada en el Ecuador y la Argentina,* La isla virgen *y* Canal Zone.

El Teatro de Aguilera Malta incluye obras de larga dimensión y otras breves. Entre las primeras figuran Sangre azul, El pirata fantasma, Dos comedias fáciles *y* No bastan los átomos. *Su teatro breve, comprendido en la Trilogía Ecuatoriana, incluye las siguientes obras:* Honorarios, Dientes blancos *y* El tigre. *Esta última es la que aparece en esta Antología. En ella, el autor nos comunica la magia de los elementos naturales que constituyen un mundo sobrenatural para los habitantes de la América Hispánica.*

El tigre

PIEZA EN UN ACTO DIVIDIDO EN TRES CUADROS

PERSONAJES

AGUAYO, *25 años*
GUAYAMABE, *35 años*
MITE, *50 años*
EL TEJÓN, *25 años*

La decoración representa un rincón de selva tropical americana. En primer término, en el suelo, hay una fogata que arde débilmente. Es de noche. Los hombres parecen arrancados de las sombras. Llevan sombrero de paja, cotona y pantalones blancos. Van descalzos. Cada uno porta un machete en su diestra. Con la izquierda se sacan, de vez en cuando, el sombrero y lo agitan, para espantarse los mosquitos. Guayamabe fuma un enorme cigarro.

CUADRO PRIMERO

Mite y El Tejón están sentados en sendos troncos de árboles. Guayamabe, de pie, mira intranquilo en determinada dirección, hacia la izquierda. A poco, se escuchan en esa dirección ruidos de montes rotos y de pasos que se acercan. Todos miran hacia ese lado. Por allí, aparece Aguayo, nervioso, agitado

AGUAYO.—(*Con la voz temblorosa por la emoción.*)
¡Don Guayamabe! ¡Don Guayamabe!

GUAYAMABE.—(*Sereno, tranquilo.*) ¿Qué te pasa,
Aguayo?

AGUAYO.—Este... don Guayamabe.

GUAYAMABE.—(*Algo impaciente.*) Pero, ¿qué te
pasa, hombre?

AGUAYO.—Nada... es que...

MITE.—¿Te asustaron las ánimas, tal vez?

AGUAYO.—No, don Mite... Es que... ¿Y por qué
no atizan la candela?

*Aguayo se acerca al sitio donde está la fogata.
Se arrodilla ante ella. Se saca el sombrero. Y con
él sopla desesperadamente, haciendo que la llama
empiece a crecer. Mite y El Tejón se levantan de
los troncos y se le acercan. Guayamabe continúa
fumando su cigarro, imperturbable.*

EL TEJÓN.—¿Qué tienes, Aguayo?

MITE.—¿Quieres espantar la plaga? ¡Hay tantos
mosquitos esta noche!

AGUAYO.—(*Negando con la cabeza.*) ¡No!

EL TEJÓN.—¿Y entonces?

AGUAYO.—(*Mirando con zozobra para todos lados.*)
¡El tigre!

GUAYAMABE.—(*Con risa que parece un latigazo.*)
¿Y eso no más era? ¡Jajajá! ¡Jajajá!

AGUAYO.—(*Se levanta y se acerca a Guayamabe.
Tiene la voz llena de vacilaciones y de angustias.*)
Es que usted no lo ha visto tan cerca, don Guayamabe. Me ha venido siguiendo. Sus ojos, como dos
linternas, han venido bailando detrás mío.

MITE.—Son cosas tuyas, Aguayo.

AGUAYO.—(*Sin hacerle caso.*) A ratos, me pelaba
los dientes, como si riera. Yo podía olerlo. Sentía
su respiración en mis espaldas. Si hubiera que-

9

rido, me da un manotazo. Como yo andaba solo con mi machete...

EL TEJÓN.—Y si hubieras andado con una escopeta, ¿qué? ¡Vos le tienes miedo hasta a tu propia sombra!

AGUAYO.—Hablan así, porque nunca han visto tan cerca al Manchado.

GUAYAMABE.—*(Abalanzándose contra Aguayo. Fiero.)* ¿Qué te crees vos, Zambo? Yo soy de montaña adentro. Y bien hombre, para que tú lo sepas. He andado por las tierras más cerradas. Y me he reído de todo y de todos. ¡Es que donde pára un cristiano bien hecho, ningún animal escupe!

AGUAYO.—*(Retrocediendo. Encogiéndose sobre sí mismo.)* Así es, don Guayamabe, pero...

GUAYAMABE.—*(Interrumpiéndolo.)* Claro que así es.

MITE.—*(Se acerca a Aguayo y le palmea la espalda.)* Ve, Zambo. Haces mal en tenerle miedo al tigre. Lo mejor con el Manchado es desafiarlo. Donde te siga el rastro y se orine en tus pisadas... ¡Ahí sí que te fregaste!

AGUAYO.—Bien fregado estoy ya.

EL TEJÓN.—Porque quieres. Porque no te amarras los pantalones.

Hay una breve pausa. Guayamabe, impertérrito, sigue fumando su cigarro, como ausente. Aguayo vuelve a atizar la fogata. De pronto, mira en determinada dirección, hacia la izquierda. Extiende la mano, señalando.

AGUAYO.—¡Allí! ¡Allí! *(Todos miran en la dirección que señala Aguayo.)*

MITE.—¿Qué?

AGUAYO.—¡Allí! ¡Allí!

EL TEJÓN.—¿Dónde?

AGUAYO.—¡Allí! Sobre ese cabo-de-hacha.

MITE.—Yo no veo nada.

EL TEJÓN.—Ni yo.

MITE.—¿Y vos, Zambo?

EL TEJÓN.—¿Qué es lo que estás viendo?

AGUAYO.—Yo... este...

EL TEJÓN.—¿Qué, pues? ¿Qué?

AGUAYO.—(*Sombríamente.*) ¡El tigre!

GUAYAMABE.(*Mueve la cabeza, tristemente. Aspira su cigarro, que se enciende más aún. Los ojos le brillan en la noche.*) Ve que vos eres maricón, Zambo!

Sin agregar una sola palabra, da un salto hacia la izquierda. Más parece un venado que un hombre. Al primer salto, siguen otros. Avanza hacia la selva, rompiendo monte, hasta salir de escena, por el fondo, izquierda. En pocos instantes, el ruido de sus pasos se hace más quedo, hasta que desaparece. Aguayo queda como hipnotizado.

MITE.—Pobre del tigre, si don Guayamabe lo encuentra.

EL TEJÓN.—¡Qué lo va a encontrar, don Mite!

MITE.—Así es, Tejón. El Manchado ha de ir ya con el rabo entre las piernas.

EL TEJÓN.—Claro. ¿Quién le va a dar la cara a don Guayamabe?

MITE.—Sobre todo ahora, Tejón. ¿Viste cómo le brillaba el cigarro?

AGUAYO.—(*Volviéndose a ellos. Superándose. Como despertando.*) Parecía una linterna, ¿no?

Hay una breve pausa, en que todos miran anhelantes hacia la izquierda.

MITE.—¡Qué hombre!

AGUAYO.—Sí, ¡qué hombre!

EL TEJÓN.—Y todo porque vos, Zambo, le has venido con tus cosas.

MITE.—El tigre es el tigre, pues. Se lo doy al más macho.

De pronto, se escucha un bramido largo y escalofriante del tigre. Aguayo da un salto y se prende del brazo de Mite. Los dientes le castañetean.

AGUAYO.—¿Es... ta... ta... tarán... pepepe... lean... dodododo?

EL TEJÓN.—¡Cállate!

Vuelve a escucharse el bramido del tigre. Después, ruidos de arbustos agitados, de montes rotos, de cuerpos golpeándose. Aguayo, El Tejón y Mite observan, tensos, la oscuridad, tratando de adivinar entre las sombras.

MITE.—¿Y si fuéramos a ver qué pasa?

EL TEJÓN.—¿Para que don Guayamabe se pelee con nosotros? ¡Ni que estuviéramos locos!

MITE.—Es verdad. Él ha de querer entendérselas solo con el tigre.

Nuevamente se escucha el bramido del tigre. Pero esta vez es como si se quejara. Y, casi en seguida, inmensa, escalofriante, se escucha la carcajada de Guayamabe. Nuevamente, también, el rumor de montes rotos. De pasos que se acercan. Y, finalmente, por la izquierda, aparece Guayamabe. Los otros se le acercan, rodeándolo.

EL TEJÓN.—¿Y agarró al Manchado, don Guayamabe?

GUAYAMABE.—¡Qué va! En cuanto me vio, se hizo humo.

MITE.—Y eso que está muy atrevido. ¡Venir hasta tan cerca de la Hacienda!

AGUAYO.—*(Con amargura.)* Es que me vino siguiendo...

EL TEJÓN.—Es que flojo mismo eres, Zambo.

Hay una pausa. Aguayo se acerca a la fogata. Se pone en cuclillas. Atiza el fuego soplando con la boca. No levanta la vista del suelo. No mira a nadie. Los otros lo observan en silencio, con cierta lástima.

AGUAYO.—Don Guayamabe...

GUAYAMABE.—¿Qué dices, Zambo?

AGUAYO.—Yo creo que a mí...

GUAYAMABE.—Pero suéltalo todo de una vez, hombre.

AGUAYO.—Este... ¡Yo creo que a mí me va a comer el tigre!

Mite se acerca a Aguayo. Le pone una mano sobre el hombro.

MITE.—Tienes que hacerte el desentendido, Zambo. Donde te ponga el vaho un condenado de éstos... ¡te maleaste! La contra, la única contra es no tenerles miedo.

GUAYAMABE.—Así es, don Mite. Por eso, salimos por arriba, con el poncho al brazo, a buscarlos.

AGUAYO.—*(Incrédulo.)* ¿A buscarlos?

GUAYAMABE.—*(Asintiendo.)* ¡Ahá! Nadie les corre. El que corre está perdido. Lo que pasa es que tú no sabes de esto, porque en estas islas nunca hubo tigres.

MITE.—*(Pensativamente.)* Y dicen que no es lo mismo con el tigre que con el lagarto.

EL TEJÓN.—¡Claro! El Manchado sabe más.

GUAYAMABE.—Así es, Tejón. El tigre con poner la

pata en el rastro de un cristiano, sabe si le tiene miedo o no. El lagarto no sabe nada. Además, al lagarto se le hace la boca agua porque le soben la panza. Así que sobándosela, ya está arreglado todo.

EL TEJÓN.—*(Incrédulo.)* ¿Sobarle... la panza?

GUAYAMABE.—Así es como se cogen los lagartos de tembladera. Los malditos están empozados, abajísimo del agua. El lagartero se mete para dentro y se va debajo de los lagartos. Les empieza a sobar la barriba. A esos condenados les da cosquillas enseguidita. Y empiezan a largarse a flote. Arriba está el otro lagartero esperando. Y apenas saca la cabeza el lagarto, le da un hachazo en la nuca.

AGUAYO.—Feisísimo debe ser, ¿no?

GUAYAMABE.—¡Feisísimo! A veces, el lagarto aguaita desde abajo, sobre todo si es lagarto cebado. Y, entonces, el cristiano puede sentirse difunto. Después de algunos días sólo asoman los huesos.

AGUAYO.—Pero peor es el tigre.

GUAYAMABE.—Eso sí. Al tigre no se le puede ir con andadas. A ése no se le puede sobar la barriga, ni nada. No tenerle miedo, no más. No darle nunca la espalda. Reírsele en las barbas.

AGUAYO.—¿Reírsele?

GUAYAMABE.—Echarle un chiflón de humo en los ojos. Si no, el cristiano se malea, hasta que el Manchado se lo come.

De pronto, Aguayo da un salto hacia Guayamabe. Toma a éste por el brazo, nerviosamente. Y señala hacia la izquierda, al fondo.

AGUAYO.—¡Mire! ¡Mire, don Guayamabe!

MITE.—*(Mirando en la dirección que señala Aguayo.)* ¿Qué? ¿Qué pasó, Zambo?

EL TEJÓN.—¿Qué pasó?

AGUAYO.—¡Allí! ¡Miren, allí!

14

MITE.—Yo no veo nada.

EL TEJÓN.—Ni yo.

GUAYAMABE.—*(Sereno, imperturbable, sin volverse.)* ¿Qué? ¿Es el tigre, otra vez?

AGUAYO.—*(Temblando.)* Sí. ¡Allí está! ¡Allí está, don Guayamabe!

GUAYAMABE.—*(Mirándolo con lástima.)* ¡Ay, Zambo! Me creo que vos vas a desgraciarte. A lo mejor llevas los ojos del tigre dentro de tu cabeza! ¡Y esos ojos no te dejarán ni a sol ni a sombra, hasta que el propio tigre te los quite!

AGUAYO.—Si me los va a quitar... ¡que me los quite pronto, don Guayamabe!

TELÓN

CUADRO SEGUNDO

Han pasado algunos días. Es de noche. Mite y El Tejón están sentados en sendos troncos, ante la fogata encendida, como antes, en el centro, en primer término.

MITE.—Cuando el cristiano está con miedo, que encomiende su alma a Dios.

EL TEJÓN.—Sobre todo con el Manchado.

MITE.—Y dicen que está cebado.

EL TEJÓN.—¿Será el mismo?

MITE.—Así me creo. Desde que yo he nacido, nunca oí mentar por aquí un maldecido de ésos.

EL TEJÓN.—Entonces éste tal vez haya venido de detrás del Fuerte de Punta de Piedra.

MITE.—A lo mejor. Allí el año pasado se comió a un soldado. Los huesos, no más, dizque asomaron después de algunos días. Los había pelado tan bien el desgraciado... que no hubo ni gallinasada.

EL TEJÓN.—Con mucha hambre estaría.

MITE.—O tal vez probó antes carne de cristiano. Dicen que cuando prueba carne de cristiano, al Manchado se le hace la boca agua por comernos.

Se oyen pasos apresurados. Y, al poco tiempo, aparece Guayamabe, por la izquierda, segundo término. Viene preocupado.

GUAYAMABE.—¿Han visto por aquí al Zambo Aguayo?

EL TEJÓN.—*(Intranquilo.)* ¿Qué? ¿Le ha pasado algo?

MITE.—¿Es que venía para acá?

GUAYAMABE.—Eso mostraban los rastros que encontré cuando empezaba a oscurecer.

MITE.—Por aquí no ha asomado.

GUAYAMABE.—¡Uhm! Está malo eso. Después de mediodía lo mandé a labrar unos palos, en el cerro Aislado. Al caer el sol, estuve allá. Y ni siquiera había tocado esos palos. Comencé, en seguida, a buscarlo. Y se me ha hecho humo. No lo encuentro por ninguna parte. Parece que se lo hubiera tragado la tierra.

EL TEJÓN.—¿Será la tierra?... ¿No será... el Manchado?

GUAYAMABE.—¿Ya van a empezar ustedes, también?

EL TEJÓN.—Yo decía, no más, don Guayamabe.

GUAYAMABE.—¡Cuidado! El miedo es contagioso. Y si ustedes se dejan agarrar por él, pronto van a empezar a ver al tigre por todas partes.

MITE.—¡Quién sabe, don Guayamabe! Pero yo me creo que el Manchado a quien le ha puesto los ojos es al Zambo.

GUAYAMABE.—A lo mejor. Con todo, es bueno no

dejarse llevar por la márea. Sobre todo en aguaje. *(Pausa.)* Bueno. Voy a seguir buscando al Zambo. Si lo ven, díganle que quiero hablar con él, lo más pronto. Que le daré otro trabajo, mañana. ¡Está tan fregado, el pobre!

MITE.—Así será, don Guayamabe.

EL TEJÓN.—Así será.

Guayamabe sale por la derecha, segundo término. A poco, se pierden los rumores que causa alejándose entre la selva.

MITE.—*(Después de breve pausa.)* Y aquí ya va matando a varios animales.

EL TEJÓN.—¿Quién, ah?

MITE.—¿Quién ha de ser? ¡El Manchado!

EL TEJÓN.—¡Ahá! Y lo peor es que no se los come enteros. Los prueba, no más. Y se larga. Parece que no le gustan mucho. O será que está receloso.

MITE.—Es que le hemos puesto muchas trampas.

EL TEJÓN.—¡Y buenazas trampas!

MITE.—Pero no cae en ninguna.

EL TEJÓN.—¿Recuerda la del hueco abierto, tapado apenas con monte y lleno de carne encima? ¡Si provocaba! Palabrita de Dios que yo hubiera caído.

MITE.—El cristiano cae, no más, en todo.

EL TEJÓN.—Y, después, cuando le pusieron el puerquito vivo…

MITE.—Tú lo viste. El desgraciadísimo le hizo asco. Para desquitarse, mató un venado, allí cerca. Se ha de haber reído de nosotros, horas de horas.

EL TEJÓN.—La trampa en que yo sí creí que iba a caer fue la jaula de palo. Estuvo muy bien hecha. Tenía un palo torcido, con un lazo de betas, abierto, esperando al maldecido.

MITE.—Todos creímos que ahí iba a caer. Hasta

el propio Zambo. ¿Te acuerdas que se puso conten-
tísimo? Él mismo metió al chivo, de carnada. Era
un chivo negro que berreaba, como recién parido.

El Tejón.—Y lo que son las cosas, ¿no? Al día
siguiente el Zambo estaba, otra vez, muriéndose
de miedo. Porque el Manchado había dejado rastros
frescos al pie de la jaula. Hasta creo que se había
revolcado. Pero nada más. Lo único que...

Mite.—(*Ligando con la frase interrumpida de El
Tejón.*) ...que el Manchado se había orinado en
los rastros del Zambo, ¿no?

El Tejón.—¡Ahá!

Mite.—¿Y él lo sabe?

El Tejón.—Creo que no. Nosotros, muy temprano, borramos los rastros mojados.

Pausa. El Tejón y Mite quedan pensativos.

Mite.—Creo que ya no debemos hacer más trampas.

El Tejón.—Así es. ¿Para qué?

Mite.—Todo será inútil. Mientras don Guayamabe ande por estos lados, no podremos agarrar
al Manchado. El Manchado le tiene miedo y recelo.

El Tejón.—Nunca le da la cara. Y eso que don
Guayamabe ha salido tantas veces a buscarlo. Hasta
ha dormido en la montaña. Hasta ha colgado su
hamaca de yute en las ramas de un árbol. Y allí
ha esperado horas de horas.

Mite.—Es demasido hombre para el Manchado.

El Tejón.—(*Asintiendo.*) Tiene razón, don Mite.
¡Demasiado hombre!

*Se escucha un remecerse de monte. Y la voz tem-
blorosa, angustiada de Aguayo.*

Aguayo.—(*Desde dentro.*) ¡Don Mite! ¡Tejón!

Mite.—¿Qué fue, Zambo?

EL TEJÓN.—¿Qué fue?

Mite y El Tejón se levantan y se acercan rápidamente hacia el fondo, por donde aparece Aguayo. Aguayo está como ebrio, a punto de caerse. Los otros lo sostienen.

AGUAYO.—*(Casi llorando.)* ¡Don Mite! ¡Tejón!

MITE.—¿De nuevo el Manchado?

AGUAYO.—Sí. *(Ladeando la cabeza, como señalando con ella.)* ¡Allí está! ¡Allí está, de nuevo!

EL TEJÓN.—¿Te ha venido siguiendo?

AGUAYO.—No. Yo no me he movido de aquí. Estaba oculto en un brusquero. No puedo alejarme de donde haya gente. Y, sobre todo, de donde haya candela... ¿Y por qué no la atizan?

Se acerca a la fogata. Casi se acuesta sobre ella y empieza a soplarla con la boca.

MITE.—¿No oíste a don Guayamabe que te estaba buscando?

AGUAYO.—Lo oí. Lo oí todo.

EL TEJÓN.—Dice que mañana te va a dar otro trabajo.

AGUAYO. — *(Incorporándose. Levantándose. Con tristeza y desencanto.)* ¿Qué trabajo puede darme que yo pueda hacer? No puedo dejar estos lados. ¡Tengo miedo! ¡Palabrita de Dios que tengo miedo! ¡Mucho miedo! El Manchado no me deja ni a sol ni a sombra. La otra tarde estaba con la Domitila. Y empecé a verlo, como si brincara, dándome vueltas. Otro día estaba sacando agua del pozo. Y, de pronto vi su cara espantosa reflejándose, al lado de la mía, en el agua. Viré a ver dónde estaba. Estaba detrás mío, trepado a un árbol. Me peló los dientes, como si riera. Pero lo peor es de noche. Todas las noches viene a rondar el covachón, por el lado donde vivo. Como no puedo dormir, lo oigo raspando las paredes de mi cuarto con sus uñas, que parecen cuchillos. Por las rendijas le veo los ojos. ¡Qué ojos tiene el maldecido! Van creciendo, creciendo, como si fueran dos bolas de fuego verde. ¡No sé! ¡Palabrita de Dios que no sé qué voy a hacer! Estoy que me voy en curso, como una regadera. No tengo fuerzas ni ánimo para nada. ¡Palabrita de Dios que no sé qué voy a hacer!

MITE.—*(Pensativamente.)* Vos debías irte de la isla, Zambo. ¡Si no, cualquier día te come el maldecido!

EL TEJÓN.—Don Mite tiene razón, Zambo. Además que vos eres bueno para muchas cosas. Eres la uña del Diablo para labrar los palos, para los aserríos de las alfajías. ¡Para tantas cosas! En el propio Guayaquil estarías como chalaco en poza.

AGUAYO.—Pero es que le debo algunos reales al Blanco de la hacienda.

MITE.—Y si te mueres, ¿cómo le vas a pagar?

AGUAYO.—¿Y... y la Domitila? ¿Cómo voy a dejarla? Estamos palabreados desde hace tiempísimo. Y el mes que viene íbamos a casarnos.

EL TEJÓN.—Y si el Manchado te come, ¿cómo vas a casarte? Y si sólo te lleva un brazo o una pierna... ¿para qué vas a servirle incompleto a la Domitila? Yo creo que don Mite tiene razón. Vos debes de irte, Zambo. Después le pagas tu deuda al Blanco. Y después mandas por la hembra.

MITE.—Aquí cerca, en el estero de los Cangrejos, hay una canoa. En ella puedes irte al cerrito de los Morreños. De allí te embarcas en la primera balandra que salga. ¡Y a Guayaquil se ha dicho!

AGUAYO.—Tal vez tienen razón. Es mejor que me vaya. Pero ustedes me cuidan, ¿verdad? Sólo hasta que me aleje de la orilla. Tengo miedo de que el Manchado me vaya a fregar.

EL TEJÓN.—Pierde cuidado, Zambo. Allí estaremos nosotros.

AGUAYO.—Vamos, entonces. Le cuentan todo a don Guayamabe, para que se lo diga al Blanco. Y a la Domitila, para que no me olvide. Y ahora sí. ¡Vamos! ¡Vamos, pronto!

MITE.—¡Vamos!

EL TEJÓN.—¡Vamos!

Se dirigen hacia derecha primer término, hasta que salen.

TELÓN

CUADRO TERCERO

La misma noche, momentos más tarde. La escena está vacía. A poco tiempo, se oyen pasos y voces confusas que se van acercando hasta que, por la derecha, primer término, aparecen Mite y El Tejón.

MITE.—(*Acercándose a la fogata, lo mismo que hace El Tejón. Restregándose las manos, como si tuviera frío.*) ¡Gracias a Dios!

EL TEJÓN.—Sí, don Mite. ¡Hasta que se fue, por fin!

MITE.—Yo sólo me quedé tranquilo cuando se lo tragaron las sombras. Cuando escuché el chapoteo de su canalete, hundiéndose en el agua y sólo me llegó, como un eco, su despedida: "Hasta pronto, don Mite." "Hasta pronto, Tejón."

EL TEJÓN.—Puede que, ahora sí, se largue el Manchado.

MITE.—O puede que empiece a seguirle el rastro a otro cristiano.

EL TEJÓN.—Difícil lo veo. Aquí nadie más le tiene miedo.

MITE.—¿Vos crees? ¿No se habrá contagiado la Domitila? Como ella andaba siempre con el Zambo...

EL TEJÓN.—Las mujeres casi nunca van a la montaña.

MITE.—Este Manchado está muy atrevido. ¡Vaya a saberlo Dios lo que puede pasar!

Nuevamente se escuchan rumores de montes rotos y de pasos que se acercan. Mite y El Tejón miran hacia la derecha. Quedan, como si vieran un ser de otro mundo.

EL TEJÓN.—¿Usted ve lo que yo estoy viendo, don Mite?

MITE.—Así me creo, Tejón.

Aguayo aparece por la derecha, primer término. Camina lentamente, como un sonámbulo. Se dirige al centro de la escena. Mira a Mite, al Tejón, a la fogata. Es una mirada vacía, estúpida. Mite y El Tejón se le acercan, mirándolo interrogativamente.

MITE.—*(Después de breves segundos, en vista de que Aguayo no dice nada.)* ¿Por qué regresaste?

EL TEJÓN.—*(Haciendo un esfuerzo para dominarse.)* ¿Es qué... se viró la canoa?

MITE.—¿No pudiste seguir bogando?

EL TEJÓN.—¿Te atacó algún tiburón?

MITE.—¿O... es que te dio miedo el agua?

Aguayo los mira, como si no los viera. Después, empieza a hablar, como para sí mismo.

AGUAYO.—Mejor regreso, no más.

MITE.—¿A dónde?

AGUAYO.—*(Como si sólo en ese momento se diera*

cuenta de la presencia de ellos.) Al covachón, a mi cuarto.

EL TEJÓN.—¿Por qué no aguardas un poco? Así nos iremos juntos.

AGUAYO.—¿Para qué?

EL TEJÓN.—¿Cómo para qué?

AGUAYO.—*(Levantándose de hombros.)* Ya todo es en vano.

MITE.—No digas eso.

EL TEJÓN.—¿O es que te aguarda la Domitila?

AGUAYO.—Ya no quiero ni verla. ¿Para qué?

EL TEJÓN.—No comprendo.

MITE.—¿Es que ya no la quieres?

AGUAYO.—*(Desesperado. Estallando.)* No. No es eso. Es que sólo le traería desgracias. ¡Estoy tan desgraciado!

EL TEJÓN.—Hablas por hablar, Zambo.

AGUAYO.—Eso crees vos, Tejón. Ahora... Ahora sí estoy seguro de que... *(Interrumpe sus palabras, como si tuviera miedo hasta de decirlas.)*

MITE.—*(Con cierta impaciencia.)* ¿De qué?

AGUAYO.—De que me va a comer el tigre.

MITE.—Vea que vos eres tonto, Aguayo.

EL TEJÓN.—Por eso te pasa lo que te pasa.

AGUAYO.—*(Riendo estúpidamente.)* ¡Jujujú! Así es. Por eso. Ya lo vieron ustedes. Yo quería irme de la isla. Dejar mi deuda con el Blanco. Y —lo que es peor— dejar a la Domitila.

MITE.—Era lo mejor.

AGUAYO.—Claro que era lo mejor... si hubiera podido hacerlo.

EL TEJÓN.—¿Y qué pasó, entonces?

AGUAYO.—Apenas me alejé un poco de la orilla, me entró un miedo horrible.

MITE.—Ibas con miedo.

AGUAYO.—Fue peor en la canoa. Poco a poco, empecé a escuchar un chapoteo. Al principio, quise

no hacer caso. Quise creer que era mi propio canalete. Pero como el chapoteo crecía, dejé de bogar.

El Tejón.—A lo mejor era el viento. O la corren-
tada torciendo los manglares.

Mite.—O algún pescado grande. O algún cardu-
men de pescados. Tú sabes. De noche, ellos se apro-
vechan para saltar a su gusto.

Aguayo.—Todo eso pensé yo. Pero el chapoteo
crecía, crecía. Entonces, volví la cabeza. ¿Y saben
lo que vi? A pocas brazas, saliendo a encontrarme,
¡venía el tigre! Las luces verdes de sus ojos baila-
ban sobre el agua. Tenía los colmillos pelados, como
si riera a carcajadas.

Mite.—¡Pobre Zambo! ¡Vea que vos eres!

Aguayo.—Entonces, sacando fuerzas de donde no
tenía, di vuelta a la canoa y empecé a bogar, a bogar
desesperadamente. La canoa brincó, como alma que
lleva el diablo, hasta llegar aquí.

El Tejón.—Lo que son las cosas, ¿no? Yo pensé
que los Manchados eran como los gatos, que no les
gusta el agua.

Mite.—Este Manchado debe ser buen nadador.
Si no, ¿cómo hubiera llegado a la isla?

El Tejón.—De verdad.

Aguayo.—Bueno. Lo que es yo... yo me voy...
¡Hasta mañana! ¡Hasta mañana, si Dios quiere!

Mite.—Hasta mañana, Zambo. ¡Y no le hagas
miedo al miedo!

Aguayo.—(Riendo nerviosamente.) ¡Jujujú! No,
don Mite.

El Tejón.—Hasta mañana, Zambo. ¡Cuídate mucho!

Aguayo.—Ya tengo uno que me cuida siempre,
Tejón. ¡El tigre!

*Aguayo sale por la derecha, segundo término. Mite
y El Tejón miran por la dirección en que aquél sale.
Hacen una breve pausa. Después, hablan.*

MITE.—¿Quién hubiera pensado que el Manchado lo iba a seguir hasta la canoa?

EL TEJÓN.—Yo ya me figuraba eso.

MITE.—A lo mejor don Guayamabe está en lo cierto.

EL TEJÓN.—¿En qué, ah?

MITE.—Él dice que tal vez hay dos Manchados.

EL TEJÓN.—¿Dos Manchados?

MITE.—Sí. El uno es ése que se come a los animales. Ése que él ha espantado. Que no le da cara. Que lo aguaita desde lejos, tras los árboles. Y que, apenas lo oye o lo ve, sale en quema.

EL TEJÓN.—¿Y el otro?

MITE.—El otro es ése que el Zambo Aguayo lleva dentro.

EL TEJÓN.—¡Uhú! ¡Puede ser! Pero, entonces, yo me creo que ambos persiguen al Zambo. Esta mañana encontré rastros frescos del Manchado al pie del covachón, frente al cuarto del Zambo.

MITE.—Y ahora debe estarlo siguiendo, todavía.

EL TEJÓN.—A lo mejor. Y palabrita que me está dando pena del Zambo. ¿Le vio la cara, don Mite? Parecía un muerto parado. ¡Quién sabe si él mismo ya no se siente de este mundo!

MITE.—Así es. ¡Pobre Zambo!

EL TEJÓN.—Sí. ¡Pobre Zambo!

Se oyen pasos que se acercan. Y, casi en seguida, entra Guayamabe por derecha, segundo término. Su semblante está impasible, como siempre. Sólo los chiflones de humo de su cigarro, que son más frecuentes, denotan su preocupación.

GUAYAMABE.—¿Vieron al Zambo?

MITE.—Acaba de irse, don Guayamabe.

GUAYAMABE.—¿Dijo dónde iba?

EL TEJÓN.—Al covachón, a su cuarto.

GUAYAMABE.—Es mejor así.

EL TEJÓN.—Claro, don Guayamabe. El Manchado no se aleja de estos lados. Hay rastros de él por todas partes. Hasta los mismos brusqueros están trillados. Parece que el maldecido no hiciera otra cosa que pasearse.

MITE.—Y el Zambo está más cucárachero que nunca.

GUAYAMABE.—En el pellejo de él, ¿quién no estaría? El tigre está atrevidísimo. Y como nunca me da la cara.

EL TEJÓN.—(*Como para sí mismo. Muy preocupado.*) Yo creo que, haga lo que haga... ¡al Zambo se lo va a comer el Manchado!

GUAYAMABE.—No seas pájaro de mal agüero, Tejón.

EL TEJÓN.—Es que usted no lo ha visto cómo se ha puesto, don Guayamabe. Hace poco que pasó por aquí, ¡ya olía a muerto! ¡Quién sabe si ya está muerto por dentro!

MITE.—¡El Tejón tiene razón, don Guayamabe! Y lo peor es que ya no quiere hacer nada. Ni trabajar. Ni ver a la hembra. Ni pelear para defenderse. Ni nada. Se deja llevar, no más, de la corriente, como una canoa al garete. Fíjese que ahorita, ¡ni siquiera atizó la candela!

GUAYAMABE.—No debieron dejarlo ir solo.

EL TEJÓN.—No quiso que lo acompañáramos.

GUAYAMABE.—(*Aspirando fuertemente con la nariz.*) ¡Uh! ¡Y esta noche está más fuerte que nunca el vaho del tigre!

Hay una breve pausa que, de pronto, es interrumpida por un grito ultrahumano de Aguayo. Viene de no muy lejos, ululando en el silencio de la noche.

VOZ DE AGUAYO.—¡Don Guayamabe! ¡Don Guayamabe! ¡El tigre!

Casi enseguida, se escucha el golpe del salto del

*tigre. Rumor de lucha. Y un rugido escalofriante
de la fiera. Todo esto es simultáneo con la salida de
Guayamabe, Mite y El Tejón, que abandonan la escena, corriendo, por derecha, primer término. En
tanto, entre el rumor de la lucha, vuelve a escucharse la voz de Aguayo, angustiosa desesperada.*

Voz de Aguayo.—¡Don Guayamabe!... ¡Don...
Gua... ya... ma... be!
Voz de Guayamabe.—¡Aguanta, Zambo! ¡Ahí voy!
Voz de Aguayo.—*(Ultrahumana, inenarrable.)*
¡Ay!...

*Se alejan los ruidos de la carrera de Guayamabe,
Mite y El Tejón, hasta que desaparecen. Después,
se hace un silencio total. De improviso, surge el rugido largo y escalofriante del tigre, como si desafia-
ra. E inmediatamente, la voz amenazadora y creciente de Guayamabe.*

Voz de Guayamabe.—*(Gritando.)* ¡Mataste al Zambo! ¡Maldecido! ¡Él le tenía miedo al miedo! ¡A
mí no te me escaparás!... ¡Toma! ¡Toma, desgraciado! *(El tigre ruge angustiosamente.)* ¡Con esa
cuarta de machete en la panza, ya no fregarás a nadie! ¡Maldecido!...

TELÓN

CÉSAR RENGIFO

[1916]

Venezolano. Nació en Caracas. Cuando se refiere a sí mismo se muestra orgulloso de su origen popular (su padre era panadero, su madre costurera). Se vio huérfano en sus primeros años recogido por una familia cuyo jefe vendía pescado y atendió a los estudios del joven Rengifo. Logró así terminar la educación secundaria, e inscribirse posteriormente en la Academia de Bellas Artes donde cursó, durante cinco años, dibujo, pintura y escultura. Desde 1937 alternó el oficio de pintor con el de escritor y colaboró en algunos periódicos de su país, en los que publicó poemas y ensayos.

Su bibliografía comprende: Llama sobre llanto *(Poemas, 1936),* Glosas y décimas, Glosas del hombre en la Mancha *(1947). Su obra dramática incluye:* Curayu *(drama en tres actos, 1949),* Los canarios *(drama en un acto, 1949),* Hojas del tiempo *(drama en un acto, 1953),* Joaquina Sánchez *(drama en cinco actos, 1952),* Manuelote *(drama en un acto, 1954),* La Sonata del alba *(drama en un acto, 1963),* Soga de niebla *(drama en tres actos),* El vendaval amarillo *(1959),* Obcéneba *(1959),* Estrellas sobre el crepúsculo *(1958),* Lo que dejó la tempestad *(tres actos, 1961), que obtuvo el premio del Segundo Festival Nacional de Teatro de Venezuela.*

La identificación de Rengifo con los problemas

de su pueblo es evidente, pues no sólo muestra simpatía por los personajes populares sino que a la vez es capaz de analizar sus deformaciones y sus imperfecciones. *Lo que dejó la tempestad* es un drama intenso, en el que la narración ha sido expuesta con legítimos recursos teatrales retrospectivos. Los elementos naturales se unen a un sentimiento de fatalidad y pesan sobre los personajes, determinando su destino. La gesta heroica popular ha sido rodeada de un ámbito legendario, que encierra una rica sustancia dramática y lírica.

Lo que dejó la tempestad

UN EPÍLOGO DRAMÁTICO DE LA GUERRA FEDERAL

UN PRÓLOGO Y TRES ACTOS

PERSONAJES

TERESA, *viuda. Aparenta treinta y ocho años*
BEGOÑA, *amiga de Teresa. Cuarenta años*
ROSALÍA, *amiga de las anteriores. Edad indefinida*
BRUSCA, *vieja ex-guerrillera federal. Sesenta años*
EL PERRO, *un ex-guerrillero que canta por los caminos*
UN VIEJO COMANDANTE FEDERAL, *aparenta sesenta años*
ALTO OFICIAL FEDERAL, *lleva un quepis amarillo*
ALTO OFICIAL OLIGARCA, *lleva un quepis azul*
FUNCIONARIO INGLÉS, *viste a la usanza de la época*

DESCONOCIDO
OLEGARIO
FRANCISCO
VICENTE

} *Jóvenes vagabundos. Ex-guerrilleros*

COMISARIO
SOLDADO I
SOLDADO II
OTRO OFICIAL FEDERAL
ZAMORA

Época, 1865

PRÓLOGO

Una leve campana suena a lo lejos. Al fondo, en torno a una tumba reciente, con una cruz amarilla, se encuentran de pie, Teresa, Rosalía, Begoña, El Perro. A pocos metros un muchacho de diez años con un farol encendido mira la escena, sobre ellos, localizada, luz gris-azul de atardecer.

BEGOÑA.—*(Hacia la tumba.)*

¡Ya eres Brusca Martínez en la tierra
que retiene tu paz y tu violencia!

TERESA:

¡Nunca sabré qué fue de Guadalupe!
el hijo cuya ausencia me ensombrece!

PERRO:

¡Ni yo de ese disparo que me lleva
sobre la incertidumbre y el espanto!

ROSALÍA:

¡Ahora el pueblo tendrá que hacer de nuevo
duros caminos para su esperanza!

Lejos se oye la voz de Brusca gritando.

BRUSCA.—*(Lejana como un eco.)*

¡Vuelve Zamora! ¡Ezequiel Zamora!

BEGOÑA.—*(A la cruz.)*

¡Pero tu amarga voz sigue clamando
por calles y trincheras y caminos!

TERESA.—*(A Begoña.)*

¡Yo la escucho, Begoña, yo la escucho!
¡Y ha de escucharse mientras lleve el pobre
una llaga de angustia en el costado!

BRUSCA.—*(Gritando lejos.)*

¡Vuelve Zamora! ¡Ezequiel Zamora!

*Todos vuelven el rostro hacia la voz como si des-
de ella llegara una grave anunciación.*

OSCURO

ACTO PRIMERO

CUADRO I

Escenario: Pueblo de Ospino.

*El escenario para los actos I y II mostrará: a la
derecha del espectador un cobertizo sobre paredes
derruidas haciendo un triángulo con base hacia el
proscenio. En la pared izquierda, a la altura de un
metro, hay una tronera donde debió existir una ventana. En la pared derecha cortando con la prevista
hay una tronera oblicua que hace de puerta. Las
paredes con su encalado en su mayor parte caído
muestran huellas de humo, balas y metralla. El sitio
es albergue de Brusca y los jóvenes.
Al centro, al fondo, la vivienda de Teresa. Significada por una pequeña puerta. Cerca de la puerta
un mecedor. A la izquierda la esquina de una calle. El frente da al proscenio y su lateral se pierde*

hacia el foro, cortándose con un árbol seco inclina-
do, en el frente hay un portón y una pequeña ven-
tana. Las paredes, ventana, portón, etc., muestran
las huellas de la guerra civil que sobre el pueblo
pasó como una tempestad.
Al iniciarse la acción una luz difusa de atardecer
ilumina la escena. Teresa, vistiendo un humilde
traje negro y su cabeza cubierta con un paño tam-
bién negro, golpea con ambos puños el portón
completamente cerrado. Desde el fondo llega con
premura Begoña, también vestida de negro; se acer-
ca a Teresa y la toca por un hombro.

BEGOÑA.—*(Reclamando con bondadosa energía.)*
¡Teresa! ¿Por qué te veniste sola y sin avisar? *(Te-*
resa no le hace caso y sigue golpeando el portón.)
¡En esa casa no hay nadie!

TERESA.—¡Oí que había regresado; anoche pasó
por la calle de abajo como una sombra! Unos arrie-
ros lo vieron!

BEGOÑA.—¿A quién le escuchaste eso, mujer?

TERESA.—¡Al Sacristán!

BEGOÑA.—¡A ése!

TERESA.—Sí. Hace poco en la calle se lo decía a
unos muchachos y yo que estaba detrás del postigo
de casa lo oí. *(Vuelve a tocar con fuerza.)*

BEGOÑA.—*(Tratando de detenerla.)* Ése vive inven-
tando. *(Pausa.)* Te vas a romper las manos inútilmente, la casa está vacía y en ruinas. Los cinco
años que duró la guerra permació cerrada y así ha
seguido...

TERESA.—Lo único que sé es que debo ver a ese
hombre.

Trata de escudriñar por las rendijas del portón
y por los intersticios de la ventana.

BEGOÑA.—Si es que está vivo.

TERESA.—¡Sí lo está! A cuantos soldados o guerrilleros que han paasdo por ahí, después que toda esa matazón se acabó, les he preguntado por él y muchos lo han visto.

BEGOÑA.—¿Quién te asegura que es verdad? Cuando se regresa con vida de algo tan espantoso se hablan muchas cosas, y para evitar molestias se asegura que todo el mundo está vivo...

TERESA.—¡Déjame con mi esperanza, Begoña, no me la quites!... Ése es el único hombre que puede decir lo que fue de mi hijo... De aquí, desde este pueblo, salieron juntos tras de Zamora aquella mañana del 1858, juntos guerrearon y juntos desaparecieron el mismo día que mataron a Zamora. El alpargatero vive, lo sé... Lo han visto... Y yo lo creo... Y a su casa debe volver... ¿Pero, y mi hijo? Si la historia que me refirieron es cierta, debe estar vivo en algún sitio...

BEGOÑA.—Malhaya sea quien te ha contado esas historias...

TERESA.—No ha sido uno, sino muchos los que me la han contado... Cuando esa bala que nadie sabe quien disparó derribó al jefe de la Revolución, los dos altos oficiales que estaban solos con él, llamaron a unos soldados para que lo enterraran, fueron escogidos mi hijo y el alpargatero... Les hicieron jurar que a nadie dirían el sitio de la tumba, luego les pagaron y los licenciaron... Nadie los volvió a ver... Después de dos años dicen que apareció el alpargatero... Pero ¿y mi hijo? ¿Qué ha sido de mi hijo?

BEGOÑA.—Ya vendrá, ten paciencia; aún están regresando a sus hogares muchos de los que se daban por perdidos... Fueron cinco años de matanzas, de incendios, de hambre... Todos fuimos aventados por muchos sitios. Como en esas grandes crecidas, ahora es cuando comienzan a recogerse las aguas...

TERESA.—Es que hay otra historia...

34

BEGOÑA.—No creas ninguna y aguarda...

TERESA.—El zambo Lucrecio, el domingo, cuando estaba borracho, dijo que a mi hijo Guadalupe lo habían fusilado... Que el alpargatero lo sabía...

BEGOÑA.—No se fusilan hombres así no más...

TERESA.—En guerras como ésa, sí; lo hemos visto hasta la saciedad...

Se oyen gritos lejos, llega apresurada Rosalía, también vestida de luto.

ROSALÍA —¡Gracias a Dios que las encuentro! Esa mujer me persigue!

TERESA.—¿Quién?

ROSALÍA.—Quién va a ser, la loca, Brusca...

BRUSCA.—*(Lejos.)* ¡Salgan para afuera... No se escondan, nalgas sucias... Vengan a pelear...!

BEGOÑA.—*(A Teresa.)* Debemos irnos...

TERESA.—No, este portón debe abrirse. *(A Rosalía.)* ¿Por dónde anda?

ROSALÍA.—Subía por la calle cuando me vio... Comenzó a gritarme y a decir improperios. Tuve que correr, vengo sin aliento...

BEGOÑA.—Antes escandalizaba solamente de noche... La pobre...

ROSALÍA.—Con ella suelta por el pueblo, nadie puede vivir tranquilo ni de día ni de noche, por eso no salgo... Aún no puedo ni respirar bien. Es como si aún sufriéramos la guerra...

TERESA.—Si me hubiera ocurrido lo que a ella, también andaría así... Ver muertos a sus cuatro hijos y a su marido en una sola trinchera es como para enloquecer a cualquiera...

ROSALÍA.—Quien los mandó irse a todos a la guerra... Ella de cantinera y los cuatro de guerrilleros... ¡Muy bueno!

BEGOÑA.—Creyeron en la Federación...

Se oyen gritos de mujer cerca.

BRUSCA.—*(A Gritos.)* ¡Ya en este pueblo nadie pelea! ¡No quedan sino beatas y maricones!
BEGOÑA.—Ah, pero allí viene, mejor nos vamos...
ROSALÍA.—¡Corramos!

Cuando van a caminar llega Brusca la rompefuegos, al verlas se les cruza y comienza a moverse para no dejarlas seguir.

BEGOÑA.—¡Déjanos pasar, Brusca! ¡Somos tus amigas! *(Suave.)* Te queremos y nos quieres...
BRUSCA.—¡Ja, ja, ja... Miren quienes están aquí! ¡Las dos señoritas y la viuda!... *(Burlona.)* ¡Las dos señoritas!... *(Se encara con Begoña y Rosalía.)* ¿Por qué no han tenido hijos? ¿Le han tenido miedo a parir o le han tenido miedo a los hombres? ¡Los hombres son sabrosos y para parir nacieron las mujeres! *(A Begoña.)* ¡Ja, ja, ja, ya se están poniendo como flores de onoto!... ¡Vayan por ahí y súbanse las faldas en vez de andar reza que te reza todo el día! ¡Hace falta que las mujeres paran hombres, muchos hombres! *(Íntima.)* ¡Chiss...! ¡El ejército de Zamora necesita guerreros valientes!... ¡En esas batallas contra los oligarcas han muerto muchos, muchísimos!... Sólo quedamos en las filas federales mis hijos y yo...
ROSALÍA.—*(Con rabia.)* Deja que tus hijos descansen en paz... Los cuatro murieron...
BRUSCA.—¡Puta embustera! Allá abajo están y me cuidan y me miman como a una gran dama...
ROSALÍA.—¡No son tus hijos! ¡Sino haraganes huérfanos que roban y te dan de lo que roban!
BRUSCA.—*(Ríe fuerte.)* ¡Son tres machos y tú sólo necesitas uno para gozar. Hablaré con José, es el mayor y aprieta duro...!
ROSALÍA.—¡Calla esa boca...!

BEGOÑA.—¡Déjala, Rosalía! ¡La vas a enfurecer!

ROSALÍA.—¡Estoy llena de rabia... No hace sino asustarnos a todos...!

TERESA.—Quizás hablándole entre en razón... *(A Brusca. Suave.)* Déjanos pasar.

BRUSCA.—¿Pasar, a dónde? Ah, ya sé quiénes son ustedes... ¡Quieren llevarles informes a los oligarcas... ¡Tres puticas espías! *(Se rasca la cabeza.)* ¡Aquí como que va haber fusilamientos! *(Acercándose a las mujeres e intentando alzarles las faldas.)* ¿Qué llevan bajo las faldas? *(Las mira muy bien.)* Fondos, túnicas, refajos, pantaletas y entre las pantaletas papeles escritos para los oligarcas. *(Cambia la voz.)* Los federales tienen tantos hombres, tantos fusiles... Se mueven así y asao y Zamora piensa atacar por Acarigua... ¡Miren a las tres bellezas! *(A Teresa.)* Tú te pareces a Teresa *(Despreciativa.)* ¡Viuda lloricona! ¿Qué edad tienes? ¿Treinta? Entonces puedes tener hijos... Yo te buscaré a un hombre completo...! Conozco un raso que ni pintado... En un dos por tres estarás así... *(Hace gestos de mujer embarazada.)*

TERESA.—*(A Brusca.)* Déjanos pasar... estamos apuradas...

ROSALÍA.—Deja en paz al pueblo, deja en paz a todo el mundo y vete a otro lugar...

BRUSCA.—Si me dan bastimento las dejo pasar... Soy cantinera, debo repartirle comida y agua a la tropa... *(Usando las manos como cornetas.)* ¡Tararí... Tarariii... Ya toca el rancho... Sólo hay tasajo y aguardiente...

ROSALÍA.—*(Enérgica y resuelta.)* ¡Apártate ya! Hay un señor que espera a Teresa...

TERESA.—*(Inquieta.)* ¿Que un señor me espera? ¿Quién es? ¿Será el alpargatero? ¡Por qué no me lo dijiste antes...!

ROSALÍA.—No tuve tiempo... Por eso venía a buscarlas... No sé quién es... Nunca lo he visto...

TERESA.—*(A Begoña.)* ¡Es el alpargatero!... ¡Seguro que es él! ¡Quiso ir a mi casa antes de venir a la suya!... ¡Sabré de mi hijo... *(Decidida.)* ¡Debo ir allá! *(Burla a Brusca y corre, Rosalía la sigue asustada. Brusca agarra por la falda a Begoña y le impide que siga tras las otras.)*

BRUSCA.—Tú no te me irás con los cuentos al enemigo.

Begoña se le suelta, pero Brusca la acorrala contra la pared sin tocarla y le impide seguir a Rosalía y Teresa.

BEGOÑA.—Brusca, déjame ir, yo soy Begoña ¡Begoña! ¡Begoña, ¿no me conoces? Jugamos pequeñas...

BRUSCA.—*(Mirándola fijamente.)* ¡¿Begoña?! ¿Begoña? *(Mirando a su alrededor.)* Este pueblo no era así... Feo... Tuvo sus casas blancas, sin manchas de pólvora y sangre... Begoña... Begoña... *(Oscuridad sobre Begoña. Cenital sobre Brusca.)* Begoña, Begoña, ven para que conozcas a mi novio... Ganó cinco cintas en la feria... Es tan fuerte como un potro... Begoña... Este es mi cuarto hijo, fresco como el pan... Se llama José... *(Luz de nuevo sobre las mujeres.)* Ja, ja... No puedes irte... Oyes esos tiros, esas cornetas y esos gritos... ¡Están peleando en Santa Inés! ¡Batalla igual no se ha visto!... ¡Los oligarcas comerán tierra y gusanos y para el pobre será una nueva vida!...

BEGOÑA.—*(Persuasiva.)* Todo pasó Brusca... La Guerra Federal ha terminado, las cosas están tranquilas...

BRUSCA.—¿Tranquilas? ¡Hay miles de tumbas con huesos y hormigas! Y en las trincheras hombres muertos... *(Se le acerca. Evocativa.)* Yo los vi... Eran mis cuatro hombres... Jacinto tenía el chopo apretado contra el pecho y sonreía... Carmelo estiraba los brazos hacia adelante y su penacho ama-

rillo estaba tinto de sangre... Juancito cayó boca
abajo abrazando la tierra... Cómo quería la tierra... Y Bonifacio en las empalizadas trataba de
buscarse las piernas que la metralla le había llevado... Yo los vi... Y arriba volaban los zamuros...
Ja, ja, ja... *(Corta la voz.)* Quién dijo que eran los
míos... *(Con ira.)* ¡Quién lo dijo! ¡Ninguno de ellos
eran nada mío!

BEGOÑA.—*(Temerosa.)* Cálmate, Brusca...

BRUSCA.—¡No soy Brusca! ¡Soy la Rompe Fuegos
y con el grado de comandante de las guerrillas del
centro!

BEGOÑA.—Ilumina tu cerebro... Eres Brusca Martínez... Todas esas cosas pasaron... Ya no hay
guerra... Zamora murió en San Carlos...

BRUSCA.—*(Violenta.)* ¿Quién murió? ¿Zamora?
(Estupor. Pausa.) ¡Ja, ja, ja, eso quisieran los oligarcas para gozar y poner un baile!... Yo acabo
de verlos en la trinchera ordenando con voz de
bronce: ¡Fuego cerrado, fuego cerrado!

BEGOÑA.—Una bala lo derribó para siempre...

BRUSCA.—¡Puta embustera! ¡No hay tirador que
lo acierte! ¡Oyes! *(Sacude por los hombros a Begoña.)*

BEGOÑA.—El hijo de Teresa y el alpargatero lo enterraron...

BRUSCA.—¡¡No!! ¡¡Nadie lo ha enterrado!! ¡¡Ya
corro a buscarlo para que lo veas!! ¡¡Ya voy a buscarlo a la sabana!! *(Corre hacia la oscuridad llamando a gritos.)* ¡Zamora! ¡Zamora!

OSCURO

CUADRO II

*Luz difusa en casa de Teresa. Sentado en un mece-
dor de cuero está un hombre. Porta una guitarra*

pequeña, un bastón y un rosario. Lleva anteojos oscuros. Entran Teresa y Rosalía.

TERESA.—*(Mirando con recelo y atención.)* ¡No es el alpargatero!... *(Al hombre.)* ¿Me buscaba?

PERRO.—¿Es usted Teresa Cacique? *(Se da la vuelta.)*

TERESA.—Sí, y usted, ¿para qué me quiere? ¿Quién es?

PERRO.—No me conoce... Mi nombre no le diría nada tampoco... Vengo de muy lejos... Pero si algo le recuerda eso, puedo informarle que me decían el Perro...

TERESA.—¿Aquí en el pueblo?

PERRO.—¡No! Entre los federales... Peleé junto a ellos?

TERESA.—*(Haciendo memoria.)* ¿El Perro? *(Mueve la cabeza.)*

ROSALÍA.—¡Ah! Yo sí recuerdo... *(Al hombre.)* He oído que ustedes eran doce que acompañaban al indio Espinoza. *(A Teresa.)* Les decían las fieras... *(Recordando.)* El Tigre... la Mapanare... el Chacal... la Pantera... Se portaron tan mal e hicieron tantas insubordinaciones que Zamora los fusiló...

PERRO.—¡Sí! ¡Los fusiló, pero menos a uno...!

TERESA.—¿A usted?

PERRO.—Sí a mí, al Perro... Las balas sólo me rasguñaron. *(Se palpa la herida del rostro.)* ¡Quedé vivo y lleno de odio contra Zamora!

TERESA.—*(Turbada.)* ¿Y para qué me busca?

PERRO.—Ahora lo sabrá. La guerra Federal después de la batalla de Santa Inés estaba ganada... Y todos lo sabían. Al fin los pobres irían a levantar cabeza. No habría más hambre ni injusticias. Sólo faltaba tomar San Carlos, luego Valencia y después Caracas... ¡Pero la cosa se torció!... ¡Ah, ésa es otra historia! Por mi parte, después de escaparme del montón de los fusilados me refugié en una montaña. Una noche, no sé cómo, llegó hasta mi escondite un hombre...

Oscuridad, segundos después cenital sobre el Perro, quien se mueve hacia el fondo; de pronto cerca de él aparece un hombre, quien lleva sombrero de anchas alas y se cubre con una capa. Su aspecto es marcial y habla con arrogancia.

DESCONOCIDO.—¡Por fin encuentro tu guarida, Perro! *(Moviéndose ágil y esgrimiendo su bastón.)*

PERRO.—¡Un momento! ¿Quién es usted?

DESCONOCIDO.—*(Convincente.)* ¡Un enemigo de Zamora y un amigo tuyo!

PERRO.—*(Desconfiado.)* ¡Yo no tengo amigo!

DESCONOCIDO.—*(Amistosamente.)* ¡Déjate de tonterías y vamos al grano! ¡Tú creías en Zamora como en un gran jefe! ¡Como el caudillo que quitaría la plata a los ricos para dársela a los patas en el suelo! ¡Pero te fusiló junto con tus amigos! ¡Lo de que ustedes eran unos saqueadores y asesinos insubordinados fue un pretexto... Sólo deseaba mandar él y les tenía miedo... Eso es...

PERRO.—¡Zamora no le tiene miedo a nadie!

DESCONOCIDO.—¡A ustedes sí! ¡Por eso los envió donde los zamuros! Pero, vamos, muchos saben que estás vivo y esperan que te vengues! ¡Tu fama de perro bravo se irá al suelo si nada haces... *(Ríe con sorna mientras se mueve en torno al Perro. Éste sigue sus gestos como una fiera en acecho.)* ¡Ja, ja, Zamora se comió a las doce fieras y ni se atragantó... Y ahora el perro ni ladra!...

PERRO.—*(Con furia sorda, sombría.)* ¿Quién dice eso?

DESCONOCIDO.—*(Burlón.)* ¡En la tropa federal! ¡En tu pueblo! ¡Hasta lo cantan en corridos y coplas, hace poco oí una...

De lejos llega la canción, ambos quedan quietos.

UNA VOZ.—*(Canta acompañada de cuarto y maracas.)*

> ¡A las fieras de Espinoza
> Zamora las fusiló!
> ¡Y el Perro, temblor y aullidos,
> en el monte se escondió!

PERRO.—¡Nadie ha peleado en esta guerra como yo! ¡Ni la cuenta llevo de los muertos que tengo! ¿Acaso he temblado alguna vez?

DESCONOCIDO.—¡Pero después que resucitaste aquella mañana tienes miedo!

PERRO.—*(Con rabia y odio.)* ¡No soy un cobarde! ¡Quien diga eso lo dirá una sola vez!

DESCONOCIDO.—*(Nuevamente burlón.)* ¡Zamora lo dice...

PERRO.—¿Cómo lo sabe usted?

DESCONOCIDO.—Se lo he oído. Y no una sino muchas veces... ¡Cuídese del Perro, le decimos, y él se ríe!

PERRO.—¿Entonces, usted es de los de él?

DESCONOCIDO.—Sí, pero no me fusilará como a ti y a los otros.

PERRO.—Terminemos... ¿Por qué vino hasta aquí? ¿Qué desea de mí?

DESCONOCIDO.—Eso es razonable... ¿Cuánto quieres... por... Bueno, por enviar a Zamora al mismo lugar donde él envió a tus amigos?

PERRO.—¡Nada! ¡No mato hombres por dinero!

DESCONOCIDO.—¡Zamora tiene razón! ¡Sabe lo que dice cuando afirma que eres cobarde!

PERRO.—*(Con ira.)* ¿Dónde está Zamora?

DESCONOCIDO.—Sitia San Carlos, luego irá a Valencia y Caracas.

PERRO.—¡Váyase! ¡Váyase! ¡Y diga a los suyos que el Perro está vivo, y que ladra y muerde!

DESCONOCIDO.—¡Ahora sí hablas como el hombre que eres!

PERRO.—¡Asegúrele a quienes lo han enviado que Zamora no irá a Valencia, ni a Caracas... Quedará en San Carlos... ¡Se lo jura el Perro, quien nunca jura en vano!

DESCONOCIDO.—*(Con sonrisa irónica.)* ¡Sé que eres hombre de palabra!

Oscuro. Desaparece el desconocido, luz sobre las mujeres y el Perro.

TERESA.—*(Aterrada.)* ¿Entonces... Usted... Usted fue quién ultimó a Zamora?

PERRO.—¡Sí! ¡Yo y el Diablo! *(Mira por todas partes con inquietud.)* ¡El diablo que me ronda por todas partes! *(Se santigua.)*

ROSALÍA.—*(Santiguándose también.)* ¡Ave María Santísima!

PERRO.—Fui a San Carlos... Allí se peleaba... Dos oficiales estaban en un solar... Desde una mata los vi... Luego llegó Zamora de blusa azul y quepis amarillo... le hicieron señas hacia la mata donde yo estaba. Lo miré bien apuntándolo; luego apreté el gatillo del chopo...

TERESA.—¡Que horror!

PERRO.—Y, fue entonces cuando intervino el diablo. ¡Sí, el diablo, pues mi chopo no disparó! Sin embargo vi cómo Zamora caía de espaldas, muerto, muerto... ¡Muerto para siempre! Y es eso precisamente lo misterioso... *(Inquietud.)* Les juro que la bala estaba intacta en el chopo... completamente intacta. *(Pausa.)* El diablo ha debido estar detrás de mí, dicen que acompañaba siempre a las doce fieras... Por eso quizás sentí un escalofrío cuando apreté el gatillo... Aquello me produjo espanto. ¡Entonces hui! ¡Hui tanto que ni yo mismo me encontraba! Fui a las iglesias de todos los pueblos! ¡Recé! ¡Hice promesas!... La guerra concluyó!... Muerto Zamora, los ricos se entendieron. Un viejo soldado federal me explicó luego... Con el pueblo triunfante todo habría cambiado... Y óigame bien, yo era el asesino de Zamora... Pero mi chopo no disparó... La Federación fracasó y yo era el asesino. ..La miseria quedó sobre el pueblo y yo era el culpable... La injusticia siguió por el campo y yo la había ayudado... ¿Cuántos hombres han muerto sobre esta tierra con la bala que mató a Zamora? Por eso rezo y por eso canto canciones tristes sobre esa guerra que el pueblo perdió...

TERESA.—¿Aún no comprendo por qué me busca a mí?

PERRO.—Usted tiene un hijo... Guadalupe, fue soldado federal de los buenos...

TERESA.—(*Ansiosa.*) ¡Sí! ¡Guadalupe es mi hijo...!

PERRO.—Cuando cayó Zamora, lo buscaron a él y a otro soldado para que enterraran el cadáver en un sitio secreto. Hecha la operación, nadie los vio más... Supe que Guadalupe es de este pueblo. Y he venido para que me diga algo... Algo que sólo él puede decirme...

TERESA.—¿Qué? ¿Qué es eso que sólo mi hijo puede decirle?

PERRO.—Si el balazo que derribó a Zamora fue por delante de su cabeza o por detrás... Sólo los dos jefes que estaban con él y quienes lo enterraron, vieron el cadáver...

TERESA.—¿Entonces, usted nunca ha visto a Guadalupe después de aquello?

PERRO.—No... Sólo por casualidad supe quiénes fueron los que hicieron de sepultureros.

TERESA.—(*Con desconsuelo.*) Creí que usted me traería buenas noticias... (*Afligida.*) Tampoco yo lo he visto desde el día en que se incorporó a las tropas federales... Todo el tiempo que llevamos de paz ando buscándolo...

PERRO.—Pero, ¿está vivo?

TERESA.—¡Eso quisiera saber...!

PERRO.—¡Si no está él, buscaré al otro, también es de este pueblo!

ROSALÍA.—¡Tampoco ha vuelto!

PERRO.—¿Tampoco? ¡Ah! Llevo leguas y leguas andadas... Toda la ruina de Venezuela la traigo en el alma... Y aquí, en Ospino, esperaba librarme de mi angustia... Y ahora tendré que seguir buscando... ¡Volver a peregrinar! Tocaré de nuevo y cantaré por los caminos hasta encontrarlos... Debo liberarme de mi angustia. *(Sale.)*

TERESA.—También yo seguiré buscando... Ojalá estén vivos...

ROSALÍA.—*(A Teresa.)* Vivos deben estar, pero escondidos, saben muchos secretos...

TERESA.—Pero, ¿por qué Guadalupe no me dice a mí, a su madre, dónde está?

ROSALÍA.—No habrá tenido oportunidad de hacerlo... O estará aguardando que pase más tiempo y todo se olvide.

Entra Begoña agitada.

BEGOÑA.—Por fin pude librarme de la Rompe Fuegos... *(A Teresa.)* Teresa, una buena noticia... Al caserío de la Corteza, han llegado unos soldados que estuvieron en la tropa con Guadalupe, dicen que a la hacienda del Palotal regresó enfermo el viejo comandante que los mandaba y que él debe saber del alpargatero y de tu hijo...

TERESA.—¿Es cierto eso?

BEGOÑA.—¡Cierto! Yo vi uno de los recién llegados...

TERESA.—Entonces, vamos allá... Ahora mismo...

BEGOÑA.—¡Queda lejos!...

TERESA.—No importa...

Afuera a lo lejos, se oye una canción acompañada de guitarra pequeña.

¡En San Carlos de Cojedes
cayó mi Ezequiel Zamora
y el pueblo por quien luchó
en la sabana lo llora!
¡en la sabana lo llora!

Pausa

BEGOÑA.—¿Quién cantará?
TERESA.—Un hombre... Estuvo aquí... También desea saber de Guadalupe... Le diremos la llegada de ese comandante para que nos acompañe... Vamos...

Pausa. Sale. La siguen Begoña y Rosalía.

Afuera el escenario se oscurece lentamente mientras continúa oyéndose afuera la canción.

Hay quienes ven en las noches
que lo llevan a enterrar
cuatro sombras y una hamaca
muy cerca de un platanal;
muy cerca de un platanal...

Ay, Ezequiel, tu caballo
va solo por los esteros.
Y sola va por el viento
la voz de tus guerrilleros...,
la voz de tus guerrilleros...

TELÓN

ACTO SEGUNDO

*La misma noche. Luz en el cobertizo que es alber-
gue de Brusca y los jóvenes. Hay unas esteras, un
improvisado fogón, algunos hacen de paja, unas cobijas viejas, un taburete y algunos trastos de cocina muy viejos y ahumados, sobre una anafre hay
una olla de barro donde se cuece algo. En escena,
Olegario se ocupa de cortar con un cuchillo grande
unos palos y luego los mete bajo el anafre, llega
Vicente con un porsiacaso donde trae algunos co-
mestibles.*

OLEGARIO.—¿Conseguiste algo para los dientes?

VICENTE.—Arepas viejas, pescado seco y un pedazo de queso que debe tener la edad de la vieja
Brusca...

OLEGARIO.—Ella no ha venido hoy por aquí ni una
sola vez... Y ya es bastante de noche...

VICENTE.—*(Mientras pone en el suelo lo que ha
traído.)* Cuando bajaba la última calle del pueblo
oí sus gritos. La pobre está más loca que nunca...
Unos muchachos y varios perros la perseguían...

OLEGARIO.—Es que hay luna... *(Soplando el anafre.)* Bueno, con eso que trajiste nos llenamos las
barrigas, a menos que Francisco haya conseguido
algo más... *(Toma de lo que ha traído Vicente y
comienza a comer.)* Ya voy a empezar, desde esta
mañana no me echo nada en el buche...

VICENTE.—Yo tuve suerte; le limpié el solar al
dueño del ventorrillo que queda en el Camino Real
y su mujer me dio una buena sopa de arroz y hasta
café con leche... La leche ha debido ser de chiva...
Después me envolvió esas cosas... Pero de ofrecer
trabajo fijo, nadie habla...

OLEGARIO.—Yo en cambio caminé como un condenado sin conseguir nada... No sé si es que tengo
mala facha o qué... Pero apenas soltaba una pala-

bra cuando me decían que no... Nadie quiere sembrar, nadie quiere dar trabajo, nadie tiene un centavo... ¡Una verdadera ruina es lo que hay!

VICENTE.—Y así es por todas partes en el país. Con cuanta gente he hablado, no hacen sino quejarse, parece que por donde quiera sólo hay pajonales secos, lutos y hambre... Es lo que quedó después de echar plomo cinco años con sus días y sus noches...

OLEGARIO.—Cuando andaba por ahí husmeando como un pordiosero, se me ocurrió pensar qué si me hubiera agarrado una bala en esa guerra habría sido mejor... Pues ahora, ¿no soy peor que un perro?... Cuando uno se muere pequeño sufre menos... Yo tenía trece años entonces...

VICENTE.—Hay que esperar, puede que suceda algo y las cosas mejoren... Aún no está arreglado todo.

OLEGARIO.—Si no hubieran matado a Zamora, quizás otro gallo cantaría...

VICENTE.—Es lo que me digo; cuando menos tendríamos tierra y comida...

OLEGARIO.—Por conseguir eso me fui tras su gente con mis hermanos y el viejo... Sólo yo quedé vivo para echar el cuento...

VICENTE.—Por mi parte no podía ni con un machete, pero también me le uní con otros muchachos del caserío... No sabía nada de nada, pero luego comprendí por qué todos los campesinos peleaban. Y entonces sí eché plomo sabroso...

OLEGARIO.—Todo en vano... Cuando pienso en esa cantidad de muertos me da escalofrío...

VICENTE.—A mí me mandaban los jefes a llevar paja seca en los grupos que iban a quemarlos... Eso era preferible a que se los comieron los zamuros...

Entra Francisco. Trae un bojote grande en el hombro.

48

VICENTE.—Buena carga... ¿Es comida?

FRANCISCO.—(*Poniendo el bojote en el suelo con cierto cuidado.*) Pareces zoquete, el día que consiga un bojote de comida de este tamaño pongo una pulpería y adiós hambre y padecimientos... Ya van a ver lo que es... (*Desamarra el bojote y de un poco de paja saca tres fusiles algo oxidados y los muestra a Olegario y Vicente con cierto orgullo.*) Aquí ya tenemos tres.

OLEGARIO.—(*Con suma curiosidad e incorporándose.*) ¡Cónfiro! ¿Están buenos?

FRANCISCO.—Un poco oxidados únicamente...

OLEGARIO.—¿Cómo las conseguiste?

FRANCISCO.—¡Con Facundo, el herrero! Fue federal de los que pelearon a pecho desnudo... ¡Ahora no piensa sino en volver a empezar!

VICENTE.—(*A Olegario.*) ¿Te fijas? ¡Son muchos lo que desean eso!

FRANCISCO.—¡Me dijo que puede fabricar lanzas!

OLEGARIO.—¡Es un palo de hombre ese herrero!

VICENTE.—¿Hay balas?

FRANCISCO.—Sí. (*Saca un máuser y cargándolo.*) Ya voy a estar probando uno...

FRANCISCO.—(*Deteniéndolo.*) ¿Estás loco? Nadie debe saber que los tenemos... Hay que esconderlos hasta que decidamos la cosa...

VICENTE.—(*Alegre.*) ¿Entonces hay posibilidades de guerrear otra vez contra los oligarcas? ¿Te viste con el indio Macanilla?

FRANCISCO.—Sí... Está dispuesto a echarse al monte y volver a gritar las consignas federales... Y pronto.

OLEGARIO.—¿Nos iremos con él?

FRANCISCO.—Claro, qué otra cosa nos queda... Hay que buscar algún camino para no morirnos de hambre... Y quién quita que aparezca otro jefe como el muerto.

Carga los fusiles con las balas. Vicente sirve el café en pocillos y da a Olegario y a Francisco. A lo lejos se oyen los gritos de Brusca.

BRUSCA.—*(A lo lejos.)* Ja, ja, ja. Vengan para que vean cómo es que pelean los federales, pedazos de maricas... ¡Vamos corneta! ¡Zafarrancho de combate y adentro! *(Cantando.)*

> Cuando la perica quiere
> que el perico vaya a misa,
> se levanta bien temprano
> y le plancha la camisa.
>
> Ay, mi perica,
> alza la pata
> para ponerte
> las alpargatas...

VICENTE.—Esta noche no dormimos... Cuando llegue, seguro que la coge por cantar como la vez pasada...

OLEGARIO.—¡Pobre vieja! A estas horas quizás ni ha dormido...

VICENTE.—Le he guardado arepas y café, algo es algo, aunque creo que ya no tiene estómago...

FRANCISCO.—*(Envolviendo de nuevo los chopos en la caja y la cobija.)* Vamos a guardar esto, hay que conseguir manteca para engrasarlos bien y tenerlos listos.

VICENTE.—*(Preparando debajo de los haces de paja un escondite para las armas.)* Con estos tres chopos solamente no vamos a hacer nada...

FRANCISCO.—Mañana tempranito traeré otros, me los ofreció la negra Rosa, la que vive por la quebrada de arriba... Los enterró cuando supo que los peces gordos se habían entendido a espaldas de los patas en el suelo.

OLEGARIO.—Y debe tener muchas, pues por esos lados se peleó bastante...

FRANCISCO.—Con las que ya tenemos, los otros fusiles que nos dé Rosa y las lanzas que haga el herrero, hay para armar unas cuantas guerrillas... Después el gobierno mismo será quien nos proporcionará más armas... *(A Vicente.)* Si quieres me acompañan mañana, pues tal vez hay que abrir un hueco grande donde la negra...

VICENTE.—Habrá que llevarse un pico y una pala...

FRANCISCO.—Los pediremos prestados al sacristán, es amigo mío...

Al fondo, cerca del árbol se oye de nuevo la voz de Brusca.

BRUSCA.—*(Con palabras violentas.)* Qué hombres van a ser ustedes, deberían usar fustanes y pantaletas... Hombre con cuatro riñones es Zamora...

VOZ DE HOMBRE II.—¡Ahora vas a saber lengua sucia lo que es estar metiéndote con la autoridad! Diez días de calabozo te vamos a echar para que te limpies esa boca. ¡Anda, camina para la jefatura, vieja cochina!

Los muchachos se alarman.

OLEGARIO.—Parece que se ha metido con gente del gobierno.

FRANCISCO.—*(A Vicente.)* ¡Cubre bien las armas!

Vicente amontona leña sobre las cobijas debajo de las cuales se encuentran las armas.

BRUSCA.—¡Ja, ja, ja! ¡No me hagan reír! ¡Qué autoridades van a ser ustedes! ¡Un par de zánganos sí son! ¡Yo los conozco bien! ¡Oligarcas hijos de perra!

Voz de hombre I.—¡Camina vieja loca! ¡En la Jefatura hay agua bastante para bañarte! ¡Es lo que necesitas, agua fría y palos!

Brusca.—¡No me toques Serafín moquillo! ¡No me toques porque te capo! ¡Suéltame hijo de la grandísima Sayona! ¡Suéltame porque si no te voy a arañar hasta en el cielo de la boca! ¡Ay! ¡Ay!

Se oye como si golpearan a Brusca

Olegario.—¡Parece que golpean a la vieja! *(Se asoma por el boquete de la izquierda.)* ¡Ah! ¡Son el Comisario y su compinche! ¡Ahora van a saber lo que es bueno!

Toma un leño y sale rápido por el boquete de la derecha que hace de puerta.

Vicente.—*(A Olegario.)* ¡Voy contigo! *(Busca con qué armarse y toma otro leño.)* ¡Hace tiempo que tengo ganas de arrancarle la cabeza a ese guapetón! ¡No hace sino provocar a la pobre loca!

Sale detrás de Olegario. Francisco trata de que las armas estén bien escondidas y luego se asoma a la tronera de la izquierda.

Olegario.—*(Afuera y acercándose al árbol y el muro detrás del cual están Brusca, el comisario y el policía.)* ¡Dejen a la vieja pedazos de sinvergüenzas!

Comisario.—¡La autoridad se respeta!

Vicente.—¡Qué autoridad de mierda! ¡Dale duro Olegario que ése es de los que les gusta golpear a los presos!

Se oye ruido de pelea. Brusca aparece retrocediendo. Queda en el centro escénico.

BRUSCA.—¡Por las nalgas para que se le pongan flojas es que debes darle! ¡Ja, ja, ja! ¡Oligarcas nalgas flojas! ¡Y que capturarme a mí! ¡Yo soy Brusca, la Rompe Fuegos! ¡El clarín de la tropa federal y aquí tienen a mis hijos, formando la mejor guerrilla del llano! ¡Háganlos comer tierra! ¡Ja, ja, ja!

FRANCISCO.—(*Desde el boquete.*) ¡Pártanle el alma a esos atropella mujeres!

Brusca va a ir a la pelea pero Vicente quien llega junto a ella la detiene.

BRUSCA.—¡Ya corren! ¡Ja, ja, ja! ¡No son ningunos pene pen...!

Vicente toma con suavidad a Brusca y la hace caminar hacia la derecha, Olegario los alcanza. Oscuro sobre ellos.

FRANCISCO.—(*Volviendo cerca del fogón.*) ¡Ésos no volverán a poner más sus pies por aquí!

Por la tronera de la derecha llegan Vicente, Brusca y Olegario. Brusca camina con dificultad y se soba una cadera. Olegario trae el machete del comisario.

OLEGARIO.—¡Las autoridades tocaron retirada! ¡El comisario dejó esto! (*Muestra la peinilla.*) ¡Guapo el hombre, ni se volteó para saber quiénes le pegaban!

FRANCISCO.—(*A Olegario y señalando la peinilla.*) ¡No dije que el gobierno nos proporcionaría más armas! No voy a devolverlas, la esconderemos con los chopos...

Quita la peinilla a Olegario y la esconde bajo la cobija. Brusca ve la operación.

BRUSCA.—Hay que llevarle a Zamora el parte de esta batalla... El enemigo en fuga y su armamento en poder de nuestras guerrillas... ¡Ay! *(Sobándose la cadera.)* Creo que me rompieron un hueso... Pero ¡la victoria nos alumbrará...! *(Alucinada parece mirar, silenciosa, la batalla.)*

A lo lejos se oye una canción semejante a un himno, entre tanto los muchachos se mueven en silencio.

> ¡Campesinos! Corramos, volemos
> a la Patria sacar de la tumba
> y que el fiero oligarca sucumba
> bajo el peso de amargo apenar...

VICENTE.—*(Extinguida la canción y sentando a Brusca con cuidado en el taburete.)* Así le hacía a mi mamá cuando tenía dolores por tanto trabajar en el conuco... *(Vivamente calienta junto al anafre la botellita.)*

OLEGARIO.—*(A Brusca.)* Ésos no volverán a pegarte nunca en su vida. Anda, come algo... *(Ofrece a Brusca una arepa y café.)*

BRUSCA.—*(Enérgica y rechazando lo que se le ofrece.)* Cuando hay guerra no se puede pensar en comer... A ustedes no les gusta sino hartarse... ¿Quién ha dicho que se pelea bien con la barriga llena y eructando? ¿Ustedes son mis hijos o los señoritos esos que se las echan de federales?

OLEGARIO.—¡Hay que comer, vieja, para tener fuerza!

BRUSCA.—Lo que deben hacer es curarme para regresar a la trinchera, el ataque grande va a comenzar ahora mismo... ¿No oyen los clarines tocando a formación de combate?

VICENTE.—*(A Brusca.)* Déjame abrirte el vestido por detrás para darte la soba... aún hay algo en la botella.

Brusca se queda quieta. Vicente le desabotona algo el vestido por detrás y comienza a sobarla con el menjurje de la botellita.

OLEGARIO.—*(A Francisco.)* ¿Y si cogemos el monte, qué hacemos con ella?

VICENTE.—¡Yo opino llevarla!

FRANCISCO.—Yo también, en el pueblo nadie la cuidaría. Y más con lo que pasó ahora con el comisario y ese policía... La vieja se moriría de hambre...

OLEGARIO.—*(Haciendo que Brusca coma.)* No hay que dejarla sola...

VICENTE.—*(A Brusca.)* Oye, vieja, ¿te irías con nosotros bien lejos de aquí?

BRUSCA.—*(Colérica.)* ¿Irme de aquí? ¿Quién quiere irse? ¡Ahora es cuando comienza la gran batalla y el que se vaya no es sino un desertor! *(Se pone de pie con violencia.)* ¿Tengo yo hijos desertores? Óiganme bien, al de ustedes que deserte lo hago fusilar... Y su padre me dará la razón, porque él tampoco quiere hijos correlones...

VICENTE.—*(Tratando de sentarla de nuevo.)* Quédate tranquila, vieja... siéntate.

BRUSCA.—*(Más colérica aún.)* ¡Yo sé quiénes desean desertar! A Zamora se lo he dicho... *(Oscuro sobre los jóvenes, cenital sobre Brusca.)* Son los camelones de siempre, los que se fingen liberales para aprovecharse de la sangre del pobre y luego traicionarlo... Yo sé lo que preparan... Y Zamora lo sabrá... Comprenden que si esta batalla de Santa Inés se gana, los ricos están perdidos. Vendrá el gobierno del pueblo y los que ahora están arriba tendrán que bajar los lomos.

Oscurecimiento lento. Se oye un redoble de tambor mientras se ilumina un rincón del campamento federal. Dos oficiales, junto a una fogata semiapagada, conversan con cierto sigilo.

OFICIAL I.—Eso debemos tenerlo claro, si Zamora vence con su plebe de campesinos a ese gran ejército gubernamental que nos sigue podrá hacer lo que quiera... Aplastará a la oligarquía, tomará el gobierno... Pero también a nosotros nos tendrá en sus manos... *(Tras de ellos, silenciosa, aparece Brusca. Se detiene y escucha.)* Y en vez de utilizarlo a él, él nos habrá utilizado a nosotros para elevar a su populacho... ¡¿Y entonces...?!

OFICIAL II.—¡Eso hace suponer que será más peligroso para nosotros ganarla que perderla!

OFICIAL I.—¡Por supuesto! ¡Zamora no admitirá términos medios!

OFICIAL II.—¡Quizás no se gane! ¡Machetes y chopos viejos no hacen milagros! Además somos pocos los oficiales técnicos con que cuenta Zamora... Los campesinos son buenos para guerrillas y escaramuzas, pero no para enfrentarse a cuerpos organizados de tropas bien armadas...

OFICIAL I.—¡Eso es una gran verdad! *(Brusca se acerca a ellos moviendo una vieja cantimplora de estaño. El Oficial I la advierte. Pide a su acompañante que guarde silencio.)* ¡Chiss! ¡Chiss!

BRUSCA.—¡Aquí está la cantinera con agua y ron! ¡El agua de sapos en la barriga mientras que el ron infunde bríos! ¿Qué prefieren los señores oficiales?... ¡Ah, son ustedes de los señores ricos que nos acompañan!... ¡Bravo! ¿Qué toman?

OFICIAL I.—¡Agua!

OFICIAL II.—¡Yo lo mismo!

BRUSCA.—¡Umm! ¡Militar que no beba ron, fume tabaco y le gusten las faldas y el joropo, está mal!... ¡Tendrán que acostumbrarse! *(Les sirve.)* ¡Lo que viene mañana es gordo... ¿Cuántos hombres del gobierno nos siguen?

OFICIAL I.—¡Muchos miles!

BRUSCA.—¡Ay, mi madre! ¿Y creen que ganaremos?

OFICIAL II.—¡No hay que confiarse! ¡Traen muchos cañones y jefes duchos que han estudiado en el exterior!...

BRUSCA.—¡La virgen del Carmen nos ampare!

OFICIAL I.—¡Yo, en el pellejo de Zamora, no daba batalla en este lugar, puede ser un sacrificio inútil!

OFICIAL II.—(A Brusca directamente.) ¡Es bueno que eso se sepa entre las guerrillas y los rasos, pues los únicos contentos, si peleamos, serán los zamuros... Por mi parte, tendré mis caballos listos...

BRUSCA.—¡Me está dando miedo oírlo!... ¿Hay peligro, entonces, de que esos oligarcas nos... (Hace gestos de que le cortan el cuello.)

OFICIAL I.—¡Es posible! ¡Por lo menos a los que agarren!...

BRUSCA.—¡El gran poder de Dios me salve! ¡Yo no quiero transformarme en cadáver todavía... Lo mejor es avisar de eso!

OFICIAL I.—¡Debes hacerlo rápido! ¡Para dar batallas ya habrá tiempo! ¡Corre a la tropa!

BRUSCA.—¡Eso haré!

Se va. Oscuro. Segundos después, una luz difusa, gris violeta, se enciende en un ángulo del Cuartel General de Zamora, éste se halla de pie sobre unos escalones, hace silueta contra el fondo. Brusca sale de la oscuridad y avanza hacia él, deteniéndose al pie de los escalones.

BRUSCA.—Estos ricos con trajes de mendigos que nos acompañan se entenderán con los jefes enemigos y con todos los potentados que están por detrás. Mis guerrilleros han sorprendido conversaciones. Yo misma los he oído esparciendo rumores de que esa gran fuerza que nos sigue nos derrotará... Algunos hasta preparan caballos y mulas para desertar... Yo, en su lugar, general Zamora, les formaría consejo revolucionario y los fusilaría... No se puede triunfar con enemigos ocultos en nuestras propias filas.

ZAMORA.—(*Sonriendo.*) Por algo te llaman la Rompe Fuegos... (*Señalando el mapa que tiene sobre la mesa.*) La oligarquía está perdida... Su único y gran ejército ha caído en la trampa que le he puesto. Mañana, después de la batalla, no habrá sobre esta tierra sino un solo y gran ejército, el de los campesinos... Después nos uniremos con la gente humilde y pobre de las ciudades, y comenzará el gobierno del pueblo... ¡Los que sueñan con traiciones quedarán burlados!...

BRUSCA.—Eso lo piensa usted con su cabeza... Pero esa cabeza pueden hacerla caer...

ZAMORA.—¡No se atreverán! Además, ese gran fuego que se ha encendido no podrán apagarlo tan fácilmente...

BRUSCA.—Es cierto, pero muchos sabemos que no hay más caudillo que piense en el pueblo como piensa usted. No hay quien tenga su capacidad militar... No hay quien odie la oligarquía y ansíe la justicia con tanta fuerza como usted... No hay sino los campesinos y usted, y esa es la desgracia.

ZAMORA.—¿Por qué?

BRUSCA.—Porque este fuego de justicia que marcha por campos y caminos pueden detenerlo con una bala... Con una sola bala...

VOZ DE ZAMORA.—No la dispararán...

VOZ DE BRUSCA.—Quién sabe... No se confíe... La culebra sabe usar su oculto veneno...

Oscuro. La luz se enciende lentamente en la escena anterior.

BRUSCA.—(*Hacia los jóvenes.*) La oligarquía es una serpiente enroscada en torno del pueblo... Y Zamora lo sabe... Y le aplastará la cabeza... Todos lo ayudaremos a hacer eso. ¿Quién es el que no va a ayudar? ¿Hay algún cobarde aquí que quiera irse para no pelear? (*Los mira uno a uno.*) El que tenga la barriga floja de miedo que lo diga...

FRANCISCO.—Nadie piensa en irse, vieja.

BRUSCA.—¡Así me gusta!

OLEGARIO.—(*Suavemente.*) Ahora vamos a dormir todos para estar mañana bien dispuestos...

BRUSCA.—Eso es... Y en lo que suene la diana, todo el mundo con sus armas para las trincheras... Ja, ja, ja... El enemigo no sabe lo que le espera... (*Vicente la toma con cuidado y la lleva hasta un haz de paja, haciendo que se acueste. Olegario y Francisco también se acuestan.*) Zamora ha dicho que será la batalla definitiva, la definitiva... (*Alzando la cabeza.*) Chisss. Están tocando Silencio en el campamento. Hay que cerrar los ojos... Ah, pero no los dos, sino uno solo... Uno solo...

La luz comienza a extinguirse mientras Vicente también se acuesta en el suelo.

TELÓN

ACTO TERCERO

A la derecha, el mismo cobertizo que sirve de albergue a los jóvenes y a Brusca. Al fondo, la vivienda del viejo Comandante, significada por una ventana de rejos, y junto a ella, colgada, una espada. Hay un taburete de cuero en el cual está sentado, grave, pensativo, el viejo Comandante. A la derecha, diago-

nal, una pared en ruinas con un boquete que permite ver a alguien que se asome por detrás. Tras la pared, un árbol seco. Al iniciarse la acción hay luz nocturna. Al fondo, el viejo Comandante medita. Llegan Teresa, Begoña, Rosalía y el Perro. Teresa se adelanta unos pasos mientras los otros se detienen y miran al Comandante con admiración y respeto.

COMANDANTE.—*(Quien hasta ese momento ha estado abstraído en sus pensamientos.)* ¿Qué buscan? ¿Por qué han entrado hasta aquí? ¡Ya ni perros que vigilen quedan en esta casa!

TERESA.—¡Deseamos que nos dé un informe!

COMANDANTE.—*(Turbado y con desconfianza.)* ¿Informar yo? ¿Acerca de qué?

TERESA.—¡De esa guerra donde estuvo!

COMANDANTE.—*(Con ira y mirando a cada uno de los que han llegado.)* ¡No quiero que se hable de ella! ¡Nadie en esta casa debe mencionarme esa guerra! ¡Lo he prohibido!

BEGOÑA.—*(Señalando a Teresa.)* Ella sólo desea saber...

COMANDANTE.—*(Interrumpiéndola.)* ¡Nada sabrá de mí! ¡Yo sólo he venido a morir bajo estos viejos aleros! ¡Óiganlo bien! ¡A morir! *(Se incorpora con dificultad.)* ¡Aun cuando respiro, soy un ser muerto! ¡Por eso crucé de noche el pueblo, para que nadie me viera! ¡Háganse el cargo que no estoy aquí! ¡Que no me han visto! ¡Además, estoy seguro de que no soy el que ustedes buscan!

BEGOÑA.—¡Dos de sus viejos soldados lo reconocieron cuando dobló la última calle!

COMANDANTE.—*(Con ira contenida.)* ¡Nunca mandé soldados, sino campesinos... Esta chaqueta!...

ROSALÍA.—*(Interrumpiéndolo.)* ¡Yo sé que usted es Cisneros! ¡Aún recuerdo cuando se marchó del pueblo a unirse con la gente de Zamora! Iban muchos; tocaban tambores y cantaban. Usted marchaba al frente con una gran bandera; en todos los sombreros brillaban al sol las flores de cañafístola, amarillas como si fueran de oro... Lloré de alegría mientras pensaba que muchos no volverían a ver más nunca aquellas calles que cruzaban con tanto entusiasmo... *(Grave.)* ¡Y así fue!

COMANDANTE.—¡Cállese! ¿Por qué recordar a esos que no regresaron? Hoy sólo llegan a las orillas de Ospino largas hileras de cruces... ¡Yo las he recorrido!

TERESA.—*(Suplicante.)* ¡Escúcheme! ¡Déjeme explicarle...

COMANDANTE.—¡No quiero! ¡Únicamente deseo cerrar los ojos y borrarme la memoria!

BEGOÑA.—¡Es un ruego!

COMANDANTE.—¡No! ¡Y deben irse! ¡He venido hasta aquí a esconderme de mí mismo y ustedes han llegado a herirme y mortificarme!

PERRO.—*(Avanzando hacia el Comandante.)* ¡También yo ando huyendo de mí mismo y tras las sombras de dos hombres!

COMANDANTE.—*(Retrocediendo impresionado.)* ¡No será detrás de mí!

PERRO.—¡No! ¡He hablado de dos hombres!

TERESA.—*(Insinuante y con dolor.)* ¡Comandante! ¿Nunca oyó hablar de mí? ¿De Teresa, la viuda? ¡Nací y me crié en este pueblo!... ¡Tenía un hijo que debió ser todo mi apoyo...

COMANDANTE.—¡No siga! ¡Nada quiero oír de madres y de hijos! ¡Sé que bajo el río de sangre vertida hay otro río de soledades y de lágrimas!...

BEGOÑA.—¡Y no sólo de lágrimas y soledades de madre! Yo me he quedado y me quedaré soltera... Un hombre me quiso y yo lo quise... Se fue también queriendo tomar entre sus manos callosas la justicia... No sé en qué matorral quedó tendido.

Un día me trajeron únicamente su franela tinta en sangre... *(Doliente.)* ¡Ahora me llaman la niña Begoña! *(Alto y con ira.)* ¡Pero yo no quiero ese nombre! ¡Deseaba estar algún día en la cama con Joaquín y darle hijos que se le parecieran! ¡Pero he de dormir sola siempre y mirando cómo las casas del pueblo se deshacen en ruinas y a mí me van brotando arrugas y achaques!

COMANDANTE.—*(Violento.)* ¡No hables más!

BEGOÑA.—*(Con rencor.)* ¡Tengo muchas cosas por dentro y a alguien tenía que decírselas!

ROSALÍA.—*(Desde el fondo y temerosa.)* ¿Por qué no nos vamos? Será mejor...

TERESA.—*(Porfiada.)* ¡No! ¡Yo quiero saber la verdad! ¡Obtener la respuesta que me alivie! ¡Y este hombre debe decírmela!

BEGOÑA.—*(Contagiada por la ira de Teresa.)* ¡Es cierto! *(Al Comandante.)* ¡Los jefes, los que ordenaban! ¡Los que condujeron tantos hombres a las batallas y llevaban las listas de los muertos deben dar cuenta...!

COMANDANTE.—*(Furioso, a Begoña.)* ¿Qué quiere decir?

BEGOÑA.—¡Aunque le duela, le repito que alguien debe responder por los grandes males que nos han ocurrido!

COMANDANTF.—¡Fui tras de una idea! ¡Cuando mis hombres avanzaban hacia la victoria o la muerte, creía que de nuestros sufrimientos brotarían la paz y la justicia para todos!... ¡Nunca me consideré jefe, sino una rama del pueblo agitándose dentro de su propia tempestad!

BEGOÑA.—*(Enérgica.)* ¿Y qué nos dejó esa tempestad?

TERESA.—¡Eso debe preguntarse a gritos!

COMANDANTE.—*(A Teresa y caminando luego hacia el foro.)* ¡Así lo pregunté yo a quienes nos burlaron, a quienes supieron aprovecharse de los huesos y la sangre de miles y miles de hambrientos!

Oscuro sobre el grupo formado por Teresa, Begoña, Rosalía y el Perro. Cenital sólo sobre el Comandante, que camina hacia el fondo. Una luz blanca, dura, ilumina de pronto a un alto Oficial Federal que cubre su cabeza con un quepis amarillo. El Comandante se detiene, lo mira de arriba a abajo y cruza los brazos sobre el pecho.

OFICIAL OLIGARCA.—¡Su actitud es extraña, Comandante Cisneros!

COMANDANTE.—¡Le repito que no entiendo! ¡Oiga! ¡A pesar de las montañas de cadáveres! ¡A pesar de toda la sangre derramada! ¡A pesar de la muerte de Zamora, a pesar de la capacidad de muchos jefes que tomaron los mandos después, los campesinos en armas sabíamos que el triunfo estaba en nuestras manos! ¿Por qué entonces ustedes, sus más altos generales, se han entendido con los oligarcas?

OFICIAL FEDERAL.—¡Razones políticas, Comandante!

COMANDANTE.—¡Por eso en nuestras fuerzas cunde el desaliento!

OFICIAL FEDERAL.—¡Espero que no haya llegado hasta usted!

COMANDANTE.—¡Por el momento sólo pido explicaciones!

OFICIAL FEDERAL.—¿Cree usted que la chusma puede mandar, administrar, dirigir, en fin, a un país en ruinas?

COMANDANTE.—¿Y pueden hacerlo quienes lo llevaron a esa ruina?

OFICIAL FEDERAL.—¡No es ésa la cuestión! ¡Cinco años de guerra como nunca se había visto han devastado a Venezuela! ¡Era necesario detenerla, poner calma, sosiego!... ¡Y usted, que es inteligente, debe comprenderlo bien! ¡Se precisaba, además, evitar a toda costa que la porción más inculta y menos capaz se impusiera como gobierno! ¡Nos hemos entendido en aras de la concordia, del bienestar común y para cerrarle el paso a los desmanes de la chusma!

COMANDANTE.—¿Por qué luchó entonces junto a esas chusmas haciendo creer que estaba del todo con ellas?

OFICIAL FEDERAL.—¡Por la armonía! ¡Era necesario debilitar a la oligarquía rancia... Y los golpes que le dio la chusma la han debilitado, ahora tendrá que compartir con quienes somos... digámoslo de una vez... hombres más liberales, su poder... ¿No es un progreso?

COMANDANTE.—¿Y la justicia! ¿Y el pan? ¿Y la tierra? ¡Fue por todo eso que se alzaron banderas y se derramó el incendio! ¡Por alcanzar esos deseos se han soportado llagas y espantos!

OFICIAL FEDERAL.—¡Cálmese y entienda! ¡Sería la ruina para el país quitar la tierra a sus dueños legales!

Extiende la mano. Se ilumina cerca del Oficial Federal un círculo de luz, A él llega el Oficial Oligarca. Se cubre la cabeza con un quepis azul.

OFICIAL OLIGARCA.—¡La tierra es nuestro poder y el convenio no tocarla!

OFICIAL FEDERAL.—¡Pierda cuidado! ¡Somos hombres de honor!

OFICIAL OLIGARCA.—¡Eso somos! ¿Entonces por qué luchó usted contra mí?

OFICIAL FEDERAL.—¡Equivocaciones! ¡Me arrastró el ímpetu de Zamora!

COMANDANTE.—*(A ambos.)* ¿Qué será del país tostado por la muerte?

OFICIAL FEDERAL.—Le daremos un orden civilizado.

OFICIAL OLIGARCA.—¡Y volverán a florecer las haciendas!

OFICIAL FEDERAL.—¡Y con el orden prosperarán los negocios!

COMANDANTE.—¡No entiendo! ¡Los muertos! ¡Las cruces! ¡Mi conciencia!

OFICIAL FEDERAL.—¡Comandante Cisneros, oiga un consejo, no se llega lejos poniéndose frente a uno la conciencia! ¡El país requiere nuestros sacrificios para hallar tranquilidad!...

COMANDANTE.—¡La tranquilidad sola no lo levantará!

OFICIAL OLIGARCA.—¡Cuando los extranjeros recobren la confianza nos ayudarán! ¡Que lo atestigüe el distinguido súbdito de Su Majestad británica!

Se ilumina al fondo el extranjero. Viste a la usansa inglesa de la época.

FUNCIONARIO INGLÉS.—¡¡Yes!!

COMANDANTE.—¡Eso huele a traición! *(Mirando por todas partes.)* ¡Habrá que encender los fuegos nuevamente! ¡Volverá a rugir el huracán de los pobres! *(A las tres figuras iluminadas.)* ¡¡Se los juro!! *(Comienza a retroceder hacia la oscuridad.)*

OFICIAL OLIGARCA.—*(Al Oficial Federal.)* ¿Existe peligro?

OFICIAL FEDERAL.—¡No! ¡Su clarín! ¡Su potro! ¡Su centella! ¡Zamora, en fin, ha sido muerto! ¡Yo lo vi!

El extranjero y el Oficial Oligarca ríen recio. Oscuro. Segundos después, luz sobre el grupo formado por Begoña, Teresa, Rosalía y el Perro. El Comandante llega junto a ellos.

COMANDANTE.—*(Hacia el grupo.)* ¡Sabían lo que hacían y el momento cuando lo hacían! ¡Ya no se podían levantar nunca más los millares de muertos! ¡Zamora no se pondría en pie jamás! ¡Tendrán que pasar cien años para recuperar la sangre y la violencia que se han ido por el caño de la muerte y la traición!

BEGOÑA.—¿Quién verá eso? ¡Ni siquiera tengo un hijo, ni un nieto!...

COMANDANTE.—¡Nadie tiene hijos! *(Con ira.)* ¡Nadie tiene hijos en esta tierra! ¡Sólo hay ruinas y cruces!

TERESA.—¿Mi hijo está bajo una cruz? ¡Dígamelo!

ROSALÍA.—*(Como un quejido.)* ¡Es preferible que no le diga nada!

COMANDANTE.—*(Mirándola como por primera vez y regresando de algo muy lejano.)* ¡Ah! ¿Quién era su hijo?

TERESA.—¡Guadalupe! De niño sonreía cuando se le hablaba y le gustaba cantar.

COMANDANTE.—¿Guadalupe? ¡Son muchos nombres!... ¡No recuerdo! ¡Cayeron tantos!

TERESA.—¡Él no cayó! ¡Lo buscaron para que enterrara a Zamora! ¡Eso me han dicho!

COMANDANTE.—*(Impresionado.)* ¡Ah! ¡Entonces él fue uno de los que abrieron la fosa... ¡Oí hablar de eso! ¡Dos hombres con una pala y un pico bajo la tarde turbia!... Una vez ellos anduvieron en mi tropa...

TERESA.—¿Sabe usted qué se hizo Guadalupe luego de cavar aquella tumba?

BEGOÑA.—¡Haga el favor y dígalo!

COMANDANTE.—*(Sombrío.)* ¡Aquel aciago día no peleaba yo en San Carlos; me habían mandado a retaguardia a buscar caballería! ¡No supe cuando llamaron a esos hombres ni los vi después!...

TERESA.—¿Qué oyó decir? ¡Quiero una pista! ¡Démela! ¡Usted es mi esperanza!

COMANDANTE.—(*Sonriendo amargamente.*) ¡Soy otra cruz y estoy enterrado!

ROSALÍA.—(*A Teresa.*) ¡Debemos irnos!

TERESA.—¡No! ¡Él debe saber algo! ¡Mi corazón me lo dice!

PERRO.—Si usted quería a Zamora, debió indagar sobre su muerte... ¿Qué supo?

COMANDANTE.—¡Nada! ¡Me envolvieron en mentiras!

PERRO.—(*Amargo.*) ¡Yo sólo deseo saber el sitio de la herida; aquí tengo una bala que no disparó! (*Se palpa el bolsillo.*)

TERESA.—¿Quién vio a mi hijo después de hacer eso?

COMANDANTE.—(*Violento.*) ¡Yo no lo vi! ¡Ah! ¡Sí! ¡Mi corneta decía que cuando regresaron de hacer aquello los encerraron en un rancho... incomunicados!

TERESA.—¡Siga! ¡Siga!

COMANDANTE.—A medianoche sólo una mujer pudo darle agua a través de un hueco.

TERESA.—¿Y esa mujer vive? ¿Está en algún sitio? ¿Habló con ellos?

COMANDANTE.—¡¡No sé! ¡¡Le digo que no sé!! ¡Desapareció al enterarse de la muerte de Zamora! ¡Ah! ¡Esa bala oscura! ¿Quién la disparó?

PERRO.—(*Impresionado.*) ¡Fue el diablo! ¡Le digo que fue el diablo!

TERESA.—(*Al Comandante.*) ¡Hable de esa mujer!

COMANDANTE.—¡No la conocí! Solía dar agua a la tropa en la línea de combate y la llamaban la Rompe Fuegos...

TERESA.—¡¡Brusca!! ¡¡Era Brusca!! (*Agarrando al Comandante por los hombros.*) ¡¡Vive en este pueblo!! ¡Los conocía, por eso les llevó agua!

COMANDANTE.—(*Desprendiéndose de Teresa.*) ¡Quería morir sin recuerdos, pero ahora volverán las imágenes! ¡Cornetas! ¡Descargas! ¡Gritos en los hospi-

67

tales de sangre! ¡Muertos podridos y zamuros!...
(Se deja caer en el taburete.)

PERRO.—*(Acercándose al Comandante.)* ¡Y yo quiero morir sin esa incertidumbre! *(A las mujeres.)* ¡Hay que hallar a esa guerrillera! ¡Hablarle ya, rápido!

TERESA.—*(Jubilosa, al Perro.)* ¡Fue amiga mía! ¡Conoció chiquito a Guadalupe! ¡Le hablaré! ¡Le rogaré!

BEGOÑA.—*(Con desaliento.)* ¡Será en vano, tiene el cerebro trastornado!

PERRO.—¡No importa! ¡Vamos donde ella!

TERESA.—¡Sí! ¡Vamos! ¡Dios me ayudará a iluminar su razón!

Sale. El Comandante queda solo, como abrumado. En la oscuridad del fondo se oyen risas; furioso, se pone de pie, saca una pistola y dispara hacia el fondo. Oscuridad total. Instantes después, luz en el cobertizo ruinoso. Brusca y los jóvenes duermen. A lo lejos canta un gallo. Brusca se despierta e incorpora con sumo cuidado, constata que los jóvenes están dormidos y luego se mueve y registra bajo la paja, saca un fusil y lo mira, sonríe pícaramente y lo vuelve a su sitio. Después se hace la dormida. Vuelven a cantar gallos a lo lejos. Vicente se despierta, ve a Brusca y procede a llamar a Olegario.

VICENTE.—*(Tocando a Olegario y en voz baja.)* ¡Ya es la hora, levántate! *(Le muestra a Brusca y hace señas de que guarde silencio.)*

OLEGARIO.—*(Incorporándose.)* ¡Será bueno calentar café!

VICENTE.—¡No podemos retardarnos, hay que salir del pueblo antes de que aclare! *(Despierta a Rafael.)* ¡Rafael, alza arriba, nos vamos! *(Rafael se incorpora. Vicente toma una cobija y la envuelve.)* ¡Esto para traer bien envueltos los fusiles!

Olegario toma otra y hace lo mismo. Rafael coge un por-si-acaso y se lo tercia. Vicente vuelve a ver a Brusca. Sin hacer ruido, los tres salen por la izquierda. Brusca muy lentamente se va incorporando, sonríe pícaramente y luego se asoma con cuidado por el boquete que hace de puerta, después vuelve a acostarse. La luz decae hasta una semipenumbra. Se ilumina un círculo en el fondo, llegan un Comisario y un soldado; el Comisario carga un machete envainado y el soldado un fusil.

COMISARIO.—*(A su acompañante.)* ¿Estás seguro de que es aquí donde lo metió?

Brusca oye y se medio incorpora, pero rápidamente se acuesta, fingiéndose dormida.

SOLDADO.—¡Vi cuando traía el bulto; y que me caiga muerto si no eran machetes!
COMISARIO.—¡Habrá que hacer un registro y detenerlos junto con la vieja! ¡Acerquémonos!

Se acercan a las ruinas. Asomándose por el boquete miran hacia dentro. Brusca parece que está dormida.

SOLDADO.—¡La vieja está sola!
COMISARIO.—Es bueno buscar más gente por si acaso. Ve a la Jefatura y te traes al sargento... Escóndanse tras el árbol y la pared... Yo haré que la vieja salga para detenerla... Después registramos...

Brusca ha abierto los ojos, pero disimula. El Soldado se va, el Comisario asoma la cabeza a través del boquete. Brusca lo mira, se incorpora y da un grito.

BRUSCA.—¡Ah! ¡Los oligarcas! ¡Hay que despertarse! *(Busca a los muchachos con la vista. El Comisario se esconde rápido.)* ¡Ah! Ellos se fueron a buscar municiones, pero yo pelearé sola... Ya verán... *(El Comisario vuelve a asomar la cabeza.)*

COMISARIO.—*(A Brusca.)* ¡Vieja loca! ¡Ya vas a estar amarrada y llevando agua!

BRUSCA.—¡Oligarcas, culos sucios! ¡Ahora van a saber quién es la Rompe Fuegos! *(Rápida, saca un fusil. El Comisario, al ver el fusil en las manos de Brusca, se alarma y huye. Ésta monta el arma y va a la tronera.)* ¡Ja, ja, ja! ¡Miren cómo corren a esconderse detrás de los árboles! Pero desde aquí los cazaré como conejos. (Apunta y dispara.)*

COMISARIO.—*(En semipenumbra y hacia el árbol junto al cual aparecen el soldado y otros hombres también armados de fusil.)* ¡Hay que tener cuidado, la vieja tiene un fusil, disparen sobre seguro!

Se esconde tras el árbol y la pared ruinosa. Desde allí, sin dejarse ver, dispara. Brusca se medio esconde cerca de la tronera, monta el fusil y vuelve a disparar.

BRUSCA.—¡Déjense ver, ratas podridas, para enviarlos al mismo Mandinga! ¡Ja, ja, ja! ¡Aquí está Brusca, la Rompe Fuegos! *(Mirando hacia la estancia.)* ¡Vamos a pelear, muchachos, que nuestra guerrilla es invencible! *(Monta de nuevo el arma.)* ¡Arriba las cabezas y cantemos! *(Canta.)*

> ¡Contra los oligarcas
> que son ladrones
> vamos los federales
> con dos cañones!

(Gritando hacia afuera.) ¡Hay que incendiar la sabana y que la caballería los alcance por detrás!

¡Plomo y candela con ellos! *(Dispara de nuevo. Luego retrocede, baja el fusil y ríe.)* ¡Ja, ja, ja! *(Se oyen tiros afuera contra las ruinas.)* ¡Ya los voy a ver corriendo por esas sabanas y buscando para disfrazarse pantaletas y fustanes de mujer! ¡Ja, ja, ja! ¡A los oligarcas no les entra plomo sino en las nalgas!

Vuelve a acercarse a la tronera con precaución y acomoda el fusil. Por la entrada del cobertizo llegan los muchachos, apresurados e inquietos. Se detienen al ver a Brusca.

OLEGARIO.—¡Lo que pensé al oír los tiros! *(Se asoma con cuidado por la tronera, Brusca lo ve y sonríe, pero sigue apuntando.)* Son pocos los que disparan para acá! ¡Están detrás de los árboles, podemos sorprenderlos entrándoles por un lado!... ¡Vamos!

Vicente y Francisco entre tanto han sacado los otros tres fusiles y la peinilla. Dan un fusil a Olegario. Éste lo agarra y los tres salen, rápidos, por donde habían entrado. Brusca los ve irse, con la cara iluminada de gozo.

BRUSCA.—*(Gritando hacia ellos.)* ¡Ahí van mis hijos! ¡La flor de las guerrillas de Ospino! ¡Ésos son los que pelean cantando y con los pechos desnudos! ¡Adelante, muchachos, que el enemigo huye! *(A lo lejos se oyen disparos entre gritos del Comisario y el soldado. Hay una luz difusa sobre el árbol y la pared en ruinas, detrás de los cuales están escondidos los atacantes. Brusca se asoma por la tronera gritando):*

¡Que suenen los tambores
y los clarines!

¡Que ya los oligarcas
huelen a orines!

*Lejos óyense los gritos de Olegario y Vicente
entre ruidos y disparos. Brusca trata de disparar
de nuevo. Una bala la hiere, lanzándola hacia atrás
con violencia, se tambalea y va cayendo lentamente.
Afuera hay más tiros y gritos. Vicente aparece cerca
del árbol y con el fusil montado.*

VICENTE.—*(Gritando.)* ¡Ya huyen! ¡Tira hacia el
camino!

*Junto a él llega Olegario. Ambos desaparecen tras
el árbol y la pared. Entre tanto Brusca reacciona
y trata de incorporarse. Se oye lejos una música
coral confusa de un canto federal. Como un rumor:*

¡Avivan las candelas
el viento Barinés!
¡Avivan las candelas
el viento Barinés!
¡Y el sol de la victoria
alumbra en Santa Inés!
¡Oligarcas, temblad!
¡Viva la libertad!
¡Oligarcas, temblad!
¡Viva la libertad!

*Llega por la entrada Francisco. Mira a Brusca he-
rida y corre a auxiliarla. Ésta apenas lo mira y le
sonríe. Rafael corre hacia la tronera.*

FRANCISCO.—*(Gritando hacia afuera.)* ¡Olegario!
¡Vicente! *(Vuelve donde Brusca y la semiincorpo-
ra.)* ¡Brusca! ¡Brusca! ¡No es nada! ¡Ya te cura-
remos! *(Busca un trapo para hacer una venda.)*
BRUSCA.—¡Hay que seguir peleando!

FRANCSCO.—¡Seguiremos, vieja! *(Llegan Olegario y Vicente. Se acercan, solícitos, a Brusca.)*

BRUSCA.—¡La batalla es infernal! ¡Cuántos muertos! ¡Pero venceremos! *(Inquietándose de pronto.)* ¿Quién me dijo que mataron a Zamora? ¿Quién me lo dijo? *(A los muchachos, con un resto de energía.)* ¡Vayan al combate para que lo miren y oigan su voz! ¿Ninguno ha visto su penacho amarillo y su potro? ¡Ah, todo huele a pólvora y candela! *(Turbada por un pensamiento obsesionante.)* ¡Nadie lo ha enterrado! ¡¡Nadie!! *(Ronca.)* ¡No hay ningún cadáver, él solo descansa un momento! ¡Mírenlo! ¡Mírenlo! ¡Mírenlo! *(Muere. Los muchachos se santiguan.)*

Luz sobre las ruinas de la izquierda; bajo ellas, sobre unas piedras, yace el cadáver de Ezequiel Zamora. Llegan el Oficial Federal, el Oficial Oligarca y el extranjero.

OFICIAL FEDERAL.—*(Señalando el cadáver y con odio.)* ¡Es Zamora muerto, lo conozco!

OFICIAL OLIGARCA.—*(Grave y resentido.)* ¡Una vez ardió como una llama! ¡Y a todos los de arriba nos quemaba!

OFICIAL FEDERAL.—¡Pretendía la tierra para darla a quienes con violencia la buscaban!

OFICIAL OLIGARCA.—¡Y quiso arrebatarnos con la tierra, títulos, honores, posiciones!

OFICIAL FEDERAL.—¡Pero una providencia lo detuvo; y ahora su caballo es una sombra y su rudo clarín cobre aterido, y su cuerpo una brasa ya apagada!

OFICIAL OLIGARCA.—¡Nunca más volverá a encender el alba con la centella gris de su mirada!

OFICIAL FEDERAL.—¿Todo está quieto ya?

OFICIAL OLIGARCA.—¡Sí!

Lejos se oye la voz de Brusca gritando.

Voz de Brusca.—¡Vuelve Zamora! ¡Ezequiel Zamora!

Oficial Federal.—*(Inquieto y molesto.)* ¿Quién grita?

Oficial Oligarca.—¡Los pobres... quizás quieren de nuevo volver a recobrar su llamarada...

Oficial Federal.—¡No hay que dejarlos! ¡No! ¡No hay que dejarlos!

Los tres, a coro.—¡¡No!!

Oscuro. Desaparecen los oficiales y el extranjero. Luz penumbrosa nuevamente sobre el mismo escenario. Por el boquete aparece la cabeza de Brusca, mira hacia adentro, un rayo de claridad cae sobre el rostro de Zamora. Los tres jóvenes llegan cerca de ella.

Brusca.—¡Sabía que estaba aquí!

Olegario.—¡Nunca pensé verlo muerto!

Brusca.—¿Muerto? *(Da la vuelta y entra a las ruinas seguida por los jóvenes.)* Han dicho que una bala lo derribó para desconcertarnos, para que nos declaráramos en derrota... Chiss... Chiss... Hay que dejar que crean eso, deben ignorar que él sólo descansa en estas piedras...

Olegario.—¡Hay sangre bajo sus cabellos!

Brusca.—¡El cielo, que está rojo, lo ilumina!

Vicente.—¡Quizás hay una herida!

Brusca.—Él es fuego y tormenta! ¿Qué bala puede herirlo?

Rafael.—¡El cuerpo es ya de piedra!

Brusca.—¡Yo les digo que sólo está dormido! ¡Lo digo y lo diré porque es lo cierto! ¿Lo oyes? ¡Bastará que lo pongan en su potro y resuene su clarín alto y violento para que toda su pasión despierte y sobre la llanura vuelva el fuego! ¡Hay que cargarlo! ¡Arriba! ¡Vamos! *(Los muchachos toman a Zamora en peso y lo cargan sobre sus hombros.)* ¡Mucho les pesará, es un gran árbol con pájaros, raíces, tempestades... ¡Yo los ayudaré con mi esqueleto! ¡A la sabana! ¡Vamos! ¡Donde miles de brazos nos esperan! *(Gritando hacia afuera mientras los jóvenes avanzan con Zamora en peso.)* ¡Oigan! ¡Oigan todos! ¡Alcen en alto las banderas! ¡Que redoble un tambor y traigan por la brida un potro de pólvora y tormenta, porque Ezequiel Zamora ya despierta!... *(Grita afuera.)* ¡Y que venga el coro de los vientos! ¡Y el de la madrugada enrojecida! ¡Porque ya mi Ezequiel va con el pueblo y hay una tempestad por los caminos!

Sale fuera de escena. Lejos óyese in crescendo *el rumor de la canción coral. Toda la luz va declinando. En el fondo se ilumina el grupo del prólogo en torno a la tumba de Brusca con su camarilla. Todos se santiguan en silencio. Lejos, como un eco, óyese la voz de Brusca.*

La voz de Brusca, lejos.—¡Zamora! ¡Ezequiel Zamora! ¡Ya en mis manos está tu llamarada!

Todos los del grupo vuelven los rostros hacia la voz mientras cae el

TELÓN

ABELARDO ESTORINO

[1925]

Cubano. Nació en Matanzas. Estudió cirugía dental en la Universidad de La Habana, profesión que no ha ejercido nunca. Trabajó durante algún tiempo en publicidad y fue asistente de dirección escénica, carrera que pudo afirmar al cursar las materias correspondientes a esa especialidad. Ha ejercido el oficio de actor y ha hecho adaptaciones para teatro infantil, completando así una carrera que se vio definitivamente coronada con el éxito cuando escribió su obra El peine y el espejo *y cuando estrenó, posteriormente,* Hay un muerto en la calle.*

El robo del cochino *(1961) es la más significativa de sus obras. Mereció una mención de honor en el Segundo Concurso Literario Hispanoamericano, de la Casa de las Américas de La Habana. En esta obra vemos desfilar varios personajes de una población cubana, en una situación dramática que fue común en los días anteriores al estallido de la Revolución. Sin ninguna preocupación didáctica visible, el autor mueve estos personajes comprometidos todos en un conflicto ingenuo en apariencia, del que quieren permanecer desligados, y que, a pesar suyo, los va envolviendo, acrecentando su fuerza dramática, que se deriva de los acontecimientos políticos. Técnica segura, personajes reales, vivos en su dimensión más íntima, diálogo directo y efi-*

caz, singularizan este drama que ha sabido evitar los peligros del teatro panfletario y ha permanecido en un término equilibrado, en que el conflicto es mostrado con la fuerza de la realidad, gracias a la habilidad del autor, que figura entre los más sobresalientes valores del teatro de la Revolución.

El robo del cochino

DRAMA EN TRES ACTOS

PERSONAJES

Lola
Rosa
Cristóbal
Juanelo
Maestra
Rodríguez

ACTO PRIMERO

Por la mañana

La acción en un pueblo de la provincia de Matanzas, en el verano de 1958.

Lola.—(*Entrando.*) Perdone que haya llegado tarde, pero... Estoy muerta, muerta, muerta. No hay hueso que no me duela. Si dormí una hora es mucho ¡qué jelengue! Y tanta música, no me daba tiempo de estar quieta.

Rosa.—Yo tampoco dormí mucho.

Lola.—¿Se oía de aquí la música? Estaba buena, ¿eh? ¿Verdad que estaba buena? Yo llegué tarde porque tuve que planchar el túnico, el que usted me regaló el mes pasado. ¡Me quedó como nuevo! Y pintao, ponérmelo, apretarme el cinto y pa'lante. Y qué música, ay, qué música. Y ahora cómo me due-len los pies. Toda la noche sin dormir, porque me fui para la casa a las 5 y... Ja, ja, ja. ¡De las cinco a las seis tampoco dormí!...

Rosa.—¡Lola, Lola! *(Regañando.)*

Lola.—Ay, señora, qué bobería. Eso está bien pa usted, que tiene su esposo y su hijo y su casa... ¡que la conoce el pueblo! Si usted no... La ver-dad, para qué decir una cosa por otra, no dormí, no dormí. Y a nadie le preocupa. Y ya usted sabe por qué no dormí. ¿Dice usted que no durmió? La fies-ta era como a cuatro cuadras de aquí.

Rosa.—Se oía como si fuera aquí mismo. Y yo queriendo dormir, dando vueltas en la cama. Cuando Cristóbal llegó... ¡llegó más tarde que nunca!, yo estaba despierta todavía. Y al poco rato roncaba. Lo oí roncar toda la noche.

Lola.—¿Usted padece de desvelo?

Rosa.—Dando vueltas, esperando... Cogí y me le-vanté. ¡Piensa uno tantas boberías cuando está des-velado!

Lola.—Yo duermo como un tronco.

Rosa.—¡Qué suerte! Me paré en la ventana a ver pasar la gente que venía del baile. Todavía iban bailando por la calle. Bailando y restregándose. ¡Hay que limpiar esta casa!

Lola.—La música, la música estaba divina, divina. Laralará, laralará.

Rosa.—Ayer con el apurijó del baile, apenas pa-saste la colcha.

Lola.—Palo y frazada, frazada y cubo, cubo y fra-zada, ¿no es mejor que me llegue hasta la carnice-ría y traiga la carne?

Rosa.—No, limpia.

Lola.—Después se acaba y entonces hay...

Rosa.—No, que te pones a hablar y no limpias nunca. Limpia, después vas.

Lola.—Pero la verdad que no está tan sucia.

ROSA.—Limpia, que hoy es domingo y ahorita empieza a llegar la gente que sale de misa ¡que pasan y entran un minuto! No sé a qué. ¡Con lo que me gusta a mí que vengan visitas! y hoy menos que nunca. Yo no voy a casa de nadie.

LOLA.—¡Ay! yo no sé... yo no sé cómo usted puede vivir metida aquí. Siempre aquí. Antes de que yo trabajara en esta casa, cuando estaba con la señora del alcalde, que entonces no era alcalde ¡alcaldesa! ¡ahora le dicen alcaldesa! ¡unos muertos de hambre es lo que eran! ¡cicateros!

ROSA.—¿Cómo?

LOLA.—La gente del alcalde, son unos cicateros. Bueno, cuando yo trabajaba allí y pasaba y la veía a usted ¡siempre aquí siempre! Cuando pasaba yo decía, esta mujer debe estar enferma. Yo jamás la he visto a usted en la calle. Cuando va al cementerio nada más. ¡Mejor es que limpie, porque es lo que usted dice, luego empieza el pasa pasa y... ¿Juanelo no se ha levantao?

ROSA.—¿Qué hora es?

LOLA.—No sé, cerca de las nueve.

ROSA.—Él vino tarde anoche. Creo que eso me desveló. No puedo quedarme dormida cuando está en la calle.

LOLA.—Lo mismo le pasa a mi hermana. Cuando los hijos están en la calle no se acuesta. Se sienta ahí al lado de la puerta, cabeceando y cabeceando, ¡pero no se acuesta! Hasta que no llega el último ¡y tiene tres! Suerte que tiene uno solo.

Rosa mira un retrato de niña que cuelga en la pared, debajo tiene un búcaro con flores.

LOLA.—Voy a limpiar, ¡mira que yo hablo boberías! Me pongo a hablar y no tengo para cuando.

ROSA.—Lola... *(Llamándola.)*

LOLA.—Diga.

Rosa.—Cuando vayas a buscar la carne, llégate hasta el jardín y tráeme flores.

Lola.—Pero si esas están buenas todavía. Se las traje...

Rosa.—Son para llevar al cementerio.

Lola.—¡Ah! Sí, claro. Voy a buscar el cubo y la frazada. ¿No va a llamar a Juanelo? *(Va hacia el interior de la casa. Rosa se queda en la ventana, abstraída. Entra Cristóbal, pone el jipi en la sombrerera.)*

Cristóbal.—¿Hay café?

Rosa.—No te sentí entrar.

Cristóbal.—Estás como boba. ¿Hay un poco de café?

Rosa.—Sí. ¿Qué tal la finca?

Cristóbal.—No hay un solo guajiro trabajando.

Rosa.—Pero es domingo.

Cristóbal.—Les dije que tenían que chapear y no lo han hecho. Domingo, sí, pero a la hora de pedir un vale para la bodega no miran qué día es. ¿Y Juanelo?

Rosa.—Durmiendo. Anoche vino tarde.

Cristóbal.—¡Qué muchacho! Le he dicho que no ande por ahí, que ahora no conviene con las cosas como están.

Rosa.—Como tú no estás aquí para ver a la hora que llega, se aprovecha.

Cristóbal.—¡Qué buena vida! Durmiendo a las diez de la mañana.

Rosa.—Las nueve.

Cristóbal.—No sé cuando me he levantado yo a las nueve de la mañana. ¡Juanelo! Lo has criado con la soga larga. Consintiéndolo. En mi casa éramos cinco y tuve que pegar muy duro. Pero éste es solo y tú lo consientes.

Rosa.—Mira quién habla. Si hace de ti lo que quiere. Todavía no ha abierto la boca y ya le estás dando lo que pide. Por eso viene tarde. ¡Y como no tiene nada que hacer!

CRISTÓBAL.—Bueno, yo no tengo la culpa de que hayan cerrado la universidad ¿no? Apenas llevaba un mes en La Habana, empezaron esos revoltosos a meterse en lo que no les importa. Un país donde los estudiantes en lugar de estudiar se ponen a quemar guaguas. Los estudiantes no, ¡un grupito! Que son los que no dejan estudiar a los otros.

ROSA.—No puede estar sin hacer nada. Debías buscarle un trabajo.

CRISTÓBAL.—¿Aquí? ¿Para que le paguen 30 pesos? Y a La Habana no lo voy a mandar. Estuvo en la finca un tiempo y... ¡No sirve para eso! No sabe tratar a la gente. Como no se ha tenido que romper el lomo tiene la mano abierta. Y yo trabajando como un mulo. (Llamándolo.) ¡Juanelo! ¿Y el café?

ROSA.—Lola, tráele café a Cristóbal. Caliéntalo, ¿eh? Voy a llamar a Juanelo. (Va hacia el interior de la casa.)

CRISTÓBAL.—Haraganes.

ROSA.—¿Qué dijiste? (Desde la puerta.)

CRISTÓBAL.—(Mientras ojea un periódico.) Esa gente de la finca. ¡Son unos haraganes! Les he dicho que hace falta chapear, que la yerba se está comiendo el sembrao de papa ¡ah! pues ahí lo dejan. Y hay que estar arriba de ellos porque si no... Y después se quejan. ¡Siempre se están quejando! Y se cansa uno de resolverles problemas. En cuanto tienen cualquier cosa vienen para acá. ¡Eso sí! Pero a la hora de trabajar... cuando es domingo porque es domingo y cuando es lunes porque es lunes. (Gritando.) ¡El café!

ROSA.—(Entrando.) ¿Lola no te lo ha traído? Deja ver que le pasa.

CRISTÓBAL.—Las diez de la mañana y ese muchacho durmiendo todavía.

JUANELO.—(*Saliendo del cuarto.*) Las nueve y cuarto exactamente. En mi reloj suizo.

CRISTÓBAL.—Yo estoy levantao desde las cinco y media.

JUANELO.—(*Bromeando.*) ¡Ah! Pero tú eres un hombre fuerte, hecho al trabajo duro y al aire de la mañana. Vas a vivir muchos años y lo que es más, vas a seguir luciendo joven, como ahora.

CRISTÓBAL.—A mí también me gustaría dormir la mañana, pero tengo que ser yo el que me levante.

JUANELO.—Viejo, tú fuiste el que te empeñaste en que estudiara. Querías tener un hijo doctor.

CRISTÓBAL.—Claro, para la finca no sirves.

JUANELO.—(*Le quita "los muñequitos" al periódico que Cristóbal lee.*) Pero para otras cosas, sí. Como mi padre.

ROSA.—(*Entra con café.*) Toma Cristóbal. ¡Mira que esto es grande! ¿Tú quieres, Juanelo?

JUANELO.—¡Claro!

ROSA.—Vete a lavar la cara ¡anda! Mira que esto es grande. ¿Tú no sabes que Lula estaba dormida en la cocina? Me la he encontrado sentada en una silla, rendida.

CRISTÓBAL.—Porque tú eres como éste, que tratas a la gente con una confianza desde el primer día ¡qué te pierden el respeto! Mira a ver en la finca...

ROSA.—Pues tú mismo estabas diciendo que no trabajaban.

CRISTÓBAL.—Cuando no estoy, porque cuando me ven tiemblan.

JUANELO.—Yo no le veo la gracia a eso, a que tiemblen.

CRISTÓBAL.—Por eso cuando estuviste allí nadie te hacía caso.

JUANELO.—Pero me divertía.

CRISTÓBAL.—Y ésta, las coloca hoy y al día siguiente están en la gran cháchara.

ROSA.—Con alguien tengo que hablar.

CRISTÓBAL.—Y le cuentan los problemas y que si el marido y que si los muchachos. Y le pierden el respeto.

LOLA.—*(Entra con cubo y frazada.)* Óigame, perdone, pero conmigo no es eso, porque yo no tengo ni marido ni muchachos.

CRISTÓBAL.—Otros problemas serán. Porque todas las que vienen aquí tienen problemas, y si no para oír los de Rosa.

LOLA.—Bueno, yo vivo sola, yo sí que no tengo problemas.

JUANELO.—Pues hoy por la mañana, ¡ahorita mismo! ¡Te oí a ti y a la vieja en la gran conversación! fíjate que no me dejaban dormir con el runrún.

LOLA.—Pero ésos no eran problemas, mi'jiito: le estaba contando del baile.

JUANELO.—¡Ah! verdad, si yo te vi cuando ibas con tu flor en la cabeza y la cintura apretá.

LOLA.—Hay que divertirse, que la vida es corta.

CRISTÓBAL.—Si yo hubiera pensado así de joven, ahora estaríamos comiendo tierra. Y si me hubiera levantao a la hora que tú te levantas no tendríamos ni un kilo. Pero me pegué muy duro, pero que muy duro desde muchacho. Porque no me da pena decirlo, que pasé mucha hambre, mucha. Porque me acuerdo cuando trabajaba en la bodega de Eliseo, que me levantaba de madrugada, y un mulatico y yo, dale que dale, sin parar hasta las doce de la noche. Para volver al día siguiente.

JUANELO.—¿Y qué se hizo del mulatico?

CRISTÓBAL.—Y después pedí las noches y aprendí mecanografía. Y le hice las cuentas a Eliseo y aprendí...

JUANELO.—Y aprendiste a llevar los libros.

CRISTÓBAL.—Sí, no te burles. Aprendí a llevar los libros. ¡Y me sirvió mucho!

JUANELO.—Se ve, se ve.

CRISTÓBAL.—Porque había pasado hambre y humillaciones y tuve que agarrarme de cualquier tablita para ir subiendo. Porque a ti todo te ha sido fácil.

ROSA.—¡Por Dios, Cristóbal!

CRISTÓBAL.—¿Por Dios de qué? Él no sabe nada, ni tú tampoco porque cuando me conociste ya yo era otro. Pero hay que decírselo para que le dé valor a lo que ahora tiene. Cuando me conociste ya no era el dependiente, sino el dueño, bien distinto que era para ti y sobre todo para tu padre.

JUANELO.—Si eso te conviene, viejo. Mira la cara que tienes, pareces mi hermano. El trabajo no te ha hecho daño, al contrario.

LOLA.—Oiga, verdad que usted no parece la edad que tiene.

CRISTÓBAL.—¿Y qué edad yo tengo?

LOLA.—¡Ah! yo no sé... pero parece... vaya, no parece viejo. (Mira a Rosa.)

JUANELO.—Tú no lo sabes bien, negra. Se lo comen por la calle. Hasta las de quince.

CRISTÓBAL.—Bueno, ya no, pero hace unos años me llevaba en la golilla a muchos bonitillos como tú.

LOLA.—De tal palo...¡Que lo he visto lo he visto!

JUANELO.—¿Vamos viejo, hasta allá arriba? Me visto y te dejo en casa de tío.

CRISTÓBAL.—Sí, para seguir después con la máquina.

ROSA.—¿Está enamorado, Lola? ¿Qué dicen por ahí?

LOLA.—Ay, yo no sé. Yo no sé si le gustan los pollos o los medios tiempos.

JUANELO.—¡Qué lengua!

LOLA.—Si eso no es malo, mi'jo. Mira, yo me enamoro todos los meses y vivo divinamente.

ROSA.—¿Quién es, Lola? ¿La hija de Alfonso, el alcalde?

LOLA.—Ay, señora, yo no soy chismosa. Pero no es tan joven como la niña ésa. Y me voy. Voy a la carnicería y limpio después, porque hay mucha gente aquí.

Rosa.—Coge. Llégate hasta la calle Real y tráeme las flores. Azucenas mejor, sabes, si hay azucenas mejor. *(Lola sale.)*

Cristóbal.—¿Es verdad lo que dicen, Juanelo?

Juanelo.—¡Ay viejo! Voy a vestirme y te llevo hasta casa de tío. *(Sale.)*

Rosa.—¿Qué es, Cristóbal?

Cristóbal.—Que le anda dando vueltas a la prima de González, la que vino de La Habana.

Rosa.—¿La que es divorciada?

Cristóbal.—Sí.

Rosa.—Pero es una mujer mayor.

Cristóbal.—Bueno, no tanto, tendrá... 30 años.

Rosa.—Para él es una vieja.

Cristóbal.—Bueno, tú no creerás que él piensa casarse con ella ¿no? Será para ver lo que puede coger.

Rosa.—Sí, pero una mujer así lo enreda y cuando viene a ver...

Cristóbal.—No adelantes, no adelantes las cosas. Es un hombre ¡déjalo! No empieces a darle vueltas como una gallina culeca. Es más vivo de lo que tú te figuras, ¡y seguramente sabe la clase de mujer que es! Divorciada, vive sola en La Habana.

Rosa.—¿Y qué hace aquí?

Juanelo.—*(Entra poniéndose la camisa.)* Pues su prima está enferma y vino a cuidarla. ¿Qué otra cosa quieren saber?

Rosa.—Juanelo, y lo de la hija de Alfonso...

Juanelo.—Ah... vieja. ¡Esa niña boba!

Cristóbal.—¡Boba! Con un padre que es dueño de medio pueblo.

Rosa.—Siempre es mejor una muchacha decente, de buena familia, que una vieja que viene de no se sabe donde.

Cristóbal.—Déjado, Rosa, él sabe lo que hace, que

aproveche ahora que es joven. Después sabrá buscar lo que le convenga. Y si tiene dinero no pensará que es boba.

JUANELO.—Eso no tiene que ver. Mamá no tenía nada y te casaste con ella.

CRISTÓBAL.—No, no tenía nada. Este montón de muebles viejos. Y la importancia que se daban.

ROSA.—Porque podíamos. Que mi familia es una de las más antiguas del pueblo.

CRISTÓBAL.—Pero no tenía nada.

ROSA.—Mi abuelo tuvo fincas por todos los alrededores. Maravilla y Sueño Viejo, dos fincas enormes, las que son ahora de Alfonso.

CRISTÓBAL.—Sí, pero cuando yo te conocí, todo estaba hipotecado. Y bien callado que se lo tenían, porque tu padre no tenía ni donde caerse muerto.

ROSA.—No seas grosero.

CRISTÓBAL.—Groserías eran las de tu padre, que no te quería dejar casar conmigo porque quería ¡quería un doctor para la niña! Y la niña por poco se le queda.

JUANELO.—Pues dicen que el abuelo tenía plata.

CRISTÓBAL.—Sí, es verdad, Maravilla, esa otra finquita que está ahí después de la línea, pero cuando yo me casé todo estaba hipotecado y cuando se murió don Gregorio. *(Camina hasta la sombrera.)* ¡Ah, porque le decían Don Gregorio! Mucho título, mucho respeto, mucha servilleta en la mesa, pero cuando se murió ésta no cogió ni un kilo. Ya todo estaba perdido.

ROSA.—Eso fue lo único que te dolió. Que no había dinero. Por lo demás como si se hubiera muerto un perro.

CRISTÓBAL.—Yo nunca le caí bien...

ROSA.—Eso no es verdad, lo que pasaba es que...

CRISTÓBAL.—Sí, lo que pasaba es que él no sabía que yo también iba a tener dinero. Se murió sin verlo.

JUANELO.—Ahora hubiera estado orgulloso de su yerno, viejo.

ROSA.—Esos son inventos de Cristóbal, que siempre mide a la gente por el dinero. Y se cree...

CRISTÓBAL.—Así medían ustedes. Si no, ¿por qué le gustaba a don Gregorio el mariquita aquel que andaba contigo?

JUANELO.—¿El del retrato? Ése que está con la vieja al lado de un piano...

CRISTÓBAL.—Sí, ella cantaba y él tocaba el piano. Siempre estaban en lo mismo. En las veladas, en las verbenas, donde quiera ella cantando y él ahí, pegado al piano.

JUANELO.—Pero mamá canta bien. Ya no, pero me acuerdo cuando era chiquito que ella...

CRISTÓBAL.—Qué va a cantar bien. Haciendo el papelazo.

ROSA.—Ahora dices eso. Pero me conociste cantando. ¿Te acuerdas? Era en el Liceo, creo que era la primera vez que entrabas allí. Y no me quitabas los ojos de encima mientras cantaba. De esa noche es la fotografía.

JUANELO.—¡Qué foto más ridícula! Con ese vestido y el abanico.

CRISTÓBAL.—Eran unos picúos que se escribían libretas de poesías.

ROSA.—Tú me pediste la libreta. Y en medio de todos aquellos poemas escribiste una décima.

CRISTÓBAL.—Por lo menos era mía.

ROSA.—Y me seguías por todo el pueblo.

CRISTÓBAL.—Y tú te parabas detrás de las persianas a verme pasar. Y eso que yo no era más que un bodeguero.

ROSA.—Voy a buscar la fotografía. Para que Juanelo vea qué linda era su madre.

CRISTÓBAL.—Buena cosa.

JUANELO.—Si yo la he visto.

ROSA.—Sí, pero no te acuerdas. *(Sale.)*

CRISTÓBAL.—Eran unos orgullosos. No tenían nada, pero se creían los dueños del pueblo, porque tenían una gran casa y estos muebles y cortinas. La verdad que vivían bien y respetaban al viejo. La primera vez que fui allí me sentí todo cortado. El viejo Don Gregorio, Don Gregorio ¡y no tenía ni un kilo! Pero usaba bastón. Bastón con puño de plata. (*Juega con el bastón.*) Pensaban que me hacían un honor dejándome entrar en su casa. Siempre hablando de la chusma y de la educación y de los pueblos chiquitos y de la ignorancia y de los buenos modales. Me tragaron a la fuerza, pero aspiraban a otra cosa ¡no sé a qué! ¡al mariquita ese que tocaba el piano!

ROSA.—(*Entrando, le quita el bastón de las manos y lo pone sobre la mesa.*) No era ningún mariquita. Que se casó y vive en La Habana con su mujer y su hija. Mira Juanelo. (*Juanelo se ríe que no puede más. El padre se ríe. Rosa dolorida les arranca la foto de las manos. La rompe.*)

ROSA.—Ahí está. Total, ya no queda nada, nada, nada.

JUANELO.—Vieja, ¿por qué la rompiste?

ROSA.—Ríete de mí, no tengas pena. Él se ha reído siempre, hazlo tú también. Ya estoy acostumbrada. (*Sale.*)

JUANELO.—Vieja, vieja. (*Juanelo recoge los pedazos de la foto y trata de unirlos en el suelo. Entra la maestra.*)

MAESTRA.—Buenos días. ¿No hay nadie en esta casa? Le roban la casa...

CRISTÓBAL.—Pase, pase para acá, usted es de la familia.

MAESTRA.—Buenos días, Juanelo. ¿No saludas a tu maestra? Salía de misa y me dije, deja ver cómo andan esos falsos. Sí, ustedes, no protesten que es verdad. ¿Y Rosa? Por allá no les veo el pelo. Bueno, Rosa es verdad que sale poco. A usted es al que más veo, y por eso porque va a ver a Alfonso. Juanelo ya...

CRISTÓBAL.—Yo no sirvo para visitas.

MAESTRA.—Bueno, en eso todos los hombres son iguales. ¿Y tú Juanelo? ¿Ya no te gustan las limonadas por el mediodía?

JUANELO.—Usted sabe lo que pasa...

MAESTRA.—Sí, hijo, cómo no voy a saber lo que pasa, en un pueblo chiquito todo...

JUANELO.—Es que he estado ayudando a papá y siempre hay algo...

MAESTRA.—Claro, claro... Pero, ¿y Rosa?

CRISTÓBAL.—Rosa, Rosa, aquí está la señora de Alfonso. Viene en seguida, debe estar por la cocina.

MAESTRA.—Sí, en las casas siempre hay algo que hacer. Pues salí de misa y dije, déjame aprovechar y llegarme hasta allá, porque después se me complica el día y los domingos, que va tanta gente a ver a Alfonso ¡y como hace días que quería venir! y me alegro, de encontrarlo a usted aquí, si quería venir hace un montón de días porque en la iglesia estamos haciendo una colecta. No una colecta general ¿sabe? sino, solamente entre los matrimonios más representativos, así dice el Padre, entre los matrimonios más representativos del pueblo. Una obra magnífica ¿sabe? porque lo que se pretende es realizar matrimonios religiosos entre la gente pobre. ¡Yo quisiera que usted viera cuanta gente hay que no está casada por la... *(entra Rosa, se besan.)* ¡Buenos días, Rosa!... Llevo toda la mañana aquí dando palique...

CRISTÓBAL.—¡No diga eso!

MAESTRA.—Bueno, pero Juanelo sí lo piensa...

JUANELO.—No, perdone, es que estaba...

MAESTRA.—Sí, sí, sí, pensando en otra cosa ¡se ve! Rosa, le decía a Cristóbal que queremos casar por la Iglesia ¡es una campaña! ¿sabes? se le ocurrió al padre Tomás... por cierto dice que nunca vas por la iglesia, chica, un domingo más que otro debías ir. ¡Él los aprecia tanto a ustedes! Mira ahora mismo, en seguida que hizo la lista de los matrimonios más representativos, así lo llama él ¿sabes? en cuanto hizo la lista, Cuca y yo lo ayudamos, en cuanto empezamos a hacer la lista se acordó de ustedes. Después, a los matrimonios que contribuyan se les dará una especie de suvenir y si quieren, no es obligatorio ¿saben? si quieren pueden ser padrinos de boda de uno de los matrimonios pobres que van a hacerse. Se ha dicho que no es obligatorio porque ¡figúrate! hay gente pobre que es decente, yo no digo que no, pero... no todos, desde luego... entonces, ¡claro! uno contribuye, cumple su parte y no se ve obligado a estar después, tú sabes cómo son las gentes, que se lo puedan tomar a pecho y si le sirves de padrino de boda, después son capaces que los tengas metidos en la casa todo el día. Así ustedes contribuyen, les mandan su suvenir y en el periódico del pueblo ¡ah sí! se me olvidaba, entonces en el periódico del pueblo, Cuca, la directora del colegio, escribirá una viñeta sobre cada uno de los matrimonios, más representativos, como dice el Padre.

CRISTÓBAL.—¿Y con cuánto hay que ponerse?

MAESTRA.—Bueno, no hay cantidad fija. Se han escogido los matrimonios más representativos y... ¿Rosa, te sientes mal?

ROSA.—No, es que anoche no dormí bien porque... ¡había una fiesta cerca de aquí!

MAESTRA.—Ah, sí, ese maldito baile de los negros. Alfonso dio el permiso, qué remedio. ¡Un alcalde tiene tantos compromisos! Ahora no hay tantas fiestas ¡y conviene ¿sabe? conviene que haya! ¡Esos peludos de la Sierra! Tan tranquilos que podríamos vivir y ellos lo tienen todo revuelto. Bueno, no quiero ni hablar de eso. Lo mejor es no hablar. ¡Alfonso no habla de otra cosa!... ¿Qué te decía? Sí, te ves cansada.

CRISTÓBAL.—Usted nos perdona, pero tengo que salir. Tengo que ver a mi hermano y después ir a Matanzas.

MAESTRA.—Bueno, cuento con usted entre la lista de matrimonios.

CRISTÓBAL.—Claro, claro. Salude a Alfonso.

MAESTRA.—Vaya por allá, para que... hablando de otras cosas se distrae. Está tan preocupado con las bolas. Ahora dicen que ya están en Santa Clara. Yo no quiero creerlo.

JUANELO.—Pues es verdad.

CRISTÓBAL.—Nadie sabe lo que es verdad ni lo que es mentira, todo el mundo habla y habla...

MAESTRA.—Eso digo yo, todo el mundo habla tanto. ¡Pero parace que es verdad! Yo no quiero creerlo. ¿Contamos entonces con ustedes? Bien.

CRISTÓBAL.—Salude a Alfonso.

MAESTRA.—No deje de ir por allá. Él se distrae tanto con usted.

CRISTÓBAL.—Hasta luego. *(Salen Cristóbal y Juanelo.)*

MAESTRA.—Hasta lueguito. ¡Es igualito a su padre ese muchacho! De ti no sacó nada.

ROSA.—La niña se parecía a mí.

MAESTRA.—Juanelo está altísimo. Siempre me acuerdo del día que lo puse de penitencia, ¡era viyaya! Bueno, todos los varones son viyayas. Y yo tengo 35 fieras metidas en un aula cuatro horas. ¡Qué ganas de que lleguen las vacaciones! Estoy tratando de conseguir una licencia para no tener que trabajar, pero ¡con las cosas como están! En confianza, creo que la cosa está muy mala.

ROSA.—Pero eso es por allá arriba, por Oriente, pero aquí... ¡quién se va a meter aquí en eso! A Juanelo le tengo dicho que no venga tarde. Aunque éste es un pueblo tranquilo. ¿Pero quién lo aguanta metido en la casa? Es como el padre.

MAESTRA.—Sí, se parece mucho a Cristóbal. Rosa, yo... ¡hay cosas en las que uno no debe meterse! Pero nosotros les tenemos un gran cariño a ustedes. ¿Tú sabes que Juanelo anda con esa mujer? Vive con ella, que los han visto. Se la lleva en la máquina y... yo comprendo que Juanelo es ya un hombre...

ROSA.—¿A dónde la lleva?

MAESTRA.—No sé, los han visto solos en la máquina ¡y ella es divorciada! Claro que Juanelo es un hombre, pero ella es una cualquiera ¡y te lo envuelve! Y cuando vienes a ver lo tienes casado y... ¡se te meten a vivir aquí! Y a mí que no me vengan con eso de que ella es muy educada y doctora en ¡ciencias sociales, dicen! Lo que es una cualquiera, porque llegar a un pueblo así y echarle mano al primer muchacho que encuentra ¡chica! y tú sabes que él andaba con mi hija Laurita, que ¡te juro que no es porque sea ella! pero, un poco te respeto ¿no?

ROSA.—¿Entonces tú crees que ya no vamos a estar en la familia?

MAESTRA.—Chica, él hace mucho tiempo que no va por casa. Laurita sigue su vida de siempre. En eso yo no me meto y a ella no le pregunto. Ya las hijas no son como antes. Les preguntas y dicen siempre ¡ay mamá, es un amigo! ¿Para qué les vas a preguntar?

ROSA.—Cristóbal y yo ¡los dos! estábamos tan contentos, porque Cristóbal es tan amigo de Alfonso y todo.

MAESTRA.—Y yo creo que Juanelo, me da pena decírtelo, ¡la verdad es que me da pena decírtelo! Pero yo creo que Juanelo está tomando muy en serio lo de esa mujer.

LOLA.—(*Entrando.*) Óiganme, ah, perdone, no sabía que había visita. Buenos días.

MAESTRA.—Buenos días. ¿Sigues trabajando aquí?

LOLA.—Sí, señora. Rosa es muy buena. ¡Y tan espléndida! No hay carne. Dicen que no viene de Camagüey, y ya estaba cerrada la carnicería. Y eso que los domingos ellos siempre abren un rato por la mañana. Pero no viene carne, no están viniendo reses de Camagüey ¡y entonces, pues! ¿qué haremos?

MAESTRA.—¿No te lo dije?

LOLA.—¿Pollo?

ROSA.—Sí, será lo mejor. Trae uno. ¡Con una finca y tener que estar comprando pollo! No muy grande. Somos nosotros solos.

LOLA.—¿Usted no sabe que la rural traía un preso? Un muchacho joven, del campo. Yo no lo pude ver bien, porque no quise acercarme ¡los fósforos! pero creo que es de la finca de ustedes.

ROSA.—¿Quién te lo dijo?

LOLA.—Nadie. Yo lo vi. Lo llevaban dos guardias. Pasaron por la acerca de enfrente de la carnicería. Iban pa'allá, pa'l cuartel. Pero lo vi casi de espaldas. La gente estaba comentando.

MAESTRA.—¿Qué decían?

LOLA.—Usted sabe que la gente habla. ¡Que hablan por hablar!

MAESTRA.—¿Pero qué decían?

LOLA.—Yo no les puse atención. Voy a buscar el pollo ¿eh?

ROSA.—Y las flores, no te olvides.

Lola sale.

MAESTRA.—¿Flores?

ROSA.—Sí, hoy la niña cumple año de muerta.

MAESTRA.—¡Ah! ¿No te lo dije? La cosa está mala, fíjate, ya no viene carne.

ROSA.—Pero por aquí todo está tranquilo.

MAESTRA.—De todas maneras no dejes que Juanelo ande por ahí de noche. Yo a los míos, a las once en la casa. Es verdad que todo el mundo los conoce, los hijos de Alfonso, los muchachos de Alfonsito el alcalde. Pero de todas maneras... ¡A las once en la casa! Y si se demoran, Alfonso manda un policía a buscarlos ¡qué va! Ay, perdóname, Rosa, que mira que hablo y tú tendrás un montón de cosas que hacer.

Rosa.—No. Voy a ir al cementerio cuando Lola me traiga las flores.

Maestra.—Bueno, tengo que irme. Quiero visitar otros matrimonios para lo de la colecta. Te ves cansada. Hasta luego. Y recuérdale a Cristóbal lo de la colecta. Hasta luego. Y ve por la iglesia, chica.

Rosa.—Hasta luego. *(Recoge el bastón, lo coloca en la bastonera y se mira en el espejo.)*

Rodríguez.—*(Entrando.)* Buenas, señora. Buenos días, usted perdone, señora. ¿Cristóbal, está?

Rosa.—No, él salió. ¿Pero qué le pasa? Está temblando. Siéntese, Rodríguez.

Rodríguez.—El muchacho, el mayor, me lo han llevao preso.

Rosa.—¿Pero cuándo? Qué es lo que...

Rodríguez.—A primera hora, clareando. Llegó la pareja, registró la casa y se lo llevó. ¿Dónde está Cristóbal?

Rosa.—Fue a casa de su hermano.

Rodríguez.—Voy a verlo.

Rosa.—Pero espere, usted no puede irse así.

Rodríguez.—No, no, tengo que ver a Cristóbal.

Rosa.—¿Por qué no lo espera y así se calma un poco? ¿Qué le dijeron?

Rodríguez.—Dicen que se había robado un cochino. Es mentira, eso es mentira. Usted lo conoce. Es el que venía aquí con Juanelo. En la finca siempre andaba con Juanelo pa'rriba y pa'bajo. Mi mujer está desesperada. Cristóbal tiene que sacármelo de la cárcel, tiene que sacarlo o me lo matan.

ROSA.—¡Por Dios!

RODRÍGUEZ.—Él puede, Cristóbal puede, conoce al alcalde. Y el alcalde, usted sabe, el alcalde es uña y carne con el teniente.

CRISTÓBAL.—*(Entrando con Juanelo.)* ¿Qué pasa, Rodríguez?

RODRÍGUEZ.—Cristóbal, se han llevao preso al muchacho. Al mayor. A Tavito, Juanelo.

CRISTÓBAL.—Ya me enteré, me lo dijeron en la calle. Dime tú qué pasó, porque no se puede creer todo lo que andan diciendo, dime tú cómo fue.

RODRÍGUEZ.—Llegó la pareja. Llegó temprano y registró la casa. No había nada que buscar, no encontraron nada.

ROSA.—¿Qué buscaban?

JUANELO.—¿Dónde estaba Tavito?

RODRÍGUEZ.—Estaba allá. Acababa de ordeñar y venía con la leche. Él es el que hace el ordeño siempre. ¡Sabe tratar tan bien a los animales! Tú lo sabes, Juanelo. ¿Te acuerdas lo bien que te cuidaba a tu perro? La pareja llegó temprano, namás que de verlos me asusté. Tavito venía con el jarro de leche. Le miraron de arriba abajo y le dijeron, vamos. Mi mujer preguntó "¿Qué pasa? ¿Por qué se lo llevan?" Vamos dijeron y le dieron un empujón. Yo les dije, me acerqué y les dije ¿qué pasa? No se haga el bobo, me dijo uno, usted sabe bien que se ha robao un cochino.

JUANELO.—¿Tavito?

RODRÍGUEZ.—Eso dijeron. Para acá lo trajeron, pa'l cuartel. Yo vine a todo correr después, pero no me han dejado verlo. Me botaron de allí. Él no se robó ningún cochino, él no se robó nada ¡para qué va a querer ese muchacho un cochino! Él trabaja y trabaja los domingos toca un poco la guitarra, más na. Tú lo conoces, Juanelo. Cristóbal, usted tiene que ir al cuartel conmigo.

CRISTÓBAL.—Debe haber alguna confusión. Estoy seguro que hay una confusión, ya se aclarará.

RODRÍGUEZ.—Venga conmigo, Cristóbal a usted le dejan entrar.

JUANELO.—Vamos, viejo, vamos a ver a Alfonso.

CRISTÓBAL.—Cállate tú, Juanelo. Rodríguez, no tenga miedo, si el muchacho no ha hecho nada, nada le puede pasar. ¿Qué le puede pasar? Debe ser eso —una confusión. Si yo supiera que hay algún peligro, ahora, ahora mismo iba con usted ¡Quién mejor que yo! Con quien, digo, con quien mejor que usted. Y ese muchacho, ¡si lo he visto crecer! Tavito es como un hermano para Juanelo.

JUANELO.—Yo creo, viejo, que sí...

CRISTÓBAL.—Yo iré luego por el cuartel, voy por allá, hablo con el capitán...

RODRÍGUEZ.—¿Por qué no viene ahora conmigo? Es mejor ahora, mi mujer está desesperada, allá la dejé, con los más chiquitos, desesperada. ¡Tenemos tanto miedo! ¿Por qué no viene?

CRISTÓBAL.—Tranquilízate, Rodríguez. No le va a pasar nada al muchacho. Luego voy y hablo con el capitán. Vete para la finca, tu mujer debe estarte esperando.

RODRÍGUEZ.—¿Usted me promete que va luego?

CRISTÓBAL.—Claro, hombre. Ve tranquilo.

JUANELO.—Yo puedo acompañarlo, Rodríguez.

CRISTÓBAL.—Quédate, Juanelo, que yo tengo que ir a Matanzas dentro de un rato. Tengo que estar allá para resolver un asunto y...

RODRÍGUEZ.—Entonces, ¿cuándo va al cuartel?

CRISTÓBAL.—Eso no me toma ni hora y media. A las dos estoy aquí. Ya te lo dije, ve tranquilo. (Lo guía hasta la salida.)

RODRÍGUEZ.—Cristóbal, es el mayor ¿sabe? Trabaja y toca la guitarra, nada más. (Se va.)

JUANELO.—¿Por qué no vamos, viejo? Es mejor ahora, que aquello está tranquilo.

CRISTÓBAL.—Tienes veinte años, un chiquillo, y quieres decirme lo que tengo que hacer. Si yo tuviera 20 años también iría, pero ya hace tiempo que pasé los 20.

JUANELO.—Viejo...

CRISTÓBAL.—Déjame hablar. Si el muchacho no ha hecho nada, no hay que tener ningún miedo. ¿Qué le va a pasar?

JUANELO.—Puede aparecer muerto en una guardarraya.

CRISTÓBAL.—Ah, Juanelo, yo no puedo ir allí a sacar la cara por él ¿Tú qué sabes si está metido en algo? ¿Qué quieres, que sospechen de mí también? Y mira a ver lo que haces tú, que estás viniendo tarde noche ¡y la cosa no está para eso!

JUANELO.—Pero es Tavito, papá.

CRISTÓBAL.—Sí, es Tavito ¿y qué? Ándate tú derecho y deja la vida correr. Hasta ahora hemos estado tranquilos. Nadie se ha metido con nosotros. ¿Por qué? Tú sabes por qué ¿verdad? Porque yo vivo de mi trabajo. De la finca a la casa y de aquí... ¡No tengo nada que ver con eso! Al que cogen ¡averiguan! siempre encuentran. Si te estás tranquilo en tu casa y te callas ¡te callas! que andas por ahí por las esquinas hablando lo que no debes. Si no te mezclas, nadie tiene que venir a llevarte de tu casa.

ROSA.—Y se lo he dicho, no salgas, Juanelo, no vengas tarde. Tú tampoco debías venir tarde.

CRISTÓBAL.—Pero ellos mismos se lo buscan. Se hacen eco de todo lo que oyen, no hay bola que no repitan. Todo lo encuentran mal, todo. Y un gobierno tiene que hacerse respetar. Y no es que yo estoy de acuerdo ¡tú lo sabes! Pero yo trabajo, de eso vivo, yo no tengo nada que ver con la censura ¡qué me importa a mí la censura! Yo muelo mi caña y no tengo problema. Y el que es zapatero hace sus zapatos y el otro hace lo que tiene que hacer. Allá los políticos que se fajen entre ellos. Dame café, Rosa.

ROSA.—No te conviene tomar tanto café, tú sabes bien que el médico… *(Cristóbal va a contestar. Entra Lola, trae un gran ramo de flores.)*

LOLA.—¡Qué horror! El viejo ese de la finca de usted. ¡Qué horror!

JUANELO.—¿Qué pasa?

CRISTÓBAL.—¿Ya vienes con bolas?

JUANELO.—¿Qué pasó, Lola?

LOLA.—Bolas, no, que lo vio mi sobrina, que el viejo fue al cuartel a preguntar por el hijo ¡lo cogieron esta mañana! dicen que era rebelde. El viejo fue a preguntar y llegó allí y empezó a llorar porque no lo dejaban entrar. Y lo empujaron y lo sacaron ¡a culatazos! Un viejo de sesenta años…

CRISTÓBAL.—Está bueno ya, vete para la cocina.

LOLA.—Sí, me voy. Pero es una salvajada, porque si el hijo había…

CRISTÓBAL.—Cállate.

LOLA.—Sí, si lo único que iba a decir es que el viejo no tiene la culpa ¡qué horror! cualquier cosa que haya hecho el muchacho, pero es un viejo ¿no? A culatazos, usted sabe lo que es a culatazos. *(Se va.) (Juanelo va hacia la puerta.)*

CRISTÓBAL.—¿A dónde vas, Juanelo? ¡Quédate aquí! Ya te dije que nosotros no tenemos nada que ver con eso. Quédate aquí. No quiero complicaciones para luego lamentarnos. *(Juanelo se sienta junto al radio, lo enciende. Se oye música de danzón.)*

¡El café, Rosa! Cada cual a lo suyo, a su trabajo, a su familia, deja el mundo correr. *(Juanelo sube el volumen.)* No pongas tan alto el radio, Juanelo. Tú eres el que quiere oírlo, ponlo para ti. Baja ese radio, muchacho. *(Juanelo sube el volumen.)* ¡Juanelo! ¡Juanelo!

JUANELO.—(*Gritando.*) ¿Qué importa? Nosotros no tenemos nada que ver con eso.

TELÓN

SEGUNDO ACTO

Por la tarde

La escena vacía. Juanelo entra y llama en voz alta.

JUANELO.—Lola, ¿dónde está la gente de esta casa?

LOLA.—Mira que eres escandaloso, muchacho. Tu mamá fue al cementerio. Te estuvo esperando para que la acompañaras.

JUANELO.—¿Y eso?

LOLA.—¿Qué tiene de raro eso? ¿Ella no va todos los domingos?

JUANELO.—Sí, pero ella sabe que a mí no me gusta ir. ¿Me estuvo esperando?

LOLA.—Es que hoy cumple años de muerta la niña. Está muy triste. ¡Las madres siempre quieren una hija!

JUANELO.—A mí no me gusta ir.

LOLA.—Pero alguien debía ir con ella. Yo iría, aunque a mí tampoco me gusta. Gustarme, lo que se dice gustarme, bueno yo creo que a nadie ¿no? Aquello es demasiado quieto, casi nunca hay nadie y sin ruido ¡yo no sirvo para la tranquilidad! ¡Baja los pies de esa silla! Para que después venga tu mamá y diga que yo no limpio bien. ¡Eres igual que tu padre, pones los pies donde quiera y después tiene uno que estar pasando la bayeta, no se acaba nunca!

JUANELO.—¿No ha llegado el viejo de Matanzas?

LOLA.—(*Echándose fresco con una penca.*) Yo no lo he visto, tengo la mesa puesta hace una hora. Tanta mosca y tanto calor. Tengo ganas de fregar para ver si me tiro en la cama un rato. Ya deben ser la una y media. Con este sol y esa caminata hasta el cementerio. La verdad, yo soy como tú, a mí tampoco me gusta ir. Y allí tengo un montón de familiares. Mi madre que en paz descanse, mi hermana, mi hijita que se murió de tres años. Pero a mí no me gusta ir. ¿A buscar qué? A entristecerme y llorar por gusto. ¡Bastante tiene uno con los vivos!

JUANELO.—Tú vives sola, Lola, ¿no? ¿Todos tus parientes están muertos?

LOLA.—Tengo una hermana que vive en La Habana ¡y ya! No la he vuelto a ver. Mejor así. No me preocupo por nadie, nadie se preocupa por mí.

JUANELO.—¿Y el carpintero ese que andaba contigo?

LOLA.—¡Ah! Flor de un día... Tú sí que andas bien acompañado. Ayer estuve hablando con ella.

JUANELO.—¿Dónde?

LOLA.—En la florería. Yo había entrado un momento a saludar al dependiente y ella estaba ahí. Me dijo: ¿Usted no trabaja en casa de Juanelo? Yo la miré y me dije ¡qué blanquita más simpática ésta! porque se estaba sonriendo, así, con una malicia ¡vaya! parecía que estaba diciendo un montón de cosas. Ahí empezamos a hablar que si a ella le gustaban las dalias, que las margaritas, que no para desperdiciarlas en el cementerio, dijo. ¡Ay si tu mamá la oye! ¡más nunca le habla! Yo le dije... ay, ¿qué le dije? No sé... A mí me gusta ponerle flores a mis muertos, pero en mi casa... pero yo no le dije nada ¡cada cual que piense lo que quiera! ¡habla bonito eh! Me preguntó si usted quería mucho a su mamá.

JUANELO.—¿Qué le dijiste?

LOLA.—Le dije ¡qué le iba a decir! Todos los hijos quieren a sus madres ¿no? Lo que no sé por qué me lo preguntó.

JUANELO.—¿Tú crees que yo la quiero, Lola?

Lola se ríe con malicia.

JUANELO.—Yo digo a la vieja.

LOLA.—Ay, qué pregunta.

JUANELO.—Hoy me porté mal con ella. Me estuve riendo de su retrato. ¡Siempre está tan triste, Lola! Tú vives tan tranquila. Vas, vienes, trabajas, te ríes.

LOLA.—Lloro.

JUANELO.—Sí, lloras. Pero como si supieras por qué vas y por qué vienes. Yo, yo ando saltando de aquí para allá. Empiezo esto, lo dejo, me aburro. Tú estás con un hombre, te veo, vas y vienes. De pronto dices, ¡bah! Flor de un día...

LOLA.—¿Qué tú quieres que me desagüe llorando?

JUANELO.—No, no, si está bien lo que haces. Flor de un día ¡y ya! Ella es así, Lola, ¡tú sabes! Así como tú.

LOLA.—No, no, no; no puede ser. Ella es educada, cómo se llama?

JUANELO.—Adela.

LOLA.—Ahí sí ¡verdad, si ella me lo dijo! Me dijo: "Lola, Juanelo me habla tanto de usted, que es como si la conociera." Entonces yo le dije: ¿Sí? ¡Si ese muchacho es un sato! Me dio pena, como dicen que ella es doctora, y me reí. Y entonces ella dijo: "¡Satísimo!", y nos reímos las dos, como dos bobas.

JUANELO.—¿Ves que se parece a ti?

LOLA.—No compares, Juanelo, no compares. Si es de lo más educada; se ve por encima de la ropa. ¡Y elegante! Me parece un poquito flaca, ¿sabes?

JUANELO.—Va tan segura. Me desarma. Yo estaba acostumbrado a las muchachas de aquí, siempre diciendo que no quieren, ¡no quieren!, siempre riéndose, jugando. Con ella fue distinto. Yo pensé que me aburriría en seguida. Y no. ¡Qué distinto! Hubiera querido estar en la finca, para correr y correr. ¡No te rías! Yo fui hasta el puente, casi a las tres de la mañana, y estuve hecho un bobo, tirado boca arriba, rato y rato. Te lo cuento porque, ¡yo no sé!, ¡pero tenía que contártelo! ¡Como tú te pareces a ella! Después de eso, me pregunto: ¿Yo quiero a la vieja? Mamá es tan distinta. Ahora estoy mirándolo todo como si lo acabara de comprar. Como cuando el viejo trajo la máquina, que levanté el capó y lo miré todo hasta aprenderme cada tornillito. Me gusta que haya hablado contigo, Lola. Eso me gusta.

LOLA.—Ja, ja; estás enamorao, bobo.

JUANELO.—No. Lo bueno es eso, que no estoy "enamorao bobo", como tú dices. Hablamos. ¡Siempre tenemos algo que hablar! Cosas que, ¡como lo que te cuento ahora! Tú ves, me he acostumbrado a hablar de lo que me pasa, de lo que veo. ¡En este pueblo nadie habla!

LOLA.—¿Nadie habla? Aquí nadie tiene la lengua quieta.

JUANELO.—Es distinto. Yo digo, sentarse a hablar. ¿Cómo te diré? No es el chisme de todos los días. A veces le cuento, de cuando era muchacho, que iba a la finca y ayudaba a los muchachos de Rodríguez con los animales. O ella, de cuando empezó a estudiar; si no, me hace comentarios de un libro que está leyendo. Lee muchísimo. Me da una pena, yo soy tan bruto. Ella dice que sí, que soy bruto, un diamante en bruto. Ahora mismo, con esto de Tavito. Antes de venir para acá, estuve hablando con ella. Estuvimos de acuerdo en que hay que sacarlo. ¡Y tengo que convencer al viejo para ir al cuartel! ¿Tú crees que el viejo vaya? ¡Tengo que convencerlo! Ella tiene razón: hoy es Tavito, mañana puede ser... Puedes ser tú.

LOLA.—¡Santa Bárbara! ¡No!

JUANELO.—O yo, o ella.

LOLA.—¿Ella está metida en algo?

JUANELO.—No. ¡Claro que no!

LOLA.—A mí no me extrañaría.

JUANELO.—Claro que no está de acuerdo con lo que está pasando.

LOLA.—Nadie con dos dedos de frente está de acuerdo.

JUANELO.—Dice que en La Habana es horrible. ¡No se puede salir a la calle!

LOLA.—¿Qué hace ella aquí?

JUANELO.—¿No me oíste? Está cuidando a su prima que está enferma.

CRISTÓBAL.—(Entrando.) ¿Tu madre no ha llegado todavía?

LOLA.—Voy a ver cómo anda la cocina. (Sale.)

JUANELO.—No.

CRISTÓBAL.—¡Esa manía de estar siempre en el cementerio! Y cómo viene después. ¡Lola, tráeme las zapatillas! La máquina, hay que chequearla; estuvo haciendo un ruidito extraño, no sé bien; tú la conoces mejor que yo; no sé si será algo del carburador. Luego, cuando la cojas, fíjate. Un viaje hasta allá por gusto. ¡Lola!

LOLA.—(Adentro.) Ya voy.

CRISTÓBAL.—Estos carros son un gastadero de dinero. ¡Siempre tienen algo! Le llené el tanque en Matanzas, así que si vas a usarla luego... ¿Tú piensas ir a alguna parte por la tarde?

JUANELO.—No.

LOLA.—(Entrando con las zapatillas.) ¿Ustedes quieren almorzar ya? ¡Es la una y media! ¿O van a esperar a la señora?

CRISTÓBAL.—Deja, deja que venga Rosa.

LOLA.—Ella seguramente que no almuerza. ¡Usted sabe cómo viene de allá!

CRISTÓBAL.—Vamos a esperar de todas maneras, me duele la cabeza. Si no vas a usar la máquina, es mejor que la lleves al mecánico. A Cheo no, que la otra vez me metió diez pesos por una bobería.

JUANELO.—Hoy es domingo.

CRISTÓBAL.—El mulatico ése que tiene el taller después de la botica, trabaja cualquier día. ¡No digo yo! Con el hambre que está pasando. Así, mañana puedo usarla para ir a Matanzas. ¡Tener que volver mañana! Se creen que valen más que nadie. Una hora me ha tenido allí, sentado en la antesala. ¡Y pasa éste y pasa el otro! Lo peor que hay en el mundo es tener que depender de otro. Por eso he querido siempre que estudies, porque aparte de lo que aprendas, un título ¡hay que ver las puertas que abre! Hora y media en la antesala, ¡claro!, porque no es aquí. ¿Quién se atreve a hacerme esperar aquí? Aquí todo el mundo en el pueblo me conoce. Que soy amigo del alcalde, del teniente, que tengo una finca, que vivo en la casa que fue de Don Gregorio y ahora es mía. Mañana, tener que volver. Ve a llevarme la máquina, Juanelo, no quiero tener ningún problema en la carretera. Oye, fíjate mientras la llevas, es un ruidito que parece el carburador. Y que me lo tengan para mañana temprano.

JUANELO.—Viejo, ¿tú crees que ahora, después que almorcemos, podremos llegar un momento... ¡un momentico!, a ver a Alfonso? Con él podemos ir al cuartel. ¡Y así, con él no hay riesgo para nadie!

CRISTÓBAL.—Lleva la máquina. ¡Y vuelve pronto! Vamos a almorzar; después, quiero hablar contigo.

ROSA.—(*Entrando.*) ¿A dónde vas, Juanelo? No pensarás salir en la máquina, ¿no?

CRISTÓBAL.—Va a llevarla al mecánico, ahí en la otra esquina.

ROSA.—No te demores. *(Juanelo sale.)* Es un problema este muchacho, que ya se cree hombre.

CRISTÓBAL.—Tiene veinte años.

ROSA.—Sí, pero es un muchacho. ¡Lo de Tavito me tiene nerviosa! Vine por atrás, por la calle de la línea, para no encontrarme con nadie. ¡Le empiezan a contar a uno un montón de cosas! Tengo los nervios de punta.

CRISTÓBAL.—Juanelo está igual. Se ve que no piensa en otra cosa.

ROSA.—¿Hace rato que llegaste?

CRISTÓBAL.—Hace un momento. Toda la mañana perdida.

ROSA.—¿No pudiste verlo?

CRISTÓBAL.—No. Dice que estaba apurado, que fuera mañana. ¡Tan fácil! Mañana. Y cuando menos, si mañana... ¿Supiste algo del hijo de Rodríguez?

ROSA.—No. Ya te dije que fui y vine por aquí atrás. No quería encontrarme con nadie. ¡Salí tan tarde! Con todo eso de por la mañana... ¿Tú crees?...

CRISTÓBAL.—Y después de esperar ¡más de una hora!, ese viaje hasta aquí, con esa carretera que no tiene un solo árbol.

LOLA.—Yo acabo de venir a pie.

CRISTÓBAL.—Pero no de Matanzas.

LOLA.—Hay yerbas en la tumba, alrededor de la bóveda y en el canterito de a'lante. Creo que es mejor trasladar los restos para otra bóveda. Ésta se está rajando y tiene yerbas. Cada domingo las arranco. ¡No sé qué pasa! Las arranco y nacen nuevas.

CRISTÓBAL.—¡Ah!, sí. *(Distraído.)*

ROSA.—Sí, crecen. ¡No sé cómo! Las arranco y las arranco...

CRISTÓBAL.—No será tanto.

ROSA.—Tú qué sabes, si no vas nunca. Creo que es mejor llamar a la marmolería. ¡Y quiero que me des dinero! Yo creo que bastará con 700 pesos, porque tal vez se pueda dejar la jardinera. Pero ¡no! Para cambiarlo, es mejor cambiarlo todo. ¿Tú no crees?

CRISTÓBAL.—¡Ah!, sí.

ROSA.—Y con los 700 pesos tal vez alcance.

CRISTÓBAL.—Yo no creo que podemos gastar 700 pesos, como están las cosas.

ROSA.—Las cosas cambian. Ella está siempre allí. Cuando hablo de dinero, las cosas están malas. Para esto las cosas no pueden estar ni buenas ni malas. ¡Es tu hija! Su recuerdo tiene que estar vivo, aquí, en esta casa... Pero tú te gastas el dinero en... ¡Déjame callarme!

CRISTÓBAL.—Sí, es mejor, porque hoy el día no está bueno.

ROSA.—No está bueno. Cómo va a estarlo. Hoy se cumplen 18 años. ¿Se te olvidó? Dime la verdad, Cristóbal, tú eres su padre. ¡Hoy hace 18 años, no he dejado de llorar un solo día! ¡Llorando por ella! ¡Tú lo sabes! ¡18 años! ¿Tú te acordabas, Cristóbal? Dime, dime.

CRISTÓBAL.—Sí, Rosa. Vamos a dejarlo, ¿eh?

ROSA.—Dejarlo, no; debías haber ido al cementerio conmigo. Y llorar allí conmigo. Los dos juntos. Llena de yerbas. ¡Hay que hacerle una bóveda nueva, cueste lo que cueste! ¿Oíste? Que tú te gastas el dinero a manos llenas. Y ya que no vas, que no vamos juntos a llorar, ¡es lo único que puedes hacer, que podemos! ¡Una niña! Ahora hubiera tenido un consuelo.

CRISTÓBAL.—Tienes a tu hijo.

ROSA.—Tu hijo, tu hijo. ¿Qué tengo? Tú te vas por las noches, ¡y vienes tarde! ¡Tú hijo! ¿Mi hijo? También se va. Ahora anda como un perro detrás de esa mujer. ¡Los dos! Los hombres están siempre en la calle, el último bocado se lo tragan en la puerta, ¡y adiós!

CRISTÓBAL.—Rosa, hoy no; no empieces.

Rosa.—No empiezo nada. Esto empezó hace tiempo, ¡y no se acaba nunca! ¡Ojalá se acabara de una vez, y ya! Sí, coge la puerta de la calle y lárgate, es lo de siempre. No quieres oírme porque es la verdad, ¡y te duele! Es fácil irse, de esa puerta para afuera no hay recuerdos; aquí, con estas paredes y estos muebles, que son los mismos de siempre.

Cristóbal.—Cámbialos.

Rosa.—No; son los muebles de mi casa, donde se sentó mi padre. ¿Qué me queda entonces?

Cristóbal.—¡Ah!,. chica, entonces no te quejes. Hablas por gusto, por hablar. Te gusta tener algo para quejarte y echármelo en cara.

Rosa.—¿Echártelo en cara?

Cristóbal.—Sí, echármelo en cara; parece que yo soy el culpable de todo, siempre. De todo. De la bóveda, de los muebles, de si crecen las yerbas...

Rosa.—No vamos a meter la bóveda en esto. Por lo menos, déjala a ella tranquila. Tú no tienes que hablar de la niña.

Cristóbal.—Pero, Rosa, tú estás loca? Tú empezaste, Rosa; siempre empiezas y empiezas por cualquier cosa, para hablar de los años y los años. No debías quejarte de los años que tú has estado aquí, con tus flores, con tus retratos, con todos estos muebles viejos. Y yo, haciendo dinero. ¡Trabajando! ¡Para que tengas para retratos y flores! ¡Y para ese hijo!, que es en el que tenemos que pensar.

Rosa.—¿Y ella? ¿No era hija tuya?

Cristóbal.—Sí, Rosa, sí. Pero hace 15 años.

Rosa.—18, Cristóbal, 18. A mí no se me olvidan los años.

Cristóbal.—Perdón, perdón. Tus 18 años. Mis 30 años trabajando y ahorrando y matándome... ¿no son también años, dime, esos 30 no cuentan?

Rosa.—Yo nunca pedí tanto, porque lo único...

Cristóbal.—Quieres una bóveda nueva.

Rosa.—Porque es lo único que tengo.

Cristóbal.—Tu hijo, Rosa. ¿Y tu hijo?

Rosa.—¿Qué hijo? ¿Qué hijo he tenido yo? ¡Que te lo llevaste siempre! ¡Siempre contigo! ¡Siempre en el colegio! ¡Siempre en la finca! ¡Siempre contigo, riéndose! Ella hubiera estado siempre conmigo, siempre de noche, que ustedes se van; de noche nadie aguanta en esta casa. Y yo ni siquiera puedo dormir, ¡siempre vigilando de no olvidarme de pensar en ella!

Cristóbal.—Cállate ya. Cállate.

Rosa.—No, hoy no; hoy no va a callarme nadie. Hoy no, que es mucho tiempo. Hoy no puede callarme nadie.

Cristóbal.—¡Cállate! ¡Cállate!

Rosa.—Hoy no. Hoy no. Hoy no. Que son 18 años arrancando la yerba, domingo tras domingo. ¡Y sola!, en el cementerio que siempre está vacío. ¿Crees que no me da miedo? ¡Sí! Muchas veces tengo miedo de estar con tantos muertos. ¿Tú sabes por qué no voy a un centro espiritista? Porque me da miedo, me dan miedo las voces de los muertos. Pero voy sola al cementerio. ¿Quién iba a ir conmigo? ¿Tú? ¡Siempre trabajando! ¿Juanelo? ¡Siempre contigo! Qué bien se llevan, qué bien se llevan. Todo el mundo venía a decirlo: "¡Qué bien se llevan! Parecen hermanos, no parecen padre e hijo." Sí, sí que se llevan bien. ¡Y cómo se ríen juntos! Tu madre era así de soltera, tu madre cantaba, tu madre era flaca, ¡era flaca, pero te casaste conmigo!

Cristóbal.—Han sido ¡chistes!, Rosa, por pasar el rato, sin mala intención, sin pensar que tú...

Rosa.—¿Pasar el rato? ¿Tú sabes lo que estás hablando? Piénsalo. Pasar el rato riéndose de mis recuerdos. Ojalá me hubiera muerto; muerto el perro, se acabó la rabia. Pero no, un hijo es lo que más se quiere, ¿verdad? Todo el mundo lo dice, un hijo es más que madre y marido y todo. Y a mí se me murió la mía y aquí estoy. ¡Y parece que no voy a morirme nunca!

Entra Juanelo y se queda en la puerta.

CRISTÓBAL.—Rosa, Juanelo está aquí.

ROSA.—¿Cómo puedes... cómo puedes llegar tarde por las noches y empezar a roncar? Si yo tuve que dejar a mi hija agonizando para sacarte de la cama de tu querida. ¡Y dejé de hacer una promesa! Siempre tuve tanta fe. Yo había hecho promesas siempre, ¡y la Virgen me oía! Cuando papá estuvo tan enfermo, antes de casarme; después, cuando nació Juanelo y tuvo acidosis. Pero con la niña no. Estuve ahí, al lado de la cama, noche tras noche. Y se me quedó muerta entre las manos. Y tú eres tan culpable como yo. No vas al cementerio como diciendo: ve tú, fue tu culpa. Fue de los dos. La matamos los dos. ¡Los tres! ¡Y todavía vas a verla todas las noches!

CRISTÓBAL.—Cálmate, Rosa, te va a hacer daño. *(Se le acerca.)*

ROSA.—¡Déjame! ¡Déjame! Porque me daba miedo pedir mucho de una sola vez. Yo había hecho la promesa de ir al Cobre y subir de rodillas, hasta la Virgen... ¡de rodillas!... si tú la dejabas. Pero tú ibas, te ibas a restregarte con ella todas las noches. Todas las noches a verla, todas las noches. Yo estaba al lado de la cama de mi hijita, que se me iba muriendo y pensando en la promesa de subir de rodillas hasta la misma Virgen del Cobre... ¡Y no me atreví a pedir más! ¡Qué inútil, qué inútilmente pedí que la dejaras! Has estado con ella todo el tiempo —18 años— y yo no he tenido que ir al Cobre.

110

Lola se lleva a Rosa hacia el interior de la casa. Pausa larga.

JUANELO.—¿Por qué tiene que pasar esto?

CRISTÓBAL.—Ya tú lo sabías, ¿no?

JUANELO.—Sí, pero creía que mamá estaba ciega. ¿Cómo pude haber aguantado tanto tiempo? Yo siempre creí... Si no sale, ¡quién se lo va a decir!

CRISTÓBAL.—Hay cosas que no pueden cambiarse. Cuando nos casamos... mientras fuimos novios... ¡fue poco tiempo! Fuimos novios muy poco tiempo. Cuando nos casamos, el padre de Rosa quiso que viniéramos a vivir para acá, a vivir con él porque estaba viejo, porque estaba solo. ¡Rosa era hija única!

JUANELO.—Ya, papá. Deja, es igual.

CRISTÓBAL.—Ellos caminaban por toda la casa y conocían cada mosaico. Ya llevamos aquí un montón de años. Tú naciste aquí, tú conoces cada mosaico, aprendiste a caminar aquí. *(Indica el piso.)* Don Gregorio me hacía sentir que yo estaba acostumbrado al piso de tierra, a los jarros para tomar agua.

JUANELO.—¿Por qué no se fueron a vivir a otra parte, tú y mamá?

CRISTÓBAL.—Tu madre era tan religiosa. Cuando yo la conocí ayudaba en la iglesia, andaba con los curas pa'rriba y pa'bajo. Y se aburre uno. ¡Cuando todo es pecado, se aburre uno! Yo me crié en la peor parte del pueblo, oyendo hablar... ¡de todo! Y un hombre no tiene por qué dejar de hacer esto o aquello.

JUANELO.—Ya. Ya. A mí no me importa nada de eso. Eso es asunto de ustedes y parece que ya no tiene remedio.

CRISTÓBAL.—Rosa estaba siempre en la iglesia. Y era muy bueno irme allá, a la otra casa, y tirarme en camiseta... y hacer cuentos y reírme.

JUANELO.—Está bien. A mí no me importa. Está bien.

CRISTÓBAL.—Es que a uno siempre le gusta pasar un rato bueno, un buen rato. Sin preocuparse... Hablando ¡de cualquier cosa!

JUANELO.—Sí, papá. Ya. A mí no me importa.

CRISTÓBAL.—A mí me gusta pasar un buen rato contigo. Ir juntos a la finca, correr a caballo detrás de un torete. ¿Entiendes? Tomarse un buen café y hablar... Juanelo, a mí me gusta estar contigo.

JUANELO.—Si estamos... si andamos siempre juntos, ¿a qué viene eso ahora?

RODRÍGUEZ.—*(Entrando.)* Buenas tardes.

JUANELO.—¿Qué tal Rodríguez? ¿Qué sabe de Tavito?

RODRÍGUEZ.—Ahora me dijeron que van a trasladarlo para Matanzas.

JUANELO.—¿Quién le dijo eso?

RODRÍGUEZ.—Volví por el cuartel. No puedo estarme tranquilo. Fui por la casa, traté de convencer a mi mujer de que no le pasa nada, que al muchacho no le van a hacer nada. Vine para acá. No puedo estarme tranquilo, me paré en la esquina del cuartel. Uno piensa: si de pronto lo dejaba allí, parado en la esquina mirando para la puerta. Si los guardias me llamaran y me dijeran: pase, un momento nada más. ¡Qué me va a llamar nadie!

CRISTÓBAL.—No te conviene estar dando vueltas por allí.

RODRÍGUEZ.—No puedo estarme tranquilo. Al fin pude hablar con un cabo que salía. Ese fue el que me lo dijo. Pa'Matanzas lo llevamos esta tarde, me dijo. Usted sabe lo que eso quiere decir. En Matanzas me lo van a moler a palos, si llega vivo.

JUANELO.—Ni piense en eso, viejo. ¿Por qué va a pensar lo peor?

RODRÍGUEZ.—Es que uno está ya tan escamao. *(A Cristóbal.)* Usted me dijo que por la tarde íbamos al cuartel. Aquí estoy. Son como las dos. A uno que no se mete con nadie, le caen estas cosas encima. ¡No sé qué piensa Dios con los guajiros!

CRISTÓBAL.—¿Por qué vienes a quejarte aquí?

RODRÍGUEZ.—¿A dónde quiere que vaya? Llevo años trabajando para usted. Yo y mis hijos.

CRISTÓBAL.—Está bien. Hemos hecho negocio. Tú trabajas y yo te pago. Nunca te quedo a deber nada; al contrario, un vale por aquí... un muchacho enfermo... La tierra no da para tanto.

RODRÍGUEZ.—De la tierra no hable, Cristóbal, que es muy duro pisarla todos los días y trabajarla de sol a sol, ¡como un buey! Pa'que usted se lleve la ganancia.

CRISTÓBAL.—Mira, Rodríguez, es la vida que sube y baja. Yo también trabajé para otros. Y sé lo que es eso. Yo te aprecio a ti, sé que eres buena gente. Y tus muchachos también. Gente de trabajo, tranquila.

RODRÍGUEZ.—Demasiado tranquila, eso es lo malo, por eso nos hemos quedado sin nada, ya no tengo finca.

CRISTÓBAL.—¿Qué vas a hacer? La finquita era tuya, es verdad; vino un tiempo malo. ¿Hubieras preferido que no te ayudara? Qué, ¿tú querías que te dejara allí, muerto de hambre, sobre la tierra, tuya, pero muerto de hambre? No, yo no hubiera podido, porque tú tenías hijos chiquitos y yo también. ¡Y yo sé lo que es pasar hambre! ¡No me mires como dueño, yo soy un trabajador, igual que tú! Que me he acostado muchas noches, ¡desesperado!, sin saber si iba a comer al día siguiente.

RODRÍGUEZ.—Usted me mete en una ratonera.

CRISTÓBAL.—Ratonera no. Es la ley. Después tú no pudiste pagar la hipoteca. Yo mismo fui, hablé contigo. Puedes quedarte aquí. Me abrazaste, llorando. Acuérdate. Puedes quedarte aquí, ésa sigue siendo tu casa, vas a seguir trabajando esa misma

113

tierra, ¿qué más podía hacer yo? Tú has sido agradecido, hemos sido amigos. ¿No hemos sido amigos? La vida sube y baja.

RODRÍGUEZ.—Es que no sé por qué pa'mí siempre baja.

CRISTÓBAL.—Bueno, Rodríguez, es que ustedes se lo buscan. Tienes un montón de bocas que mantener, no aprenden, no van a la escuela. Sé que está preso, que es tu hijo, me duele tanto decírtelo, pero yo no puedo mezclarme en ese asuntito, me traería problemas.

RODRÍGUEZ.—Si hubiera sido hijo suyo, estaría dando carreras, como yo.

CRISTÓBAL.—Pero es que mi hijo no lo hubiera hecho.

RODRÍGUEZ.—No esté tan seguro. Los muchachos andan todos con la cabeza llena de cosas.

CRISTÓBAL.—Serán tus muchachos, que éste se está quieto aquí...

RODRÍGUEZ.—No. Todos. Éste iba y hablaba con Tavito. ¡Es la verdad, Juanelo! Hablaban y hablaban sin parar, para discutir, para estar de acuerdo, pero sin estar callados, sin poderse estar callados. Todos tienen la cabeza llena de cosas. El que vino era...

JUANELO.—¿El que vino adónde?

RODRÍGUEZ.—Quiero contarte esto; no debía. Le había dicho a Tavito que... Tavito me pidió que no hablara de esto con nadie. Pero ya está preso, quiero que me aconsejen. Ustedes entienden más de esto que yo. Yo, allí, trabajando todo el día, me cuesta trabajo aclararme las cosas. Tengo confianza, Juanelo... Juanelo, tú sabes cómo es Tavito, gente que llega, gente que es amiga. ¡Como tú! Los viejos somos más resabiosos. Protesté, hablé con Tavito. ¡Yo tenía miedo! Pero el muchacho era tan bueno.

JUANELO.—¿Qué muchacho, Rodríguez?

RODRÍGUEZ.—Era un estudiante que andaba huyendo.

CRISTÓBAL.—¿Estuvo en la finca?

RODRÍGUEZ.—Hace cuestión de un mes. Estaba herido, tenía una herida en la pierna y fiebre. ¡Ardiendo en fiebre! Casi no podía caminar. Tuvo que quedarse allí.

CRISTÓBAL.—¿Lo escondieron?

RODRÍGUEZ.—Casi no podía caminar. No lo íbamos a dejar que se muriera como un perro, tirao en una carretera.

CRISTÓBAL.—Esa es la cosa. Se lo buscan. Ustedes mismos se lo buscan.

RODRÍGUEZ.—¿Quién iba a pensar que podía traer complicaciones? Nosotros no hicimos nada, curarlo, eso fue lo único. Curarlo como podíamos, un poco de mercurocromo que compré en la botica y sulfa de ésa que me dio el boticario. Le dije que uno de los muchachos se me había cortao con la mocha. Échale estos polvos, me dijo, es sulfa. Y fue mejorando. Cuando se le quitó la fiebre, Tavito lo llevó hasta Matanzas. Mi mujer y yo nos quedamos temblando, muertos de miedo. Aquel día usted fue por allá, acuérdese, me preguntó qué me pasaba, por poquito se lo digo, porque estaba muerto de miedo, pero mi mujer se me adelantó y le dijo: Tiene andancio. Por eso está demacrao, tiene andancio. Todo el día tuvimos el corazón en la boca. Cuando Tavito llegó, por la tardecita, vimos los cielos abiertos. ¡Ya todo pasó, yo me dije, ya todo pasó!

CRISTÓBAL.—Pues bien que se han enredao. Y todavía vienes a pedirme...

JUANELO.—Papá...

RODRÍGUEZ.—Estuvo allí tres días, no más de tres días.

CRISTÓBAL.—Lo mismo es uno que tres, que una hora. Estuvo allí. ¿Cómo se enteraron? Tú no lo sabes, pero se enteraron. Tal vez habló el muchacho en Matanzas, o lo vio alguien de aquí. Tal vez nadie sabe nada y ha sido casualidad, pero hubo alguien en tu casa, ¡ahí está la cosa!

RODRÍGUEZ.—Pues si ahí está la cosa, que esté, Cristóbal. Pero yo no puedo ver un cristiano muriéndose, ¡como un perro!, y dejarlo tirao en una guardarraya.

CRISTÓBAL.—Ahora no te quejes.

RODRÍGUEZ.—No me quejo. No confunda. Vengo a ver si usted lo resuelve, porque tiene amigos. Y porque siempre me ha dicho que soy su amigo. Se ha llenao la boca pa decirlo. No me quejo. Si lo volviera a encontrar, lo curaría otra vez. Y sé que Tavito piensa como yo. Usted dice que es mi amigo, pero tiene mucho miedo de perder cosas. Yo todo lo que tengo lo llevo arriba. Lo siento por mi mujer, que es lo único que tiene. Lo único que tenemos. Porque la tierra es suya y la casa y la cosecha. Los muchachos, eso es lo único que tengo. Y 50 años, que me los he pasao trabajando.

JUANELO.—Parece que tiene 20, Rodríguez. Vamos al cuartel. Yo voy con usted.

TELÓN

ACTO TERCERO

Por la noche

La escena, oscura.

ROSA.—*(Grita aterrada.)* Lola, Lola. Se ha ido la luz.

LOLA.—*(Adentro.)* Ahora voy. Llevo una vela.

ROSA.—Pronto, Lola, pronto.

LOLA.—¿Qué le va a pasar? Si a cada rato se va la luz. *(Sale con una vela.)*

ROSA.—Estoy tan nerviosa.

LOLA.—Eso son boberías. Los nervios hay que olvidarlos.

ROSA.—Es que ha sido un día terrible. Una cosa detrás de la otra. Primero llegó Rodríguez con la noticia de lo de Tavito. ¡Y eso me hizo pensar en Juanelo! Después fue al cementerio, y al regreso... ¡huyendo por la calle, para no encontrarme con nadie! Porque no quisiera oír hablar de nada. ¡Y ahora, esta luz que se va!

LOLA.—Pero si usted sabe que pasa a cada rato.

ROSA.—Pero siempre me da miedo. Todavía cuando se va porque hay mal tiempo, porque llueve, pero de pronto, así, con todo tranquilo. Todo está bien, la gente está en sus quehaceres, con sus pensamientos, como todos los días, como siempre. De pronto se va la luz. No sé, no puedo contenerme.

LOLA.—Ya yo no me asusto. ¿Para qué? Cada vez que prenden a alguien o cortan la luz, o atacan un cuartel... o... ¡cualquiera cosa de ésas!

ROSA.—Y llegar del cementerio... sola... No pude contenerme. Con los nervios como los tenía. Y Juanelo delante. ¡Qué pensará ese muchacho! Los hijos no tienen por qué saber esas cosas.

LOLA.—Él tiene que haberlo sabido. Un pueblo chiquito, todo se sabe. Algo le habrán dejado caer.

ROSA.—No podía mirarle la cara. Y no podía callarme. He estado tanto tiempo sin hablar. Con mi padre... ¡Cuando hablaba con papá era como si no hablara! Y mamá murió cuando yo era... ¡No llegaba a los diez años! Creí que cuando me casara todo iba a cambiar. ¡Cambiar! Siempre esperando a que suceda algo que cambie las cosas. Me he pasado la vida esperando un cambio. *(Oye campanas, se acerca a la ventana.)* ¡Qué bien se ven las estrellas!... Cuando tenga 15 años no estaré sola.

Yo pensaba que eran las niñas las que no tenían con quién hablar. Veía siempre a los varones bromeando, riéndose, dando manotazos. Y yo, sentada en el portal, meciéndome en un sillón. Cuando tenga 15 años voy a tener dos novios, tres novios. Meciéndome en el sillón y pensando: ¡Si viniera un ciclón para que los muchachos del barrio tuvieran que refugiarse aquí! Nunca pasó nada. Cuando vino el ciclón, papá dijo que se fueran al Ayuntamiento, o a la estación de trenes, donde quisieran, ¡pero en la casa no! Nunca pasó nada. Y todavía uno espera.

LOLA.—Señora, ¿quiere que me quede esta noche con usted?

ROSA.—No. Tendrás algo que hacer en tu casa. No tengas pena. Voy a la iglesia.

LOLA.—¿Ahora?

ROSA.—Sí.

LOLA.—Yo la voy a acompañar. Todo el pueblo está oscuro.

ROSA.—No importa, mejor. ¿Ese era el último repique para el rosario?

LOLA.—No sé.

ROSA.—Seguramente. Cuando soltera, tenía una mantilla preciosa, negra; me la trajeron de España. Voy a ponerme el pañuelo que me regaló Juanelo.

LOLA.—¿Y ése dónde andará?

ROSA.—¿Dónde va a estar? Con esa mujer. Después que se fue con Rodríguez, llegó hecho una furia. Estuvieron a ver a Alfonso. Cosas de muchacho. A nadie se le ocurre ir a ver a Alfonso que le pida al teniente que suelten a Tavito.

LOLA.—¡Pobre muchacho!

ROSA.—Sí, a mí me da mucha lástima, pero... ¡qué se le va a hacer! En eso Cristóbal tiene toda su razón.

LOLA.—¿Usted cree?

ROSA.—Yo no estoy a costumbrada a opinar de

esas cosas. Mi padre siempre me aclaró mucho que las mujeres a bordar y tocar el piano. Después de casada, atender mi casa.

LOLA.—Yo, como no toco el piano, siempre estoy metiéndome donde no me llaman. Y de buena gana hubiera ido con Juanelo.

ROSA.—No sé qué ibas a sacar tú...

LOLA.—Pues en Santiago se reunieron un montón de mujeres y salieron. Vestidas de negro. ¡Y la policía no pudo con ellas!

ROSA.—¿Quién te dijo eso?

LOLA.—Lo que pasa es que aquí la gente pierde mucho tiempo. Pero van a tener que correr más duro... Que ya están en Santa Clara.

ROSA.—Lola, ten cuidado donde te metes.

LOLA.—Yo sé nadar y guardar la ropa.

ROSA.—Lola, es peligroso lo que estás diciendo.

LOLA.—De todas maneras, ahora siempre hay peligro. Si estás o si no estás. Da igual, nadie está seguro.

Entra Cristóbal.

CRISTÓBAL.—¿Dónde está Juanelo? Alfonso acaba de llamarme, iba cruzando la calle y me llamó. Me llevó a su oficina y me habló como a un amigo. Juanelo se fue allá con Rodríguez. Y él le aclaró que no se metiera en eso. ¡Pero este muchacho sabe más que nadie! Porque estudió bachillerato y se leyó tres libros que le dio la mujer ésa. Se fue para el cuartel y discutió con el teniente y gritó. Alfonso me llamó para decírmelo, que lo aguante, que se puso zoquete. Me habló como a un amigo, como a un hermano. Chico, que la cosa no está para eso. Nosotros somos muy amigos tuyos, él y el teniente. Pero ese muchacho no sabe lo que hace. Asimismo me dijo, no sabe lo que hace. Y el hijo de Rodríguez está complicado. Se lo van a llevar para Matanzas. Esta misma noche.

LOLA.—De noche, ¿no? Para que nadie pueda ver cómo lo han puesto. En la calle se oían los gritos. ¡Asesinos, eso es lo que son!

CRISTÓBAL.—Cállate tú.

ROSA.—Vamos, Lola, tráeme el pañuelo. Está en el cuarto, en la gaveta de la coqueta. *(Lola sale.)*

CRISTÓBAL.—¿A dónde vas?

ROSA.—A la iglesia.

CRISTÓBAL.—Esperas esta noche que no hay luz para ir a la iglesia. No hay nadie en la calle.

ROSA.—No importa. Tal vez después pueda dormir.

CRISTÓBAL.—Y ese muchacho también en la calle.

ROSA.—No te preocupes. Él hace como tú, sabe dónde meterse. *(Campanas.)* Lola, oye el tercer repique.

LOLA.—Aquí está.

ROSA.—Vamos.

Cristóbal se queda solo. Entra Juanelo. Viene de prisa, pasa para su cuarto. Sale con un jacket de piel en la mano.

CRISTÓBAL.—¿Te vas?

JUANELO.—No te vi cuando entré.

CRISTÓBAL.—Tus amigos nos tienen sin luz otra vez.

JUANELO.—Tengo que irme.

CRISTÓBAL.—Es mejor que no salgas. Estuve hablando con Alfonso.

JUANELO.—¿De Tavito?

CRISTÓBAL.—No, de ti.

JUANELO.—Yo fui a verlo. El muy...

CRISTÓBAL.—Me lo dijo. Y me dijo la estupidez que hiciste. Te fuiste hasta el cuartel con Rodríguez, ¡y no sacaste nada!

JUANELO.—Me están esperando.

CRISTÓBAL.—¡Que se aguante! Dice Alfonso que el teniente me andaba buscando, para que te diera un consejo. ¡Que te estés quieto!

JUANELO.—Alfonso y el teniente y el teniente y Alfonso me tienen lleno ya con sus consejos. Todo el mundo me habla de estarse quieto.

CRISTÓBAL.—Juanelo, ¿tú estás buscando que te maten como a un perro?

JUANELO.—No. Procurando que no aparezcan muchachos, amigos, Tavito o cualquier otro, que no aparezcan tirados en las calles, muertos, como perros.

CRISTÓBAL.—¿Y por qué tienes que ser tú el que se encargue de eso? ¿Qué te importa?...

JUANELO.—Porque no quiero que me maten como un perro. Esto parece un juego. Tienes que estarte quieto para seguir vivo, pero tan quieto que parece que no estás vivo. A mí no me gusta estarme quieto. Ya me lo dijo el teniente: Voy a hablar con tu padre, que te estás poniendo zoquetico.

CRISTÓBAL.—¿Y a dónde vas ahora?

JUANELO.—Vamos a hacer la última gestión. ¿Tú sabes que lo torturaron, verdad? Y que se lo quieren llevar para Matanzas, eso dicen. Para que aquí no lo vean. Porque en un pueblo chiquito todo se sabe. Todavía lo tienen aquí. *(Se le acerca.)* Si quieres, ven conmigo. Todavía puedes.

CRISTÓBAL.—¿Crees que voy a exponer todo lo que tengo por ese guajiro?

JUANELO.—Me voy.

CRISTÓBAL.—Espérate. ¿No ves que él se ha metido en líos porque le dio la gana?

JUANELO.—Porque le dio la gana, no. Por ayudar a un herido, nada más, ni siquiera le encontraron armas. Lo único que hizo fue ayudarlo.

CRISTÓBAL.—Pues que se busque quien lo ayude ahora. Yo tengo mi finca que atender. De eso vivo.

121

JUANELO.—Tu finca, tu casa, tu caballo, tu caña. ¡Mierda!

CRISTÓBAL.—Mira cómo hablas. No me grites.

JUANELO.—No, puedo decírtelo bajito. ¿Qué hemos sacado de eso? ¿De todo lo que tienes? Vives trabajando sin descanso. ¡Sí! Hecho una bestia. Trabajas para tener, tener más, tener, siempre tener y tener. Lola disfruta más que tú, cualquiera disfruta más que tú. Por tres pesos, que es lo que tienes. Porque tú tienes tres y tienes que suplicar a los que tienen cinco.

CRISTÓBAL.—No tengo que pedirle nada a nadie.

JUANELO.—¿Qué te pasó, hoy por la mañana, en Matanzas? Y ellos se arrastran delante de los que tienen diez. Para después arrastrarse todos delante de los que tienen dólares.

CRISTÓBAL.—A ti te es muy fácil hablar así. Es muy lindo, muy limpio. Óyeme, Juanelo, tú eres un chiquillo, has crecido sin que te falte nada. Es muy lindo hablar con el estómago lleno, con el estómago lleno de hablar de los que no comen. A ti no te falta nada: ni comida ni ropa. ¡Y tienes una casa! Puedes darte el lujo de decir todo eso porque cuando naciste le regalaron a tu madre talco y jabones y cucharitas de plata. Porque tenía jabones y cucharitas de plata de sobra. Por eso. Si no, te hubieran tenido que envolver en un trapo, ¡y ya! También yo pensé como tú, cuando tenía tu edad, sí, pero yo tenía razón. Porque estoy seguro que a mi madre no le regalaron jabones, ¡y menos cucharitas de plata! Porque estaba pegada a una batea, lavando las ropas de los hijos de otros. ¿Y tú pretendes que yo bote lo que tengo? Yo me quejaba por lo que no tenía, ¡y ahora vienes tú a despreciar lo que tengo! Lo que quiero es llegar allá, sí, donde dices que tienen diez.

JUANELO.—Yo no digo que lo botes. Pero que no vivas para eso.

CRISTÓBAL.—Tengo que protegerlo. ¿Cómo voy a hacerlo? Voy a ir allí a decir: Suelten a ese muchacho, yo me hago responsable. Bien. Y cuando, una semana después, esté metido en un lío, ¿a quién van a preguntarle? ¿A ti?

JUANELO.—Pero lo van a matar, papá.

CRISTÓBAL.—¿Y yo qué puedo hacer?

JUANELO.—Te estás hundiendo, papá. Te estás hundiendo. ¿No ves que esto se está hundiendo? No hay razón para vivir como vivimos.

CRISTÓBAL.—Me hablas como si yo fuera un criminal. No soy distinto al resto. Pero eres joven, ¡y no entiendes! En la vida hay que pelear para ganar terreno. Con los dientes. A mordida limpia, como he peleado yo, para ir arrancando pedazo a pedazo lo que necesitas. Porque si no tienes nada, nada vales. Fui un tiznao siempre, ¡y era joven! Y no había muchacha que me mirara. ¡No! Las cocineras y las guajiras, ésas sí. Pero las muchachas que iban al Liceo, ni una, ni una se fijó en mí mientras no tuve un kilo. Y yo era el mismo hombre que soy ahora. ¡Ah!, pero tu madre supo muy bien decirme que sí en cuanto fui dueño de la bodega. Y de la logia, de la logia me mandaron a buscar cuando compré las primeras cinco caballerías. Y me eligieron presidente del Liceo cuando compré la finca de Rodríguez.

JUANELO.—Cuando se la robaste.

CRISTÓBAL.—No, no. Comprende eso. Es la vida que es así. Él no pudo pagar. Robar es coger una cosa por la fuerza. Él no pudo pagar, y la ley me dijo: esa finca es suya.

JUANELO.—Pues hay que cambiar la ley, para que Rodríguez tenga tranquilidad.

CRISTÓBAL.—¿Tranquilidad? Eso no llega nunca. Siempre hay un nuevo escalón que subir. Ésta es la vida como todo el mundo la entiende. Tu casa, tu negocio, tus amigos. En esto vives y con esto tienes que vivir.

JUANELO.—Entonces, hay que cambiar la vida. Echarlo todo abajo.

CRISTÓBAL.—¡Y tú vas a decidir la vida de los demás!

JUANELO.—¿Quién va a decidir la mía? Hay un montón de gente que quiere cambiarlo todo. Allá arriba están, en la Sierra. Llevan allí un año y medio y cada día son más.

CRISTÓBAL.—Van a acabar con todos.

JUANELO.—Eso lo vengo oyendo desde que llegaron.

CRISTÓBAL.—Tienen que acabar con todos.

JUANELO.—Cada vez que matan uno, suben diez. Ya están peleando en Santa Clara; aquí está Tavito, ayudando a un herido, aquí...

CRISTÓBAL.—Sí, aquí estás tú, parado ahí, echándome en cara cómo vivo. ¡Como si yo fuera a permitir que venga alguien a decirme lo que tengo que hacer! Tú no sabes lo que dices. ¿Tú sabes lo que dices? Si te has pasado la vida sin hacer nada. Comprende, Juanelo, compréndeme. Oye bien. Necesitas tener, tener más cada vez para que te respeten.

JUANELO.—Yo no necesito el respeto de esa gente.

CRISTÓBAL.—Para que te oigan. ¡Hasta para que te quiera una mujer! Voy a decirte una cosa que... ¡Pero tengo que convencerte! Tú no puedes odiarme así, Juanelo. Y quiero aclararte, para que no vivas —¡veo que estás leyendo mucho!— con la cabeza llena de ideas: están bien en los libros, en la escuela, en los discursos. Pero vivir, vivir día a día, ¿tú entiendes, Juanelo? Yo no era nada. ¡Nada! Menos que un guajiro, menos que una bestia. Y estaba en aquella bodega, desde que aclaraba, doblando el lomo sin parar, hasta que llegaba la noche. ¿Y qué me pagaban? Diez pesos y la comida.

¡La comida! ¡Y cómo entraba dinero en aquella bodega! ¿Cómo le cobraban a los guajiros que venían con sus vales? ¡El doble, el triple! se le ganaba a todo. Y aprendí a llevar los libros. ¡Ríete! Siempre te ríes cuando lo cuento. Hay cosas que duelen, que uno no sabe cómo decirlas... Tú eres mi hijo y estás ahí, esperando a ver qué digo. Pues robé, ¡coño! Tuve que robar o me aplastaban. Si no, no había forma de salir de aquella mierda.

JUANELO.—Papá.

CRISTÓBAL.—Vete, si quieres. Vete a luchar con todos ésos que hablan de ideas, de libertad, de justicia. ¡Que vengan a hablarme a mí de justicia! ¿Quién nombra los jueces? Los nombran los de arriba, para ayudar a los que están arriba. Y yo he querido siempre allanarte el camino; que estuvieras arriba. Con lo que fui ahorrando, ¡vamos a decir ahorrando!, compré una bodega. Una bodeguita, casi un puesto de frutas. Pero ya yo sabía cómo era el negocio; aprendí con Eliseo. Después pude comprar la de Eliseo. Ya estaba en el camino; ya es fácil, después que tienes algo. Es fácil, después que sabes cómo funciona el engranaje: tienes que pegar, engañar y pegar, pegar siempre más duro para que no haya contrario. Ahora, dime, ¿qué hago? ¿Voy a jugarme 30 años así como así? ¿A la suerte de un guajiro? Esto lo defiendo como gato boca arriba ¡contra cualquiera! *(Pausa.)* Juanelo, no tienes por qué irte.

JUANELO.—Yo no dije nada de irme.

CRISTÓBAL.—No. Pero se te nota, se nota en cualquier cosa que dices, aunque estés hablando de una silla. ¡Las ideas! Estás a punto de empezar a correr hasta que llegues allá arriba. Y esa mujer ¡se sabe bien que está con ellos! ¡Me lo dijo Alfonso!

JUANELO.—Pues denúnciala.

CRISTÓBAL.—No es cuestión de denunciar a nadie. Yo no soy chivato. Yo me quedo en mi casa, cuidando lo mío. Sin mezclarme. La política para ellos. Yo, aquí, esperando.

JUANELO.—Pues no puedes. Tienes que estar en un lado o en otro.

CRISTÓBAL.—Esa mujer te llena la cabeza de cosas.

JUANELO.—No, papá, no es ella. Ella me abrió los ojos, nada más, pero yo... ¡Ahora yo miro con los ojos bien abiertos! ¡Yo estaba detrás de ti! ¡Siempre detrás de ti! Oyéndote a ti, oyendo a los que venían a verte. Yo estaba mirando siempre con los ojos tuyos, con los ojos de ellos. Y muchas veces no me gustaba lo que estaba mirando, aunque no fuera con mis ojos. ¡Siempre hablando de negocios! No creas, no creas que uno dice siempre lo que piensa. Yo creo que nunca he dicho lo que pienso. Porque uno se ve distinto a los demás y tiene miedo. Yo pensaba que era yo. Porque ¡si todo el mundo se reía siempre!, ¡todo el mundo le tiraba piedras a los perros!, era yo. ¡Y nadie me dijo nunca que se podía ser distinto! Tú mataste un caballo a sogazos y yo corrí a quitarte la soga. ¿Cuántos años tenía yo? ¿Doce? Da igual, 11 o 12. Cuando corrí a quitarte la soga, me rozaste sin querer y se me hizo un morado. En casa de Tavito me pusieron alcohol, pero no me ardió, porque por la ventana se veía el caballo, tirado en la guardarraya. Eso se me había olvidado. ¡Qué día el de hoy! Déjate de lloriqueos, me dijiste, estaba muy viejo, por eso no podía con el carretón. Y me aguanté el lloriqueo. Y después me reí, como se rió todo el mundo cuando se cae una vieja o cuando le dan una pedrada a un gato. Y me reía siempre como se ríen los demás, no como yo quería.

CRISTÓBAL.—Hay que ser así. Tú mismo dices que todo el mundo es así.

JUANELO.—No, los obligan a ser así.

CRISTÓBAL.—Da igual. Hay que pelear todos los

días. Cuando te levantas, por la mañana, tienes que pensar: ¿contra quién estoy hoy?

JUANELO.—No, no. Yo no quiero vivir así. Lola no pelea.

CRISTÓBAL.—Porque no tiene nada.

JUANELO.—Pues yo estoy con Lola, con Tavito. Estoy con ellos; si hay que pelear, estoy con ellos, para poderme reír como yo quiero.

CRISTÓBAL.—Porque no tienen nada.

JUANELO.—¿Y todo esto para qué sirve? Aquí sobran cosas.

Lola entra agitada.

LOLA.—Juanelo, ¿sentiste los tiros?

JUANELO.—¿Qué tiros?

LOLA.—Tavito... Lo mataron. Dicen que quiso huir cuando lo llevaban para Matanzas. Le tiraron, le tiraron y le tiraron. Allá está, muerto, en la carretera.

Pausa. Cristóbal y Juanelo se miran. Cristóbal sale, vencido.

JUANELO.—Ya no hay que hacer ninguna gestión.

LOLA.—Sí. Ya no puedes quedarte aquí. Queda una gestión. Ella te espera a la salida del pueblo. Ella no puede quedarse tampoco, ya nadie cree lo de la prima enferma. Nadie es bobo. Saben que vino huyendo de La Habana. Ya no puede quedarse más tiempo. Te espera, me lo dijo; después que encontraron a Tavito me lo dijo. Te espera a la salida del pueblo. Una máquina los va a recoger. ¡Y hasta La Habana!

JUANELO.—No. Hasta la Sierra.

LOLA.—Después.

JUANELO.—No. Quiero correr hasta llegar arriba. Me voy.

LOLA.—Coge tu *jacket*. Allá arriba hace frío.

JUANELO.—¿Tú crees que me va a crecer la barba?

LOLA.—Seguro. Cuando bajes, vas a traer la barba más larga de todas. Tal vez entonces yo no diga: ¡flor de un día! Y voy a tener un montón de negritos.

JUANELO.—Sí. Unos negritos retintos, ¡lindísimos!

LOLA.—*(Lo abraza.)* Cuídate.

Juanelo sale. Lola se queda en la ventana, mirando cómo se va. Afuera.

ROSA.—Juanelo, ¿a dónde vas?

JUANELO.—En seguida vuelvo.

ROSA.—No te vayas. Todo está oscuro.

JUANELO.—En seguida vuelvo.

ROSA.—*(Entrando. A Lola.)* Te hacía en tu casa.

LOLA.—Se me quedaron las llaves.

ROSA.—*(Acariciándose la mejilla.)* Dándome besos a esta hora. Ese muchacho siempre anda corriendo. *(Se sienta.)* ¡Estoy cansada! Lola, mañana hay que limpiar.

LOLA.—Sí. *(Sale.)*

ROSA.—*(Pausa.)* Esta casa está que da asco.

TELÓN

FRANKLIN DOMÍNGUEZ

[1931]

Dominicano. Nació en Santiago de los Caballeros. En 1949 obtuvo el diploma en los cursos de Arte Dramático del Teatro Escuela de Arte Nacional. Con un grupo de jóvenes fundó el Cuadro Experimental de Comedia y, después, La Comedia del Arte en 1959. Se graduó de Licenciado en Filosofía en 1953 y de Doctor en Derecho en 1955, en la Universidad de Santo Domingo. En 1956 obtuvo una beca para estudiar dramaturgia en la Universidad de Austin. Domínguez es además periodista. Ha sido director de la Revista de la Secretaría de Estado de Educación y Bellas Artes *y colaborador en varios diarios de su país. Escribió y editó la primera película dominicana, titulada* Las sillas. *Posteriormente, fue nombrado Director General de Información, Cultura y Diversión del Ministerio de la Presidencia de la República, durante el gobierno del depuesto Presidente Bosch.*

Domínguez ha escrito y estrenado, desde 1953, las siguientes obras: Alberto y Ercilia, Tertulia de fantasmas, Extraño juicio, Un amigo desconocido nos aguarda, La farsa de los campesinos infieles, Espigas maduras, El vuelo de la paloma, La espera *y* La broma del senador. *Algunas de estas obras han sido traducidas al francés y trasmitidas por las estaciones de radio francesas y belgas.*

El último instante, *incluida en este volumen,
es una de las más representativas de sus obras.
El joven autor nos muestra un solo personaje
presa del sentimiento más generalizado en la literatura de nuestro siglo:* la soledad que no halla
respuesta dentro de los límites de la existencia
humana. Sin artificios ni ayudas exteriores, el
monólogo avanza por sí mismo con creciente intensidad y nos hace recordar los grandes mode-
los (Pirandello, O'Neill) sin enajenar la origina-
lidad del autor, que radica en un sentimiento
de invalidez del personaje, de angustia metafí-
sica ante los hechos que han deformado su existencia.

El último instante

MONÓLOGO EN UN ACTO DIVIDIDO EN DOS CUADROS

PERSONAJE ÚNICO

NOEMÍ

CUADRO I

Una calle, un muro, un farol.

Una mujer, Noemí, está junto al farol. A pesar de sus cuarenta años todavía es hermosa y conserva esa enigmática belleza que la hace atractiva.

Una mirada basta para comprender cuál vida lleva: soledad, trasnoche... tal vez angustia.

NOEMÍ.—*(Mira al público en silencio, sonríe y sus labios denuncian amargura profunda):*

¡Hablarme de moral! *(Ríe.)* Cuando el profesor de álgebra vino a casa yo no quería verle, yo no quería verle, yo no quería verle. *(En un reproche.)* ¿Por qué me obligaron a recibir sus clases particulares? ¿por qué? *(Ríe despectivamente.)* ¡Hablarme de moral!

Se encamina al centro de la escena y grita con altivez, como si respondiese a una advertencia.

¿No puedo recorrer las calles a estas horas? ¿quién me prohibe hacerlo? ¿cuál ley las ha cerrado a los espíritus solos? (*Humilde.*) ¿No comprende que tengo que caminar, caminar, caminar...? No molesto a nadie. Deseo, tan sólo, andar de uno al otro extremo. Llegar hasta esas zonas oscuras donde calles y noche se confunden.

Se dirige a alguien que se supone pasa a su lado.

¿Me da un cigarrillo? (*Hace un gesto de resignación contestando "no importa" a la respuesta negativa que parece recibir.*)

Volviéndose airada.

¡Ah, Policía!, ¿qué de malo hay en pedir un cigarrillo? ¿es eso molestar a la gente? (*Con amargura y duda.*) Tal vez.

Habla, dirigiéndose al sacerdote que estima estar junto a ella.

¿Por qué? ¿por qué hablarme de moral? No soy una... No soy una de ésas... (*Con orgullo. En un intento por tener orgullo de algo.*) Soy Noemí. (*Cansada.*) Sólo quiero caminar, caminar, caminar...
Padre, ¿tiene que sermonearme?, ¿he cometido algún grave pecado? (*Justificándose.*) No he hecho nada malo. No he hecho nada...

Se cubre los oídos para ahogar las palabras que parece escuchar. Desconcertada.

¿Qué sé yo lo que es bueno o lo que es malo? ¿Por qué tenían que buscarme un profesor de álgebra? Yo nunca entendí el álgebra. Yo nunca entendí nada.

¿Cómo entonces pretender que entienda de moral? (*Hastiada.*) Déjeme en paz. ¡Déjeme!

Cambia su rostro triste. Ahora avista a alguien. Con llama de seducción en sus ojos.

Hay, boy, have you a cigarette? (*Conforme.*) That's Okay. (*Intencionada.*) ¿Te espera alguna amiga? (*Guiña un ojo, flirteando.*) Yo estoy sola. Me gustaría pasar la noche con un americano. ¿Qué opinas? (*Escucha y luego agrega, ofendida.*) ¡Sigue tu camino, necio! ¿Qué piensas de mí? ¿Quién supones que soy? No tienes cigarros. Tampoco dinero. ¡Vete al diablo, marino impertinente! (*Para sí.*) ¿Cómo pretende que malgaste la noche con él, un marino borracho, sin dinero, ni cigarros? (*Vocea como si lo viera alejarse.*) ¿Supones que éste es el Paraíso, donde los sueños y las aspiraciones se hacen realidad? (*Con una risita burlona se vuelve a alguien que imagina a su lado, un amigo muy querido.*) Leoncio, él cree que se encuentra en el Paraíso. ¡Paraíso! ¡Después del sermón que me dio el cura al hallarme, sentada, a la puerta de la iglesia! (*Sincera.*) No había bebido. Sólo estaba cansada. (*Con un suspiro de hastío.*) Cansada de caminar, caminar, caminar... (*Sin comprender.*) ¿Por qué hablarme de moral? Por acostarme con cualquier hombre que tenga dinero, o alcohol, o cigarros, ¿soy yo inmoral? (*Vacila.*) Quizás.

Con ansiedad.

Diga, Padre, ¿quién es moral? ¿quién? ¿usted? (*Reflexiva.*) Sí. Acaso usted sí.

(*Se defiende. Acusadora.*) Pero, ¿y ella, Anita, que se asomaba a la ventana cuando el profesor salía de casa y hablaba y coqueteaba? ¿y el señor de esa noche, que se bajó del auto y prometió llevarme junto a Leoncio? ¿y la vecina, que dejaba a sus hijos para jugar cada tarde en casa de la amiga? ¿son ellos morales? *(Titubea.)* Sí. Tal vez, sí. ¿Y su marido? Él, que apretaba a su secretaria sobre el escritorio hasta dejarla sin respiración. ¿Es él moral? No. Quizá no. *(Indecisa.)* Bueno, tal vez, sí. ¿Qué sé yo? *(Ingenua.)* ¿Soy acaso, inmoral? ¿quién puede catalogar nuestras acciones? *(Con un gesto de incomprensión.)* Pero ¿quiénes son morales? ¿aquellos que se emborrachan con vestidos bonitos? Ah, los que usan bonitos vestidos no se emborrachan, nunca. Solamente se marean. *(Apenada.)* No tengo vestido bonito. Hace tiempo que no lo tengo. Ya no frecuento aquellos sitios. Ahora soy inmoral.

Levanta su índice y señala al sacerdote. Con resentimiento.

Sí, Padre. Usted me dijo que no entrara a la iglesia. *(Insegura.)* ¿Fue eso lo que dijo? Ya no recuerdo. *(Se disculpa.)* No. No fue usted quien me llamó borracha. No. Estoy equivocada.

Se vuelve rápidamente. A alguien.

¿Me das un cigarrillo, por favor? *(Enojada.)* ¿Qué ocurre esta noche? Nadie tiene un cigarrillo.

Arrepentida.

Perdón, Padre. Usted no me llamó borracha. Fueron ellos... y en francés. *(Con ligera curiosidad.)* ¿Por qué cantaban los marinos franceses? ¿es que ellos son morales?

La angustia se apodera de ella lentamente.

¡No me atormente! No quiero confesar. *(Firme en sus palabras.)* ¿De qué tengo que arrepentirme? Ningún remordimiento me perturba. No tengo culpa, no tengo culpa, no tengo culpa. *(Llora.)*

Se deja caer suavemente, su espalda descansando en el farol. Guarda silencio, mira con vaguedad, sin punto fijo.

Quizás es verdad que estoy borracha. Pero, ¿qué importa? Yo, desde entonces, significo nada.

Se quita los zapatos y permanece sentada, con la postura de una niña que jugara al "jack" con sus compañeras.

Cuando me case haré una gran boda. *(Suspira.)* ¡La blancura de un traje de novia arropará mi cuerpo! *(Como si se dirigiese a una amiga.)* Anita, ¿tú crees en el amor? Yo también. *(Con entusiasmo.)* ¿No te enternecen los altares vestidos de azucenas? A mí me hacen temblar de emoción. ¿Y las palabras de unión de un sacerdote? ¿has escuchado algo más solemne y hermoso? Yo quisiera algún día escucharlas dirigidas a mí. *(Pausa. Se vuelve al ser interrumpida.)* ¿Romántica? Claro que lo soy. Amo todo lo que haga sentirnos y sabernos humanos.

Se queda pensativa y después mira a sus supuestas amigas con picardía. Comunicativa.

Hace unos días tropecé con Leoncio y me invitó a tomar un helado. ¿Saben cómo dijo? *"Icecream."* Él estudia inglés conmigo en el Instituto. Si pensara seriamente en casarme lo haría con Leoncio. *(Frunce el ceño.)* No te enfades, Anita. ¿Qué culpa tengo de que él me haya preferido? Es que lo entiendo mejor que ustedes. Sé decirle *"yes"* cuando me pide un beso o le contesto *"all right"* cuando estoy de acuerdo con sus ideas. Ustedes no le entienden porque no saben inglés.

Soñadora, pero tratando de no tomar una actitud romántica.

Me gusta Leoncio. Me gusta mucho y voy a casarme con él algún día. *(Se sorprende como si escuchara una pregunta.)* ¿Cómo? ¿el profesor de álgebra? ¿qué tiene que ver el profesor de álgebra con Leoncio? *(Se levanta, furiosa y mira hacia abajo como si contemplara a su amiga todavía sentada.)* No menciones otra vez al profesor de álgebra. No quiero oír hablar de él. *(Con enojo.)* ¿Por qué tenía que interponerse? ¿por qué tuvo que contarle todo a papá? ¿por qué me prohibieron volver a hablar con Leoncio? Yo anhelaba casarme con Leoncio. Yo amaba a Leoncio. ¿Por qué impidieron que nos amáramos?

Se escuchan las primeras notas de una marcha nupcial. Se repiten. El rostro de Noemí se ilumina de felicidad.

Hubiera sido hermoso casarse con Leoncio. ¡Hubiera sido hermoso!

Va hacia el farol y apoya su cabeza. Luego parece despertar al sentir pasos junto a ella.

Hay, boy, have you got a cigarette? *(Con enfado.)* ¡Qué noche ésta! Nadie tiene un miserable cigarrillo. ¿Qué han hecho con los cigarrillos?

Se desprende, con un movimiento del brazo, de alguno que pretende apresarla.

¡No me toques, marino repugnante! Soy una mujer decente. ¡Apártate de mí, asqueroso! *(Para sí. Al verlo alejarse.)* Borrachos nauseabundos. Hallan una mujer sola de noche y se creen con derecho a tocarla. Suponen que todas las mujeres son monumentos públicos sobre los que pueden acostarse.

Se regocija al escuchar nuevamente la marcha nupcial. Luego se sienta en el suelo, sobre sus piernas, como una quinceañera y reinicia la conversación con sus amigas.

El profesor de álgebra me dijo una vez que yo era hermosa. Me lo dijo así... como si me dijese que mi problema había sido resuelto o que estaba equivocado. Pero me lo dijo. Me miró, me tomó una mano con suavidad y me dijo que yo era hermosa. ¿Qué tenía eso que ver con el álgebra? ¿tienen que decirnos los profesores de álgebra que somos hermosas? *(Cándida.)* Y a mí me gustó. Me gustó mucho que me lo dijera. *(Confidencial. Levemente sonrojada.)* ¿Les he contado? Otra noche me rozó un seno con intención y entonces... Entonces me di cuenta por qué se había alejado Leoncio. *(Violenta.)* Él fue quien contó a papá que yo amaba a Leoncio. ¿Y qué hizo Leoncio cuando lo acusaban? *(Mordaz.)* Se defendió en inglés. Siempre hablaba en inglés y se defendió en ese idioma como para que nadie lo entendiese. *(Busca una explicación lógica.)* ¿Por qué tenía que hablar en inglés? *(Con aflicción.)* Y Leoncio se apartó de mí y, en cambio, el profesor de álgebra se acercaba más a mí.

Una cierta inquietud altera su espíritu.

Padre, debo confesarme. Pero no esta noche. Esta noche, no. Estoy borracha...

Comprensiva.

Bien, Padre. Muy bien. Tiene razón. No debo sentarme en la puerta de la casa del Señor... estando borracha. *(Confundida.)* ¿Quién soy yo? ¿quién?

Reprende a su amiga, con tono juvenil.

Anita, no rías. Yo amaba a Leoncio. No sentía nada cuando el profesor de álgebra ponía el libro a un lado y dejaba deslizar su mano entre las mías. Me gustaba, pero era tan sistemático todo como llegar a las soluciones de los problemas de álgebra. Para mí sus caricias eran como un nuevo problema que sólo él, como profesor, podía solucionar. *(Se expresa con sinceridad y llaneza.)* Pero yo quería a Leoncio y cuando Leoncio se apartó de mí, cuando todos parecían oponerse a nuestro amor, resolví marcharme. Siempre es fácil escapar, lo difícil es decidirlo... ¡y yo estaba decidida!

Vuelve su cabeza al ser sorprendida por una inesperada invitación.

¿Que suba a su auto? ¿por qué tengo que montar en su auto, señor? No lo conozco. Yo... Yo voy en busca de Leoncio. Es a Leoncio a quien deseo encontrar, señor.

¿Por qué me invita a subir a su auto? *(Pausa en que escucha atenta y luego agrega.)* ¿Qué adónde voy? *(Indica con la mano derecha hacia la derecha.)* Allá. *(Rectifica.)* No, no. *(Señala con la mano izquierda hacia la izquierda.)* Creo que es hacia allá. *(Con incertidumbre.)* No sé. No sé, ciertamente. *(Intranquila.)* ¿Sabe dónde está Leoncio? ¿ha oído hablar de Leoncio? *(Sorprendida.)* ¿Me llevará en su auto? ¿adónde, señor? *(Con alegría.)* ¿Junto a

Leoncio? *(Desconfiada.)* Pero a usted no lo conozco. *(Con recelos.)* Sí. Me llamo Noemí. ¿Me conoce hace tiempo? *(Sonríe halagada.)* ¿También usted opina que soy hermosa? *(Ávida.)* ¿Y a Leoncio? ¿también conoce a Leoncio? ¡Qué extraño! No sabía que nos conocía, que nos apreciaba tanto. ¿Y dice que va a llevarme con él? *(Se pone de pie.)* ¿Sabe dónde está? *(Avanza un poco como si aceptara la invitación y se dispusiera a subir al auto.)* Gracias, gracias.

Grita como en una lucha

¡No! ¡Déjeme! ¡Déjeme salir! ¡Quiero huir! ¿Por qué me ha traído aquí? Estamos muy lejos de la ciudad. ¿Dónde está Leoncio? *(Llama con creciente atribulación.)* ¡Leoncio! ¡Leoncio! ¡Leoncio! Usted quiere hacerme daño. ¡Suélteme! ¡No me toque! ¡Déjeme! *(Llama.)* ¡Leoncio! ¡Leoncio! ¡Leoncio!

Volviéndose con dulzura hacia sus amigas que parecen haberse marchado.

¿Dónde están todas? ¿se han ido? Anita, Ligia, Rosaura, ¿dónde se encuentran? ¿por qué me han dejado sola? *(Desilusionada.)* Se han marchado *(Desconsolada.)* Y ahora, ¿qué voy a hacer? Nunca me había sentido sola de repente. *(Sin entender.)* ¿Por qué se han separado de mí? ¿por qué me abandonan?

Su mirada es grave y su voz censura con pesadumbre.

Usted me ha hecho daño. Ha mentido. *(Pausa. Con extrañeza.)* ¿Vivir aquí? *(Mira a su alrededor.)* ¿Quedarme en esta casa? ¿con usted? *(Arrogante.)*

¿Por qué? ¿por qué tengo que quedarme a vivir con usted? ¿dónde está Leoncio? *(Llorosa.)* ¿Por qué me ha hecho daño?

Se transforma. Con una expresión de orgullo.

¡Voy a tener un hijo! ¡Voy a ser madre! *(Con manifiesto alborozo.)* Anita, Ligia, Rosaura, voy a ser madre. *(Se aflige.)* Ah, ya no están aquí. Se han marchado. ¿Por qué se han ido todas? *(Casi triste, con un murmullo monótono.)* Voy a ser madre, Leoncio. Voy a ser madre, profesor de álgebra. *(Natural, comunicativa.)* ¿Sabes una cosa, Leoncio? Me gustaría tener un hijo tuyo. *(Como revelando un secreto íntimo.)* ¿Sabes? Siempre pensé en casarme contigo, Leoncio. *(Comprende al fin.)* ¡Ah, sí! Fue por el profesor de álgebra. Él contó todo a papá. *(Ligeramente intrigada.)* Pero, si no es de ti, ¿de quién, entonces, voy a tener un hijo? ¿es del profesor de álgebra? No, no. Él sólo llegó a rozarme un seno. *(Parece escuchar que alguien le habla.)* ¿Cómo dice, señor? ¿subir a su auto? *(Concluyente.)* ¡Ah, sí! Voy a tener un hijo de un auto. ¿No es gracioso?

Con súbito contento.

Hay, boy give me a cigarette, please. Give me a cigarette. *(Corre fuera de escena como si persiguiese a alguien hasta alcanzarlo. Después regresa con un cigarrillo que lleva a los labios.)* Gracias, amigo. Al fin consigo fumar. Creí que nunca pasaría un marino con cigarrillos. *(Toma una bocanada y arroja una humareda.)* ¡Qué alivio me produce!

Con rencor en su mirada.

¿Por que? ¿por qué tuvo que llevarse a mi hijo? Era mío también. *(Insegura.)* Bueno, ¿qué sé yo? *(Sumisa.)* ¿Qué sé yo? *(Medita.)* Tal vez no era mío en realidad. Era del auto... y el auto se lo llevó. ¿El auto? *(Con amargura.)* El auto se lo llevó.

Mira hacia la derecha como si la hubieran sobresaltado algunos gritos.

Bien, policía. Ya voy a la cama. No grite más. Es sólo que tengo que caminar, caminar, caminar...

Camina hacia la izquierda, lentamente, disponiéndose a ir a su habitación. Se detiene, se vuelve mecánicamente y mira, junto al farol, sus zapatos olvidados. Va hacia ellos, se inclina y los toma, ceremoniosamente, con un cierto aire de hastío y de cansancio. Se levanta y, con ellos en sus manos, sale mientras deja escapar un poco del humo del cigarrillo que lleva en los labios.
Al mismo tiempo, una música nostálgica se escucha.

TELÓN

CUADRO II

La habitación de Noemí.

Al entrar a su cuarto Noemí observa todo con desprecio. Después arroja sus zapatos junto a la cama y se encamina a una mesita donde hay una botella. Se sirve un trago y bebe. Pasa la mano por su rostro y llora. Se deja caer sentada sobre el lecho y mira al suelo. Luego, comienza a mover un

pie sobre la pequeña alfombra acariciándola, pro-
vocativa, en un juego sensual pero despreocupado.

NOEMÍ.—*(Se pregunta a sí misma, al caso, sin im-*
portancia):
¿Qué ha sido de Leoncio? *(Ahora intrigada.)* ¿Qué
ha sido de Leoncio? ¿qué fue del profesor de álgebra? ¿y papá? ¿y mamá? No sé. No he vuelto a
saber de ellos.

Como un regaño.

Tomasito, no vayas a jugar ahí fuera. No jue-
gues con esos muchachos que son mayores. Vamos,
entra. *(Autoritaria.)* Entra, Tomasito. No quiero
que te hagas daño.

Volviéndose. Con naturalidad.

¿Sí? ¿por qué no? Claro que debo quedarme a
vivir con usted. Ya no sé adónde ir ni por qué
tengo que encontrarme con Leoncio. ¿Quiere que
permanezca a su lado por siempre? ¿aquí? ¿en esta
casa? Es su casa, ¿verdad? Es muy bonita, muy
apacible, muy íntima. ¿Lo ha notado? Los ruidos
de los autos en la carretera mueren antes de alcan-
zarla. Da gusto vivir aquí. Claro que seguiré junto
a usted.

Sencilla. Habla con la misma alegría con que se
da una buena noticia.

¿Sabe que voy a tener un hijo? ¡Oh, cierto! Está
enterado. Lo repito cada vez que nos reunimos.
(Satisfecha.) ¡Voy a tener un hijo! Claro que lo
sabe. *(Como una niña mimada.)* ¿Por qué tarda
tanto en venir a vernos? Tomasito siempre pregun-

ta por usted. Está una muy sola aquí. Todo queda distante. Nos sentimos tan olvidados y apartados.

Insiste nuevamente en sus pensamientos.

¿Y qué fue de Leoncio? Ah, nunca más volví a preocuparme por él desde que comenzaron a inquietarme otras cosas. *(Complacida.)* Tomasito se parece a Leoncio. Se parece mucho. *(Duda.)* ¿Mucho? A ver... *(Se levanta y va hacia una cómoda pequeña.)* Vamos a comprobar si realmente se parece a Leoncio. *(Abre una de las gavetas y saca un retrato que observa con desilusión.)* Oh, no. No se asemeja en nada a Leoncio. Es idéntico al auto. Quiero decir, al hombre del auto. *(Vuelve a la cama y se sienta en ella contemplando el retrato.)* También se parece a mí... Se parece a mí en los ojos. ¿De qué color tengo los ojos? Nunca me he dado cuenta del color de mis ojos. A ver... *(Alcanza un espejo y se mira.)* Tengo los ojos negros. ¿Y Tomasito? Tomasito tiene los ojos verdes. *(Sorprendida.)* Entonces no se parece a mí en los ojos. Se parece... al auto. Él sí tiene los ojos verdes y la mirada ansiosa de...

Cariñosa, maternal.

Este es... Tomasito, mi hijo. *(Pone el retrato del niño sobre su brazo y lo mece como a un recién-nacido.)* Duerme, niño mío. Duerme, niño mío. *(Tararea una canción de cuna. Se interrumpe. Su mirada se llena de temor y grita con voz ahogada apretando el retrato contra su pecho.)* ¡No lo toque! ¡No lo toque! No puede llevárselo. *(Suplicante.)* No me dejes, Tomasito. Es mío también. ¡Es mío también! *(Se escucha el ruido de un auto que arranca y se pierde en la distancia.)* Bueno, tal

143

vez estoy equivocada. Quizás no es mío. Es del auto, y el auto se lo llevó.

Mira el retrato nuevamente.

Éste es Tomasito. Digo, éste no es ya Tomasito. Hace tiempo que ya no es Tomasito. Aquí tiene cinco años. ¡Cinco años! *(Razonando.)* Pero Tomasito no tiene cinco años. Tomasito es un hombre... Tomasito tiene ahora... *(Calcula con ayuda de sus dedos.)* Tomasito es un hombre de veinte años. *(Maravillada.)* ¿Veinte años? ¿mi hijo tiene veinte años? Entonces yo no soy Noemí. Ahora soy una vieja... *(Con espanto.)* No. No soy vieja. *(Coge nuevamente el espejo y se mira con horror.)* Yo aún soy joven. Necesito ser joven. ¡Aún soy joven! ¡Necesito ser joven!

Se pone de pie.

Leoncio, no consientas que Tomasito venga a visitarme. No quiero que Tomasito me vea así. Ahora estoy tan distinta. Él se avergonzará de mí. Leoncio, por favor, no permitas que me vea. Estoy vieja, fea, despreciable. *(Implorante.)* Te lo ruego. Leoncio, no dejes que me encuentre.

Se detiene bruscamente y escucha como si tocasen a la puerta.

¡Es él! Tocan a la puerta. Es Tomasito que viene a buscarme. Él sabe que soy su madre. Viene a conocerme. *(Va hacia la puerta, al fondo, con recelos.)* ¿Quién es? ¿quién llama? *(Escucha.)* No. Ella no está. Noemí no vive ya aquí. Se ha mudado no sé dónde. No sé dónde se ha mudado Noemí. *(Volviéndose al público.)* Es él, Tomasito, mi hijo. Quiere conocer a su madre. Quiere conocerme a mí.

Esperaba que me buscaría. Averiguaría que yo era su madre y trataría de verme. *(Con malicia, confidencial, en secreto.)* Claro, ha cambiado su nombre para que no descubra que es él. *(En broma.)* ¿Cómo dijo llamarse? ¿Raúl? *(Sonríe maliciosa.)* Dice que se llama Raúl, pero en realidad se llama Tomasito y es mi hijo. *(Triste.)* ¡No quiero que me vea!

Por favor, Leoncio, ayúdame. *(Turbada de pronto.)* ¿Por qué tuviste que defenderte en inglés, Leoncio? ¿por qué no dijiste en español que me querías? Papá te hubiera permitido quererme y habríamos echado al profesor de álgebra... que nunca me enseñó álgebra. *(Sonríe feliz, soñadora.)* Y Tomasito hubiera sido nuestro hijo. Tuyo y mío, Leoncio. *(Recuerda a su hijo con cariño.)* ¡Tomasito...! *(Se conmueve al mirar hacia la cama. Se dirige allí y levanta imaginariamente a la criatura que su mente recrea. Maternal, cariñosa, dulce.)* Vamos, Tomasito, no llores. El auto vendrá y nos llevará a la playa. No llores más. *(Tararea nuevamente la canción de cuna.)* Vamos, no llores. Mamá está contigo ahora.

(Baja sus manos y se asusta, como si dejara caer a Tomasito.) ¡Ah! ¿Te has hecho daño, Tomasito? *(Acongojada.)* No tuve intención de hacerte daño. *(Como si se defendiese de alguien.)* ¡No! ¡No me pegues! No pude evitar que Tomasito se cayese. ¡No me pegues! *(Llora y se cae al suelo como si la hubiesen arrojado. Luego levanta la cabeza y exclama con aflicción.)* ¡No se lleve a Tomasito! ¡No me lo quite! ¡Es lo único que me queda! ¡Es mío! ¡Es mío también! *(Se escucha el ruido del auto que arranca. Con un grito que no alcanza a ser agudo.)* ¡Tomasito...! *(Resignada.)* Se ha ido. El auto se lo ha llevado.

Aún en el suelo, pasa la mano por su frente y la entreteje en sus cabellos. Mira en silencio a ambos lados como si no viese la razón de ser de todo cuanto la rodea.

¡Hum! ¡Inmoral! ¡Está bien! ¡Está bien! Ya me voy, Padre. Es sólo que tengo que caminar, caminar...

Hace un gesto de incomprensión, sonríe amargamente y se levanta.

Hace calor esta noche. Mucho calor. *(Se arroja sobre la cama y se despereza con sensualidad. Se quita una de las medias que se ha dejado aún para andar descalza. Se levanta. Va hacia la mesa y se sirve otro trago, en forma rutinaria.)* Una no debe estar nunca sola. Se necesita siempre a alguien. Es imposible y absurdo vivir en soledad. Debí decirle a aquel marino que viniera conmigo. *(Medita un poco.)* Pero no tenía cigarrillos, ni alcohol, ni dinero. Pero de todas maneras me había hecho compañía. *(Tirando el trago, con rabia.)* ¡Una no puede estar siempre sola!

Natural, como si cariñosamente hablara con su hijo.

Tomasito, ¿qué pensarás al saber que ésta es tu madre? ¿me verás como a una madre? Tú tienes que venir algún día, Tomasito. Quieres conocer a tu madre, ¿verdad, Tomasito? Claro que sí. Todos los hijos anhelan conocer a sus padres. *(Se contempla con humildad.)* ¿Qué dirás al verme así? Vamos, dímelo ahora, antes de que nos encontremos. *(Se asombra como si su hijo la hubiera desconocido y esto la humillara.)* Soy tu madre, Tomasito. ¿No me reconoces? *(Acercándose al centro como si se aproximara a alguien.)* Mírame bien, Tomasito. Soy tu madre. Nadie ni nada puede cambiar que sea tu madre. Estamos ligados para siempre. Mírame bien. ¿Qué tal luzco? ¿no deseabas conocerme? ¿qué tal parezco? Mírame. *(Con un ligero temor.)* ¿Por qué callas? ¿qué piensas en tu silencio? *(Parece escuchar, luego su rostro palidece y sus ojos se llenan de lágrimas. Ofendida.)* ¡No! No digas eso. No soy una cortesana. No soy una ramera. *(Lanza una bofetada al aire como si fuera dirigida al Tomasito de su imaginación y después se arrepiente.)* No quería pegarte, Tomasito. ¡No quería!... *(Justificando su torpeza.)* ¿Por qué has dicho esos nombres horribles? Me has gritado. *(Con humildad.)* ¿Es que para ti parezco una prostituta? ¿no soy para ti algo puro, inmaculado? ¿no parezco para ti una madre? ¿no parezco tu madre? Soy tu madre. Soy tu madre, Tomasito. Soy tu madre. *(Llora cubriendo el rostro con sus manos, avergonzada de sí misma.)*

Transformada por completo. Ahora parece hablar confidencialmente con Leoncio.

Leoncio, voy a pedirte un favor. Voy a suplicarte... No permitas que Tomasito venga a verme. No quiero que Tomasito me vea nunca. No quiero que me vea así... así... *(Alterada.)* ¿Qué es lo que soy? ¿cómo luzco, Leoncio? ¿parezco una madre? *(Toma el espejo y se mira con lástima.)* No creo que parezca una madre. *(Con temblor en la voz.)* Por favor, Leoncio, no dejes que Tomasito me encuentre nunca. No quiero verlo. *(Se interrumpe.)* Sí. Deseo verlo. Daría mi vida por tenerlo a mi lado un minuto siquiera, por escuchar su voz distinta de hombre... pero no quiero que él me vea.

Con alegría repentina, contagiosa. Ríe feliz.

¡Ahí va el auto! *(Corre como si siguiera el auto.)*

147

¡Ahí va el auto! ¡Es el papá de Tomasito! ¡Sí! ¡Tomasito va con él! *(Agitando su mano y gritando para ser oída por alguien.)* ¡Tomasito...! ¡Tomasito...! ¡Soy yo, aquí, mírame! *(Su voz se debilita poco a poco.)* Mírame, Tomasito... Soy yo... tu madre... *(La expresión de su rostro cambia. Ahora se aflige.)* O tal vez yo no soy tu madre... Él es el hijo del auto... ¡y el auto se lo llevó!

Mira a la puerta, de repente, suponiendo escuchar toques.

¿Quién? ¿quién llama? ¿quién toca a la puerta? *(Busca refugio en la habitación y, por fin, se esconde tras un mueble a la vista del público, asustada.)* Es él. Es Tomasito. Sabía que tenía que venir algún día. Ha llegado el momento. ¿Qué debo hacer, mi Dios? *(Vacila, se levanta con temor y se acerca a la puerta.)* ¿Quién es? ¿quién llama? ¿quién? *(Escucha y luego se vuelve al público. Con extrañeza.)* No es su voz. Es una mujer quien llama. *(Medita y sonríe con malicia como si inteligentemente comprendiera la situación.)* ¡Ah! es él quien la ha mandado. Lo ha hecho para sorprenderme. *(Volviéndose a la puerta.)* ¿Cómo? *(Con una risita pícara.)* Él supone que logrará engañarme. Ha enviado a esa mujer para que yo abra la puerta y entonces él entrar y verme... y verme así, mal arreglada, fea... *(Se interrumpe.)* ¿Cómo? *(Intentando continuar la broma.)* Dice que debo pagar la habitación hoy mismo, que estoy retrasada dos meses... *(Ríe.)* Se ha inventado una historia para verme, para conocer a su madre. *(Respondiendo con sencillez.)* Está bien. Voy a pagarle esta noche. Confío que podré pagarle esta noche. *(Sonríe.)* Muy bien. Gracias.

Se dirige nuevamente a su amigo.

Leoncio, era él. *(Con orgullo.)* Mi hijo. *(Expli-cándose.)* Ciertamente, le debo dos meses a la case-ra, pero fue él quien la mandó a cobrar ahora para que yo abriese la puerta. Fui más inteligente, ¿no crees, Leoncio? No abrí la puerta. De seguro que él estaba detrás esperando para entonces verme, conocerme... *(Intranquila.)* Volverá a repetirse. Ya no estoy segura aquí. *(Idea algo rápidamente.)* Pe-ro, ¿sabes lo que voy a hacer, Leoncio? Voy a ca-minar, a caminar, a caminar... para que cuando vuelva no me encuentre en la casa. *(Atribulada.)* No quiero que me vea. *(Más tranquila.)* Por eso tengo que caminar, caminar, caminar...

(Diferente, casi otra mujer.) Hace calor esta noche.

Se quita el vestido para quedar en enaguas. Pasa las manos por su frente y por su cuello para secar el sudor. Descubre el vaso que tirara antes al suelo, lo recoge, va hacia la mesa y se sirve otro trago de la botella. Repara en su tocadiscos, se acerca a él, lo observa y ríe burlona cual si le trajese algún re-cuerdo.

Gracias. Gracias por el cigarrillo. *You speak Spa-nish, don't you?* Oh, excúseme. No, gracias, no acos-tumbro beber. Nunca bebo. Estoy tan nerviosa esta noche. Tan nerviosa...

Busca a la distancia, en vano empeño de encon-trar a alguien que está lejos. Vuelve su rostro a uno y otro lado con impaciencia y ganas de llorar. Hay marcada ansiedad en su búsqueda. Luego se calma lentamente y lleva la mano a su pecho dando la impresión de que ha logrado control sobre sí misma.

Divagando.

149

¿A quién busco? No sé a quién busco. ¡Ah, sí! Busco a... Leoncio *(Perpleja.)* No. No es a Leoncio a quien busco. Es a... Tomasito, mi hijo. *(Segura de sus palabras, confiada e inocente.)* Busco a mi hijo Tomasito. ¿Le ha visto pasar? Iba en un auto... ¿Le ha visto?

Desorientada de pronto. Resentida.

¿Por qué tenía que arrebatarme a mi hijo? *(Con ruegos profundos.)* No se lleve a mi hijo. Tomasito, soy tu madre. ¡No me dejes! *(Convencida de sus propias palabras cual si fueran parte de un plan elaborado.)* ¡Necesito ser joven! Tengo que ser joven... y esperar a Tomasito. *(Insinuante, casi autoritaria.)* Leoncio, no quiero que Tomasito me vea.

Con ligero temor de escuchar una respuesta negativa.

Señor, ¿ha visto pasar a Tomasito? Es mi hijo. *(Como una niña mimada a quien le han quitado un juguete.)* Me lo acaba de quitar. Se lo ha llevado. El auto se lo ha llevado.

Abatida.

Nada me sucede, señor. Gracias. Es sólo que busco a mi hijo. Estoy cansada.

¿Nerviosa? ¿Cree usted que estoy nerviosa? *(Continúa mirando a la distancia.)* No, gracias. No bebo. Gracias. *(Pausa.)* ¿Dónde aprendió español? Lo habla muy bien.

¿Cómo dice? ¿opina que una copa hará bien a mis nervios? ¿cree que sí? *(Casi decidida.)* Bien... *(Se arrepiente.)* No, no. Tengo que seguir buscando a Tomasito. Debo decirle que... no me olvide...

que yo soy... (*Mira igual que si tuviese a alguien muy cerca de ella.*) ¿Piensa que beber hará bien a mis nervios? (*Fatigada.*) Quizás lo necesito. Apaciguará un poco este cansancio que me adormece. (*Resuelta.*) Bien, vamos entonces. (*Mira a la altura de sus ojos cual si frente a ella hubiera un letrero llamativo. Despectiva.*) ¿Beber un trago aquí? Nunca había venido a estos sitios. ¿No hay peligro? (*Trata de escapar.*) Prefiero no entrar. Tengo miedo a las gentes que se embriagan. Me asustan las tabernas. (*Se detiene, tímida, luego su brazo se levanta. Parece que alguien la tomase de la mano y la arrastrase levemente.*) ¿Usted cuidará de mí? Necesito que me cuide. Confío en usted. No. Ahora no temo a las tabernas ni a las gentes. (*Decidida.*) Vamos.

Se escucha música. Noemí se transfigura. Semeja una mujer poseída por el demonio, pero, en realidad, su comportamiento es mecánico y falso.

¡Música! ¡Qué bien se siente una al escuchar música!

¡Dame otro trago! ¡Otro! ¡Beber me hace mucho bien! ¿Ponemos otro disco?

Se torna vanidosa, con una mirada pasional.

¿Te gusto así? (*Se baja uno de los tirantes de sus enaguas.*) ¿Qué tal luzco ahora? ¿me encuentras hermosa todavía? (*Apartándose al sentir que la tocan.*) No me muerdas. (*Coqueta. Con una risa fícticia y casi amarga, dando la sensación de que representa una comedia.*) Por favor, no me toques más. (*Clava su mirada sobre cualquier cosa y muerde sus labios con picardía y sensualidad.*) ¿Te gusto? Todos los hombres dicen que les gusto, pero me agrada escucharlo de ti.

Hace un movimiento para evitar un beso en el hombro y se aparta riendo. Se acerca a la botella, bebe un sorbo de ella y luego va hacia el tocadiscos. Coloca la aguja y escucha la música. Noemí comienza una danza erótica, fogosa, en la que manifiesta toda su desesperación, su deseo inconsciente de olvidar su pasado. Es un esfuerzo inútil por ignorar la realidad. Finalmente, se arroja sobre el tocadiscos y lo calla.

¡No soy una cualquiera! ¡No soy inmoral! *(Delirante. Una fiebre de muerte parece apoderarse de ella.)* Padre, necesito confesar. Tengo que confesar, Padre. Pero no esta noche. Esta noche, no, porque... me siento muy mal. *(Rogando quedamente.)* Leoncio, dile al auto que me devuelva a Tomasito. Leoncio, te lo ruego, no permitas que Tomasito me encuentre. *(En un reproche.)* ¿Por qué te defendiste en inglés, Leoncio? ¿Por qué te dejaste embaucar por el profesor de álgebra? *(Suplicante.)* ¡No se lo lleve! Es mío también. Tomasito también es mi hijo. *(Insegura.)* ¿Es Tomasito también mi hijo? Sí. Es mío también. No. Quizás, no. Él no está conmigo. Nunca ha sido mío. Siempre ha sido de él, del auto... y el auto se lo ha llevado.

Dirige su mirada a la puerta, con temor

¿Quién llama? No puede entrar nadie. Leoncio, es Tomasito nuevamente. No me deja en paz. Es él otra vez llamando, llamando, llamando... No me atrevo a mirarlo a los ojos, Leoncio. Ve, abre la puerta y miéntele. Díle... Di que no vivo aquí. *(Impresionada.)* Es Tomasito que insiste en conocerme, verme... Pero ¿aquí? ¿en este cuartucho asqueroso? ¿recibirlo en esta habitación sucia? *(Se lleva las manos al rostro en un gesto nervioso.)* ¿Y yo? ¿estoy bien? ¿parezco una madre, Leoncio? (*Desesperada.*) No me reconocerá. Estoy muy vieja. No conseguí ser eternamente joven. Él jamás creerá que soy Noemí. No dejes que me vea, Leoncio. No dejes que me vea.

¿Quién toca a la puerta? (*Mira hacia allá. Con temblor en la voz.*) ¿Quién es? (*Con voz firme.*) ¡No abriré! Leoncio... (*Busca por la habitación, temerosa de haber perdido a Leoncio.*) Leoncio, dile que se marche. Leoncio...

(*Busca a su alrededor ahora con recelos e inquietud.*) ¿Dónde estás, Leoncio? ¿te has ido, Leoncio? ¿por qué te has ido? ¿qué puedo hacer yo sola? ¿por qué me desamparas, Leoncio? ¿dónde están todos? ¿por qué me han dejado sola de repente? (*Con amargura y súplica.*) Leoncio, te necesito. Siempre necesité de ti. No puedo hacer nada sin ti. Yo te imploro... ¡No permitas que Tomasito me vea! No me abandones ahora.

Parece escuchar nuevos toques a la puerta y su cuerpo tiembla. El sudor corre por su frente.

¿Quién llama? (*Con voz nerviosa, tratando de ser firme.*) Noemí no vive aquí. Noemí se ha ido. Noemí murió hace mucho. Tomasito, ya no verás a Noemí porque Noemí murió hace... Hace mucho tiempo que murió Noemí. (*Se sorprende de sus palabras.*) ¿Morir? (*Duda.*) ¿Acaso murió Noemí? ¡Noemí... está... muerta! (*Corre hacia la cómoda y se apodera de una navaja.*) ¡Ya nunca verás a Noemí, porque Noemí está muerta! (*Se corta las venas del brazo. Desfallece.*) Estoy cansada, Tomasito. (*Su rostro se contrae y ella se acerca a la cama, tambaleante. Se sienta y fija su mirada, como ausente.*) Estoy cansada, Tomasito, de caminar, caminar, caminar... No me verás nunca, Tomasito. Ya Noemí no existe. Para ti no habrá existido sino la

Noemí de tu infancia perdida. Nunca fuiste mío.
Nunca yo... Nunca... Nunca... porque tú pertenecías al auto... (*Su voz se debilita lentamente. Un último aliento la hace articular algunas palabras pretendiendo justificarse ante su hijo.*)
Estoy cansada, Tomasito. Estoy cansada de caminar, caminar, caminar...

Queda sentada, firme, con la mirada fija en cualquier parte, lejana, con cierta placidez en el rostro, como si ahora se hubiera detenido en su camino.

Cierra lentamente el

TELÓN

JOSÉ DE JESÚS MARTÍNEZ

[1929]

Panameño. Nació en Managua, Nicaragua, pero se trasladó, desde muy temprana edad, a Panamá y adoptó la ciudadanía panameña. Ha seguido cursos en las Universidades de Chile, México, Madrid, París y Munich. Obtuvo el grado de Doctor en Filosofía. Actualmente es profesor de Filosofía y Lógica en la Universidad de Panamá.

La obra dramática de Martínez está formada por las siguientes piezas: La mentira *(1955),* La perrera *(1957),* Caifás *(1961),* El juicio final *(1962),* Enemigos *(1963),* Santos en espera de un milagro *(1963), y* La retreta *(1963). Ha publicado además los siguientes libros de poemas:* La estrella de la tarde *(México, 1950),* Tres lecciones en verso *(México, 1951),* Poemas a ella *(Panamá, 1963).*

El teatro de Martínez se ha orientado preferentemente a las obras de breve dimensión. Posee, como muy pocos autores en la América Hispánica, la rara habilidad de síntesis que cristaliza en el teatro breve: la exposición concisa y directa, aun cuando se refiera a temas de alcance metafísico, temas que muestran las deformaciones que el mundo de hoy impone a los seres humanos. Las fábulas de su teatro breve, cercanas a las del teatro del absurdo, ponen al descubierto el automatismo del mundo irracional.

El juicio final es una bella y poética obra de

tema universal, testimonio de nuestro mejor teatro de posguerra. La angustia parece dominar todo el desenvolvimiento dramático y nos muestra el estremecimiento con que el hombre de hoy contempla los problemas metafísicos.

Juicio final

PIEZA EN UN ACTO

A don Antonio Buero Vallejo

PERSONAJES

FUNCIONARIO
CONSERJE
JUEZ
HOMBRE

ACTO ÚNICO

Nada de escenografía. Ni siquiera cortinas. El puro hueco negro al que no se le ve fin. La escena es desmesuradamente grande, desolada. Los actores, sin embargo, ocuparán sólo una mínima parte de ella. Suena el tic-tac de un reloj inmenso pero invisible. Ha de ser un sonido seco, quizá más bien como el de un tam-tam, y exagerado para que, en el momento debido, pueda hacer bien evidente la entrada del personaje más importante, decisicivo y final: el silencio.

Entran dos hombres por la izquierda, funcionarios típicos, llevando entrambos un escritorio pesado que colocan en medio de la escena. Uno de estos hombres, el Funcionario, es más bien alto, pero sin lle-

*gar a dar la impresión de arrogancia. Todo lo dice
y hace con la seguridad de una experiencia larga.
En ambos es bien notoria la falta de malicia. Corre
a cargo del actor ponerla de manifiesto en pequeños
gestos y movimientos. No importa marcar esto hasta llevar la interpretación del personaje fuera de
los límites de la realidad. De la realidad que conocemos, naturalmente.*

CONSERJE.—¡Uf, cómo pesa esto!

FUNCIONARIO.—No lo inclines tanto, que se caen
los papeles.

CONSERJE.—¿Lo dejamos aquí?

FUNCIONARIO.—Sí, da lo mismo. Despacio.

CONSERJE.—¿Por qué no se lo deja permanente-
mente aquí y se evita así el estar trayéndolo y
llevándolo?

FUNCIONARIO.—*(No es una pregunta.)* ¿Dónde
crees tú que estamos ahora mismo?

CONSERJE.—No sé. A mí es la primera vez que se
me pide hacer esto.

FUNCIONARIO.—¿No oyes ese ruido? *(El tic-tac.)*

CONSERJE.—Sí. ¿Qué es?

FUNCIONARIO.—Ven, quiero mostrarte algo. *(Lo
lleva hacia la derecha y le hace mirar por entre bas-
tidores.)* ¿Ves? *(Miran hacia abajo.)*

CONSERJE.—*(Manifestando mucha piedad y aflicción en el rostro.)* ¡Se va a morir!

FUNCIONARIO.—Sí.

CONSERJE.—¿Es él quien va a venir?

FUNCIONARIO.—Sí. Démonos prisa. Ya no debe tardar. *(Van otra vez al centro.)*

CONSERJE.—¡Qué calor hace!

FUNCIONARIO.—Tiene mucha fiebre, parece. Ve a
traer las sillas. Yo traeré el archivo.

CONSERJE.—No. Déjame a mí traer el archivo.

FUNCIONARIO.—Bueno, lo traeremos entre los dos,

pero traigamos antes las sillas. *(Mutis de ambos por la izquierda.)*

Se oye la flauta por primera vez. Es un sonido sinuoso y largo, triste y cruel. Como canción que busca pastor perdido, como un recuerdo en retirada o el alma en pena de un rondador ecuatoriano. Algunas veces, como esta primera, saldrá desde detrás del público. Otras, desde los lados o desde el hueco profundo. Cada vez desde un sitio diferente. En ocasiones parecerá muy cerca, dando la impresión de que de un instante a otro va a aparecer en escena. Y en ocasiones parecerá lejísimo, como si ya nunca más fuéramos a oírlo. Es, en todo momento, un sonido que pasa. Nunca está quieto. Su movimiento debe ser claramente perceptible. El sonido se ha marchado ya cuando entra el Funcionario. Viene trayendo tres sillas. Las coloca junto al escritorio. Entra el Conserje empujando, trayendo como mejor pueda, un archivo pesado.

FUNCIONARIO.—*(Va a ayudarle.)* Te dije que no lo trajeras solo. A ver.

CONSERJE.—Si no pesa tanto.

FUNCIONARIO.—Por acá. *(Lo guía.)* Aquí.

CONSERJE.—Yo no sé por qué hay que traer esto si, como dices tú, no se le ocupa casi nunca.

FUNCIONARIO.—Precaución. Ha habido casos, personas que protestan y a las que hay que probarles que mienten. Yo recuerdo el caso de una señora. Insistía en que era mala. Decía que había cometido no sé qué asesinato. ¡Lo decía con un candor!... Hasta que se le dieron toda clase de pruebas de que estaba mintiendo, de que era buena. Entonces confesó que mentía porque quería que se la condenara. Quería estar con su hijo. Ella sabía que él se iba a condenar. Quería esperarlo. Pero se le aseguró que estaría con él, y se puso feliz. A mí me quiso besar. Y a él *(gesto al escritorio)* ni digamos.

CONSERJE.—Lo que puede el amor de una madre, salvar al hijo.

FUNCIONARIO.—No. A él no hubo más remedio que condenarlo. Era un malvado de... Parece mentira que haya tenido una madre así.

CONSERJE.—¿Y la señora?

FUNCIONARIO.—La señora es feliz. Ella está con su hijo. Tal y como ella lo ve.

CONSERJE.—¿Condenaron también a la señora?

FUNCIONARIO.—No. Al hijo solamente. Pero ella está con él, aunque no esté él con ella. Como cuando recordamos a una persona que sin embargo se ha olvidado de nosotros.

CONSERJE.—Raro, ¿verdad?

FUNCIONARIO.—Al contrario, es bien sencillo.

CONSERJE.—Sí, es lo que quise decir.

FUNCIONARIO.—Ojalá fuese siempre así, como con esa señora. Otras veces es tan desagradable. Él *(gesto al escritorio)* sufre. Mucho.

CONSERJE.—Me lo imagino.

FUNCIONARIO.—*(El tic-tac se irregulariza un poco, pero recupera su ritmo normal. Va al extremo derecho a asombrarse.)* Ya esto no puede tardar. Voy a ir a avisarle.

CONSERJE.—¿Vuelves?

FUNCIONARIO.—No. A menos que me mande llamar. *(Nota la preocupación del Conserje.)* No te pongas nervioso.

CONSERJE.—Es la primera vez que se me llama para esto.

FUNCIONARIO.—Ya te acostumbrarás. *(Mutis por la izquierda.)*

Después de una pequeña pausa, entra, por la izquierda también, naturalmente, el Juez. Es un jefe, pulcramente vestido y peinado, con la sonrisa fácil y las maneras suaves y elegantes.

JUEZ.—Bien. Veamos. Limpia bien esa silla. *(La que está frente al escritorio y que ha de ocupar el Hombre.)*

CONSERJE.—Sí, señor. *(Lo hace.)*

JUEZ.—¿Está cómoda? *(Se sienta en ella y la prueba. La encuentra satisfactoriamente cómoda.)* Tú siéntate allí, a mi lado.

CONSERJE.—Sí, señor. *(Lo hace.)*

JUEZ.—*(Se levanta y toma asiento detrás del escritorio.).* Bueno. Esperemos.

El tic-tac se hace más patente. Crece. Se desordena. De pronto, calla. Un pequeño gesto del Juez. Los dos están inmóviles. Por la derecha entra un Hombre. Cincuentón. Burgués típico. Al ver al Juez y al Conserje que lo esperan, se sobresalta.

HOMBRE.—¿ ? *(Quiere regresarse, pero hay una fuerza invisible que se lo impide.)*

JUEZ.—*(Sonriente, amable.)* Pase, pase usted, por favor. Lo esperábamos.

HOMBRE.—Luego... *(Suelta la carcajada.)* ¡Ja, ja, ja! ¡Era verdad! ¡Ja, ja, ja! ¡Era verdad!

JUEZ.—Pase usted, por favor. Siéntese. Estará cansado.

HOMBRE.—*(Pasa y se sienta frente al escritorio.)* Vea usted, me río porque... Yo siempre sospeché que había algo después de la muerte. Más que sospecharlo, lo sabía, casi con seguridad.

JUEZ.—Gracias.

HOMBRE.—Lo discutí muchas veces en el Casino, con los amigos, usted sabe... Especialmente con el doctor. *(Vuelve la vista hacia la derecha, el otro mundo, en el que acaba de dejar al doctor.)* Es un amigo que tengo, muy dado de científico.

JUEZ.—Sí. *(Ya lo conoce.)*

HOMBRE.—Él decía que no. Que eran patrañas de los curas, decía.

El Conserje ríe, pero se borra rápidamente la risa.

HOMBRE.—*(Serio, con esa solemne seriedad de los hombres de negocios.)* En cambio yo, puede usted creérmelo, no lo dudé ni un solo instante. Bueno, quizás alguna vez, llevado por el pesimismo, pero, en fin, cosa momentánea, como usted comprenderá.

JUEZ.—Sí. Es natural.

HOMBRE.—Exactamente eso, natural. Aparte de esos momentos "naturales", como le digo, no dudé nunca de que había otra vida después de la terrena y de que en ella se nos someterá a juicio... Porque supongo que esto es un...

JUEZ.—No se le puede llamar juicio propiamente. Además de que es una palabra fea, aquí no se condena o salva a nadie... que no venga ya condenado o salvado.

HOMBRE.—Por supuesto. Yo quería decirle señor..., señor Juez... Usted permitirá que yo le llame así, a pesar de lo dicho.

JUEZ.—Sí, cómo no.

HOMBRE.—Yo sabía, repito, que después de muertos somos..., nos enfrentamos, mejor dicho, con..., con nuestra propia vida; eso es, con nuestra propia vida. Y he obrado en consecuencia, velando por mis obligaciones para con mi prójimo, mi familia y mi religión. *(Se exalta hipócritamente.)* Mi religión católica, única verdadera, que he defendido ante tanto ateo y hereje que hay en el mundo.

JUEZ.—*(Sonríe y deniega con la cabeza, pero dice.)* Gracias.

HOMBRE.—Como el doctor, o el protestante ese

162

que también va al Casino. ¡Ja, ja, ja! ¡Qué sorpresa se va a llevar el doctor! ¡Me imagino la cara que pondrá! ¡Ja, ja!... *(Un dolor repentino en la espalda, despertado por los movimientos convulsos de la risa, se la cortan en seco.)* Todavía me duele la espalda. Con todo, es menos que hace un rato.

JUEZ.—Despreocúpese, dentro de pocos instantes desaparecerá todo dolor físico.

HOMBRE.—Sí, sí. Siento cómo se va yendo, como si se me estuviera despegando de los huesos.

JUEZ.—Por supuesto, no es el dolor lo que se le está despegando de los huesos, es usted mismo. Pero, para el caso, da igual. Todo malestar físico desaparecerá en breves instantes.

HOMBRE.—*(Mirando hacia la derecha.)* Aquello fue terrible. Era un dolor terrible.

JUEZ.—Siento mucho que haya tenido un trance tan difícil. Pero quizás le haya sido de alguna utilidad. Algunas veces lo es.

HOMBRE.—Debo decirle, sin embargo, que el haber sufrido el trance, como dice usted, en el seno de la religión católica, y confortado por todos los sacramentos ¡y por la bendición papal! *(suena a falso; el Juez sonríe)* hizo que todo fuera plácido y tranquilo. Claro que en momentos, los últimos sobre todo, el dolor y la asfixia lograron que perdiera el control de mi serenidad y que...

JUEZ.—Es natural.

HOMBRE.—Natural, eso es. *(Para sí mismo.)* Cuando venga el doctor... ¡Ja, ja! ¿Ve usted? Ya no me duele absolutamente nada. Me siento como ligero, como aligerándome. *(Con la confianza del hombre de mundo.)* Pues bien, señor juez, estoy dispuesto. La calidad de mi vida me hace poder esperar confiado. Podemos empezar cuando usted guste.

JUEZ.—Es cosa rápida. Y por lo general más agradable de lo que se espera. *(Pausa.)*

HOMBRE.—*(En vista de que el Juez no hace nada*

para empezar.) Podemos empezar cuando usted guste.

JUEZ.—No, no. Es al revés. Al contrario. Es usted quien debe exponer lo que es, para entonces nosotros darle el puesto que le corresponde, y que no dudo será uno privilegiado.

HOMBRE.—Entendido. Para empezar, debo decirle que me llamo...

JUEZ.—Perdone que le interrumpa. Quizás le resulte un poco violento, pero, usted... ya no tiene nombre.

HOMBRE.—¿Cómo?

JUEZ.—Es violento, lo reconozco. Pero repare usted en que el nombre es sólo un sonido, o un garabato escrito, mediante el cual la gente nos llama. ¿No es cierto? Pues bien, la gente no existe ya para usted. En realidad es usted quien no existe para la gente, pero, en fin, para el caso es lo mismo. Su nombre no funciona ya, por así decirlo, y ha dejado, por tanto, de serlo.

HOMBRE.—Mi nombre, mi nombre propio, mío.

JUEZ.—Ha dejado usted de tenerlo. Eso es todo. En rigor, suyo no lo ha sido nunca. Nuestro nombre más bien pertenece a los otros, por lo menos más que a nosotros mismos. Desde luego son los otros los que más lo usan, salvo casos de lamentable egolatría. Me refiero a esos que se complacen en ser gente para sí mismos, llamándose, viéndose desde fuera. Esos que hablan de sí mismos en tercera persona. Éste no es su caso, según consta aquí *(algún papel que tiene sobre el escritorio)* y me agrada consignar.

HOMBRE.—En efecto, debo confesar que es algo muy notable. Que se me quite así, de pronto...

JUEZ.—Con ello no se le ha quitado todo. Por lo menos es lo que debemos esperar. Conviene siempre hacer esta aclaración al principio porque nos ahorra el estar después haciendo correcciones del mismo tipo. De manera que puede usted continuar, si le parece bien.

Hombre.—Por supuesto, con ello no se me ha quitado todo. Me queda bastante. Pero permítame decirle, aunque ello no me valga de nada, que se me quita mucho. Mi nombre siempre fue pronunciado con respeto y simpatía por cuantos me conocieron y trataron. Velar por su reputación fue tarea que me impuse y que logré con éxito en todas mis relaciones de hombre de negocios y de ciudadano.

Juez.—Claro, pero eso, como usted mismo ha dicho, no le vale de nada. En lo que al nombre se refiere, por supuesto.

Hombre.—Era un nombre honesto, garantizaba la verdad de aquello al pie de lo cual estaba. Y era sonoro. No soy vanidoso, como los casos del ejemplo. Así debe constar en sus documentos. Era un nombre sonoro, sin embargo. Pero, ¡lo dicho! Con ello no se me ha quitado todo, ni mucho menos. Me queda lo más: el haber cumplido con mis obligaciones religiosas, el haber hecho repetidas veces el bien, el haber sido un padre amantísimo.

Juez.—Podemos comenzar por esto último, si usted prefiere.

Hombre.—Encantado. Le he dicho ya que mi vida me permite el lujo de poder estar aquí sentado ante usted con toda tranquilidad y confianza. (*A sí mismo.*) ¿No tendré?... (*Se busca en los bolsillos.*) Vaya, sí que tengo. (*Cigarrillos.*) ¿Me permite fumar?

Juez.—Tenía usted el hábito muy arraigado.

Hombre.—Sí, es verdad. Me calma..., me resulta agradable.

Juez.—Fume, con toda confianza. Además, debe usted aprovecharse, dentro de poco no podrá ya hacerlo. Quiero decir, no tendrá ya necesidad o ganas de hacerlo.

El Conserje se queda mirando, curioso, el ciga-
rrillo encendido.

HOMBRE.—*(Al Conserje.)* ¿Me permite usted ofrecerle?

CONSERJE.—No, no, muchas gracias. Perdone. No
los había visto nunca. Echan humo, ¿verdad? Perdone. *(El Juez sonríe.)*

JUEZ.—¿No recuerda usted alguna vez que, sin
estar pensando en sus hijos, se sentía usted a sí
mismo como algo hecho por ese amor que les tuvo?

HOMBRE.—No entiendo.

JUEZ.—Sí, es difícil. Por lo general se trata de
algo muy pequeño. Pero, por muy pequeño que sea,
aquí nos encargamos de... ampliarlo, de otorgarle
méritos gratis, por así decirlo. Antes, sin embargo,
tenemos que buscar y encontrar ese algo, para dár-
selos.

HOMBRE.—Pues al padre que fui. Me sacrifiqué
por mis hijos, les di una educación buena, un ambiente sano, les di todo lo humanamente posible. He
aquí un algo nada despreciable ni pequeño: Todo
lo que he dado, a mis hijos y a mucha gente, pero
sobre todo a mis hijos.

JUEZ.—Sí, pero lo dado, dado está, ya no lo tiene
usted.

HOMBRE.—¿Cómo? Sin duda no le he entendido.
"El que más da, más tiene; matemáticas de Dios",
según dijo un santo.

JUEZ.—Es difícil. Pero no se intranquilice usted.
Quiero decir que aquí no se va a juzgar... Aunque
esto propiamente no es un juicio, pero en fin, em-
pleemos la palabra en aras de la claridad. Aquí,
digo, no se trata de juzgar sus obras, sino a usted.
No es lo mismo, contra lo que pudiera parecer.
(Pausa.) Por ejemplo: Nunca podría nadie confun-
dir un arquitecto con una casa que ese arquitecto
ha hecho. De igual modo, debe usted distinguir lo

que usted es de lo que usted ha hecho. Sólo lo primero es lo que ahora nos interesa. Lo que usted ha hecho ha quedado en el mundo. Estoy seguro de que allí se le agradece, si con ello ha ocasionado la felicidad de alguien. Pero ahora se trata de su propia felicidad. Ahora se trata... de usted.

HOMBRE.—Perdone usted, sigo sin comprender. ¿No cabe entonces apelar a mis obras buenas? Estoy dispuesto a confesar también las malas, por supuesto, pero quiero que se las compare, que se las pese.

JUEZ.—Sí, cómo no, sí cabe apelar a ellas. Pero por una razón indirecta, oblicua. Porque, en el fondo, uno no hace las cosas... Uno las hace, sí, pero en el fondo, esas cosas que uno hace lo hacen a uno. Uno las hace a ellas y ellas nos hacen a nosotros. No sé si me explico. Por eso sólo pueden sernos, servirnos, de referencia, y sólo a guisa de tal cabe citarlas o apelar a ellas.

HOMBRE.—Cuando yo mandé a mis hijos a estudiar al extranjero, puesto que por esta parte de mi vida hemos decidido comenzar, cuando me sacrifiqué personalmente por hacer esta obra de cuya calidad moral no puede haber ninguna duda, lo hice, puede usted estar seguro de ello, movido sólo por el más puro amor. (*El Juez consulta algo en sus papeles.*) Si alguna vez me jacté de ello fue sólo porque lo hice, pero no lo hice para jactarme de ello.

JUEZ.—Se lo creo a usted. No es necesario insistir sobre eso. Y, esta obra, ¿qué hizo? Además de darle una buena educación a sus hijos. En usted..., en usted mismo, ¿qué hizo?

HOMBRE.—Obras como ésas son las que me han hecho a mí, a mi persona entera.

JUEZ.—¿Dónde está? Es lo que buscamos.

HOMBRE.—Aquí, claro.

JUEZ.—Sí, pero no, no está tan claro. Aquí hay

un traje, que usted no hizo. Un cuerpo, debido a un proceso biológico del que usted no es responsable...

HOMBRE.—¿Mi... alma?

JUEZ.—Exacto. *(Pausa.)*

HOMBRE.—¿Y?

JUEZ.—Veamos.

HOMBRE.—Eso no se puede mostrar.

JUEZ.—Con el dedo de la mano, no, pero sí de alguna manera. Por ejemplo: ¿No se ha detenido usted nunca en la mitad de la noche, en el centro del Universo, a contemplar los astros, la inmensidad vacía, olvidándose de los negocios, de todos los diferentes tipos de negocios que enajenan al hombre durante el día?

HOMBRE.—No. ¿Y qué tiene que ver eso con el alma, entendida realmente, no poéticamente?

JUEZ.—Es una de las situaciones en la que suele manifestarse. Cuando existe. Porque el alma no siempre existe. Ahora va a ser peor, o mejor, eso depende de usted. Ahora no habrá astros. No habrá nada. Sólo usted. Si es que existe. Y la cosa va a durar bastante más de lo que pueda imaginarse.

HOMBRE.—Me aburriré, creo.

JUEZ.—Eso depende de lo agradable o desagradable que sea lo que va a contemplar toda la eternidad.

HOMBRE.—¿No dijo usted que no habrá nada?

JUEZ.—He dicho que habrá usted. Sólo usted.

HOMBRE.—¿Y Dios?

JUEZ.—*(No entiende.)* ¿Cómo?

HOMBRE.—Dios. Dios.

JUEZ.—Olvídese usted de eso. No vale la pena. Señor mío, está usted solo. Es importante que lo encontremos, pues.

HOMBRE.—¿A mí, dice usted?

JUEZ.—¿Es que no se hace falta? ¿No se hizo falta ahora, hace un rato?

HOMBRE.—No. Quiero decir, sí. Me sentí abandonado. Me dio dolor. *(Otra vez, hipócritamente.)* Claro, el hecho de morir con todos los sacramentos...

JUEZ.—Déjese ya de tonterías, hombre. *(Transición.)* Perdón. Esto es serio. Compréndalo usted, por favor.

HOMBRE.—Perdóneme usted a mí. Todavía no sé lo que me pasa.

JUEZ.—*(Con intención.)* ¿Quiere que se lo explique?

HOMBRE.—No. No. *(Transición.)* ¿Usted no será, por casualidad?...

JUEZ.—Sí. *(Pausa.)*

HOMBRE.—¿De qué estábamos hablando?

JUEZ.—De usted.

HOMBRE.—Sí, es verdad.

JUEZ.—Estábamos buscándolo. Para premiarle seguramente. De manera que puede usted decirle que salga con confianza.

HOMBRE.—No depende de mí. Tengo la mejor voluntad, pero, no sé, no sé qué decirle.

JUEZ.—Me lo temía. ¿Le gusta a usted el campo?

HOMBRE.—No. Me aburre. Soy, he sido siempre, un hombre de acción.

JUEZ.—Sí, me lo suponía también.

HOMBRE.—Mire usted, yo..., yo...

JUEZ.—*(Muy interesado.)* Sí.

HOMBRE.—Yo..., yo...

JUEZ.—*(Muy interesado.)* Usted, ¿qué?

HOMBRE.—*(Como queriendo llorar.)* Yo amaba a mis hijos, mi casa, mi...

JUEZ.—*(Enojado.)* ¡Nada de eso existe ya! ¿Quiere usted acabar de comprenderlo de una vez por todas? Ahora se trata de usted. Olvídese de todo lo demás.

HOMBRE.—¿Cómo voy a olvidarlo, si me pide que hable de mí? Ellos eran la mitad de mi vida, la mitad de mi alma.

Juez.—¿Y la otra mitad? Porque ésa de la que habla usted ha muerto. ¿Lo comprende usted bien, verdad? *(El Hombre vuelve la vista hacia la derecha.)* ¿Y la otra mitad? Pero, hombre de Dios, ¿es que no se ha traído usted nada? *(Impaciente.)* ¡La otra mitad!

Hombre.—No sé. ¿Y si no la hay?

Juez.—*(Se echa para atrás.)* Vamos a esperar que ése no sea el caso.

Hombre.—Yo era... un hombre que luchaba, que amaba, que saludaba... Un hombre. Eso es todo. Ahora me parece que es bien poco.

Juez.—No lo es. Pero no basta. Usted era, en suma, una serie de contactos con el mundo.

Hombre.—Eso. Yo era un dedo que tocaba al mundo. Mejor, un puño que le golpeaba.

Juez.—¿Un puño? ¿Está usted seguro de que quiere decir eso?

Hombre.—*(Exaltado.)* ¡Sí, señor, sí, un puño, un puño apretado, valiente, que golpeó en las puertas de la vida y que se abrió paso y que llegó..., que llegó hasta... *(Vuelve a ver hacia la derecha y se le desinfla el ánimo.)* Tiene que constar en sus papeles que nunca falté a ninguna de mis responsabilidades.

Juez.—Sí. Debo felicitarlo.

Hombre.—¿Cuál es el problema, entonces?

Juez.—Ninguno, si lo que usted dice es cierto.

Hombre.—Puedo jurar que lo es. Y así lo tienen que certificar esos papeles.

Juez.—Es que aquí en los papeles sólo están los golpes. No el puño.

Hombre.—¿Cómo?

Juez.—Digo que aquí sólo están registrados los golpes, las penas, las alegrías, los dolores... Los golpes sólo. Ahora falta el mundo, contra el cual se dieron; falta el pecho, en el cual se dieron. Y el puño, falta el puño que los dio.

HOMBRE.—(*Levanta el puño.*) Fui yo quien los dio. ¡Yo!

JUEZ.—¿Volvemos a lo mismo?

HOMBRE.—¿Y quién quiere usted que los haya dado?

JUEZ.—No sé. La gente. La costumbre.

HOMBRE.—(*Melancólico.*) ¿La gente? ¿La costumbre?

JUEZ.—Sí. Le pasa a los mejores.

HOMBRE.—(*Melancólico aún.*) Y ahora ya no existen. Se han muerto. Quiero decir...

JUEZ.—(*Con piadosa comprensión.*) Yo sé lo que quiere decir.

Flauta.

HOMBRE.—¿Qué voy a hacer ahora?

JUEZ.—No sé. Quiero decir...

HOMBRE.—Yo sé lo que quiere decir. (*Pausa.*) Estamos dando vueltas.

JUEZ.—(*Dándole a entender que tienen todo el tiempo por delante.*) Sí. No importa. (*El Hombre levanta la cabeza como preguntándole por algo increíble.*) Sí. (*El Hombre baja el rostro. Pausa larga.*)

HOMBRE.—¿No acaba?

JUEZ.—No.

La flauta se va.

HOMBRE.—¿Comenzamos?

JUEZ.—Comencemos. (*Pausa larga.*)

HOMBRE.—Sigo sin comprender por qué no me reconoce usted al hombre bueno, y a veces malo, por qué no, que he sido en la vida.

JUEZ.—Lo reconozco.

HOMBRE.—¿Y?

JUEZ.—Se ha muerto.

HOMBRE.—¿Y yo?

JUEZ.—No sé.

HOMBRE.—Quiero decir, que me juzgue a mí como si fuera él.

JUEZ.—Eso es contrario a la justicia más elemental. Juzgar a uno por otro.

HOMBRE.—¡Él era yo!

JUEZ.—Lo ha dicho bien: Era.

HOMBRE.—¿Y yo?

JUEZ.—No sé.

HOMBRE.—Seguimos dando vueltas. *(Se coge la cabeza como si estuviese mareado.)* ¡Yo tengo que existir! Algo tengo que haber hecho de mí. Puedo enumerarle todo lo que he hecho.

JUEZ.—No valdría la pena.

HOMBRE.—El haber hecho muchas cosas prueba que tengo que haberme hecho a mí.

JUEZ.—Desgraciadamente eso no es cierto. Hay quienes no hacen nada, y son tanto. Y quienes hacen mucho, y son tan poco.

HOMBRE.—*(Con una sonrisa amarga.)* Me gustaría reírme, ¿sabe?

JUEZ.—Ríase usted.

HOMBRE.—No sé. No puedo. La vida mía, es como una casa en la que quiero meterme, y no encuentro la puerta. Y oigo voces adentro. Y risas.

Efecto sonoro estereofónico de voces mezcladas y de risas.

HOMBRE.—Es triste. Porque también me oigo reír a mí, adentro.

Las voces y risas se alejan hasta perderse.

JUEZ.—No se ocupe de ellos.

HOMBRE.—Yo estuve en una guerra.

Efectos sonoros estereofónicos de guerra. Pero se alejan rápidamente hasta perderse.

HOMBRE.—Es inútil. Está cerrada. *(Recuerda.)* Cuando enterramos a mi madre. *(Pausa.)* También está cerrada. Parece mentira, ¿verdad? *(Recuerda.)* Una noche, recuerdo, iba a una fiesta a la que se me había invitado. A una embajada. Iba a pie, quedaba cerca. Lo cierto es que de pronto, en el momento de ir a tocar el timbre de la puerta, me puse triste.

Flauta.

HOMBRE.—Sin ningún motivo, sin ninguna razón. Era una noche fresca, clara. Me dieron ganas de irme a pasear, a caminar, deambular por las calles y averiguar por qué me había puesto así de pronto. Cosa extraña, nunca me había pasado eso antes, ni me volvió a pasar después.

JUEZ.—Esto es muy importante. ¿Qué le sucedió a usted cuando se fue a pasear?

HOMBRE.—*(Estaba distraído.)* ¿Cómo? No. No. Toqué el timbre y entré.

La flauta se aleja hasta perderse.

HOMBRE.—Era una obligación social que, como usted comprenderá, no podía descuidar. Se me pasó inmediatamente con la charla de los amigos y la primera copa.

JUEZ.—Estaba usted llamándose esa noche, y no se oyó. O, mejor dicho, se oyó, pero no quiso atenderse. Es una gran lástima. Esa noche nos hubiera bastado ahora. Pero se abandonó usted a sí mismo, lo abandonó. Y ahora él lo abandona a usted.

HOMBRE.—Me parece que comienzo a comprender.

JUEZ.—¿Y en la infancia? ¿No tiene usted nadie

ahí? En esa época de la vida, por lo general, se encuentra uno a sí mismo. Lo que pasa es que, desgraciadamente con mucha frecuencia, nos perdemos después. Usted *(consulta algún papel)*, de niño, quería ser músico.

HOMBRE.—¿Músico?

JUEZ.—Sí, se compró una flauta.

Flauta.

HOMBRE.—No recuerdo.

JUEZ.—¿Qué hizo con ese niño? *(Pausa.)* Tenía los ojos grandes. Se compró una flauta.

HOMBRE.—Sí, es cierto, ahora recuerdo. Era una flauta roja.

JUEZ.—¿Recuerda usted "ahora"?

HOMBRE.—Yo no he tenido tiempo para recordar. Mi vida ha sido un puro ajetreo, una pura lucha por la vida.

La flauta comienza a alejarse.

JUEZ.—Es lástima. Ese niño lo habría podido salvar.

HOMBRE.—¿Él?

JUEZ.—Él. Otro abandonado. *(Guarda en alguna gaveta el papel con el informe del niño.)*

La flauta se ha vuelto a hundir. Silencio.

HOMBRE.—¿Qué hacemos ahora?

JUEZ.—No sé.

HOMBRE.—Oiga usted, esto es ridículo. Yo existí en la tierra, todo el mundo me veía, se pensaba en mí, se me tenía en cuenta. Usted no puede venir ahora a decirme que yo no existo o que no he existido nunca. ¿Quién, si no yo, hizo lo que hizo? ¿A quién, si no a mí, besaba mi mujer? Pues bien, eso soy yo, y usted tiene la obligación de condenarlo o de salvarlo, pero de hacer algo con ello. Yo supongo que usted no pretenderá eludir su obligación con un pretexto tan ridículo como éste, de que no existo.

JUEZ.—Señor, trato de hacerle justicia a usted, a usted mismo. Para ello tengo antes que encontrarlo. No sería justo que yo tomara por usted una serie de referencias con el mundo, porque aquí no se trata de juzgar al mundo, sino a usted. No me sirve ningún ejemplo o momento de su vida en el que usted estaba interesado en algún negocio, de cualquier tipo, a menos que, en quitando todo eso ajeno, quede algo en el fondo: usted.

HOMBRE.—(Con intención.) Usted, por supuesto, no lo sabe, pero la vida, señor mío, no es más que eso: un estar de alguna manera en referencia con el mundo. Es una pobre vida.

JUEZ.—Aquí no se trata de juzgar la vida. Se trata de juzgarlo a usted.

HOMBRE.—Empieza usted a decir tonterías. (Grita.) ¡Yo soy mi vida!

JUEZ.—Entonces usted se ha acabado. (El Hombre pierde todos sus ímpetus y vuelve a sentarse.) No hay necesidad de excitarse. Ya sé que se dice eso, que uno es su propia vida. Pero lo que se quiere decir es que somos parecidos a ella, semejantes, puesto que lo que somos depende de nuestra vida, y viceversa. La vida es nuestra madre y nuestra hija simultáneamente. Sin embargo, hay vidas tan falsas, huecas, que no tienen a nadie adentro, o que tienen dentro una persona hueca, vacía, sin peso o consistencia. Estas personas se sienten a sí mismas porque sienten el contacto con su cuerpo. Eso les basta, y no piensan que ese apoyo les faltará algún día. Y si lo piensan, suponen que detrás, o que dentro, en algún sitio, tienen un alma o un yo auténtico, profundo, y que pueden ir, instalarse en él, cuando lo quieran o necesiten. Pero no hay nadie. Están vacíos. Son una pura cáscara. Cuando la desgracia sopla, cuando la muerte los amenaza, cuando necesitan de sí mismos, van corriendo a buscarse... Entonces se desesperan, se desorientan, se sorprenden, porque no hallan más que el sitio vacío. Y la vida, y el tiempo, la muerte, se los lleva como hojas. *(Pausa.)* No se les ocurre agarrarse a algo que no pase, a alguna idea fija, clavada en la verdad.

HOMBRE.—¿Ideas? ¿Cree usted que yo he tenido tiempo para pensar en "ideas"?

JUEZ.—He usado la palabra en un sentido muy amplio. ¿No ha amado usted, u odiado, algo... fijo, al margen de la corriente, de manera que pueda decirse que lo que usted era entonces también estaba al margen?

HOMBRE.—Era peligroso. Una vez una mujer me amó. No era a mí. Fue cosa de ella sólo. Yo la comprendía. ¡Puedo jurar que la comprendía! *(Como si le estuviera discutiendo.)* ¡Le aseguro, señor!...

JUEZ.—Lo sé.

Flauta.

HOMBRE.—Pero, era peligroso. Da vértigo. Da miedo. Mi vida entera.... Yo mismo, mi propio ser... *(Cae en la cuenta de lo que dice.)* Yo creía entonces, suponía... Como decía usted antes... Yo suponía, pensaba, creía que yo... ¿No me habrá robado alguien? ¿No sería posible que?...

JUEZ.—No.

HOMBRE.—Y sin embargo uno está tan seguro, de que estaba allí, de que se podía contar con ello. Tenía usted razón. Es una sorpresa. Da nostalgia.

JUEZ.—¿Qué hizo usted con ella?

HOMBRE.—¿Con quién?

JUEZ.—Con esa mujer que le amó.

HOMBRE.—Nada. Era peligroso. No pude.

La flauta se aleja hasta perderse.

JUEZ.—Tantas oportunidades. Alguien lo andaba buscando a usted por todas partes. ¿Para qué quieren ustedes la inmortalidad entonces?, si no tienen nada con qué llenarla, si no tienen nada que llevar a ella. ¿Y el odio? ¿Tampoco lo conoció usted? ¿No odió nunca a nadie?

HOMBRE.—Odiar es pecado.

JUEZ.—*(Tiene que reconocerlo.)* Sí.

HOMBRE.—Yo he pecado. *(Pausa.)* A raíz de aquello, de esa muchacha, tuve una..., una...

JUEZ.—Sí. *(Lo sabe por algún papel.)*

HOMBRE.—Mi mujer fue muy buena.

JUEZ.—Sigue siéndolo.

HOMBRE.—Quizás fue sólo para probarme que esa otra..., la muchacha de quien le hablaba, y que me miraba de una forma tan extraña... *(Se tapa los ojos.)* O quizás fue sólo para presumir en el Casino. Los amigos, usted sabe.

JUEZ.—Sí.

HOMBRE.—Aceptaré la pena que se me imponga.

JUEZ.—Sí, sin duda. Pero a esto le pasa lo que a sus acciones buenas. Yo no digo que no sea usted quien ha pecado, pero antes hay que ver dónde está el que vamos a castigar.

HOMBRE.—Ya le digo. Yo traicioné a mi mujer. Ése soy yo, ése que le mentía diciéndole que tenía trabajos especiales, cuando lo que hacía era irme con esa infame, esa cualquiera, esa...

JUEZ.—Por favor. Se trata de usted.

HOMBRE.—A ése que gastaba el dinero de sus hijos en comprarle joyas a su amante, a ése, quiero que lo castigue, no me importa.

JUEZ.—¿Dónde está? Dígame usted antes dónde está. ¿No se da cuenta de que todo eso que me dice usted no era más que una serie de relaciones con sus amigos, su ambiente. Yo no busco la relación, busco a quien las tenía. Creí que ya lo había comprendido.

HOMBRE.—¡Condéneme, condéneme usted, pero déjese ya de martirizarme!

JUEZ.—*(Perdiendo los estribos.)* ¡Quiero condenarlo! ¡Ya no me importa! ¡No me importaría ya, pero deme usted algo que condenar, algo!... *(Recobra la calma.)* Perdóneme. Es inútil. Usted, por supuesto, se da cuenta de que es inútil.

HOMBRE.—¿Qué va a ser de mí?

JUEZ.—*(Irónico, amargo.)* ¿De quién? *(Indiferencia aparente.)* Nada.

HOMBRE.—¿No se me va a castigar, y premiar, mis pecados, mis virtudes?

JUEZ.—No tiene usted ni lo uno ni lo otro.

HOMBRE.—¿Qué va a ser de mí ahora?

JUEZ.—Nada. No tema. No va a sufrir, no va a perder nada. Nunca lo ha tenido.

HOMBRE.—Hace frío aquí.

JUEZ.—Sí. *(Al Conserje.)* Llévate las cosas. Esto ha terminado. *(El Conserje lo hace, en repetidos viajes.)*

HOMBRE.—*(Viendo cómo se llevan los muebles.)* Y a mí, ¿qué me va a pasar a mí?

JUEZ.—Nada, señor mío, nada. ¿No entiende usted? Nada.

HOMBRE.—¿Es decir?

JUEZ.—Es decir, nada.

HOMBRE.—Por lo menos me dirá usted cuánto tiempo va a durar.

JUEZ.—El tiempo se ha detenido ya para usted. *(Le da la espalda para no sufrir.)* Un instante sólo, pero sin límites.

HOMBRE.—Me gastaré. Terminará el viento por gastarme, diluirme.

JUEZ.—Aquí no sopla viento.

HOMBRE.—Es verdad. Todo está tan quieto. Tan silencioso. Qué rara suena mi voz. *(El Juez, de espaldas, deniega con la cabeza.)* ¿No es mi voz? ¿Mi pensamiento, entonces?

Efectos estereofónicos de voces, de risas y de guerra, todo mezclado.

HOMBRE.—¿No puede usted callarlo? *(Los ojos cerrados. Una risa sobresale.)* Oigo que ríen dentro. Me han dejado afuera, y es de noche.

JUEZ.—Se irá alejando poco a poco.

Los efectos sonoros se alejan poco a poco y desaparecen.

HOMBRE.—Es verdad. *(Cae en la cuenta pronto.)* ¡Pero entonces voy a quedar más solo!

JUEZ.—No va a quedar nada.

HOMBRE.—Ese instante, ha comenzado ya, ¿verdad? *(El Juez afirma con la cabeza.)* Qué bonita era la vida, ¿verdad?

Flauta.

JUEZ.—La suya fue fácil.

HOMBRE.—¿Y el niño de la flauta?

JUEZ.—¿Me lo pregunta usted a mí?

HOMBRE.—¿Qué se hizo? ¿Qué les pasa?

JUEZ.—Se quedan. Los deja el tiempo. Se convierten en fantasmas. Rondan de noche los caminos, los sueños. Asustan a los niños.

HOMBRE.—Y los perros, los perros les ladran de noche, ¿verdad?

JUEZ.—Sí.

HOMBRE.—*(Con profundo dolor y remordimiento.)* De niño, yo les tenía pánico a los perros.

*El Conserje se ha llevado ya todo, menos la silla
en la que el Hombre está sentado en medio de la
inmensidad. La flauta se aleja, pero tarda en des-
aparecer, para dar la impresión de que ahora lo
hace definitivamente. Momentos antes de desapare-
cer, se oyen, muy lejos, ladridos y aullidos de perros.*

JUEZ.—(*Al Conserje.*) Vamos. (*Inicia un mutis rápido.*)

*El Ángel, es decir, el Conserje, se acerca al Hom-
bre para confirmar una sospecha.*

CONSERJE.—(*En voz muy alta y alegre.*) ¡Señor!
¡Señor! ¡Está llorando!
JUEZ.—(*Se detiene y vuelve a verlo.*) Te conde-
naste, infeliz. Hace una hora, allá abajo, adentro,
ese llanto te habría podido salvar. Hubieras podido
decirme que llorabas, que lloraste. Pero ahora es
muy tarde. No lo puedes decir, sólo puedes llorar.
Al fin eres algo. No algo que ha llorado, sino algo
que llora, y que llorará eternamente. (*Mutis rápido.*)

*El Ángel sale, caminando de espaldas, con mucho
dolor. Queda el Hombre solo, rodeado de silencio,
de pena y de nada. Después de un rato largo, desmesuradamente largo, comienza a caer, muy lentamente, el*

TELÓN

PABLO ANTONIO CUADRA

[1912]

Nicaragüense. Nació en Managua. Es poeta, dramaturgo, periodista e historiador. Hizo estudios de bachiller en Ciencias, Letras y Filosofía. Estudió Derecho y ha sido profesor de Historia Hispanoamericana y de Literatura Castellana. Es miembro correspondiente de la Academia Nicaragüense de la Lengua. Ha sido fundador y director de varios periódicos de su país, de importancia en la renovación de la cultura, tales como Vanguardia *y* Trinchera.

La obra poética de Cuadra incluye los siguientes libros: Poemas nicaragüenses *(1933)*, Hacia la cruz del Sur *(1936)*, Breviario imperial *(1940)*, Acción, misión y símbolo de San Pablo *(1940)*, Canto temporal *(1943)*. *Su obra dramática está compuesta por los siguientes títulos:* Pastorela, La Cegua, El avaro, Satanás entra en escena *y* Por los caminos van los campesinos... *la más ambiciosa y mejor lograda.*

Este drama juglaresco presenta, tras las luchas de liberales y conservadores, las vicisitudes que sufren los personajes populares ante los hechos políticos que les resultan incomprensibles y cuyas consecuencias padecen con sofocada rebeldía. Un acento de hondo lirismo anima el desenvolvimiento dramático, lirismo que nace de las mejores fuentes: de la canción popular, del refrán y de una cierta nostalgia del idioma.

Por los caminos van los campesinos...

DRAMA EN CUATRO ACTOS Y UN EPÍLOGO

PERSONAJES

EL RANCHO, que es como una persona muda, que vive en todos

EL SEBASTIANO, con toda la tradición del campesino: sufridor, cuidadoso de sus raíces, franco, pero receloso y pensativo. Sencillo. Fatalista y de religiosidad medular

LA JUANA, su mujer. Mestiza: fantaseosa. Deseando más. Con pájaros en la cabeza pero ingenua y fiel. Palabrera y optimista

PANCHO, el hijo mayor, soltero. Silencioso y reflexivo como el padre

MARGARITO, el hijo menor, casado con la Rosa. Con el carácter de la madre

LA ROSA, indita joven: mujer de Margarito, todavía un poco indefinida

SOLEDAD, la hija menor (16 o 17 años). Temperamental. Nerviosa. Ingenua. Impulsiva. Trigueña. Muy bella en su tipo

EL DOCTOR FAUSTO MONTES, abogadito del pueblo que se hace personaje con malas artes. Es el poder —el Poder— de la malicia contra la inocencia

EL COMANDANTE, Teniente Comfort, USMC. Oficial de la Marina de la Intervención

TELEGRAFISTA (gordo)

SOLDADOS CONSERVADORES Y LIBERALES

Época: De las guerras civiles y de la Intervención yanqui en Nicaragua (alrededor de 192...)
Vestuario: Típico del campesino nicaragüense

ACTO I

Una huerta nicaragüense. Al fondo, lomas y serranías verdes y azules. Un árbol alto. Quizás pájaros. Al pie del árbol —como debajo de un ángel verde— está el Rancho de paja de Sebastiano.

Su presencia, según las horas y su luz, es como la presencia de la pobreza: humilde a veces, peinado por la paz y sus brisas; dolorosa otras. Rasgado por cóleras encendidas: cárdeno.

A veces cenizo, macilento, como el templo de la miseria bajo la luna.

El Rancho es un personaje que se alegra o llora, que encierra el odio o deja escapar la queja como un viejo animal famélico.

Alrededor del Rancho: taburetes, "patas de gallina", enseres campesinos. El mollejón, la piedra de moler, etcétera.

Últimas horas de la mañana. Mayo

Se levanta el telón, oyéndose la gente que vuelve al Rancho en habladeras. Primero aparece la perrita negra, agitada, la lengua de fuera, pero feliz de llegar. Luego Margarito, con su mujer: la Rosa, en risas. Detrás la Juana, con su mecapal cargado. Después Sebastiano, con su machete al brazo. Un tiempo después Pancho, sudoroso. Entran por la derecha, donde se supone pasa el camino al pueblo.

MARGARITO.—(*Entrando, en risa con la Rosa. Lleva una guitarra en la mano.*) ¡Yo creo que es buena la guitarra! ¡Tiene buena voz!... ¡Me hacía ilusión de tenerla!... Y como me dijo el viejo Chano: aprendé a tocar a tu mujer tocando guitarra... ¡Ja! (*Risa ingenua.*)

ROSA.—(*Que trae una alforja y la pone en un taburete. Riendo.*) ¡Alguna maldad tenía que decir el viejo guanaco!... (*Ríe.*)

MARGARITO.—¡Estuvo chistoso el viejo!... (*Lo remeda cantando y dándole a la guitarra como en broma:*)

El pobre es un desgraciado
por causa de su pobreza.
Si al pobre lo ven postrado
ya dicen que es por pereza.
Si toma un trago, es picado
y si no toma, torpeza.
Si lleva pisto es robado
pero si pide prestado
le dicen que es *sinvergüenza.*

Se ríen.

ROSA.—(*Después de reír con ganas mientras saca cosas de la alforja.*) ¿Y qué fue lo que te contó de un viejo calvo? ¡No lo oí bien por ponerle cuidado a la señora Justa!...

MARGARITO.—Una conseja... Es que estaban diciendo que ya estalló la guerra. Que van a empezar a reclutar. ¡Sonscras de los liberales! Y ñor Chano salió con su cuento... ¿Así no es él?... ¡Para todo tiene un cuento!

ROSA.—(*Con risa boba.*) ¿Y qué contó?

MARGARITO.—(*Se ríe.*) ...que había un hombre entrecano que tenía malos enredos con dos mujeres; pero resulta que las dos lo querían a su modo.

184

La una, como era más muchacha, lo quería con el pelo negro. La otra, como era más maciza, lo quería con el pelo blanco. Y todos los días, la una le quitaba un pelito blanco, la otra le quitaba un pelito negro. La una, un pelito blanco. La otra, un pelito negro. ¡Hasta que lo dejaron calvo!

ROSA.—*(Riéndose.)* ¡Qué viejo sonso!

MARGARITO.—Pues encajó bien el cuento, porque dijo que así estaban dejando a Nicaragua los liberales y los conservadores. ¡Cada uno le arranca su pelo!...

ROSA.—¿No te digo que es ocurrente? *(Se ríe.)*

Entra Juana

JUANA.—*(Entrando cargada con su mecapal.)* ¡Se ve que están estrenando amores! *(Descarga a la puerta del Rancho.)* ¡No han hecho más que reírse en todo el camino!

ROSA.—¡Es que el viejo del mercado estuvo chistoso! *(Se ríe sola.)* ¿Verdad, Margarito?... ¡Con su modo guanaco! *(Se ríe.)*

JUANA.—¡Y nosotros que fuimos donde el abogado sólo a traer cólera!... ¡Las cosas del Sebastiano!... ¡Ahora nos ha hecho un enredo!...

Entra Sebastiano

SEBASTIANO.—*(Entrando. Suspira.)* ¡Bueno! ¡Ya volvimos!

JUANA.—Le digo a los muchachos que ese Doctor Fausto, que yo no sé para qué lo buscamos, nos está enredando con el asunto.

SEBASTIANO.—¿Y a qué otro iba a buscar? ¡Vea qué cosas! ¡Me lo recomendó don Federico porque era correligionario! ¡No me echés a mí la culpa!

JUANA.—¡Pero nos está enredando! ¿Cómo vas a creer que nos cobre otra vez, otros veinte pesos,

cuando nos dijo que sólo era la "incrición"?...
¡Ah!... Y ahora nos sale con que tal vez tengamos
que pagar un impuesto.

Rosa, que ha estado atareada, entra al Rancho.

SEBASTIANO.—*(Rebajando un poco y con voz ino-*
cente.) ¡No!... Pero el impuesto dijo que tal vez
nos lo capeaba...

JUANA.—Así dijo con aquellos timbres; ¿y cuánto
nos cobró? ¡Ya le vamos a deber más al abogado
que lo que cuesta la tierrita!...

Margarito está componiendo las cuerdas de la
guitarra.

SEBASTIANO.—Yo no desconfié la primera vez,
¿para qué mentir? Pero ya hoy sí le vi ganas de
morder. *(Sentencioso.)* ¡Por eso estás hablando vos,
porque yo te dije: el abogado está sacando las
uñas! ¡Y ahora te hacés la prevenida!... Hasta
te pusiste a reír, de pura creída, la primera vez
cuando te dijo que le dieras a la Soledad. ¡Vos
sí sos inocente: creyéndole las intenciones! Porque
sos ambiciosa. ¡No me vengás con cuentos!
JUANA.—¿Y qué tiene de menos mi hija para que
no le guste a un abogado? ¡Vaya, pues!
SEBASTIANO.—Tiene de menos que es pobre. Es
del Rancho; eso tiene.
JUANA.—Pero el Rancho tiene sus tierras. ¡No te
pobretiés, sonso!

Entra Pancho, despacio, limpiándose el sudor, con
su alforja al hombro y su machete al brazo.

SEBASTIANO.—*(Irónico; a Pancho.)* ¡Oí a tu máma!
¡Se le olvidan sus sudores!... Vé, Juaná: tu rancho
es como un buey manso. Trabaja con nosotros y se

echa en la noche. Pero apenas ladra la desgracia, el buey se espanta. ¡Pensá en las deudas, en las enfermedades; hasta en la muerte pensá, porque eso es lo que arrea al rancho del campesino y lo espanta de la tierra! ¿Dónde vivía mi tata? ¿No tuvo su rancho en la calle del pueblo? ¿Y yo? ¿No viví allá, en las lomas?... Y éstos *(señala a sus hijos)* decime dónde... Decime, ¿a qué pobre le dura la tierra? Los ranchos de los pobres van caminando cada vez más lejos...

JUANA.—¡Toda la vida salís con tus cosas! Bastantes espinas tiene la piñuela para que le pongás agujas. ¡Está como el cuento ése, de la revolución, que me venías contando! ¡Todo lo ves negro!... Lo que debés hacer es quitarle tus papeles al abogado y buscar otro.

MARGARITO.—*(Que ha estado oyendo, con la guitarra en la mano, irrumpe de pronto con una canción arrastrada, volviendo a remedar la voz del viejo Chano)*:

> El pobre es un desgraciado
> por causa de su pobreza,
> no le vale la listeza
> si se mete en el Juzgado,
> pues aunque tenga razón,
> lo dejan sin pantalón
> entre el Juez y el Abogado.

Se oye la risa de Rosa dentro del rancho.

JUANA.—*(A gritos.)* ¡Dejate de cantos! ¡Hay que arreglar esto! ¡Lo que deben hacer ustedes los hombres es quitarle los papeles al abogado y buscarse otro!

PANCHO.—¡La vaina es lo que va a cobrar!

Sale Rosa del rancho.

JUANA.—Pues vendemos los dos chanchitos negros que están bien gordos.

SEBASTIANO.—Yo no digo que no. Desde que salí del pueblo he venido pensando en eso.

MARGARITO.—La Soledad quería uno de esos chanchitos para el rezo de San Sebastiano.

JUANA.—*(Repentinamente.)* ¡Bueno! ¿Y la Soledad, Panchó?

PANCHO.—*(Mirando hacia el camino.)* Venía conmigo, pero se entretuvo con la Vicenta y la Teresa allí en el ceibo viejo.

JUANA—¡Qué muchacha!

SEBASTIANO.—Seguro que venía con ese Pedro Rojas. ¡Ya anda muy despierta la Soledad!...

ROSA.—*(Un poco aparte, pero interviniendo en la conversación, mientras alista unas alforjas.)* ¡El Pedro no bajó al pueblo, creo yo! ¿Le viste vos, Margarito?

MARGARITO.—Y si estaba, ¿qué hay? ¡Ya se puso mujer la Soledad; todos lo sabemos!

SEBASTIANO.—Está muy moderna entoavía para cargar hijos. ¡Que aprenda a vivir primero!

MARGARITO.—*(Poniéndose en pie.)* ¡Bueno, Rosa, tenemos que irnos ya! ¡Meneáte! ¡Ve el sol por dónde está!

JUANA.—¿Y no piensan volver a almorzar?

MARGARITO.—Como la Rosa va a ayudarle a la comadre Jacinta en lo del bautizo, allí vamos a merendar. Volvemos con la tarde. *(A Pancho.)* Panchó: dámele una vistada a la milpa.

PANCHO.—¡Es la que va mejor! ¡Está eloteando que da gusto!

MARGARITO.—*(A Rosa, que se le acerca y le da las alforjas.)* ¿Ya estás lista?

ROSA.—¿Llevaré los elotes?

MARGARITO.—*(Impaciente.)* ¡Vamonós, vamonós! ¡Otro día se los llevás!... ¡Nos vemos, pues!

Salen los dos por la izquierda.

SEBASTIANO.—Le ha salido hacendosa la mujer a Margarito.

JUANA.—¿Y te acordás de aquella Petrona que le gustaba? ¡Ésa era una mándria!

PANCHO.—¡Buena es la Rosa!

SEBASTIANO.—*(A Juana, malicioso.)* ¡Pero nada entoavía!... ¡Vos fuiste friendo y comiendo, Juaná! *(Se ríe.)*

JUANA.—*(Medio apenada. Riendo.)* ¡Con lo que sale el viejo!

SEBASTIANO.—¡Es que en mi tiempo los hombres éramos más hombres! ¡Yo me cargaba un saco de maíz al golpe! ¿Te acordás?... Y cuando me picaba... era un toro balando. *(Se ríe solo.)* ¡No había hombre en todo esto para mí!... ¡Claro... ahora estoy arruinado! ¡Los años!

VOZ DE SOLEDAD.—¡Panchoó! *(Se oye lejana.)*

SEBASTIANO.—¡Ahi viene la mariposa!

JUANA.—¡Seguro que en carrera porque no tiene cabida!

Entra Soledad aprisa, agitada.

SOLEDAD.—¡Tata! ¡Pancho! ¡Vienen reclutando por el camino!

JUANA.—¡Alguna cosa debía inventar! ¿Dónde te quedaste?

SOLEDAD.—¡No máma! ¡Vienen! ¡Todos los hombres de los ranchos iban corriendo al monte a esconderse! Me vine a avisarles. ¡Que se escondan!

Sebastiano, agitado, va hacia la derecha, mira, vuelve.

PANCHO.—¿Ven? ¡Si yo vi que había movimiento en el cabildo!

JUANA.—¿No será el resguardo el que venía... por algún bochinche?

SOLEDAD.—¡No! ¡Les digo que no! ¡Era la recluta! ¡Venían agarrando gente!

SEBASTIANO.—¡Pues andate, Pancho; andate al chagüite, por si acaso!

Pancho se mueve, indeciso.

JUANA.—¡Corré! ¡Antes que vengan! ¿Venían cerca?

SOLEDAD.—¡Sí! ¡Que se vaya ya! ¡Eran un montón de soldados!

Pancho va a salir por la izquierda.

SEBASTIANO.—¡Vé, Pancho! ¡Metete mejor en el charrial del Espino Negro. Allí estate. Donde matamos el mapachín la otra tarde. Allí no te encuentran!

JUANA.—¡Y que no se mueva!

SEBASTIANO.—Si no hay nada, la Soledad te va a avisar. ¡Llevate el machete!

JUANA.—¡Pero corré!

Ya Pancho ha salido aprisa con su machete.

SOLEDAD.—¡Al pobre Juan Centeno ya lo traían amarrado! ¡Yo, desde que vi que era la recluta, salí en carrera!

SEBASTIANO.—¿Y dónde estabas?

SOLEDAD.—Allí, en el Ccibo viejo, platicando con la Vicenta.

JUANA.—¡Pues era cierto lo que te dijeron de la revolución!

SEBASTIANO.—¡Pero vos nunca me querés creer! ¡Yo te lo dije! ¡Te lo dije!... ¡Qué vaina son estas cosas!

SOLEDAD.—¿Y vos, tata? ¿No te da miedo que te agarren?

SEBASTIANO.—¿A mí? ¿Pa qué van a ocupar un viejo cholenco?

VOCES DENTRO.—¡Agarren a ése! ¡Por aquí! ¡Malespín! ¡Vaya por aquel lado! ¡No me deje a nadie!

Expectación en todos los del rancho. Entra un grupo de soldados al mando de uno que parece ser el Jefe. Todos son soldados de caite, con salbeques, rifles, máuseres y divisas verdes en los sombreros de palma. Se supone que quedan más soldados y reclutas, hacia el camino, a la derecha.

SARGENTO.—¡A ver! ¿Quién vive aquí?

SEBASTIANO.—*(Que se ha sentado y toma un aire de víctima, haciéndose más viejo de lo que es.)* ¡El Sebastiano, un pobre viejo con el lomo pelado de trabajar para estas mujeres!...

SARGENTO.—¿Y los muchachos?

SEBASTIANO.—¡Sepa Dios dellos! Trabajan ajuera. Cada uno coge su camino apenas despunta el día.

SARGENTO.—¡Indio solapado! ¡Negando sus hijos al gobierno! *(Se vuelve y grita hacia el lado derecho.)* ¡Margarito López!

Aparece por la derecha un soldado empujando a Margarito, el cual viene amarrado de los codos. Rosa entra detrás, silenciosa y angustiada, y se queda cerca de él.

SOLDADO 1º—¡Aquí está!
SARGENTO.—¿No lo conoce?

Susto y consternación de las mujeres.

SEBASTIANO.—¡Ah, muchacho baboso! ¿Dónde te agarraron?

MARGARITO.—*(Molesto y avergonzado.)* ¡Ahí no-más!... ¡Yo qué sabía!

JUANA.—¿Se van a llevar al muchacho? ¿No ve que tiene mujer?

SARGENTO.—*(Burlándose, a los soldados.)* ¡Oigan! ¡Sólo él tiene mujer! *(A Juana.)* Todos éstos tienen, pero la guerra no pregunta.

SEBASTIANO.—El muchacho es mi ayuda. De sus brazos comemos.

SARGENTO.—El gobierno necesita soldados. ¡Que le ayuden las mujeres!

SOLDADO 2º—¿Nos llevamos un chancho para la tropa, Sargento? ¡Ahí tiene uno, gordo!

SARGENTO.—*(Muy solemne.)* ¡Ya oyó las órdenes de que respete la propiedad!

SOLDADO 2º—Pero, veía, mi Sargento... usted le quita lo bonito a la guerra. Nos quiere dejar sólo las balas.

SARGENTO.—*(Más débil.)* ¡Son órdenes del gobierno! *(Mirando, tentado.)* ¿Cuál es el chancho?

SOLDADO 2º—¡El gordito que estaba allí, a la entrada!

SOLDADO 1º—¡Para los nacatamales, Sargento!

SARGENTO.—*(Con gran solemnidad legal.)* ¡Raso Sequeira! ¡Requise el chancho y que el infrascrito pase su recibo a la Comandancia! ¡El gobierno respeta la propiedá!

JUANA.—*(Furiosa.)* ¡También se llevan el chancho! ¡Qué ladrones! ¡No pueden coger un rifle sin que comience la robadera!

El Soldado 2º ha salido disparado a la captura del chancho, por la derecha.

SARGENTO.—*(Siempre solemne.)* ¡No es robo, es requisa! ¡Respetamos la Constitución!

JUANA.—¡Lo que no respetan es el sudor del pobre!

Entran dos soldados por la izquierda.

SOLDADO 3º—*(Entrando por la izquierda.)* ¡Allí no hay nadie! ¡Ya registramos!

SARGENTO.—¡Bueno! ¡Vámonos! ¡Los reclutas adelante!

MARGARITO.—*(Comenzando a salir.)* ¡Adiós, tata!

SEBASTIANO—*(En voz baja, a Margarito.)* ¡No te lerdiés! ¡Volvete al primer descuido!

MARGARITO.—*(Dándose valor, con una broma.)* ¡Quién quita vuelva Coronel!

SEBASTIANO.—¡Dejá de carajadas! ¡Volvete! ¡La guerra no es broma!

Un soldado lo empuja.

MARGARITO.—¡Adiós, mama!

Va saliendo, y al pasar por donde Rosa —que le mira llorosa— le hace un medio cariño con la mano. Fuera se oyen los gruñidos del chancho capturado. Gritos. "¡Viva el Partido Conservador! ¡Viva el gobierno!"

JUANA.—*(A Rosa, que está de pie mirando y secándose una y otra lágrima.)* ¿Qué hacés ahí pasmada? ¿No ves que se te llevan al hombre? ¡Cogé tu motete y seguilo! ¡La mujer va detrás del hombre. Le va haciendo las tortillas, le va dando la vida! Y si cae... ¡Ni quiera Dios! ¡Toco madera, no vaya a traerle mal agüero al muchacho!

ROSA.—*(Llorosa.)* ¿Si cae... qué?

SEBASTIANO.—¿Pues, qué? ¿Qué no sabés lo que es la guerra para la mujer del pobre?...

ROSA.—No... No sé... *(Llora desconsoladamente.)*

Soledad llora también.

JUANA.—*(Emocionada.)* ¡No me saqués la ternura, muchacha! ¡Andá! ¡Cogé tus cosas y seguilo por los caminos! ¡Es tu hombre!

ROSA.—*(Recoge, llorando en silencio, sus alforjas. Sale despacio y ya para hacer mutis por la derecha, se vuelve, y con gesto ingenuo y amplio dice entre lágrimas.)* ¡Adiós, pues, toditos!

SEBASTIANO.—*(Sacándose unos pesos del bolsillo, aprisa, al ver que Rosa ha salido.)* ¡Rosa! *(La alcanza y le da el dinero.)* ¡Tomá! ¡Llevá para la porrosca!... ¡Pobre muchacha!...

Sale Rosa por la derecha. Juana suelta el llanto.

SEBASTIANO.—*(Con la voz anudada.)* ¡Juana! ¡Ahora sos vos!

JUANA.—¡Pero si soy su madre, y me lo arrancan! *(Llora, de espaldas.)*

SEBASTIANO.—*(Se sienta. Habla lento, como para consigo mismo.)* ¡Pobre mi'jo!... ¿A qué va?... A aguantar mando, a gastarse matando... A mal dormir... A mal comer... A volver con una herida... ¡Si es que vuelve!...

JUANA.—*(Reaccionando, brava.)* ¡A mí se me raja el corazón por mi'jo... pero no voy a pensar tus presentimientos!... ¿Qué estás diciendo? ¿Por qué no puede volver Coronel como él dijo? ¡Margarito es hombre! ¡Dejate de estar trayendo aves negras sobre el muchacho!

SEBASTIANO.—¡Aves negras!... ¡Ah, qué Juana!... ¡Ahora voy a ser yo el que trae la tuerce!... ¡Si hablo es porque yo sé de eso!...

JUANA.—*(Revolviendo contra él su inquietud.)* ¡Lo decís por medroso!

SEBASTIANO.—*(Indignándose gradualmente.)* ¿Yo? ¿Medroso el Sebastiano?... *(Levantándose la cotona y señalándose el costado.)* ¿No tengo aquí, en el costillar, una huella honda como patada de mula?...

Ahí me entró una bala, peleando. Porque yo pelié. Yo creí que con pelear iba a componer la vida. Me hice ilusiones por baboso... Porque así es uno de muchacho: ¡sale a saludar al sol con sombrero de cera!... ¿Y todo para qué?... ¿Qué cambió en la tierra?... ¡El mismo Sebastiano de siempre... El mismo sudor para comer!... Y los que no sudan, los que nos echaron a la muerte... los mismos siempre... los mismísimos de antes! ¡Sebastiano en el rancho, ellos en la capital!

TELÓN

ACTO II

Escenario: Está dividido por la mitad; la mitad izquierda representa el teléfono público de "Catarina" y la mitad derecha —que al comienzo tiene bajado un pequeño telón de boca que la cubre— el teléfono público de "La Paz Centro". Son, pues, dos salas o cuartos, divididos por una pared central. Los teléfonos de ambas salas públicas están colocados en el anverso y reverso de esa pared central, de tal modo que el público mire a los dos que se comunican desde esos dos distantes pueblos, como si estuvieran frente a frente. Para mejor simbolizar la separación, puede colocarse un poste esquemático de teléfono al centro, coincidiendo con la pared divisoria central, con los alambres telefónicos distribuidos a ambos lados. La sala del teléfono público de la izquierda tiene un rótulo: "Catarina", en letra grande; y abajo: "Central de Teléfonos". La de la derecha tiene también su rótulo: "La Paz Centro. Teléfonos". En la sala izquierda, la de "Catarina", hay una ventana con barrotes en la pared de fondo. En el centro, también al fondo, una mesa con su silla, donde está la Central con su tablero y su auricular. Al lado, un escaño para el público. En la sala derecha de "La Paz Centro", una puerta asequible a la derecha y la pared del fondo, lisa y blanca. Sólo hay un escaño contra la pared. No se ve a la Central. Y, como se dijo anteriormente, esta sala de la derecha tiene su propio telón, que se levanta ya comenzado el acto.

NOTA: Si se quiere evitar el pequeño telón de boca para la sala del teléfono público de La Paz Centro —de la derecha—, úsese *Luz y Sombra*, dejándola en tiniebla al comienzo y al fin del cuadro conforme lo indica el texto.

Se levanta el telón y sólo está visible e iluminada la Central de Teléfonos de la izquierda, del pueblo de Catarina. Soledad, en primer término, de pie, recostada en la pared de la izquierda, mirando hacia el proscenio donde se supone es la calle. Sentado al fondo, de cara o de perfil al público (según donde se coloque la mesa) está la Central; un hombre del pueblo, gordo, con el auricular puesto, metiendo y sacando clavijas en un pequeño tablero telefónico que tiene frente a sí, sobre la mesa. Un poco hacia la derecha están sentados, en el escaño de espera, la Juana y Sebastiano. De pie, recostado, al fondo, en la pared divisoria, está Pancho conversando con ellos. (La otra mitad del escenario está oscura completamente o bien oculta por un telón parcial.)

TELEFONISTA.—(*Que es un hombre muy gordo, moreno y con una voz fuerte y sonora, a Juana.*) ¡Sí, señora! ¡Ya sé! ¡Ya sé! ¡Estoy pidiendo! (*Hablando a la bocina.*) ¡Aló, Managua! ¡Aló! ¿Managua? Conseguime La Paz. La Paz Centro. ¡Sí, hombre! ¡La Paz! ¡Tengo rato de estarla pidiendo!

PANCHO.—(*Con sonrisa vaga.*) ¡No me imagino

a Margarito Teniente! ¡Porque era medio inocente!... *(Se ríe.)*

JUANA.—¡Andá con inocente!... ¡Malo era! ¿No te acordás las mañas que tenía para enamorar a las muchachas? ¡Si era hasta medio atrevido! *(Pasando de pronto a otro tema.)* Y haciendo cuentas, Sebastianó: ¡Ya la mujer de Margarito debe estar próxima! ¡Contá: de la luna de mayo a la de junio, a julio, a agosto, a setiembre, a octubre. *(Sebastiano asiente, Juana le da un codazo en las costillas.)* ¡Ya vas a ser agüelo! *(Ríe.)*

SEBASTIANO.—*(Moviendo la cabeza.)* ¡Cómo atropella el tiempo! ¡Qué hace que lo andabas al Margarito prendido de la teta... y agora tata!

PANCHO.—*(Sentencioso.)* Margarito todo se lo ha comido celeque. ¡Yo no!

SEBASTIANO.—*(Sonriendo. A Juana.)* ¡Éste es más desconfiado! ¿Verdad, Panchó?... Al que come verde se le quema la boca... ¡Pancho va con tiento!

JUANA.—*(A la defensiva.)* ¡Indeciso es! ¡Como vos!... Por eso nos está arruinando el abogado. ¡Porque se dejan!... El otro muchacho salió más hombre!

PANCHO.—¡Más hombre!... ¡Oiga, tata! ¡Mi mama siempre está con sus hombredades! ¡Cree que hacer las cosas al empujón eso es ser hombre! ¿A lo toro, pues?... Yo lo pienso. ¡El hombre es pensativo!

SEBASTIANO.—¡Claro! ¡Eso es! ¡Pero... tu mama!

JUANA.—Pero tu mama, ¿qué?... ¡Si no fuera por mí!

SEBASTIANO.—*(Repitiendo, burlesco.)* ¡Si no fuera por mí! *(Se ríe.)*

PANCHO.—*(Con más burla. Riéndose.)* ¡Si no fuera por mí! *(Gran risa.)*

JUANA.—*(Haciéndose la brava.)* ¡Ya se unieron los dos hombres! ¿Y qué son, pues?... ¿Qué harían?...

TELEFONISTA.—*(Callando a Juana.)* ¡Phss! ¡No

deja oír! Aló... Sí, hombre. Dame línea... Poneme el dos-cuatro.

JUANA.—*(Peleando, al telefonista.)* ¡Qué dos - cuatro! ¡La Paz pedimos!

SEBASTIANO.—*(Apoyándola.)* ¡Nosotros queremos La Paz!

TELEFONISTA.—¡Ya lo sé! ¡Me lo han dicho mil veces! ¡Aló!... ¡Sí! ¡Dame línea!...

JUANA.—¡De eso nos quejamos! ¡Tenemos un siglo de estar pidiendo La Paz! ¡Nos llamó mi hijo, que es Teniente!

SEBASTIANO.—¡Es mucha dilación! ¡El muchacho tiene sus obligaciones!... ¡Es Teniente!

TELEFONISTA.—*(Atendiendo al teléfono y al diálogo con dos tonos de voz.)* ¡Teniente!... ¡Aló!... ¡Teniente de caite!... ¿Cómo?... Con La Paz, sí. ¡Dame línea!... ¡Si Margarito es Teniente, yo soy General!... *(Se ríe, burlesco.)*

JUANA.—*(Picada.)* ¡Pues lo es! ¡Y manda más que usted, aunque tenga esos tacos en los oídos!

El telefonista se ríe.

SEBASTIANO.—*(Despreciativo y orgulloso.)* ¡Dejalo que se burle! Él está sentado en su silla, pero el muchacho anda volando bala como hombre.

TELEFONISTA.—*(Riéndose y sin hacerles caso.)* ¡Aló!... Poneme La Paz... ¡Apurate!... Conseguí la línea de campaña, que aquí me están comiendo...

PANCHO.—*(En voz baja, a Sebastiano.)* Tata, ¿le meto su pijazo a ese gordo? ¡Ya me está cayendo mal!

SEBASTIANO.—*(Calmándolo, con un gesto.)* ¡No, hombre! ¡Arruinás la comunicación! ¡Ahí dejalo! ¡Todo gordo es rión!

Aparece por la derecha el doctor Fausto Montes. Abogadito de pueblo, regordete, de saco ajustado, color azul oscuro y pantalón blanco pasado de moda. La corbata muy vieja y anudada al cuello como un suplicio. Es un hombre que da la impresión inmediata de insinceridad.

Se acerca rápidamente, reconoce a Soledad que está recostada a la pared de la entrada de la sala de teléfonos, y le habla con un modo inseguro que no se sabe si ya va a retirarse o si va a seguir conversando.

DR. FAUSTO.—¿Ydeay, Cholita? ¿Por aquí vos?

SOLEDAD.—*(Displicente.)* Sí, doctor Fausto. Esperando una hablada.

DR. FAUSTO.—*(Mira hacia el interior de la sala.)* ¡Ah! ¡Andás con los viejos!

SOLEDAD.—¡Con ellos!

DR. FAUSTO.—*(Siempre con gesto de pasar adelante.)* ¡Y cada día, más bonita!...

SOLEDAD.—¡Favor suyo, doctor!

DR. FAUSTO.—Ya me dijeron que estás jalando con... ¡Qué derecha que sos, Cholita! ¡Teniéndome a mí, te metes con un pobre diablo!

SOLEDAD.—*(Se encoge de hombros.)* ¡No se meta en lo que no le importa!

DR. FAUSTO.—Voy a pedir una comunicación... Pero me gustaría verte y platicar un rato. ¿No te parece, Cholita?

Soledad se encoge de hombros. Entra el doctor Fausto, directamente hacia el telefonista, fingiendo una actividad llena de urgencia y de importancia.

DR. FAUSTO.—*(Al telefonista.)* Macario, conseguime con el Juzgado de Masaya. *(A Sebastiano y familia.)* ¡Buenos días! *(E inmediatamente al telefonista.)* Ve, quiero hacerte una recomendación... *(Se inclina y le habla en voz baja.)*

199

JUANA.—*(A Sebastiano.)* ¡Ahí está el abogado! ¡Háblale!

SEBASTIANO.—*(Molesto.)* Ya sé que está. ¡Espérate!

JUANA.—*(Empujándolo con el codo.)* ¡No seas entumido! ¡Decile las claridades!

SEBASTIANO.—¡Pero esperate que acabe!

DR. FAUSTO.—*(Deja de hablar inclinado en voz baja y dice al telefonista.)* ¡Yo vengo dentro de un cuarto de hora! ¡Pero no te olvidés! *(Hace ademán de retirarse.)*

SEBASTIANO.—¡Doctor! *(Se pone de pie.)*

DR. FAUSTO.—*(Haciéndose el sorprendido.)* ¡Ah! ¿Qué tal, Sebastián? ¡Tenía días de no verlo!

JUANA.—*(Poniéndose también de pie.)* Varias veces hemos llegado a buscarlo, pero yo creo que lo niegan.

DR. FAUSTO.—No, señora. No puede ser. Es que vivo muy ocupado. Lleguen por allá. *(Trata de retirarse.)*

SEBASTIANO.—*(Cerrándole tímidamente el paso.)* Es que nosotros queremos acabar con el asuntito aquél. Ya lo tiene muy entretenido...

DR. FAUSTO.—*(Siempre tratando de salir de ellos.)* ¡Así son todas las cosas legales! Van despacio.

JUANA.—Pues, tal vez, doctor. Pero, para hablar claro, ¡no estamos conformes!

DR. FAUSTO.—*(Molesto.)* ¿Y qué quieren que haga yo?

SEBASTIANO.—*(Con calma irritante. Reteniéndolo del brazo.)* ¡Eso ya lo hemos pensado... Primero le dimos tiempo al tiempo. Tal vez, le decía yo a la Juana, al doctor le gusta llevar las cosas con calma. Pero ya son... *(A Juana.)* ¿Cuántos meses dijiste que tenía la barriga de la Rosa?

JUANA.—Seis.

Pancho se acerca y Soledad pone su atención en el diálogo.

SEBASTIANO.—Más dos, ocho. ¡Ocho meses! ¡Ni que fuera la eternidad!... Por eso ya resolvimos. Nos devuelve los papeles, doctor. ¡Nada le obliga!

DR. FAUSTO.—*(Sulfurándose.)* ¡Pues están muy equivocados! ¡Porque yo no he puesto mi trabajo para que otro se lleve la ganancia! ¡Ésa es una injusticia!

JUANA.—*(Calmosamente.)* Le pagamos, doctor. ¡Nadie se está negando!

SEBASTIANO.—¡Bien dice la Juana! ¡Le pagamos! ¡Somos pobres, pero honrados!

DR. FAUSTO.—*(Con furia y buscando de nuevo salirse de ellos.)* ¡No acepto! ¡De ningún modo acepto! ¡Ustedes me han buscado a mí!

JUANA.—*(Brava.)* ¡Pues no somos ríos, y podemos volvernos! Y, ¿quiere que le diga? ¡Ya nos han dicho que usted nos está enredando!

DR. FAUSTO.—¡Se siguen de las malas lenguas!...

Diálogo rápido in crescendo.

JUANA.—¡No son malas lenguas!

DR. FAUSTO.—¡Y yo defendiendo sus intereses! ¡Allí tienen: yo nunca he querido cobrarles los recibos que usté me firmó!, pero si ustedes...

SEBASTIANO.—¿Qué recibos? ¡Yo no he firmado recibos!

DR. FAUSTO.—¡Sí, señor!

SEBASTIANO.—¡Le firmé los papeles para la "incrición"!

DR. FAUSTO.—¡Pues yo no sé! ¡Por allí salen unos papeles suyos con una deuda que le van a comprometer la tierra!

Simultáneamente, Sebastiano y Juana.

201

SEBASTIANO.—¿Deuda? ¡Pero qué deuda, si yo he pagado todo!

JUANA.—¡Lo mismo que salen papeles, pueden salir los muertos!

DR. FAUSTO.—¡Ésa es la honradez de ustedes! ¡No quieren reconocer lo que deben!

SEBASTIANO.—¡Pues somos honrados, pero usted es un mentiroso!

Suena el timbre del teléfono.

JUANA.—¡Usted es un ladrón!

DR. FAUSTO.—¡Vea, señora!

Suena el timbre.

TELEFONISTA.—*(Gritando.)* ¡Oiga, usted! ¡Al teléfono!

SEBASTIANO.—¡No queremos que nos siga usted el asunto!

JUANA.—Ahora mismo vamos a ir a traer los papeles. ¡Vos, Pancho, vos vas con nosotros!

TELEFONISTA.—¡Oiga! ¡La Paz! ¡Allí está La Paz!

PANCHO.—¡Y si no los entrega, se las ve conmigo!

DR. FAUSTO.—*(Buscando irse, retrocediendo más; pero amenazante.)* ¡Eso lo veremos!

SEBASTIANO.—¿Cómo que lo veremos? ¿Piensa despojarnos? ¡Para eso tenemos un hijo teniente peleando por el gobierno!

PANCHO.—*(Amenazando.)* ¡Vamos a ver si no entrega los papeles!

Suena el teléfono.

DR. FAUSTO.—*(Retrocediendo y gritando.)* ¡Si usted se atreve a hacerme algo, lo llevo a los tribunales!

JUANA.—¿Cree que le dimos un hijo al gobierno para que usted nos despoje?

TELEFONISTA.—(A gritos.) ¡Llama la Paz! ¿Van a oír o no? ¡Usted!

Sebastiano oye y se vuelve. El doctor Fausto aprovecha para salir —por la izquierda— y al pasar por donde Soledad, ésta le vuelve la cara haciendo mal gesto.

SEBASTIANO.—¿Conmigo?

TELEFONISTA.—¿Y con quién?... Van a cortar la comunicación!... ¡Dése prisa!

SEBASTIANO.—(Corriendo al teléfono, pero sin abandonar el pleito.) ¡Ahora mismo le vamos a quitar los papeles!

JUANA.—(Acercándose al teléfono, pero todavía furiosa.) ¡Es un bandido! ¡Ahora sale con que le debemos!

SEBASTIANO.—(Hablando en el teléfono y siempre con la atención en lo otro.) ¡Aló! ¡Aló!... ¿Ah?...

PANCHO.—¡Y conmigo no juega ese doctorcito!

SEBASTIANO.—(A Pancho; mientras da vueltas al manubrio del timbre del teléfono.) ¡Pero vos no te vayás a comprometer! (Luego habla al teléfono.) ¡Aló! ¿Qué?

JUANA.—¿Ya está allí?

SEBASTIANO.—¡Shssss!...

TELEFONISTA.—(En su aparato.) ¡Aver! ¡La Paz! ¿Cómo? (A Sebastiano.) ¡Hable duro!... (En su aparato.) ¡Aló! ¡Aló!

SEBASTIANO.—(Escuchando al teléfono con impaciencia.) ¿Cómo?

JUANA.—¿Se oye?

SEBASTIANO.—(Señalando al telefonista.) ¡Lo que se oye es a ese carajo con el aló!

TELEFONISTA.—(A Sebastiano.) ¡Ahí está! ¡Póngase bien el escuchador!

SEBASTIANO.—¿Y cómo quiere que lo agarre?... ¿Aló?... ¡Aquí no se oye ni juco!

TELEFONISTA.—*(Da vuelta al timbre.)* ¡Aló! ¡Aló!... ¡A lo mejor cortaron por estar ustedes en el bochinche!

SEBASTIANO.—¡Pero no ve que nos quiere robar ese desgraciado!

JUANA.—Lo que pasa es que esos chunches no sirven! *(Señala el teléfono.)*

TELEFONISTA.—¡Aló!... Sí. Sí. Aquí está la persona. Sí; con Catarina... *(A Sebastiano.)* ¡Ya comunican!

SEBASTIANO.—¡Hola!... ¡ya, ya! ¡ya oigo! *(Contento.)*

JUANA.—*(Iluminándose el rostro.)* ¿Es él?

Todos se apretujan alrededor del teléfono. Soledad se acerca un poco, a la expectativa. Se ilumina o sube el telón lentamente, en la sala de la derecha. Aparece Margarito hablando en el teléfono. Lleva una gran faja con tiros y una respetable pistola. Pantalón azul y cotona y en el sombrero —que ahora es de paño— lleva la divisa verde. Con cueras y caites.

En la banca del fondo está un soldado: pantalón azul, cotona blanca, sombrero de palma con su divisa verde, una chamarra roja terciada al hombro, salbeque y caites. El rifle lo tiene acostado sobre sus piernas. Cuando Margarito comienza a hablar, el Soldado Potoy enciende un puro. Potoy tiene cara y quietud de ídolo.

MARGARITO.—¡Hola, hola! ¿Con quién hablo?

SEBASTIANO.—¡Alooó Margaritooó! *(A los demás, feliz.)* ¡Es él! *(Por teléfono.)* ¡Ya te oigo!... ¿Me oís vos a mí?... ¿Sos vos, muchacho?

MARGARITO.—Sí, yo. ¿Y quién, pues?... ¡El Teniente Margarito López!

SEBASTIANO.—*(Deseando que le repitan.)* ¿El qué?

MARGARITO.—*(Con orgullo.)* ¡El Teniente Margarito López!

SEBASTIANO.—*(A Juana, riéndose de gozo.)* ¡El Teniente! *(Por teléfono.)* ¿Es verdad, pues, que te hicieron teniente?

MARGARITO.—¡Me ascendieron, tata!... ¡Soy ayudante del Coronel Delgado!

SEBASTIANO.—*(En gritos al telefonista.)* Ahí está, usted! ¡Teniente y ayudante del Coronel Delgado! ¡Y estaba de baboso!

Todos asienten orgullosos.

MARGARITO.—¿Qué decís?

SEBASTIANO.—¡Es que el Central no quería creer! *(Se ríe complacido.)* Bueno, decime... *(Vuelve a reírse en babia.)* ¡Así es que sos vos, mi'jo... Pues aquí está tu máma. ¡Estoy yo! ¡Está Pancho! *(Llama con la mano a Soledad)* y la Soledad también!... ¡Trajimos hasta la Coscolina! *(Siempre riéndose busca con los ojos a la perra.)* *(Se pone serio y en voz distinta pregunta, rápido, a los suyos)*: ¿Qué se hizo la perra? *(Sigue al teléfono.)* ¡Toditos! ¡Casi nos traemos al rancho! *(Vuelve a reírse ingenuamente.)*

MARGARITO.—*(Que sonríe a la voz de su padre, dice nostálgico.)* ¿Y cómo está el Rancho?

SEBASTIANO.—Y cómo querés?... Con los primeros aguajes se puso alegre... Y ya tuvo chanchitos la chancha overa. ¡Todos se pegaron!

MARGARITO.—¿Y mi mamá?

SEBASTIANO.—*(A Juana.)* ¡Pregunta por vos! *(Al teléfono, riendo.)* ¡Si la vieras! ¡Se dejó venir con la cadena de oro! *(A Juana)*: ¡Enseñásela! *(Juana, riendo, se empina y enseña la cadena a la bocina del teléfono. Mientras tanto Sebastiano dice, ingenuo y contento.)* ¡Está hermosa la vieja!

MARGARITO.—Decile que me hace falta. ¿Y Pancho?

SEBASTIANO.—*(Señalando a Pancho.)* ¡Aquí está...! ¡Todavía suelto!... ¡No lo agarran las mujeres!

MARGARITO.—*(Que ha mirado hacia el fondo y ve al soldado de la banca echando nubes de humo con su puro. Con voz arrogante.)* ¡Raso Potoy! ¡No se fuma delante del superior! ¡Bote ese cabo!

El soldado Potoy tira por la puerta el puro con gesto de inconformidad.

SEBASTIANO.—¿Ah?... ¿Qué decís, muchacho? ¡No te entiendo!

MARGARITO.—*(Fachendoso.)* ¡Estoy dando una orden! ¡Tengo que poner respeto en las filas!

SEBASTIANO.—*(A Juana, en voz baja y llena de complacencia.)* ¡Está regañando a los soldados! ¡Lo oyeras!

JUANA.—¡Mi'jo es de ñeque!

SEBASTIANO.—Decime, pues ¿estás bien?

MARGARITO.—¡Sí, tata, con el favor de Dios! Siempre llevo la Magnífica. *(Se toca el cuello.)*

JUANA.—Pregúntale por la Rosa.

SEBASTIANO.—¡Ya se me olvidaba por el contento!... ¡Oíme! ¡No me has dicho nada de la Rosa! ¿Qué tal está?

MARGARITO.—¿La Rosa?... La gran bandida yo creo que se me huyó con otro hombre!

SEBASTIANO.—¿La Rosa?... ¡No me digás!... ¡Pero si parecía una mosca muerta!

MARGARITO.—¡Yo no sé si se huyó o si me la avanzaron! ¡Pero me las va a pagar!

SEBASTIANO.—¿Pero cómo fue?

MARGARITO.—¡Si eso es lo que está oscuro! Venía conmigo cuando nos hicieron correr en Nagarote. ¡Fue un revoltijo! Yo creí que la habían matado. ¡Pero después me dijeron que la habían visto de mujer de un leonés, con los liberales!

JUANA.—(*Impaciente.*) ¿Qué es lo que dice de la Rosa?

SEBASTIANO.—(*Rápido.*) ¡Que se fue con otro carajo!

JUANA.—(*Indignada.*) ¡Pues que la deje!... ¡Qué ingrata!... Decime, vos, ¡qué mujer!... Yo siempre le vi mala cara. Dejame decirle...

SEBASTIANO.—Dice tu mamá...

JUANA.—(*Arrebatándole el escuchador que Sebastiano no quiere soltar. Indignada.*) ¡Digo que la dejés! ¡Esa mujer es una ingrata!... Pero, decime ¿no te venía muchacho?

MARGARITO.—¡Sí, mamá! ¡Pero aunque así se la levantaron!

JUANA.—Pues dejala. ¡Dejala! ¡No te merece esa mujer!

Sebastiano le quita el escuchador.

MARGARITO.—¿Dejarla? ¡No, mama! En cuanto ataquemos la levanto de donde la encuentre! ¿Que se cree que me voy a dejar requisar la mujer por el enemigo? ¡Se vuelve! ¡Y la mecateo! ¡Ah, le pego porque le pego! ¡Va a saber quién es el teniente Margarito López!

PANCHO.—(*A Soledad.*) Oí lo de Margarito! ¡y mi mama queriendo que me case! ¡no me friegue! (*Escupe.*)

SEBASTIANO.—(*A Juana.*) ¿Qué decís vos? Dice que la recoge pero que la malmata. Si le va a pegar que la recoja ¿no te parece?

JUANA.—(*Aceptando, no muy conforme.*) ¡Pero que le dé una buena!

MARGARITO.—¿Cómo?

SEBASTIANO.—¡Leñateala!... Pero ve, encajale bien los palos. ¡Acordate que está aliñada... y no vaya a ser un mal suceso!

MARGARITO.—¡Déjemela a mí, tata! ¡yo le conozco el lomo!

PANCHO.—Pregúntele, tata, cómo es el cuento de que penquearon a los liberales. Acuérdese que yo tengo una apuesta con el compadre Moncho.

SEBASTIANO.—Oi. Oi: dice Pancho que cómo es la cosa de la penqueada que le diste a los liberales...

MARGARITO.—¿Ah? ¿No le estoy diciendo que nosotros fuimos los penqueados?

SEBASTIANO.—*(Incrédulo.)* ¿Vos?

MARGARITO.—Nos picaron la retaguardia y nos corrimos. ¡Nos cocinaron con las máquinas, tata!

SEBASTIANO.—¡Vea qué pendejo!... ¡Y aquí estuvieron repicando el triunfo! ¡Engañándolo a uno!

MARGARITO.—¡Yo no tuve la culpa! Le voy a contar cómo fue. Fue que... *(Mira al soldado que está en la banca y le ordena de pronto.)* ¡Raso Potoy: ¡Váyase afuera que voy a hablar un secreto militar! *(Sale el raso sumisamente.)* *(Al teléfono.)* Pues fue así: en lo que el enemigo nos estaba atacando, el General se fue a ver con su queridita a la hacienda Santa Clara. ¡Claro! ¡Nos metieron la gran mecateada!

SEBASTIANO.—¡Decime vos! ¡Ese General no sirve ni para!...

Escena muy rápida hasta el final: se oyen balazos y ruidos al lado derecho en "La Paz". Diversas voces.
Gritos: "¡Vienen por la calle!" "¡Corran aquí!" "¡Vuelen bala!" "¡No se dejen!" "¡Adentro!"

MARGARITO.—*(Con el escuchador en la mano, gritando hacia la puerta.)* ¿Qué pasa, Potoy?

SEBASTIANO.—¿Cómo? ¿Qué decís?

Siguen los balazos, más cercanos. Se oyen carreras. Cuerpos que caen. Nuevos gritos.
Gritos: ¡Tiren, jodido! ¡Tiren! Un rostro que se

asoma a la puerta. *(Palido, agitado.)* ¡Teniente, nos atacan! *(Se retira precipitadamente.)*

MARGARITO.—*(Nervioso, indeciso.)* ¿Cómo?

SEBASTIANO.—¡Aló! ¿Qué pasa? ¿Qué es el ruido? ¡No se oye!

MARGARITO.—¡No sé, tata! ¡Están tirando!

Siguen los balazos.
Entra el raso Potoy, tambaleante, cogiéndose con una mano el brazo que lleva herido en el hombro, manando sangre. Se deja caer en la banca, con el rostro lleno de dolor.
Balazos. Gritos: ¡Por la derecha! ¡Echense al suelo! ¡Vuelen bala! Otro rostro que se asoma a la puerta. (Aterrado.) ¡Corra, Teniente! ¡Están atacando! Margarito vuela el teléfono. (Queda el escuchador como un péndulo meciéndose.) Desenfunda su revólver. Siguen los tiros. Gritos. Ayes de Potoy. Gritos. ¡Adentro! ¡Viva León, jodido! Alaridos de guerra. ¡Viva el Partido Liberal!
Oscuridad o telón en la sala de la derecha, de la Paz Centro.
Simultáneamente Sebastiano ha estado, lleno de inquietud, llamando, golpeando el contacto, dándole al timbre.
Todos agrupados a su alrededor se preguntan: "¿Qué será?"... "Alguna avería en la línea"...

SEBASTIANO.—¡Aló! ¡Aló!... ¡Hijo!... ¿Qué pasa?... ¡Margarito!... ¡Margarito!... *(Volviéndose al telefonista.)* ¡Central! ¿qué pasa? ¡Cortaron el habla!

TELEFONISTA.—*(A gritos en su aparato.)* ¡Aló! ¡Aló! ¡La Paz! ¡La Paz!... ¿Qué pasa con La Paz?... ¿Qué pasa con La Paz?...

Cae el

TELÓN

*El mismo escenario del Acto Primero. Ha pa-
sado un mes. Últimas horas de la tarde. Al final
del cuadro la luz es ya roja y luego violeta, y cae el
telón con el sol.*

*Juana está terminando de moler las tortillas. Se-
bastiano, sentado, rasguea perezosamente la guitarra.*

JUANA.—¡No se hace con canciones el mundo!

SEBASTIANO.—*(Que, distraídamente, con su puro
en la boca, ha estado tocando la guitarra, se encoge
de hombros.)* ¡No se hace!... ¡Yo estoy mejorán-
dolo! *(Se ríe burlesco. Pausa.)* ¿Sabés vos que yo
no sueño nada? ¡No soy como vos! Le paso la mano
a la música como soba la Soledad a la perrita, para
suavizar un rato el tiempo. ¡Pero no pretendo!...

JUANA.—¿Me querés decir que yo soy pretensiosa?

SEBASTIANO.—¡Vúy! *(Puja y luego escupe.)* ¡Eso
es! No querés que cante porque querés estar hablando de lo que podemos hacer, de lo que podemos hacer, de lo que podemos hacer... *(Hace la
mímica de "dale-que-dale" con las manos, burlesco...)* Con esa angina tuya por arreglar todo el año
desde la víspera. ¡Nadie te alcanza!

JUANA.—¡Pues yo, sí! ¡Así me hizo Dios! ¡Y lo que
pienso lo digo! ¡Para eso bebo agua bendita el Sá-
bado de Gloria para hablar sin tropiezo!

SEBASTIANO.—*(Se arrecuesta un poco, con dejadez
y hace un gesto amplio.)* ¿Vos ves que la sombra
de los árboles se va alargando con la tarde? ¿Lo ves?
Pues los pensamientos de los viejos así se alargan.
Porque los campesinos somos como los árboles.
Cuando tenemos el sol temprano, soñamos más de
nuestro tamaño. Después, cuando ya podemos, no
soñamos; porque el sol nos mata la sombra. Pero
cuando ya es tarde volvemos a soñar. Entonces sí.
Cuando ya la sombra está para atrás... ¡Qué qui-

siera yo el sol de mis buenos años, con lo que la vida me ha enseñado!

JUANA.—¡Serías el mismo!

SEBASTIANO.—¡Pues, claro! ¡El mismo! Pero hubiera sido pobre sin engañarme. Lo malo son las ganas.

JUANA.—¿Cómo las ganas?

SEBASTIANO.—*(Apasionándose con sus ideas.)* ¡Las ganas que te sacan de tu pobreza para hacerte más pobre! Las ganas de ser Alcalde cuando sos vecino. Las ganas de tener un caballo de cien pesos cuando tenés un caballito de veinte. Las ganas de tener la mujer de la revista que pegás en la pared, cuando tenés la tuya en el tapesco! Las ganas de beber... ¿Vos sabés por qué bebía yo? ¡Por las puras ganas!... Esas ganas... ¡Bueno...! ¡Vos no entendés, porque no sos hombre!... ganas no se sabe de qué. Ganas de ser muy hombre... ganas... ganas de ser Dios... ¡carajo!

JUANA.—¡Y me decís a mí que soy pretensiosa!

SEBASTIANO.—Porque seguís con tu sombra sin fijarte que ya es tarde. ¿Qué no entendés?... Estás soñando con Margarito Coronel, con los vientos mejores que nos van a soplar, con la plata que va a traer el muchacho... ya te creés con la tienda del güegüence!... y yo que sólo pienso en saber algo del Margarito... *(Triste.)* ¡Que por lo menos vuelva!

JUANA.—*(Llora hasta estallar en llanto al final.)* ¿Y vos creés que no llevo esa espina dentro? Vos creés que en la noche no me despierta la angustia pensando si estará muerto mi hijo; si no me estará necesitando herido en algún monte?... Lo que pasa es que yo me hago mis sueños y hablo y hablo para... *(Llora.)*

SEBASTIANO.—*(Poniéndose de pie.)* ¡Mejor no me lo hubieras dicho! yo sólo me detenía en pensarlo pero porque estabas vos con tus cosas, con tu seguridad. "Si ella es la madre"... pensaba yo. Porque las madres tienen el oído puesto en la sangre. ¡Y ahora me decís...!

JUANA.—*(Secándose las lágrimas. Cortante y supersticiosa.)* ¡No he dicho nada! ¡No he dejado que se metan los agüeros ni las apariencias! ¡Ni un soplo he dejado que se me entre al corazón! ¡Aquí tengo a mi hijo... y toco madera! *(Golpea el taburete.)*

SEBASTIANO.—Pero ¿no decís...?

JUANA.—No. Y no sigás hablando. ¡Ninguna señal tengo! *(Reanuda su molienda.)* ¿No viste ahora que maté la víbora dentro del rancho?... Cuando se mata bajo el techo ya no dentra la turece...

SEBASTIANO.—*(Afirmando ingenuo.)* Era "Castellana"; mala víbora.

JUANA.—¡Pero la quebranté!

SEBASTIANO.—¿Y dónde estaba?

JUANA.—¿Y dónde, pues?... ¡En tu guitarra!

SEBASTIANO.—*(Alarmado.)* ¿Haciendo nido en la boca de la guitarra? ¿y cómo no me lo avisaste? ¿No ves que no debe tocarse el día en que la calentó la víbora por la música...

JUANA.—*(Suspensa. Supersticiosa.)* ¿Qué trae?

SEBASTIANO.—*(Desconsolado.)* ¡Invoca el mal, mujer! *(Pausa. Desconcierto.)* Se miran.

JUANA.—¡Andá colgala en el clavo! Por dicha sólo la estuviste traveseando!

SEBASTIANO.—*(Va al rancho a guardar la guitarra. Mientras va, reza en voz baja —aunque no se le entienda bien— y rápido, la oración "contra la sierpe". Todavía dentro del rancho se oye el ron-roneo de su voz mientras Juana, afuera, muele.)* "Maldita sea la serpiente que se arrastra recogiendo la saliva de los que nombran a Dios sin respeto. El pie de la Virgen quebrante su mal y recoja su veneno en el cáliz del apóstol San Juan para el corazón de los perdidos y me libre a mí de daño. Amén. Jesús."

Entra Pancho por la derecha, con sus alforjas. Las pone en un cajón, cerca del rancho y de Juana, medio de espaldas al público y a Sebastiano. Diálogo lento y lleno de pausas.

JUANA.—¡Aquí está el muchacho!

SEBASTIANO.—*(Sale del rancho. Lo mira y dice como saludo.)* ¿Ydiay?

PANCHO.—*(Abre la alforja sin volver a verlo.)* ¡Ya fui!

SEBASTIANO.—¿Hablaste?

PANCHO.—*(Sacando un paquetito de la alforja.)* ¡Ujú! *(Afirmación como un quejido.)*

SEBASTIANO.—¿Malo el asunto?

PANCHO.—*(Afirma con la cabeza.)* ¡Malo! *(Sigue sacando cosas de la alforja.)*

SEBASTIANO.—*(Escupe.)* ¡También el Juez está de espalda!

PANCHO.—¡Ujú! *(Pausa.)* Ese juez ya está comprado.

JUANA.—*(Impaciente.)* ¿Y qué dijo?

PANCHO.—Que el abogado tiene los papeles y que eso nos pierde.

JUANA.—¿Va a dejar que nos roben? ¡Qué gente sin bautismo!

PANCHO.—Dice que él no puede hacer nada. Que mejor arreglemos porque el doctor Fausto tiene poder.

SEBASTIANO.—¿Y don Federico? ¿No te aconsejó nada?

PANCHO.—*(Siempre arreglando sus alforjas.)* Sí... Que podemos pedir amparo.

SEBASTIANO.—¡Pero el amparo cuesta!

PANCHO.—*(Con furia.)* ¿Quién ampara al pobre?

JUANA.—¡De balde da uno su hijo! ¡Eso no lo toman en cuenta...¡

SEBASTIANO.—¡Como ellos mandan!

PANCHO.—Sí. ¡Pero ya eso se va a acabar! *(Se*

vuelve con furia.) ¡Ya se anda levantando el pueblo por las sierras. Ahora me lo dijeron. Y lo que voy a hacer es agarrar mi rifle para cobrarme! *(Pausa.)*

SEBASTIANO.—Si te diera eso el amparo yo te diría: "andá cogelo".

JUANA.—¡Cualquiera piensa como Pancho!

SEBASTIANO.—Lo que no rinde un hijo, no lo rinde el otro, Juana.

PANCHO.—Se llevaron a mi hermano y ahora quieren arrollar también con la tierra. ¡Hasta el animal tiene su medida cuando lo cargan!

Queda un silencio espeso. Pausa.

SEBASTIANO.—¿Y la Soledad?... ¡No me gusta que la coja la sombra en el camino...!

JUANA.—*(Poniendo atención a algo.)* Ya debe de venir... ¿No oís pasos?

Silencio atento. Aparecen, por la derecha e izquierda tres o cuatro soldados, mientras quedan otros que aún no se ven y que van llegando por la derecha, cuyas voces se oyen a veces. Son soldados por el nombre y por los rifles y las divisas rojas que llevan en los sombreros, pero tienen un aspecto más montaraz y sus trajes están más raídos y sucios que los de los soldados del Acto I. Apuntan con sus rifles a los tres del rancho.

SOLDADO 1º—*(Apuntando.)* ¡No se muevan!

SOLDADO 2º—*(Que ha entrado por la derecha. Hace señas con la mano, llamando a los otros soldados que vienen detrás y que aún no aparecen en escena.)* ¡Aquí hay hombres!

Un soldado tercero se encamina cautelosamente a registrar el rancho.

SOLDADO 1º—(*A Sebastiano.*) ¿Usted qué es?

SEBASTIANO.—¿Y qué voy a ser?

SOLDADO 1º—¿Es rojo o verde?

SEBASTIANO.—¡A mis años los colores se despintan!

SOLDADO 1º—¡Queremos gente para la Revolución!

JUANA.—Sólo este hijo tenemos que es lo que nos mantiene. Somos pobres. Pero les podemos dar las tortillas de la cena para que se ayuden.

SEBASTIANO.—Del chagüite les cortaría unos guineios, pero ya va siendo noche.

SOLDADO 2º—¡Ya la tropa los anda cortando; no se preocupe, viejo!

SOLDADO 1º—Queremos hombres para caerle al Gobierno. ¡Vamos a botar a los Conservadores!

SOLDADO 3º—(*Saliendo del rancho.*) ¡Me gusta la guitarra que tiene el viejo ahí!

JUANA.—¿Cómo me gusta? ¿Qué se está creyendo?

SOLDADO 4º—(*Entrando. Señala a Pancho y a Sebastiano.*) ¿Son liberales éstos?

SOLDADO 1º—¡No dicen!

PANCHO.—¡Si buscan gente contra el Gobierno yo me engancho!

SEBASTIANO.—(*Sorprendido y molesto.*) ¿Vas a pelear por lo que no es tuyo?

SOLDADO 2º—¡Déjelo, viejo! ¡La guerra la llevamos ganada!

PANCHO.—¡Sí, tata! Me voy con ellos. ¡Ya es mucho aguantar!

SOLDADO 4º—¡Hay que avisarle al Jefe que aquí hay un voluntario!

SOLDADO 3º—¡El jefe anda medio rascado!

SOLDADO 2º—(*Dirigiéndose a alguien que aún no ha aparecido en escena; por la derecha.*) ¡Oí! ¡Petronio! ¡Que venga el Jefe! ¡Aquí hay un voluntario!

SOLDADO 1º—¡No grités, jodido! Somos clandestinos!

Voz dentro: "¡Vamos!" (Se oyen risas y voces de gente que viene acercándose.)

SOLDADO 4º—*(A Pancho.)* ¿Tiene rifle?
PANCHO.—*(Niega con la cabeza.)* ¡Sólo machete!
SOLDADO 3º—¡Otro de machete!
SOLDADO 1º—¡En cuanto le caigamos al resguardo del pueblo nos equipamos!
PANCHO.—¡Voy a traer mi chamarra y mi alforja!
SOLDADO 1º—¡Vaya!

Va Pancho al rancho.

SOLDADO 3º—¡Tráigame la guitarra, compañero!
JUANA.—¡Nada de eso!... ¡Bonita guerra van a hacer con guitarras y sin rifles!
SOLDADO 3º—¡No la pelee, señora! ¡Es para alegrar las noches!
JUANA.—¡Bastante me arrancan con el Pancho! Si no fuera porque ese Gobierno nos está robando la tierra, no se los diera!
SOLDADO 2º—*(Riéndose.)* ¡Ya se lo traemos! ¿No ve que vamos ganando por todos lados? Ya el Gobierno está en temblores.

Voces que se acercan.

VOZ, QUE YA ESTÁ MUY CERCA: "¿Qué se tienen allí?"
SOLDADO 4º—*(Hacia la voz.)* Aquí hay un voluntario liberal, Jefe.

Sale a escena el doctor Fausto Montes, algo borracho, con pistola al cinto, sobrebotas y un sombrero tejano con cinta roja.

DR. FAUSTO.—¿Un liberal? ¿Quién es?

Asombro de Sebastiano y Juana.

Pancho, que en ese momento sale del rancho con su chamarra terciada al hombro y su machete en la mano, se queda de pronto detenido, como una estatua.

JUANA.—*(Llena de furia.)* ¿Usted?

Salen un sargento aguardentoso, de gran vocerrón y otro soldado que se colocan junto al Doctor.

DR. FAUSTO.—¿Qué hay conmigo?

SEBASTIANO.—*(Decidido, bronco.)* ¡Dejáme hablar, Juana!

JUANA.—*(Como una fiera.)* ¿Con qué cara viene a pedirme el hijo después que nos está robando la tierra?

DR. FAUSTO.—*(Haciendo un gesto displicente y burlesco con la mano.)* ¡Yo no le estoy pidiendo nada, vieja!

SEBASTIANO.—*(Seco y autoritario.)* ¡Juana! ¡Yo soy el hombre, dejáme a mí! *(Al doctor.)* A ella le guarda respeto o se mata con este viejo que algo le queda de sangre! *(Pancho da un paso adelante amenazante.)* ¡Y sépalo de una vez: aquí no hay voluntarios ni para verdes ni para rojos, porque donde está el muerto ahí está la zopilotera!

SARGENTO.—*(Con voz altanera y estentórea.)* ¡A callarse el mundo entero! ¡Amarren a ese jodido! *(Volviéndose al doctor Fausto.)* ¡No debe dejarse vocear de ningún carajo, jefe!

Dos soldados caen sobre Sebastiano y dos se acercan un poco temorosos a Pancho, quien, cerca de la puerta del rancho está, machete en mano, amenazante.

SOLDADO 3º—¡Bote ese machete! *(Apunta con el rifle.)*

Pancho lo baja muy lentamente, pero no lo suelta.
Mira con rabia impotente.

SARGENTO.—*(Montando el rifle y apuntando.)* ¡Bótelo al suelo o me lo acuesto!

Los soldados segundo y cuarto están amarrando a Sebastiano.
Pancho tira con furia impotente al suelo su machete. Lo recoge el soldado tercero y lo tira lejos.

JUANA.—*(Que ya no puede contenerse.) (Al doctor.)* ¡Se ceba en los pobres, cobarde!... ¡Con un pobre viejo! Y estos ciegos que están engordando al que les chupa la sangre...!

SEBASTIANO.—*(Queriendo callarla.)* ¡Juana!

JUANA.—*(Indetenible.)* ¡Pues, sí! ¡Que lo oiga de boca de mujer! ¡Que se rebaje a tocarme! ¡Después de robar con los Conservadores va a robar con los Liberales!

SARGENTO.—¡Cállese!

JUANA.—¡No me callo! ¡Usted sabe que este hombre es un vividor: come de los pobres y bebe del gobierno!

DR. FAUSTO.—*(Con risa falsa.)* ¡Está dolida porque lleva perdido el pleito! ¡Estos indios caitudos quieren siempre medrar! ¡Pero los Liberales vamos a traer la justicia!

SOLDADO CUARTO.—*(Chillándole a Juana.)* ¡Claro, jodido! *

SOLDADO SEGUNDO.—¡Ahora vamos a mandar!

SEBASTIANO.—*(Rogándole se calle.)* ¡Juana!

SOLDADO TERCERO.—¿Y qué se hace con éste? *(Señala a Pancho con el rifle.)*

SARGENTO.—¡Hay que juzgarlo!

DR. FAUSTO.—¡No! ¡Va de rehén!

SARGENTO.—¡Eso es! ¡Para que no hable la vieja!

DR. FAUSTO.—*(A Sebastiano.)* Aquí no ha estado

nadie, ¿sabe? ¡Guárdese la boca en el pueblo, o no respondo del muchacho!

SARGENTO.—¡Vamos! ¡Adelante con el recluta!

Empiezan a salir.

SOLDADO PRIMERO.—*(Gritando.)* ¡Buscando el monte, muchachos! ¡Desperdíguense!

SARGENTO.—*(Autoritario.)* ¡Callando todos!

DR. FAUSTO.—*(A Juana, ya retirándose.)* ¡Nunca ha hecho mejor negocio! ¡Si anda conmigo el muchacho, le va a volver con plata! *(Se ríe burlescamente.)*

SOLDADO SEGUNDO.—*(Burlón.)* ¡Cayetano la bocina, vieja... por ser conveniente!

SOLDADO TERCERO.—*(Que ha salido por la derecha, se vuelve a escena y dice, apenas visible, al doctor Fausto.)* Jefe, ¿nos llevamos ese chancho? ¡Vamos sin porrosca!

DR. FAUSTO.—¡Arreen con todo!

SOLDADO PRIMERO.—*(Alegre, saliendo.)* ¡Ijúuuú! *(Grita.)* ¡Viva el Partido Liberal!

DR. FAUSTO.—¡A callar se ha dicho! ¡Imbécil! *(Salen.)*

Se oyen los gruñidos desesperados del cerdo, a la derecha. Risas... Exclamaciones. "¡Agarralo bien! ¡Tapale el hocico! ¡Amarralo!"

Todos han salido. Juana, en jarras, furiosa y callada, los ve irse. Después de una pausa, cuando ya no se oyen voces y queda el silencio, ella se acerca a Sebastiano, buscando cómo desamarrarlo.

JUANA.—¡Todos son iguales! ¡Todos son bandidos!

SEBASTIANO.—¡Te ponés a jochar los perros sueltos! ¿No ves que cuando esos se sienten con un rifle en la mano creen que tienen el poder de Dios?

¡Como nunca han mandado ni a un perro!... ¡Soledad! ¿De dónde salís?

Entra Soledad, pálida, rápida, nerviosa, por la derecha.

SOLEDAD.—*(Dirigiéndose a Sebastiano, cariñosa, inquieta. A medida que habla, desplaza a Juana para desamarrar a su padre.)* ¡Tata!... ¡Estaba reprimiéndome allá, bajo el ceibo, muriéndome de miedo! ¿Qué le hicieron? *(Se arrodilla.)* ¡Me lo amarraron, sin respetarle sus canas! ¡Ya venía sintiendo algo malo en la tarde! ¡No sé qué! La dije a la Vicenta: Me voy, porque estoy inquieta. Y cuando llegué... ¡Dios mío!... ¡Qué nudo el que le hicieron! ¡Tráigame el machete, mama, para cortar!

SEBASTIANO.—¡Ya ves cómo nos van dejando! Amarrado, como San Sebastiano... Y desnudo, sin un hijo.

JUANA.—*(Pasando el machete que está en el suelo. Habla a torrentes, llena de furia, mientras Soledad desata a Sebastiano. Mímica dramática y voz alta.)* ¡Me quieren callar con el hijo! Me ponen su muerte sobre la boca, pero hablo y aunque esté bajo tierra sigo hablando, porque esto clama al cielo. ¡Virgen Bendita! ¿Qué no hay maldición para los perversos?... ¡Infelices viejos que nos caen los quebrantos como las pulgas al perro flaco! ¿Cuándo se acabará esta tuerce? ¡Allí está mi Margarito, el inocente, la tuerce le dobló la vida cuando mejor camino llevaba! ¿Dónde está ahora mi hijo? ¿Dónde está su Rosa en la que él se veía?... ¡Y allí está mi pobre Pancho, queriendo salir de su tuerce y la va a buscar! ¡Maldito el hombre que trajo la tuerce al rancho! Pero yo te lo digo: ¡Ese hombre me cargará con mi lengua! Ya me arrancaron un hijo y me quedé callada, creyendo en promesas. Éste no me lo roban. ¡No me cierran la boca! Voy a ir a vender a ese bandido al cuartel. Voy a hacer que lo busquen con el resguardo. ¡Voy a gritárselo a todos los hombres del pueblo para que vayan a sacar de su cueva al coyote! ¡Me hierve el pecho por verlo con cuatro rifles enfrente, amarrado el vividor! ¡El ladrón de pobres! ¡El cobarde!...

SEBASTIANO.—(*Que ha estado oyéndola atento y torvo, mientras lo desamarra Soledad, la detiene con un gesto y en voz honda y despectiva.*) ¡Cálmate, que con los gritos sólo se levantan los ecos! ¿A qué pueblo vas a recurrir? ¿Dónde está el pueblo? ¿Que no viste a Petronio, a Juan Zeledón, a Ruperto poniéndome el fusil contra el pecho?... ¡Somos enemigos los que debíamos ser amigos... por eso hay siempre quien nos ponga el yugo y nos haga bueyes!

TELÓN

ACTO IV

El mismo escenario. Han pasado muchos meses. Media tarde. Al final del cuadro se enciende un crepúsculo cárdeno.

NOTA: *Del rancho hacia un arbolito del fondo (o algún poste de cerca), colóquese en este cuadro un alambre para tender ropa.*

Sebastiano está solo, sentado a la puerta del rancho, bebiendo "tiste" en una jícara. Se oye, lejano, el canto del pájaro "guas". ¡Guas, guaás, guaaaás...!

SEBASTIANO.—(*Poniendo atención al canto.*) ¡Canta el guas! ¡Parece que va a cambiar el tiempo!... (*Bebe un trago. Agita la jícara. Bebe otro trago. Mira hacia el camino, hacia la derecha, y se le ale-*

221

gra la cara.) ¡Ahí viene la Juana! *(Se bebe de un envión lo que queda, golpea la jícara para tragarse hasta el chingaste. Se limpia la boca con la manga de la cotona. Pone la jícara. Y se adelanta a recibir a Juana. Comienza a hablarle desde antes que ella aparezca en escena.)* ¿Ideay?... ¿Venís cansada?... Siempre que vas al pueblo le echás más carga a la alforja que la que podés aguantar... ¿Te fue bien?

Entra Juana

JUANA.—*(Resopla.)* ¡Ya estoy sintiendo los años! *(Descarga.)* ¡Pues hice todo!...

SEBASTIANO.—*(Siguiéndola.)* ¡Yo también! Le pasé un fierro con el arado a la milpa. Me ayudó Josesito, el de Juan Malespín. Ahora tenemos que ir a sembrar... ¡Buen muchachito ése! ¡Ya pudiéramos tener nietos así nosotros!... ¡Bueno, pero contame!

JUANA.—*(Que ya puso las alforjas y su contenido dentro del rancho, se sopla y se sienta, fuera, en una "pata de gallina".)* Primero fui al mercado. ¡Vieras qué cara está la manta! ¡Todo está por las nubes!... Después fui donde don Federico. ¡Bien me recibió!... ¡Ahora sí, dice, que la cosa se ha compuesto! ¡Ya llegó el yanqui a la Comandancia y está metiendo todo en cintura!

SEBASTIANO.—*(Sentándose, sediento de noticias.)* Contámelo todo desde el principio. Todo lo que él te dijo.

JUANA.—Pues, llegué. ¿Ydeay, comadre? —me dijo— ¡Qué cara tan perdida!... Y yo, claro, le dije cómo estábamos, trabajando como bueyes, sin los hijos... Haciéndonos ilusiones de que volvieran, porque ya terminó la guerra. Y ahí nomás le hablé del asunto del rancho y de la tierrita porque estábamos muy alentados con las noticias que él nos había dado. ¿Y qué crees que me dijo?

SEBASTIANO.—¿Ajá?

JUANA.—Que ya está en el pueblo el doctor Montes.

SEBASTIANO.—¿Ya volvió ese carajo?

JUANA.—Pero, poné cuidado: Me dijo que él le presentó el asunto al yanqui y que se puso de paro con nosotros. ¿Sabés lo que le dijo el yanqui? ¡Que es un robo! Y que él lo va a arreglar.

SEBASTIANO.—(*Cabeceándose y dándose con las palmas de las manos en las piernas.*) ¡Lo que nosotros decíamos!

JUANA.—¡Si es que eso clamaba al cielo!... ¡Pero por fin va a haber justicia!

SEBASTIANO.—Pero no me gusta que haya vuelto ese hombre. Es intrigante, enredista. ¡Es malo!

JUANA.—Pero don Federico dice que con la venida de los yanquis todo esto se va a componer. Dice que la "itervención" va a acabar con las zanganadas... Te cuento que lo vi al yanqui cuando pasé por el cuartel. Es un hombre colorado, pelo de chilote... Blanco... ¿Cómo decirte?... Parece crudo, de tan blanco.

SEBASTIANO.—¡Ah! ¿Lo viste?

JUANA.—Sí, lo vi. Son tres los yanquis que están en el pueblo. Yo creo que son hermanos. El mismo pelo, la misma ropa. ¡Y están haciendo marchar a los del resguardo que da risa: tiesos, tiesos, como muñecos de palo!

SEBASTIANO.—¡Ah, pero son soldados!

JUANA.—¿No te digo que están en el cuartel?

SEBASTIANO.—¡Pero el pleito de nosotros es en el Juzgado!

JUANA.—Pero los yanquis van a meterse también con lo del Juez. Son marinos. Ahora que me acuerdo, así me dijeron: ¡que son marinos!

SEBASTIANO.—¿Marinos también?... ¡Jodido, pues son de todo tiro!...

JUANA.—Pues dice mi compadre don Federico que

223

ellos van a arreglar todo. ¡Fíjate que me contó que les quitaron los rifles a los liberales y a los conservadores y que de aquí pa delante ya nadie pelea!

SEBASTIANO.—¡Sí! Eso ya me lo contó, la otra tarde, Benito, el barbero. Y hasta me leyó el periódico donde decían que iban a devolver a tódos los soldados a sus pueblos. ¿No te conté?

JUANA.—¡Ay! ¡Ojalá! ¡Si por lo menos uno de los muchachos volviera!... ¡Al menos Pancho!

SEBASTIANO.—(Entristecido.) Sí, porque aquello que nos dijo Juan Aguirre de Margarito... En ese encuentro los mataron a casi todos... ¡Yo ya no me hago ilusiones con él!... Pero ¡Pancho!... ¿A dónde habrá cogido Pancho?

JUANA.—¡Ese doctor Montes debe saber!

SEBASTIANO.—¡Pero yo no le hablo!

JUANA.—(Pensando.) ¡Tal vez por medio de otro!... ¡Tal vez si le pregunta la Vicenta, la amiga de Soledad!

SEBASTIANO.—¡Es buena idea!... Se lo vamos a decir ahora que bajemos por el agua. (Se levanta.)

JUANA.—(Deteniéndolo.) Oíme. Se me quedaba contarte lo último. El yanqui le dijo a don Federico que iba a venir a ver la tierra con el Juez.

SEBASTIANO.—¿A ver la tierra?

JUANA.—Sí. ¡Eso le dijo!

SEBASTIANO.—(Levantándose.) ¡Si la tierra allí está! ¡Nadie se la ha llevado! ¡Lo que debe verle es las uñas al mañoso del doctor Montes! (Se sienta.) ¿Sabés una cosa, Juaná? ¿Vos crees que esos yanquis pueden arreglarlo todo?

JUANA.—¡Don Federico dice que a eso vienen! ¿Por qué no van a poder?

SEBASTIANO.—(Encogiéndose de hombros.) ¡Porque son hombres!

JUANA.—¡Claro que son! ¡Qué sonso que estás!

SEBASTIANO.—No es sonsera. Yo soy viejo y pienso. ¿Le podrías arreglar vos su rancho y su pleito al vecino Pedro Potosme, que es borracho y garrotea a su mujer?

JUANA.—¡Yo no! ¡Yo no me meto en enredos ajenos!

SEBASTIANO.—¿Ves? ¿Ves? ¡Y ellos se están metiendo en enredos ajenos! ¿Qué saben los yanquis de las mañas del doctor Montes y de las pobrezas del Sebastiano? ¡Fijate que ni saben hablar como nosotros! ¿Y por dónde sale el entendimiento? ¡Por la lengua! (*Levantándose.*) ¡Pero ojalá sea cierto lo que vos decís! ¡Qué más quisiera yo! (*Interrumpiéndose y mirando al cielo.*) ¡Bueno! ¡Andá, tomate tu pinol, para que nos vayamos a sembrar antes que nos coja la tarde!

JUANA.—(*Levantándose.*) ¡No! ¡Mejor me lo tomo allá! Ahorita estoy muy agitada. ¡Vamonós!

Saca unas jícaras. Arregla alguna otra cosa. Sebastiano mete los taburetes en el rancho y coge su sombrero y su machete. Entre tanto, sostienen el siguiente diálogo hasta que salen:

SEBASTIANO.—Si nos da bien la milpa, podemos comprar el otro buey. Ya con otro buey, puedo montar la carreta y ganarme mi buena plata.

JUANA.—¡Ah! ¡Si estuvieran los muchachos, hubiéramos podido sembrar hasta el campito de Pedro Potosme! ¡Lo alquila barato!

SEBASTIANO.—¡Con sólo Pancho pudiéramos sembrar el doble! ¡Pancho era arrecho... pero gracias a Dios yo entoavía tengo juelgo!

JUANA.—¡Ah! ¡Si estuviera Pancho!... ¡Pero somos torcidos!

Cuando ya van a salir hacia la izquierda, se oye de nuevo cantar el guas: "Guas, guaaás, guaaaaás!"

Sebastiano.—*(Poniendo oído al canto.)* ¡Oí el guas! ¡Sigue cantando! ¡Cambia el tiempo! *(Sale.)*

Juana.—¡Ojalá cambiara la vida!

Salen por la izquierda. Vacío el escenario, vuelve a escucharse el canto del guas: "Guas, guaaás, guaaaaás!..." Después... pasa la sombra de un pájaro, lento, llenando de rumor el cielo vacío. Pausa. Se oyen voces por la derecha. Dos personas que vienen conversando con cierta violencia.

Yanqui (Teniente Comfort).—*(Habla bastante bien el castellano, pero con acento yanqui, muy cargado y conjugando mal los verbos... Comienza a hablar antes de aparecer en escena.)* ¡No, doctor Montes! ¡Usted tiene que cumplir la ley!

Entra a escena.

Dr. Fausto.—*(Habla despacio para hacerse entender del Teniente.)* ¿Pero qué ley, Teniente Comfort? Yo tengo la ley a mi favor. Ya le he enseñado a usted mis escrituras y el fallo del Juez, pero usted quiere hacer justicia a su modo. ¡Eso es arbitrario!... ¡Ese viejo, don Federico, se le pone a llorar a usted, lágrimas de cocodrilo por "los pobres indios", y usted se ablanda! Pero con lástima no se hace justicia. Yo no conozco ningún artículo del Código que hable de lástima.

Yanqui.—*(Pretensioso.)* ¡Oh, no! ¡Nada de lástima! ¡Yo sé mi deber!

Dicho esto, avanza hacia el rancho a buscar a sus moradores.

El doctor Fausto se queda donde está —alejado—, inquieto y no muy seguro de ser bien recibido.

Yanqui.—*(Mirando si hay alguien, pero sin atre-*

226

*verse a entrar en el rancho. Golpea discretamente.
En voz alta.)* ¡Eh! ¡Señor! *(Interrogando al doctor
Fausto.)* ¿Cómo se llama?

DR. FAUSTO.—¡Sebastián!

YANQUI.—¡Oh, yes! *(Vuelve a llamar en voz alta.)*
¡Señor Sebastián!... ¡Buenos días! *(Nadie contesta.)* ¡Parece no haber nadie!

DR. FAUSTO.—*(Se acerca un poco más confiado.
Se asoma en la puerta y, como no hay nadie, dice.)*
¡Es lo mismo que esté o no esté! ¿Qué puede decir
a usted un indio de éstos?

YANQUI.—¡Usted no quiere dar oportunidad al
señor Sebastián!

DR. FAUSTO.—Yo sé lo que va a decir: Que esta
tierra es suya. Pero ¿dónde están sus títulos? Sus
escrituras son nulas y usted tiene que tomar en
cuenta todos esos puntos legales.

YANQUI.—Yo quiero proteger a los nativos.

DR. FAUSTO.—Pero nosotros tenemos una ley.

YANQUI.—¡Ustedes no conocer la justicia!

DR. FAUSTO.—Pero si usted no respeta la ley, comete también una injusticia.

YANQUI.—¿Yo? *(Hace un gesto despreciativo con
la mano y luego, golpeándose el pecho, exclama soberbio.)* ¡Yo soy la ley aquí, dóctor!

DR. FAUSTO.—*(Le mira, perplejo, pero inmediatamente cambia, se ríe con mueca falsa y se le acerca
al teniente con meloso servilismo.)* Naturalmente
que usted es la ley, querido Comandante. Pero para
hacer justicia, usted debe conocer a esta gente.
¿No ve cómo viven?... No les importa la miseria.
Si ganan cuatro reales, se los beben. Pero viven
quejándose. ¡Si usted supiera lo que uno lucha por
hacerlos gentes, por ayudarlos, pero no agradecen!
¡No les importa!

YANQUI.—*(Irónico.)* Y por eso usted les coge la
tierra, ¿eh? *(Se ríe.)*

DR. FAUSTO.—*(Exagerando su respetabilidad.)* ¡No,

227

mi Teniente! Ellos la pierden porque todo lo gastan en borracheras. Hipotecan sus tierras. No pagan. Y después se quejan cuando pierden lo que tienen. ¡Figúrese usted el daño que le haría a este país si en vez de proteger a la gente que trabaja, a la gente decente, le da la razón a los haraganes y a los borrachos! ¿Quién va a querer entonces progresar?... Vea, Comandante... Nosotros sabemos que los Estados Unidos son un gran país y quieren ayudar a la paz y al progreso de Nicaragua...

YANQUI.—Exacto, dóctor. Nosotros queremos civilizarlos.

DR. FAUSTO.—¿Ya ve usted?... Lo mismo quiero yo con esta pobre gente. Nosotros podemos entendernos, Comandante. Lo que pasa es que usted ha prestado oídos a ese don Federico que es un caudillo reaccionario. *(Se le acerca, insinuante.)* Vea, Comandante: Si usted se entiende con las personas decentes del pueblo... En fin... Yo no sé sus planes... Pero también nosotros tenemos deseos de ayudarle... Aquí hay buenos negocios que se pueden explotar... Lo que hace falta son hombres con iniciativa, hombres enérgicos como usted...

YANQUI.—*(Lo mira de arriba abajo irónicamente, suena la lengua con un ruido burlesco, despectivo, y haciendo ademán con la mano, dice.)* ¡Oh! ¡No se moleste por mí!... ¡Gracias! *(Se ríe secamente.)* ¡Me pagan muy bien dóctor!

DR. FAUSTO.—*(Cínicamente.)* ¿Usted cree que yo quiero?... *(Hace gesto disimulado insinuando soborno, dinero.)* ¡No, mi amigo! Yo sé que usted es justo. ¡No me interprete mal! ¡Yo soy un amigo de los Estados Unidos! Y...

Entra Soledad por la derecha, canturreando, con una batea pequeña en la cabeza y su rebozo. Al verlos, se detiene un momento, extrañada; mira a

ambos, y se dirige al rancho un poco inquieta, cre-
yendo encontrar a alguno de los suyos dentro.

YANQUI.—(*Sonriendo. Inclinándose con una cor-*
tesía postiza.) ¡Buenos días, señorita!

SOLEDAD.—(*Seca, huraña.*) ¡Buenos días!

YANQUI.—¿Usted vive aquí, señorita?

SOLEDAD.—¡Sí, señor! (*Está ya en la puerta del*
rancho.)

YANQUI.—¿Usted es hija del señor Sebastián?...
¡Busco al señor Sebastián!

SOLEDAD.—¿A mi tata? (*Mira hacia adentro del*
rancho.) No sé dónde está. Tal vez anda en la milpa... Si quiere, se lo voy a llamar.

YANQUI.—(*Que no le aparta los ojos, sonríe afec-*
tuoso.) ¡Oh, no se moleste!

SOLEDAD.—(*Entrando al rancho.*) ¡Espéreme un
tantito!

YANQUI.—(*Se aparta un poco del rancho acer-*
cándose al doctor Fausto y saca afuera un entusias-
mo picaresco que no había mostrado. Con un gesto
de marino.) Bella muchacha nativa, ¿eh?

DR. FAUSTO.—(*Lo mira, sonriendo, y se encoge de*
hombros.)

YANQUI.—¡Ja! ¿Está acostumbrado a ellas, no?...
(*Entusiasta.*) Yo mirarla en el pueblo. ¡Muy simpática! (*Cierra el ojo.*) ¿Se dice así: sim-pá-ti-co?

DR. FAUSTO.—(*Lo mira un momento, estudiándo-*
lo. De pronto cambia y tomándolo del brazo le pre-
gunta en el mismo tono de malicia.) ¿Le gusta?...
Puedo dejarlo solo.

YANQUI.—(*Agradado, pero algo asustado.*) ¡No...
no! (*Ríe.*) ¡Muy niña!

DR. FAUSTO.—(*Sabiendo lo que dice.*) ¿Muy niña?... ¡Aquí, con el trópico, las frutas maduran
temprano! (*Le da con el codo, riendo.*) ¡Sabe más
que usted de amor!

YANQUI.—(*Aumentando su entusiasmo.*) ¡Oh! ¿Sí?

Fausto va a hablar, cuando sale de nuevo Soledad del rancho. Con disimulo se aparta un poco, pero Soledad, después de hablarle al yanqui, se dirige a él.

SOLEDAD.—*(Saliendo. Trae en la pequeña batea varias prendas de ropa lavada, hechas un bollo, que después colgará del alambre a asolear. Al yanqui.)* ¡Pues si quiere, voy a llamar a mi tata!

YANQUI.—*(Que no disimula la atracción de Soledad sobre él.)* ¡No, no, señorita! ¡Puedo esperar aquí, contento! ¿Le molesta?

SOLEDAD.—*(Arrecostada a la pared del rancho, con la batea apretada a su vientre, sonríe y responde con mucha naturalidad.)* ¡Me molesta que esté aquí ése! *(Señala a Fausto con la boca.)*

DR. FAUSTO.—*(Que estaba apartándose disimuladamente, le vuelve el rostro.)* ¿Yo?

SOLEDAD.—¡Usted amarró a mi tata! ¡No sé a qué vuelve aquí!

Todo este diálogo entre Soledad y el doctor Fausto es muy rápido y en voz grave, sin alteraciones. El yanqui parece, por su expresión, no entender bien, o querer seguir —sin poderlo—, lo que ellos dicen.

DR. FAUSTO.—*(Aproximándose lentamente.)* ¡Eso fue cosa de la guerra, Cholita! Yo siempre te he mostrado cariño. ¡Decí que no! Pero tu mamá me ha echado a todos encima por el pleito de la tierra. ¡Yo ni interés tengo en eso, te advierto! Pero tu mamá no sabe de leyes y cree que les estoy robando.

SOLEDAD.—*(Sin inmutarse.)* Yo tampoco sé de leyes, pero sé que nos está robando.

DR. FAUSTO.—¡No digas eso, Cholita! El señor de-

230

cía que sos muy simpática y yo te estaba alabando, pero me vas a hacer quedar mal.

YANQUI.—¿Cómo?... ¿Cómo?

DR. FAUSTO.—(*Hablando lentamente.*) Que usted decía que ella es muy simpática, ¿no es así?

YANQUI.—(*Con gran gesto.*) ¡Oh, yes! ¡Muy linda!

SOLEDAD.—(*Sonriendo, baja los ojos. De pronto dice contra el doctor.*) ¡Pero usted amarró a mi tata!

DR. FAUSTO.—¡Yo no, Cholita! ¡El Sargento Malespín, que es un bruto!

YANQUI.—(*Creyendo dar en el clavo, pero usando tono de broma.*) ¡Oh, ella no querer al dóctor!... Dóctor muy malo, ¿eh? (*Le da al doctor una palmada en el hombro, riéndose estrepitosamente.*)

SOLEDAD.—(*Lo mira con curiosidad y sonríe.*) ¿De dónde es usted?

YANQUI.—¿Mí?... De América. ¡A-me-ri-ca-no!

SOLEDAD.—(*Ingenuamente, mientras mira al suelo.*) ¡Ah! ¡Yo creí que era yanqui!

YANQUI.—(*Riéndose mucho.*) ¡Oh, sí, sí! ¡Mí, yanqui!

SOLEDAD.—(*Guarda silencio y raya el suelo con el dedo del pie. Mira al yanqui inocentemente y pregunta.*) ¿Cantan de otra manera los pájaros en su tierra?

YANQUI.—(*Desconcertado.*) ¿Los pájaros?

SOLEDAD.—¡Ujú!

YANQUI.—¿Por qué?

SOLEDAD.—¡Me imagino! (*Sonríe.*)

YANQUI.—(*Tartamudea.*) No, no sé. Yo consultarlo, ¿sabe? (*Se ríe.*) Y usted, usted vive aquí, ¿eh?... Yo mirarla en el pueblo.

SOLEDAD.—(*Mirando el suelo, afirma con la cabeza.*) Voy al pueblo con una venta para ayudarle a mi mama.

YANQUI.—¿Tiene muchos amigos en el pueblo, ¿eh? ¡Una muchacha bonita, muchos amigos! (*Se ríe.*)

Soledad.—*(Sonriendo, alza el hombro coqueta-*
mente.) ¡Los del gasto!... *(Luego, embarazada por*
el diálogo, pregunta de pronto.) ¿Y por qué no se
sienta?... ¡Voy a traerle un taburete!

Entra al rancho a sacar un taburete. En el mo-
mento que ella se oculta, el doctor Fausto se acerca
al Yanqui, y cerrando un ojo con malicia le hace
un gesto indicativo de que la muchacha "vale la
pena" o algo así, excitante, a lo que el yanqui corres-
ponde pronunciando más su infantil entusiasmo, con
visas y movimientos de exagerada alegría, donde va
perdiendo todo el revestido autoritario y el aire
superior con que aparecía en escena. Sale Soledad,
casi inmediatamente, con su taburete.

Soledad.—Siéntese, pues, mientras viene mi tata.
(Vuelve a coger la batea con la ropa.) ¡Voy a tender esta ropa! ¡Con permiso!
Yanqui.—¡No, no!... Prefiero conversar con usted! Que se siente el doctor Montes... ¡*Sit down*,
doctor!

El doctor Fausto se sienta un poco apartado y
durante todo el tiempo mantiene un aire o una son-
risa burlesca, siguiendo disimulada o abiertamente
el diálogo del Teniente Comfort con Soledad.

Yanqui.—*(Mientras Soledad tiende la ropa en el*
alambre y le da la espalda, trata de abrir conversa-
ción con frases anodinas.) Muy hermosa tarde,
¿eh?... Muy bello lugar, ¿sabe?
Soledad.—*Escena muda. Pone su batea en una*
pata de gallina. Va sacando prendas de ropa —coto-
nas, pantalones, camisolas— que extiende, sacude
y cuelga del alambre. Su actitud es de ingenua co-
quetería, pero de cierta inquietud, al observar de
reojo que el Teniente está pendiente de sus movi-

*mientos. Soledad toma de la batea una pieza de ropa
femenina. La sacude y al extenderla ve que es
ropa íntima y mirando de reojo al yanqui, apenada
y rápida, la apretuja nerviosamente, la esconde entre el resto de la ropa en la batea y toma un pantalón, que cuelga en el alambre.*

YANQUI.—*(Que ha visto la acción y el embarazo
de Soledad, ríe con escándalo, muy divertido con
el suceso.)*

SOLEDAD.—*(Apenada y casi sin darle el rostro, le
dice.)* ¡Perdone el irrespeto!

YANQUI.—*(Con gesto y mímica de cumplido galante, pero con absoluta vulgaridad.)* ¡Tiéndala! ¡Es
una bella bandera!

SOLEDAD.—*(Ruborizándose.)* ¡A mí me han enseñado que la mujer es secreta!

YANQUI.—*(Entendiendo, muy lentamente.)* ¡Ah!...
¡Oh!... ¡Habla usted con mucho encanto!

SOLEDAD.—*(Por decir algo.)* ¡Lo dice por reírse!

YANQUI.—¡No, no!... Muy bello habla. Tiene lengua muy dulce... pero difícil.

SOLEDAD.—*(Sonriendo.)* ¿La mía? *(Saca la lengua
ingenuamente y se ríe en forma infantil del Teniente.)*

YANQUI.—*(Exaltándose.)* ¡Oh, ésa más! *(La coge
del brazo.)* ¡Yo sería feliz con esa lengua!

SOLEDAD.—*(Mirándolo algo desconcertada.)* ¡Qué
ocurrencia!

YANQUI.—*(Más atrevido, le coge ambos brazos y
le dice apasionadamente.)* ¡Me gusta usted, muchacha!

SOLEDAD.—*(Mira al Teniente en los ojos y comprende como mujer; entrando desde ese momento
a la defensiva, con inquietud creciente.)* ¡Suélteme!

YANQUI.—*(Sin soltarla.)* ¡Oh! ¡No me tenga miedo! Yo...

SOLEDAD.—¡Déjeme! ¡Usted también tiene moscas en los dedos! ¡Creí que era distinto!

Yanqui.—(*Tratando de recuperarla.*) ¿Por qué dice eso, señorita?... Yo puedo quererla...

Soledad.—(*Volviendo a desprenderse.*) ¡Tiene los ojos malos! ¡Suélteme!

Yanqui.—(*Cogiéndole de nuevo el brazo y aproximándole el rostro, mientras ella rehuye.*) ¡Sólo quiero hablarle un poco... Un poquito!... ¡Oh!... ¡No ser mala conmigo!

Soledad.—(*Renuente, se aleja.*) No. No quiero.

Yanqui.—(*Sin acercársele trata de convencerla, pero ella al final de la frase le da la espalda.*) Si yo le digo que quiero llevarla conmigo... ¿Es correcto? Llevarla... ¿Sabe?... Usted puede vestirse mejor. Vivir mejor. Yo, muy complacido si puedo darle todo. Usted me gusta mucho... ¡Oh! ¡Óigame!

Soledad.—(*Que le ha dado la espalda y está de nuevo tendiendo nerviosamente la ropa.*) ¡Estoy oyendo!

Yanqui.—(*Volviendo a acercarse por la espalda.*) ¡Usted se burla de mí! (*Penduleando el dedo índice como un profesor que alecciona.*) ¡Usted mala muchacha conmigo!...

Soledad se encoge de hombros. El yanqui la agarra del brazo y trata de besarla.

Soledad.—(*Lo aparta con el brazo, en un movimiento rápido. Furiosa.*) ¡No! ¡Que se aparte, le digo!...* ¿Qué se ha creído usted? (*Coge su batea y con humildad, pero enojada, dice.*) ¡Me voy a ir si sigue molestando!

El doctor Fausto, dándose una palmada en la pierna, se ríe. Lo observa Soledad y se molesta más, decidiéndose a buscar refugio en el rancho con un gesto y movimiento de impaciencia.

YANQUI.—(*Riéndose, apenado, protesta en falso.*) ¡No; por favor, muchacha!

SOLEDAD.—(*Dirigiéndose al rancho. Vuelve a él el rostro, deteniéndose un momento y con gran simplicidad le dice.*) ¡No me gusta su modo! Si yo no le conozco a usted, ¿por qué me va a estar tocando?

YANQUI.—(*Queriendo aproximarse de nuevo, pero inseguro y apenado en su sonrisa y voz.*) ¡Usted muy linda!... ¿Por qué ser así... usted?...

SOLEDAD.—(*Despectiva,. le vuelve la espalda.*) ¡Oh! (*Se mete al rancho.*)

YANQUI.—(*Titubea corrido, riéndose. Saca el pañuelo. Se seca el sudor, por hacer algo. Se vuelve al doctor Fausto, que lo observa con expresión irónica, y al contacto con el doctor hace un gesto pueril de malicia.*) ¡Oh, muy guapa!, pero... (*Hace gesto de que es difícil y se ríe, secándose el sudor.*)

DR. FAUSTO.—(*Lo llama con una seña para que se aproxime. Habla en voz baja.*) ¡Mi querido Comandante... muchos rodeos para tomar esa plaza!... ¡Usted no conoce a esta gente!... ¡Es primitiva! ¡Necesita fuerza!... ¡Usted mucho habla! ¡Impóngase como macho! (*Hace gesto y ríe.*)

YANQUI.—(*Retardado en comprender, pero al cabo se le ilumina la cara y exclama.*) ¡Oh, oh, oh! ¡*Oh, yes!*... Tarzán, ¿eh? (*Poniendo en tensión el brazo, hace gesto de fuerza y de "machismo", riéndose, gozoso, y cerrando el ojo como que ha cogido el consejo.*)

DR. FAUSTO.—(*Sonando los dedos.*) ¡Llévesela! (*Se ríe, despectivo.*)

YANQUI.—(*Se acerca al rancho usando gestos de película, como cualquier marino estándar que va de conquista galante. Observa el rancho con sonrisa maliciosa y traviesa. Ya no queda nada de su aparatosa arrogancia interventora.*) ¡Ey! ¡Muchacha!

Soledad asoma la cara con inocente recelo.

YANQUI.—¿Mucho miedo, muchacha? *(Le sonríe, queriendo darle confianza. Hace un pequeño ruido con la boca, reconviniéndola.)* ¡Ths! ¡Ths!... ¡Yo ser bueno!... ¡No hacer nada!

SOLEDAD.—*(Da un paso, no sin temor y con inocencia, seriamente, le advierte y al mismo tiempo ruega.)* ¡Ya no me moleste!... ¡Tengo que hacer!

YANQUI.—¡Oh, no, no!... Yo sólo mirarla.

Escena muda. Sale Soledad y comienza a tender de nuevo la ropa. El yanqui va detrás, primero ritmo lento, después acelerado, cercano, tratando de "entrarle". Soledad, nerviosa, no cesa de mirar hacia él tras de cada movimiento. De pronto a Soledad se le cae una pieza de ropa y al agacharse a recogerla el yanqui también lo hace; la cogen juntos y cuando ella trata de colgarla en el alambre él le toma la mano. Soledad instintivamente la aparta, pero el yanqui se la coge con fuerza.

SOLEDAD.—*(Retrocediendo un paso hacia la derecha sin poder soltarse.)* ¡Le dije que no me molestara!

YANQUI.—*(Queriéndola atraer y ella, esquiva, tratando de retroceder.)* Yo querer hablarle ahora.

SOLEDAD.—*(Con movimientos bruscos por soltarse.)* ¡Que me deje, le digo!

YANQUI.—*(Apretándola más.)* ¡Se va a hacer daño!

SOLEDAD.—*(Luchando y retrocediendo un poco más.)* ¡No me importa! ¡No quiero! *(Furiosa.)* ¡No ponga su fuerza en los débiles!

YANQUI.—*(Dando paso a la brutalidad, pone toda su fuerza —ya sin control, lleno de cólera y deseo— y tira de ella queriendo abrazarla.*

SOLEDAD.—*(Esquiva en lo que puede el rostro cuando trata de besarla. Hace un esfuerzo y logra retro-*

ceder, sin soltarse, un paso más, y con el cabello revuelto le grita, forcejeando.) ¡Si no me suelta, le grito a mi tata!

El yanqui, al oír esto, acomete con más fuerza. Están ya para salirse de la escena. Se ve que la agarra y trata de cargarla en brazos. En la lucha salen de escena. A la derecha. Se oye lucha.

VOCES DE SOLEDAD.—¡Déjeme!... ¡Déjeme, le digo! (Grita.) ¡Tata! ¡Tataaa!... ¡Tataaaa!... ¡Ta!...

Una mano tapa su boca. Gritos ahogados. Pasos que se alejan... Silencio.

DR. FAUSTO.—(En el momento que la lucha está en su clímax se ha levantado, observando. Cuando salen de escena se acerca al rancho para ver desde allí lo que está pasando. Enciende un cigarro y se ríe. La risa crece cuando grita Soledad. Cuando los pasos se alejan y viene el silencio, remeda al yanqui entre risas.) "¡Yo ser la ley aquí, dóctor!"... (Risa burlona.) "¡Nosotros queremos civilizarlos!"... (Gran risa. Se sienta en el taburete extendiendo los pies, satisfecho.) ¡Yanqui baboso!... ¡Ya sé dónde te aprieta el zapato! (Carcajada de ironía y de triunfo, echando la cabeza hacia atrás.)

Está riéndose el doctor Fausto, de cara al público, cuando a su espalda, por la izquierda, entra Sebastiano, rápido, receloso, inquieto y con el machete en la mano. Al ver al doctor Fausto riéndose se detiene un instante, pero inmediatamente avanza, ensombreciéndose su fisonomía. Cuando el doctor Fausto siente los pasos y vuelve el rostro cortando en seco su risa, ya Sebastiano está cerca de él, visiblemente furioso, interrogando.

SEBASTIANO.—¿Dónde está la Soledad?

El doctor Fausto da un paso atrás, hacia la puerta del rancho, desconcertado y sin hallar qué decir.

SEBASTIANO.—*(Avanzando, más amenazante.)* ¿Dónde está Soledad?, pregunto.

DR. FAUSTO.—*(No encuentra otra defensa que tomar un aire cínico: se encoge de hombros y coloca su mano sobre la pistola que lleva al cinto.)* ¿Qué Soledad?

SEBASTIANO.—*(Avanza tan furioso que el doctor Fausto retrocede en el propio umbral de la puerta del rancho.)* ¿Qué hace usted aquí? ¿Dónde está la muchacha? ¡Yo la oí gritar! ¡Dígame dónde está!

DR. FAUSTO.—*(Se ríe despectivamente sin apartar la mano del revólver.)* ¿Me la dejó a cuidar a mí?

SEBASTIANO.—*(Ciego de rabia, creyendo que la muchacha está en el rancho, embiste sobre el doctor Fausto.)* ¡Pues qué hace usted aquí, jodido!

DR. FAUSTO.—*(Quiere sacar su pistola y grita.)* ¡Si usted da un paso, lo tiro!

Pero Sebastiano se ha echado sobre él, ciego de furia, y sin dejarle terminar la frase le agarra la mano de la pistola, lo empuja y entran al rancho, en lucha.

SEBASTIANO.—¡Me va a decir dónde está!...

Exclamaciones. Ruidos de lucha... Un disparo... Un ruido de machetazo seguido de un tremendo "¡Ay!"...y alguien que cae... Una pausa... Y luego, Sebastiano que sale, con ojos desorbitados, el cabello revuelto, la cotona rota y ensangrentada. En la mano lleva todavía el machete manchado de sangre. Busca a Soledad.

SEBASTIANO.—¡Soledad!... (*Grita, mirando hacia todos lados.*) ¡Soledad! (*Grita más fuerte, avanzando hacia el camino.*) ¡Soledaaad!

Sale tambaleándose por la derecha, mientras cae el

TELÓN

EPÍLOGO

Cuatro o cinco meses después. Sebastiano, huyendo de la justicia, vive en la cruda montaña. El escenario es la noche, donde los árboles, como altos perros friolentos, tiemblan bajo la luna.

Sólo se ve una luna enorme. Y a la izquierda, al pie de un árbol seco, un rancho cenizo, semiderruido, dentro del cual arde una candela o un candil.

NOTA: Al final del acto despiertan las primeras luces del alba. Sebastiano —solitario—, sentado en una piedra frente al rancho, tiene su guitarra en la mano, pero no la toca. Ya no hay música. La canción la dice, la reza, la llora. (Es una canción que se ha secado.)

SEBASTIANO:

De dos en dos,
de diez en diez,
de cien en cien,
de mil en mil
descalzos van los campesinos
con la chamarra y el fusil...

De dos en dos los hijos han partido,
de cien en cien las madres han llorado,

239

de mil en mil los hombres han caído
y hecho polvo ha quedado
su sueño en la chamarra, su vida en el fusil...

El rancho abandonado...
la milpa sola... el frijolar quemado...
El pájaro volando
sobre la espiga muda,
y el corazón llorando
su lágrima desnuda...

De dos en dos,
de diez en diez,
de cien en cien,
de mil en mil
descalzos van los campesinos
con la chamarra y el fusil...

(Alzando gradualmente la voz.)

De dos en dos,
de diez en diez,
de cien en cien,
de mil en mil,
por los caminos van los campesinos
a la guerra civil.

*Pone la guitarra lentamente en el suelo. Mira el
rancho, con la cabeza entre las manos, y con un
tono de voz más real —pero abatido— dice:*

...Y ahora sólo quedó el Sebastiano, sin tierra,
sin hijos, sin mujer... íngrimo con su rancho; ¡el
pobre buey cansado de mi rancho ya se echó en
la noche para siempre!... *(Con gesto fatalista.)*
¡Una guerra se llevó todo!... *(Se yergue un poco
y su voz cambia como si hablara con alguien.)* ¡Y la
Juana que me decía que la tuerce la endereza el hom-

240

bre!... ¡La tuerce!... Yo también creí acabar con
ella matando al dañino!... *(Mueve la cabeza.)* ¡Pero
erré el tiro! Pisé la muda y dejé viva la serpiente... *(De nuevo, fatalista.)* ¡Nadie puede acabar con
el Mal! *(Pausa. De pronto, con furia, poniéndose
de pie.)* ¡Pero lo maté a él! ¡Él me trajo la tuerce! ¡Él desgració mi pobreza! ¡Bandido!... ¡Se
reía de la flaqueza, tentando a Dios!... ¡Bien muerto estuvo!... *(Da unos pasos. Se sienta. Y moviendo
la cabeza dice con voz desilusionada.)* ¡Eso digo
yo, pero erré el tiro! ¿Qué compuse con la sangre?... ¡Tener que huir de la justicia, arrastrar a
la pobre Juana a esta inclemencia, para que se con-
sumiera la pobrecita, para que muriera de necesidad, de pura tristeza en estos breñales!... ¡Ah,
mi Juana!... ¡Ella sí creyó en todo!... Creyó en
los liberales... Creyó en los yanquis. ¡Porque era
fantaseosa y alegre!... Ella sostenía el rancho con
su estrella... *(Con la cabeza entre las manos, mira
el vacío. Recuerda. Pausa. Luego, como sacando
una conclusión.)* ¡Fue la guerra la tuerce! *(Poniéndose de pie, con los puños cerrados y en alto, clama
su furia impotente contra la noche.)* ¡Hiju'eputa
guerra que acaba con lo que uno quiere y trae lo
que uno maldice!... ¡Fue la guerra la que trajo
al abogado, la que trajo al yanqui, la que trajo la
robadera y la matanza! ¡La guerra fue la que se
llevó a mi Pancho, mi mayor! ¡La que se llevó a
Margarito! ¡La que se llevó a la Juana! *(Se deja
caer sentado en la piedra y casi sollozando termina.)* ¡La que se llevó a mi muchacha, Soledad!...
¡Lo que yo más quería!...

*Oculta el rostro entre sus manos y llora en silen-
cio. Pausa larga... Entra Soledad, de negro, envuel-
ta en un rebozo negro. Cansada. Envejecida. Registra en silencio las sombras y al ver a su padre*

vuelve a ser, por momentos, la muchacha de otros días: ingenua, impulsiva, cariñosa. Corre a él.

SOLEDAD.—*(Arrojándose a los pies de su padre.)* ¡Tata!... ¡Mi tatita! ¡Yo lo creía perdido!

SEBASTIANO.—*(Vuelve en sí, la mira con grandes ojos asombrados, y se levanta para abrazarla, mientras le dice, lleno de ternura.)* ¡Mi Soledad! ¡Mi lindita!

Se abrazan de pie, apretados, adoloridos y felices.

SEBASTIANO.—*(Separando un poco a su hija para mirarla, mientras con sus dos manos estrecha los dos brazos de ella.)* ¡Casi no le creo a mis ojos!... ¿Volviste, pues, a tu viejo?...

SOLEDAD.—¿Dónde no los busqué tata?... ¿Por dónde no anduve?... *(Mira a su alrededor.)* ¿Y mi mama?...

SEBASTIANO.—*(Congelando su feliz sonrisa, la mira en silencio, baja la cabeza; se sienta.)* ¡La pobre!... ¡Se me apagó como una candelita de cebo!... *(Pausa. Desconsolado.)* ¡Ya conoció la tierra tu madre!

SOLEDAD.—*(Que desde el primer silencio comprende, vuelve la cabeza —como que no quiere ver en su padre el recuerdo de su madre— y llora calladamente. Luego dice, entre lágrimas.)* ¡Si me hubieras mandado a decir algo!

SEBASTIANO.—*(Con gesto de impotencia.)* ¿Y cómo?... ¿Qué amigo le queda al que vos le cae la desgracia?... *(Cabizbajo.)* ¡Si por vos maté!... ¡Iba como ciego, como loco, gritándote, hasta que la Juana me cogió de la cotona y me arrastró a esconderme!... ¡A huir!... ¡Cuántas noches, cuántas!... ¿Y a quién le iba a decir nada? ¿No me anduvieron buscando mis propios vecinos?

SOLEDAD.—*(Sentándose cerca de él, en otra piedra.*

242

Con voz consoladora.) ¡Después ya no, tata! ¡Después supieron lo del yanqui!

SEBASTIANO.—*(Ardido.)* ¡Él te llevó!... ¡Te tuvo en el cuartel!... Se lo gritaron a la Juana los Potosme... Ella me lo dijo. *(Rabioso.)* ¿Pero qué hacía yo con la fatalidad?... ¡Desgraciado yanqui! *(Bronco.)*

SOLEDAD.—*(Con odio.)* ¡Hizo lo que quiso conmigo! *(Silencio amargo. De pronto, en voz dura.)* ¡Pero Pedro Rojas lo matoneó!

SEBASTIANO.—*(Con gesto de sorpresa.)* ¿Pedro Rojas?... *(Afirmando algo que hasta ahora acepta.)* ¡Te quería a vos Pedro Rojas!

SOLEDAD.—*(Afirma con la cabeza y exclama con desilusión.)* ¡Lo matoneó porque lo había jurado!... Ahora anda huyendo. Le echaron todo el resguardo. ¡Pero no lo agarran!... ¡Pedro conoce la montaña!

SEBASTIANO.—¡Pedro Rojas!... *(Pausa. Reflexivo y otra vez fatalista.)* ¡Cuánta sangre ha corrido!...

SOLEDAD.—Y el pobre Pedro no sabe... *(Llora de pronto cubriéndose el rostro con las manos.)* ¡Es horrible que un hijo venga sin que lo llame el cariño!...

SEBASTIANO.—*(Poniéndose de pie, abre los ojos como que ha oído algo inesperado e increíble y en una voz extraña y llena de perplejidad, exclama.)* ¿Un hijo?... ¿Un hijo, vos?

SOLEDAD.—*(Que tenía el rostro cubierto con las manos, al oír la voz de su padre y verle de pie, con un rostro extraño, cree que está enfurecido o que va a hacerle algo. Con voz temerosa, casi desesperada, se encoge, levanta las manos en defensa y grita.)* ¡No me toque, tata! ¡No se eche contra mí, que yo no tuve la culpa! ¡Yo no llamé al hijo, pero él vino porque me lo trajo la tuerce!... *(Viendo la cara de desconcierto de su padre, se yergue y puesta de pie dice con gesto terminante.)* ¡Pero eso ya acabó! ¡¡Ya acabó la tuerce!! ¡Pedro Rojas le limpió su destino!

SEBASTIANO.—*(Mirándola fijamente. Las lágrimas surcan sus mejillas... Luego, en voz resentida pero llena de ternura, le dice.)* ¿Me decís eso a mí, Soledad?... ¿Y qué te voy a hacer, cuando sos mi única alegría, mi guitarra, el espejito de mis canas, mi lumbre?... *(La ha tomado de la mano y ella, tiernamente, arrecuesta la cabeza contra su pecho.)* ¿No le decía la niña sol cuando estaba chiquita y me despertaba junto con los gallos? *(Sonríe, recordando... Volviéndola frente a sí, mientras sus manos la aprietan de los brazos.)* ¡Lo que pasa es que me has hecho mirar el mundo como si comenzara otra vez!... ¿Vos sabés lo que es un hijo?... Cuando ya el viejo Sebastiano creía que su estrella se había apagado, la ve salir otra vez... ¡Tocame! *(Le coge la mano y se toca con ella el corazón.)* ¡Parece que me estuvieran ladrando dentro todos los perros del alba!... *(Inspirándose. Señalando a lo lejos su sueño.)* ¡Es que ya veo venir al hombrecito... al último hijo del Sebastiano!... ¡Ése sí va a abrir los ojos! ¡Dejalo crecer, Soledad!... ¡Dejalo que se haga fuerte bajo el sol y venga con su machete a poner las cosas en su lugar!... ¡Ah!... ¡Entonces sí, Petronio Hernández, vas a saber lo que es mi raza arando tras los bueyes!... ¡Y vos, Pedro Potosme, borracho que te burlabas de mis achaques, vas a ver a tu hijo dándole los buenos días a mi hijo!... Porque los va a juntar a todos, les va a sonar las campanas del cabildo; "¡A juntarse los pobres!", va a decirles... ¡Dejalo, Soledad... Vas a ver a Ruperto Meza, a Juan Zeledón, a Goyo, a Pedro Pablo, siguiéndole los pasos, unidos todos con mi hijo, haciendo la tierra grande!... Ya lo estoy viendo... ¡Entonces sí que se acabaron los babosos que pelean por los de arriba!... "¡Aquí no hay más que cristianos trabajando la tierra de los pobres!" ¡Jay!... ¡Eso va a decirles tu hijo!... ¡Entonces, sí!... (*En el colmo del gozo.*) ¡Qué hubiera dado la Juana por verlo bajar al valle con su cutacha, gritando cosas nuevas!

SOLEDAD.—(*Después de una pausa bronca y exaltada.*) ¡Él va a ser tu venganza, tata!

SEBASTIANO.—(*La mira como a una extraña. Surge algo nuevo y duro en su inteligencia que lo hace variar desde este momento e irse encerrando en sí mismo cada vez más, como si acabara de morir y debiera enterrarse en su propio cuerpo. Rotundo.*) ¡No! (*Cabizbajo.*) ¡No le hagas caso al viejo!... ¡Estamos locos pensando en venganzas! (*Sienta a Soledad en la piedra y se aleja, lúgubre, unos pasos. De pronto, medio de espaldas.*) ¡Soledad!... ¿Sabes qué?... ¡Andate! (*Voz dura.*) ¡Debés irte! ¡Ya, sí! ¡Ya!... ¡No quiero prenderme más!

SOLEDAD.—(*Incrédula y casi burlesca.*) ¡Está loco, tata! ¡Qué dice!

SEBASTIANO.—(*Volviendo a ella con idea de convencerla.*) ¡No tengo derecho a cargar al muchacho con mi tuerce! ¡Vos misma me lo dijiste: "Ya Pedro Rojas le limpió su destino"!... ¡Volvete, hija!... ¡Si se queda aquí va a ser el hijo del coyote, el hijo del tigre herido acosado por los tiradores! ¿Querés que siga la cosa? ¿Querés que nazca torcido? (*Con gran ternura.*) ¿Querés que se pierda todo lo que soñamos tu mama y yo en cada hijo perdido?... (*Pausa breve.*) ¡Llevátelo, aunque se me parta el alma!... ¡Que no conozca su historia, que no sepa nada, Soledad! Ya demasiado hemos peleado por odio. Hemos matado por hombres, por tierras, por hambre. ¡Hasta por sueños hemos matado!... (*Sentándose en la piedra.*) Tal vez un niño nos salve... ¡Un niño! ¡Un niño!... (*Termina con un susurro, como si la voz se le hiciera caricia.*)

Soledad.—*(Le mira, incomprensiva, pero triste, y le dice con ternura. Pausa.)* Tata: ¿Qué es lo que está diciendo?... ¿Cómo se va a quedar solo?

Sebastiano.—¡No me quedo solo, hija! ¡No me quedo solo! Él soy yo... ¿No me oíste?... ¡El hombre no se acaba! Pero él es un niño, un niño limpio, y yo soy un viejo. ¡Un viejo lleno de sangre! *(Con otra voz, poemática, profética.)* ¡Los viejos se quedan sentados a la orilla del mundo! ¡Los indios esperan, Soledad!

Soledad.—*(Se ha levantado, tras una pausa, y se acerca al Sebastiano, semiarrodillándose a su lado, para decirle.)* ¡No hable así, tata! ¡No diga locuras! *(El Sebastiano reacciona poniendo distancia entre él y ella, levantándose. Soledad ocupa la piedra y sigue hablando con más fuerza.)* ¡Nadie espera nada!... ¡Vámonos para otra tierra! ¡En otra tierra hay otros hombres y allí no lo conocen!

Sebastiano.—*(Deteniendo la voz de Soledad con la mano y poniendo el oído en algo lejano. Nervioso. Impone silencio.)* ¡Shssst! *(Escucha. Pausa. Luego, en voz baja y honda.)* ¿No oís nada?... ¡Tengo tanto tiempo de no hablar, que me parece que nos están oyendo desde allá abajo!... *(Se vuelve a ella de pronto y con gesto impaciente ordena.)* ¡Andate, Soledad!... ¡Volvete a tu rancho! ¡Ésta no es vida para un inocente!

Soledad.—*(Renuente e incomprensiva. Con desplante de niño.)* ¡Pues, no!... ¡Mi hijo se queda aquí! ¡Porque es suyo y tiene que correr su suerte!

Sebastiano.—¿Mi suerte? ¿Qué no me ves arruinado y... temeroso? ¡Loca! *(Con furia.)* ¿Estás loca? *(Extiende el brazo, terminante. Grita.)* ¡Andate ya!

Soledad.—*(Le mira como asustada, como queriendo medir la decisión que respalda su orden. Con voz débil y de muchachita, que hiere a Sebastiano.)* ¿Quiere desprenderse de mí?

246

SEBASTIANO.—(*Contradictorio. Da la espalda ocultando su lucha.*) ¡Sí!... ¡Eso quiero!

SOLEDAD.—(*Con la voz llena de llanto.*) ¿Me corre, pues?

SEBASTIANO.—(*Luchando siempre consigo mismo.*) ¡No, pero andate! ¡Andate ya! ¡Ya viene el alba!

SOLEDAD.—(*Llorando, pasando del resentimiento a la indignación.*) ¡Me corre!... ¡Si yo se lo vi en la cara: me corre porque le traigo un hijo del yanqui!... ¡No lo quiere! (*Llora, con la cabeza oculta entre las manos.*)

Sebastiano volviéndose hacia ella porque no soporta su dolor, pero se refrena cuando ella levanta la cabeza. Vuelve a darle la espalda.

SOLEDAD.—(*Prosiguiendo —en aumento— su llanto y su indignación.*) ¡Quiere que me vaya!... ¡Prefiere quedarse con la muerte, a tener al muchacho ajeno!... ¡Pero es su sangre! ¡Es su hijo, aunque no lo quiera!

SEBASTIANO.—(*Imponiéndose con desesperación, grita de espaldas.*) ¡Andate!

SOLEDAD.—(*Llora, grita con llanto y malacrianza.*) ¡No querés a tu hija! (*Llora.*) ¡No la querés, aunque le digás ternuras! (*Se levanta gimiendo.*)

SEBASTIANO.—(*Conteniéndose apenas. Saca una voz que casi lo traiciona.*) ¡Andate! ¡Andate pronto! ¡Ya viene el alba!

Soledad suelta el llanto sin límite y comienza a retirarse. Da un paso. Se contrae en sollozos. Sebastiano la mira. Una fuerza tremenda y dolorosa lo empuja hacia ella, pero se refrena y vuelve sus ojos a la sombra, en tensión, como una estatua. Soledad se detiene un momento, mira hacia su padre esperando que rectifique, pero al verlo inmóvil, llora de nuevo y va saliendo, hacia el fondo, lenta-

mente entre sollozos. A medida que ella avanza, la aurora comienza a nacer iluminando débil y lentamente la montaña. Ritmo lentísimo. Sale al fondo, por la derecha.

SEBASTIANO.—¡Dios mío!... ¡Por fin pude! *(Se agarra el corazón, lleno de dolor, y se deja caer sentado en la piedra.)* ¡Ahora sí va a nacer un hombre nuevo!... ¡Ahora sí!...

Parece que va a caer sobre sí mismo, cuando baja el

TELÓN

WALTER BENEKE

[1928]

*Salvadoreño. Nació en San Salvador. Periodista
y cuentista, este autor ha hallado su mejor expresión en la forma teatral. Escribió, en 1955, su
obra* El paraíso de los imprudentes *y, en 1956,*
Funeral Home, *que se incluye en este volumen y
que obtuvo el primer premio del Concurso Teatral Centroamericano convocado por la Dirección
de Bellas Artes de San Salvador. Ha seguido la
carrera diplomática y es actualmente embaja-
dor de su país en el Japón.*

*El teatro de Beneke muestra una marcada in-
fluencia de las orientaciones filosóficas de la
posguerra y, en especial, del existencialismo francés, pero en un tono menor que no exagera los
rasgos de la desesperación, sino que mantiene
a los personajes enajenados de su realidad, in-
capacitados para comprender el mundo en que
se mueven, determinados en su proceso vital sólo
por el absurdo que gobierna el mundo. Esta visión se hacía ya patente en su primera obra y
se acentuó en* Funeral Home, *que nos muestra
una serie de acontecimientos angustiosos en el
marco de una funeraria y en el preciso momento
en que los hombres celebran la fiesta de la Buena Voluntad. Analítico, sin ser demostrativo, el
teatro de Beneke figura, por su rigor, entre los
mejores frutos de nuestro teatro de posguerra.*

Funeral Home

PIEZA EN TRES ACTOS

Para Edmundo Barbero, a quien el
teatro de mi tierra debe tanto

PERSONAJES

Nancy
El Encargado
La Mujer (*luego,* María)
El Desconocido
La Viejecita
Bernardo
Percy
Conny
Tommy

La pieza se desarrolla en uno de esos Funeral Homes
*de los Estados Unidos donde los americanos, gente
práctica, se desembarazan de sus muertos, todavía
calientes. Allí los visten, los maquillan, los arreglan,
en suma, como para una ceremonia. La casa se en-
carga también del velorio y del entierro.*

*La mitad izquierda de la escena la ocupa el "sa-
lón": pesados cortinajes, muebles voluminosos, flores de invernadero. Tenue luz indirecta como en un
bar americano. En medio de la sala y en la penum-
bra se encuentra el ataúd que, descubierto, deja
entrever la forma del cuerpo. Su colocación y la
escasa iluminación impiden que el público vea el cadáver. No hay ninguna cruz. A la izquierda, tras un*

pequeño vestíbulo, la puerta que da a la calle. Se
advierte la caída de la nieve cada vez que los auto-
móviles que pasan por la carretera proyectan sus
faros sobre el gran ventanal del fondo.

La otra mitad de la escena la ocupa el "living
room" del Encargado del local, americano de clase
media: muebles pretensiosos, objetos de arte fabri-
cados en serie, paisajes y fotografías. Hay, sin em-
bargo, un ambiente familiar, íntimo, acogedor. Junto
a la chimenea, al fondo, un árbol de Navidad car-
gado de luces. A la izquierda la puerta que comu-
nica los dos cuartos. A la derecha la puerta que
conduce al vestíbulo y otra que da al comedor y a
la cocina.

ACTO PRIMERO

En una butaca del salón una mujer joven, vestida
de gris, permanece inmóvil, las manos juntas sobre
las rodillas. Lasitud matizada de pesadumbre. En
el living room, otra mujer, un poco mayor, borda.
Sentado frente a ella, con sus más o menos cuaren-
ta años, el Encargado.

NANCY.—¿No crees que es hora de despertar a
los niños?

EL ENCARGADO.—*(Deja el periódico que está le-*
yendo.) Es temprano todavía; con los nervios de la
Navidad van a armar un alboroto tan grande que
es preferible esperar hasta que ella se haya marchado.

NANCY.—Deberías preguntarle si se le ofrece alguna cosa, comer tal vez, o beber algo.

EL ENCARGADO.—Es inútil, se lo he preguntado

varias veces, cada vez que le ofrezco cualquier cosa contesta que está bien así, que no le hace falta nada. Está como ausente. Dice que su marido es el primer muerto que ve de cerca.

NANCY.—¿No ha venido nadie a visitarla?

EL ENCARGADO.—Temprano estuvo una delegación de empleados de la fábrica donde ocurrió el accidente, trajeron unas flores. Después nadie. Parece que eran nuevos en el pueblo. *(Pausa.)* ¿Dónde pusiste los juguetes?

NANCY.—Bajo la mesa.

EL ENCARGADO.—Conny se va a volver loca con su muñeca.

NANCY.—Cuarenta dólares es mucho dinero, pero te juro que no pude resistir la tentación de comprarla, es un sueño.

EL ENCARGADO.—Hiciste bien. *(Mira su reloj.)* Son cerca de las once, voy a avisarle que es hora de cerrar. *(Se cambia la chaqueta de estar en casa por una negra. Esta operación y la contraria se repite cada vez que el Encargado va de un cuarto a otro. Cuando va a abrir la puerta su mujer lo llama.)*

NANCY.—Milton *(el Encargado se vuelve)*, ¿qué hará esa mujer esta noche?

EL ENCARGADO.—¡Qué sé yo! Me figuro que irá a un hotel. Según parece, vivían en uno junto a la Estación.

NANCY.—¿Sola? *(El Encargado asiente con la cabeza y comienza a abrir la puerta.)* ¡Milton! *(Cierra de nuevo y se vuelve.)* ¿No podría quedarse con nosotros? El cuarto de papá está preparado.

EL ENCARGADO.—Como quieras.

NANCY.—No, digo... como quieras tú; es decir, si no te molesta que en Navidades...

EL ENCARGADO.—*(Con ternura.)* Claro que no, mujer, hubiera sido inhumano dejarla marcharse... *(Antes de abrir la puerta se vuelve de nuevo.)* ¡Nancy!

252

NANCY.—Dime.

EL ENCARGADO.—Te quiero.

NANCY.—Tonto.

El Encargado entra al salón.

EL ENCARGADO.—Vengo a preguntarle de nuevo si se le ofrece cualquier cosa *(ella niega con la cabeza)*: un sandwich tal vez, o una taza de café.

LA MUJER.—No, gracias.

EL ENCARGADO.—¿Música? *(Ella niega nuevamente.)* ¿Un poco más de luz?

LA MUJER.—Sí, por favor.

EL ENCARGADO.—Entonces venga, tenga la bondad; venga conmigo al saloncito de fumadores, tenemos revistas, libros de plegarias... Pase, la tradición no nos permite iluminar más el gran salón... Bueno, la tradición y la instalación eléctrica.

LA MUJER.—*(Sin moverse.)* Era sólo un poco más de luz lo que quería.

EL ENCARGADO.—¿No le gusta · nuestra iluminación? A los demás clientes en cambio les parece perfecta, todos la encuentran tan adecuada, tan triste.

LA MUJER.—Es eso lo que no soporto, la tristeza.

EL ENCARGADO.—La felicidad es el único servicio que no podemos ofrecer a los clientes.

LA MUJER.—*(Angustiada.)* Pero ¿es que existe acaso la felicidad?

EL ENCARGADO.—Claro que existe. La mía, por ejemplo, está allí, tras esa puerta, con mi mujer y mis hijos junto a un arbolito lleno de dulces.

LA MUJER.—*(A punto de estallar en sollozos.)* ¿Por qué no se marcha, entonces? ¿Por qué no cruza de una vez por todas su puerta del paraíso y me deja en paz?

EL ENCARGADO.—Disculpe, señora; perdóneme, se lo ruego; lo último que yo hubiera querido es ofenderla; me voy, si se le ofrece cualquier cosa, lo que sea, el timbre está junto a la puerta. *(Va a salir, cuando la mujer lo detiene con un gesto.)*

La Mujer.—¡No se vaya, espere! No me deje sola. *(Pausa.)* No me di cuenta de lo que decía, ¡tengo tantas cosas aleteándome esta noche en la cabeza!

El Encargado.—Fue culpa mía... Y no es la primera vez, ¿sabe? Todavía no me acostumbro a esto, soy nuevo en el negocio... Bueno, más o menos nuevo; desde que murió mi suegro, que era el dueño. Él decía que lo principal no es tener buenos muebles ni las mejores flores, sino saber tratar a los clientes. Serles útil como les es útil el ataúd y nada más. Yo lo intento, se lo aseguro, lo intento, pero jamás lo consigo... ahora, por ejemplo, cuando la veo sufrir sola...

La Mujer.—*(Con vehemencia.)* ¡Pero si yo misma no sé si sufro! Es todo tan absurdo, tan irreal... No sé si estoy viviendo o no, si estas manos son mis manos, si es la mía esta cabeza que ha dejado de pensar y no atina a darse cuenta de lo que ha pasado.

El Encargado.—*(Como un eco.)* Lo que ha pasado... *(Contempla el cadáver largo rato.)* Si no es indiscreción, ¿quién era?

La Mujer.—¿Jimmy?... Un obrero. *(Él la mira con extrañeza.)* Sí... No lo diga, estoy cansada de oírlo, estoy harta de saber que no parezco la mujer de un obrero; pero lo fui, lo fui durante más de tres años, y nunca he sido ni volveré a ser tan dichosa como cuando lo fui entre sus brazos.

El Encargado.—Era joven. *(La mira.)* Los dos eran jóvenes y hermosos.

La Mujer.—Él sí que lo era, demasiado tal vez.

El Encargado.—Yo me siento terriblemente deprimido cuando me traen jóvenes. Los viejos... Vaya, incluso son hasta más fáciles de vestir. Los jóvenes me horroriza tocarlos, me siento como si los profanara, como si amortajándolos me volviera cómplice de una injusticia. *(Tras un silencio.)* ¿Puedo preguntarle a dónde irá esta noche?

La Mujer.—A un hotel; estábamos buscando todavía en el pueblo una casita con jardín.

El Encargado.—Mi mujer, bueno, mi mujer y yo queremos rogarle que se quede con nosotros, tenemos un cuarto de huéspedes y nos encantaría...

La Mujer.—Gracias, señor Lowellyn, gracias de todo corazón, pero la Navidad no es una noche para compartirla con extraños, y menos en mis condiciones. De todas formas, el gesto es maravilloso y se lo agradezco enormemente.

El Encargado.—No es un gesto, créame, y no hablemos más del asunto, esta noche la pasa usted con nosotros.

La mujer va a decir algo cuando la puerta de la calle se abre con ruido musical de campanillas y en el pequeño vestíbulo aparece un hombre. Mientras se sacude la nieve de la cabeza y los hombros pueden observarse sus facciones: tiene unos 35 años, lo caracteriza un aire de abatimiento y desesperación mal disimulado por una forzada expresión de fiereza y orgullo. En el salón las miradas sorprendidas del Encargado y la mujer lo van amedrentando, inicia un saludo que los otros contestan con extrañeza.

El Encargado.—*(En voz baja.)* ¿Lo conoce?

Ella mira al desconocido. Hay algo en él que inspira confianza, un hálito de dignidad y simpatía.

La Mujer.—*(Con decisión.)* Sí.

El Encargado.—*(Confundido.)* Los dejo solos, entonces; si algo se le ofrece, ya sabe cómo llamarme.

Saluda al desconocido con la cabeza y sale; al entrar en el living room, *su mujer le pregunta:*

NANCY.—¿Se queda?

EL ENCARGADO.—No sé, estábamos en eso cuando entró un tipo extraño; ella dice que es un conocido.

NANCY.—Es una suerte que alguien haya venido a acompañarla.

EL ENCARGADO.—*(Encogiéndose de hombros y volviendo a su lectura.)* No sé.

En el salón el hombre se ha colocado junto a la calefacción, de frente al ventanal. Un automóvil pasa, iluminándolo con los faros. Hay un silencio largo.

EL DESCONOCIDO.—*(Sin volverse.)* Gracias por haber dicho que me conoce.

LA MUJER.—No tiene importancia. Felices Navidades.

EL DESCONOCIDO.—Sería ridículo que yo se las deseara a usted, ahora.

LA MUJER.—Nunca es ridículo desear a nadie la felicidad.

EL DESCONOCIDO.—*(Volviéndose.)* Desearla es fácil, señora, lo que importa es darla, y yo no puedo hacer nada por usted.

LA MUJER.—A veces la intención es la que cuenta, el gesto. Hace un momento, por ejemplo, el Encargado...

EL DESCONOCIDO.—*(Interrumpiéndola.)* Hablar por hablar es caridad de baratillo, de confesionario de aldea. Yo no sirvo para esas cosas.

LA MUJER.—¿Para hacer caridad?

EL DESCONOCIDO.—*(Seca, groseramente.)* O para recibirla. Y perdone, señora, pero si entré aquí no fue para conversar con nadie, ni para ver los muertos; entré porque tenía frío y me marcharé en cuanto se me quite.

LA MUJER.—¡Buena pareja usted y yo para unas Navidades!

EL DESCONOCIDO.—¿Dónde están las Navidades? ¿Dónde las familias y el árbol y las canciones? Lo único que veo *(señala el ataúd)* es la caja de los regalos. *(Ella lo mira atónita sin saber cómo reaccionar. Él se pasa la mano por la frente y se deja caer, abatido, en una silla.)* Perdóneme... A veces uno suelta sin más lo que se le viene a la cabeza y sólo después atina a darse cuenta de lo que ha dicho.

LA MUJER.—Sería todo tan fácil si supiéramos en cada momento lo que tendríamos que decir.

EL DESCONOCIDO.—*(Tras una larga pausa.)* Discúlpeme si no encuentro el tono, nunca supe dar con el de esas frases: mi sentido pésame.

Está junto al cadáver contemplándolo.

LA MUJER.—Es Jimmy, mi marido, el cable se rompió en la fábrica esta mañana.

EL DESCONOCIDO.—*(Mirando en derredor.)* ¿Cómo pueden los americanos que aman la risa franca y el calor del hogar traer a sus muertos, todavía calientes, a estos lugares deprimentes y despiadados, sin intimidad ni cruces? ¿Cómo pueden despedirse de los que compartieron con ellos el sol en las vacaciones de verano, en la inhumanidad de este ambiente?

LA MUJER.—No somos un pueblo sensible a los contrastes. Además, alguien tiene que hacerse cargo de los muertos.

EL DESCONOCIDO.—Sus familiares, señora, como en mi tierra. Nosotros los amortajamos, nosotros les ponemos un Cristo entre las manos, nosotros cargamos el ataúd y los acompañamos hasta el cementerio.

La Mujer.—Cada país tiene sus costumbres.

El Desconocido.—Ésa es la tragedia del ser humano, serlo tan diferentemente.

La Mujer.—Preocúpese de su vida y deje a la humanidad en paz.

El Desconocido.—¡Si pudiera! *(Pausa, luego cambiando de tono.)* ¿Conoce la desesperación?

La Mujer.—No.

El Desconocido.—Dele gracias a Dios.

La Mujer.—Si creyera en Dios tal vez la conocería.

El Desconocido.—Yo tampoco la conocía, pensaba que era el redondel donde los cobardes representaban su número; vivía entonces feliz y satisfecho dentro del fiero orgullo de ser un hombre y compartir activamente el acontecer con mis semejantes. Mi existencia no tenía otro sentido que el de saberme participando en grande en la aventura. *(Pausa.)* Después... *(Se interrumpe.)*

La Mujer.—Después...

El Desconocido.—*(Se pasa la mano por la frente como borrando recuerdos.)* Nada. *(Pausa, luego cambiando de tono.)* Si se vive totalmente para algo y de pronto, el espejismo se vuelve arena y sol, qué puede hacerse?

La Mujer.—Si se cree en la utilidad de la fe, recuperarla.

El Desconocido.—¿Como un paraguas en la oficina de objetos perdidos?

La Mujer.—Siempre se puede comenzar de nuevo. Los sabios dicen que si un cataclismo arrasara un día la faz de la tierra, bastaría con que sobrara una simple célula viva para que de allí se reconstituyera toda la creación. Yo misma tengo que comenzar mañana una nueva vida.

El Desconocido.—Usted es mujer, y las mujeres

258

piensan poco y se conforman con menos, pronto todo será azul de nuevo.

LA MUJER.—Pasará mucho tiempo antes de que yo encuentre la calma.

EL DESCONOCIDO.—La Paz sólo se halla al final del camino, cuando se la ha buscado y rebuscado. Es el encuentro consigo mismo.

LA MUJER.—No, la calma viene de fuera, como el frío, como Dios, como todo. Aparece de pronto, cuando menos se le espera, es como un claro de montaña. *(Pausa.)* Yo la encontré en Florencia. *(Él la mira sorprendido.)* Sí, en Florencia; mi madre me llevaba con ella a Europa todos los años durante las vacaciones. De modista en modista y de museo en museo. De ropa sabía algo pues era sobre lo único que leía, ¡pero de arte! Todo lo que veía, si era antiguo o se lo parecía, lo encontraba "bello, bello, bello", y de poderlo comprar, lo compraba. Nuestra casa en California es el más extraordinario panteón de adefesios. *(Pausa.)* Un día, en su peregrinación por los museos, me llevó al Bargello. La dejé arrobada con los Miguel Ángel y deambulando entre aquellas salas me encontré de pronto ante la estatua de un joven guerrero, cubierto con su armadura y sosteniendo con una serenidad incomparable un escudo que parecía apenas reposar en el piso.

EL DESCONOCIDO.—*(Con naturalidad, sin la menor pedantería.)* El San Jorge de Donatello.

LA MUJER.—*(Lo mira con una simpatía espontánea, real.)* Al comienzo no atiné a pensar nada, no pude apartar la vista y en la contemplación una fascinación extraña me poseyó poco a poco, inundándome de una sensación nueva e inefable, vaga al comienzo, luego diáfana, de bienestar, de seguridad, de sosiego.

EL DESCONOCIDO.—*(Con emoción.)* ¿Es verdad todo eso?

La Mujer.—¿Por qué iba a mentir?

El Desconocido.—Durante todos mis años de Universidad, y más adelante en el tiempo que pasé en el oscuro país de donde vengo ahora, siempre tuve, sobre la cabecera de mi cama, una reproducción del San Jorge. (Pausa.) Era mi idel también. Me apasionaba aquella paz interior que se reflejaba en el rostro. Era un soldado, es cierto, y un soldado orgulloso de serlo. Un militar que encontraba en la nobleza de su ideal la justificación de cualquier batalla, de cualquier muerte. Era un guerrero sin odio y aquella imagen yo soñaba en convertirla en símbolo de mi generación, organizada en un movimiento político lleno de abnegación y pureza, destinado a sacar a mi país de la abyección de la dictadura, de la miseria, del odio.

La Mujer.—·Yo amaba sus manos, la una suave, casi femenina, como la del Cristo que acaricia los niños; la otra, vigorosa y crispada, llena de rebeldía.

Se oyen de pronto las campanillas de la puerta y en el vestíbulo aparece una viejecita de cara amable, muy abrigada y cubierta con un ridículo sombrerito de flores.

La Viejecita.—Brrrr... Hace afuera un frío de congelar perros. ¡Qué horror!... Pero vi la luz encendida y me dije: Priscila, vamos a entrar a darle una última miradita. ¿Y los demás?... Se habrán marchado, claro, ¡con la hora que es! ¿Usted es de la familia? (La mujer asiente.) ¿Nosotras nos conocíamos?

La Mujer.—No creo.

La Viejecita.—Es igual, yo era su mejor amiga, no había semana de Dios que no tomáramos el té dos y tres veces juntas. (La mujer y el desconocido se miran, desconcertados.) Era el alma más buena del pueblo, sobre todo con sus animalitos. Era primorosa, pri-mo-ro-sa. ¡En fin! Dios nos pesca a veces con anzuelos pequeños... Miren con ella... Un catarrito de nada y cuando ya estaba casi curada... ¡Pum! ¡La neumonía! Yo, por eso, cada mañana, al levantarme, me digo: Priscila, a ver si hoy nos acostamos.

En el cuarto vecino.

NANCY.—Parece que entró alguien.

EL ENCARGADO.—Debe ser, más bien, el hombre que se ha marchado.

NANCY.—Ve a ver y tráela, si se ha quedado sola.

El Encargado se cambia de chaqueta y va al salón.

LA VIEJECITA.—¡Ah! Buenas noches, señor Lowellyn, felices Navidades. ¿La familia está bien? ¡Claro! ¡Si los vi esta mañana comprando en el centro! ¿Y qué le parece esta horrible desgracia? Usted la conoció, desde luego, ¡tan señora!, y tan dedicada a sus animalitos; cuando murió su caniche lloró tres días enteros, ¡tres días!, sólo a mí me abría la puerta para dejarme llorar con ella. ¡Adoro llorar con la gente!

EL ENCARGADO.—Señorita Gordon...

LA VIEJECITA.—*(No lo deja continuar. A la mujer.)* ¿Qué hará usted con los canarios y con los periquitos de Australia? *(La mujer, que parece divertirse con la escena, la deja hablar.)* Yo sé que ahora son suyos, pero ella, que en paz descanse, me hizo prometerle que de faltar un día, yo me haría cargo de sus pajaritos, ¡los quería tanto! ¿A usted le gustan los animales?

LA MUJER.—Mi mejor amigo de infancia fue un pastor alemán.

LA VIEJECITA.—Son divinos, pero son muy grandes. A mí me gustan los perritos de fantasía. A ella *(señala el ataúd)* no le gustaban los perros porque hacen cosas sucias en la sala. Eso, le decía yo, es si no los educas. Y ella me contestaba: "Pero si yo no sé cómo educar en eso a los perros." ¡Y como vivía tan sola! En fin, ¿puedo pasar a recoger los pajaritos?

EL ENCARGADO.—Señorita Gordon, hay una confusión que...

LA VIEJECITA.—¿Cómo una confusión? Le juro que ella me encomendó sus pajaritos, sería una falta de respeto a su voluntad negármelos ahora. ¡Era tan buena! ¿Me permite? Voy a despedirme. *(Se acerca al ataúd y, sorprendida, vuelve la cara, atónita.)*

EL ENCARGADO.—A la señorita Perkins la llevaron al *Funeral Home* de Donald Kaufmann.

LA VIEJECITA.—Debió decírmelo desde el comienzo.

EL ENCARGADO.—Lo intenté, pero usted no me dejó continuar.

LA VIEJECITA.—Es horrible... Discúlpeme.

LA MUJER.—No se preocupe.

LA VIEJECITA.—Mi sentido pésame.

LA MUJER.—Gracias.

LA VIEJECITA.—*(Al desconocido.)* A usted también.

EL DESCONOCIDO.—Gracias.

LA VIEJECITA.—Esto me pasa por tonta y por parlanchina. Bueno, no tengo nada que hacer aquí, buenas noches... *(Antes de llegar a la puerta se vuelve.)* ¿No deja ningún animalito?

LA MUJER.—Ninguno.

LA VIEJECITA.—¿Pero los amaba?

LA MUJER.—Mucho.

LA VIEJECITA.—Era un buen hombre. *(Sale con ruido de campanillas.)*

EL ENCARGADO.—Va de *Funeral Home* en *Funeral Home* recogiendo animales; es lo único, dice, que no se reparten los herederos. Tiene la casa llena y los ha colocado a todos para el día de su muerte;

en su lista estoy yo apuntado con dos gatos y una tortuga.

EL DESCONOCIDO.—¿Para qué quiere usted una tortuga?

EL ENCARGADO.—¡Claro que no la quiero!, pero creer seguros a sus animales la hace feliz y a nosotros apuntarnos no nos cuesta nada.

EL DESCONOCIDO.—¡Pobre mujer, si un día se da cuenta!

EL ENCARGADO.—No se dará cuenta nunca, no es el tipo. *(Pausa.)* ¿Se les ofrece alguna cosa?

LA MUJER.—Nada, gracias.

EL ENCARGADO.—Con su permiso entonces. *(Sale.)*

El desconocido está frente a la ventana.

LA MUJER.—¿Nieva todavía?

EL DESCONOCIDO.—Muy poco. *(Volviéndose, frotándose las manos.)* Se está bien aquí.

LA MUJER.—Es el calor.

EL DESCONOCIDO.—En parte sí, algo sin duda es ese bienestar que da el calor, que dan las flores; el resto es la conversación, la compañía.

LA MUJER.—No sé qué hubiera hecho si alguien no viene esta noche a hablar conmigo, a decirme que existe algo más que las máquinas nuevas de la fábrica, y el fútbol, y el precio de las cosas.

EL DESCONOCIDO.—Los obreros no tienen por qué hablar de filosofía y de arte a sus mujeres. Nacieron para las cosas simples y repetidas. La educación, la fábrica y la cama no hacen buena mezcla.

LA MUJER.—*(Tras una pausa.)* Yo entonces no pensaba en nada, *no podía* pensar en nada, sólo en sus hombros anchos, y en sus ojos y en su manera despreocupada de caminar. En la Universidad, todas las mañanas en el salón de clases, yo me sentaba junto a la ventana para verlo pasar, los músculos tensos bajo la camiseta, el pelo rubio dorando al sol como un árbol en el otoño. No sabía quién era ni cómo se llamaba, para mí era un dios griego que cada día, bajo mi ventana, desfilaba camino del trabajo. Era un obrero, un obrero como otro cualquiera y, no siendo de mi clase, yo lo sabía pertenecer a un mundo inexpugnable y ajeno. Sin embargo, pensaba en él horas enteras y me sentía orgullosa de que sobre la tierra existiera una criatura tan hermosa y de poder ser, en silencio, sacerdotisa de su culto.

El Desconocido.—La belleza física no basta, mucho menos en el hombre. El amor sólo es útil cuando sirve de puente hacia la comprensión, y una persona inteligente sólo puede entenderse con otra persona inteligente.

La Mujer.—Yo estaba harta de los inteligentes. Ya en el colegio los más brillantes me preferían a las otras muchachas, pues además de encontrarme bonita "podían conversar conmigo". Después, en la Universidad, la misma historia, yo era el papel de moscas que atraía a los genios; iba con ellos al teatro y los conciertos, se dignaban discutir conmigo, me leían sus escritos, *(pausa, cambiando de tono)* sin embargo, nada importaba tanto como el momento de verlo pasar bajo mi ventana. Era como ir al zoológico y fascinarse con el león, desear con todas las fuerzas entrar en la jaula y, pasare lo que pasare, acariciarle la melena y pasarle la mano por los flancos.

El Desconocido.—Un capricho, tal vez una locura.

La Mujer.—Un día nos conocimos y pasó lo que tenía que pasar. Familia, estudios, todo lo dejé por lo que entonces me parecía una maravillosa aventura de amor.

El Desconocido.—Era una locura.

La Mujer.—Al comienzo todo fue bien, estrechándome contra él me olvidaba de su vulgaridad. Era ignorante, es cierto, pero había en su naturalidad una violencia y una espontaneidad que me poseían. Verlo dormir, para mí, lo compensaba todo.

El Desconocido.—Yo conocí también una pasión semejante, la urgencia imprescindible de una precisa piel. Pero yo *sabía* que era una locura. Sin embargo, nada en el universo, ni antes ni después de la creación, como tener su pelo suelto entre mis manos, como revolcarme con ella sobre la arena de la playa, como besarla en la oscuridad cuando dormía y sentir su risa despertar alegre entre mis labios.

La Mujer.—No hay otro amor que el que florece en el cuerpo.

El Desconocido.—En el verano, cuando su piel era de cobre, viajábamos juntos. Italia y Grecia, como ella soñaba. Para mí no había, sin embargo, otro paisaje que el que se reflejaba en el azul de sus ojos, un azul tan intenso que igual podían pintarse en él estrellas que veleros.

La Mujer.—¿La quería?

El Desconocido.—Sí.

La Mujer.—(*Con afecto.*) ¿Tiernamente?

El Desconocido.—Ella no conocía en el amor otra ternura que la del cansancio. (*Pausa.*) Pero el verano, y el amor, y la ternura y el cansancio terminaron antes de que acabara la aventura.

La Mujer.—Con Jimmy también cambiaron las cosas poco a poco; según me fui dando cuenta de que su violencia no era más que la máscara de una infinita necesidad de ternura. (*Pausa.*) Le gustaba demostrarme su fuerza, pero después del amor se rendía como un perrito después de una paliza. Era él quien en la dulce fatiga reclinaba su cabeza sobre mi hombro y era yo entonces la que le acariciaba el pelo.

El Desconocido.—(*Tras un silencio.*) Son pocas las veces que amamos de verdad, la mayor parte de las ocasiones *preferimos* solamente. Darle sentido a esa preferencia y llamarla amor sirve de mucho para ir pasando, confiando en que la vida nos va prodigando dicha y compañía. Es cuestión de engañarse un poco y engañarse un poco es fácil, lo imposible es engañarse del todo.

La Mujer.—¿Está hablando en serio? (*Él la mira fijamente sin contestar. Con lágrimas en la voz.*) ¿Cree realmente que es condición humana el engañarse para ser feliz?

El Desconocido.—Claro que no. Trataba de consolarla y consolar es eso. Para casi todos los humanos, y en casi todas las ocasiones la solución está en mentir o en mentirse.

La Mujer.—(*Con vehemencia.*) ¡Si yo pudiera pertenecer a ese mundo!

El Desconocido.—¡Y si pudiera *yo*!

Hay un silencio que comienza a hacerse embarazoso.

El Desconocido.—¿Qué hora es?

La Mujer.—Deben ser más de las once.

El Desconocido.—Es Navidad afuera.

La Mujer.—Y las familias están reunidas y los que se quieren se regalan cosas.

El Desconocido.—En casa éramos ocho, seis hermanos, todos varones, y los viejos. Yo los quería, y en Navidad, al volver de la Misa de Gallo, yo los quería más que nunca. (*Mientras habla ambula por el salón.*) En Heidelberg celebrábamos la Navidad en una taberna de estudiantes llena de toneles de vino, era una borrachera colectiva y en la madrugada todos cantaban o lloraban, daba igual; yo tocaba el piano, (*se sienta frente al pequeño órgano que está junto al ventanal y comienza a tocar una canción de estudiantes*) una, dos, tres Navidades iguales.

El Encargado, que ha oído la música, se cambia precipitadamente de chaqueta y va al salón.

EL ENCARGADO.—Por Dios, deténgase, los vecinos pueden oírlo.

LA MUJER.—Le pedí que tocara un poco, pensé que me haría bien.

EL ENCARGADO.—Perfecto, pero por favor que toque algo adecuado. ¿Se imagina el escándalo que haría la competencia si se entera que en este salón se tocan polcas?

LA MUJER.—No tocará más, señor Lowellyn, no se preocupe.

EL ENARGADO.—Me da mucha pena, pero ustedes comprenderán.

EL DESCONOCIDO.—*(Cerrando el órgano ceremoniosamente.)* No tocaré más.

EL ENCARGADO.—Gracias. *(Comienza a retirarse.)*

EL DESCONOCIDO.—¡Señor Lowellyn! *(Se vuelve.)* Su establecimiento es formidable... ¡Qué cortinas! ¿Brocado? *(Las mira de cerca.)* No, imitación, pero no importa. ¡Y qué muebles! ¡Qué iluminación! Debe dar gusto ver desde allá arriba cómo lo atienden a uno aquí... Lo que no veo son cruces.

EL ENCARGADO.—Tenemos en el sótano, si el cliente las desea. *(Secamente, retirándose.)* Con su permiso, señora.

EL DESCONOCIDO.—*(Deteniéndolo de nuevo.)* ¿Cuánto cuesta aquí el servicio, todo incluido?

EL ENCARGADO.—*(Sin comprender de qué se trata.)* Depende de la calidad.

EL DESCONOCIDO.—El mejor, las flores más frescas, la caja más elegante, y cruces, sobre todo cruces, las más ricas.

EL ENCARGADO.—*(Enfadado.)* Unos 500 o 600 dólares.

EL DESCONOCIDO.—La cifra exacta.

EL ENCARGADO.—¿Le parece oportuno bromear aquí esta noche?

EL DESCONOCIDO.—Digamos... ¿550?

EL ENCARGADO.—Sí. *(Sale.)*

LA MUJER.—Se ha molestado.

EL DESCONOCIDO.—*(Encogiéndose de hombros; la euforia lo ha ido ganando.)* ¡Qué le vamos a hacer!

LA MUJER.—No me extrañaría que viniera a cerrar dentro de un momento.

EL DESCONOCIDO.—¿Esto lo cierran también, como los almacenes?

LA MUJER.—Desde luego, no van a dejarlo abierto toda la noche.

EL DESCONOCIDO.—¿Y los muertos se quedan solos?

LA MUJER.—¿Usted cree que necesitan compañía?

EL DESCONOCIDO.—No comprendo.

LA MUJER.—Y sin embargo es claro.

Hay una pausa ligera.

EL DESCONOCIDO.—Creo que es hora de marcharse; por fortuna, mi hotel no queda lejos. *(Pausa.)* ¿Qué hará usted esta noche?

LA MUJER.—El Encargado me ha ofrecido que me quede con ellos, pero no creo que debo aceptar; iré a un hotel también.

EL DESCONOCIDO.—¿No tiene familiares aquí en el pueblo?

LA MUJER.—Ninguno.

Él la mira fijamente.

EL DESCONOCIDO.—Venga conmigo. *(Ella lo mira asombrada.)* En mi cuarto tengo un poco de vino de Italia y unas galletas con formas de animales. *(Pausa.)* Si la ternura y la comprensión pueden convertir en palacios las pocilgas, ¿quiere venir a mi palacio?

La Mujer.—*(Sin recobrarse de la sorpresa.)* ¿Cómo podría?... No lo conozco... No lo quiero.

El Desconocido.—No es una aventura amorosa la que le estoy proponiendo.

La Mujer.—Si con dos frases amables me convence de ir a pasar la noche juntos, ¿cómo podría pensar que no hago lo mismo con todos?

El Desconocido.—¿Qué más le da a usted lo que yo piense o deje de pensar? Es Navidad afuera y estamos solos.

La Mujer.—*(Con decisión.)* ¿Cree que se puede ser ramera en Navidades?

El Desconocido.—Sólo sé que nos entendemos, y que esta noche, haciéndonos compañía, podemos rescatar de la soledad y de la angustia unas horas de nuestra vida. Sólo sé que estoy solo y que la necesito.

La Mujer.—*(Con ironía.)* ¿Para beber juntos vino de Italia?

El Desconocido.—Para no sentirme otra vez íngrimo y desesperado como me sentía esta noche cuando crucé esta puerta.

La Mujer.—*(Tras una pausa.)* Tengo miedo.

El Desconocido.—Mañana iba a comenzar una nueva vida, ¿por qué no principiar esta noche?

La Mujer.—No es *esa* vida la que quiero comenzar. Es una vida llena de inquietudes y sensaciones; es cierto, soy joven y tengo una piel sensible al tacto como no creo que exista otra piel sobre la tierra... Pero eso no basta... Para salvarme lo que necesito es otra clase de cariño, es comprensión, ¿se da cuenta?, y compañía.

El Desconocido.—Se la estoy ofreciendo.

La Mujer.—Eso no se da en una noche.

El Desconocido.—Yo no *puedo* quedarme más tiempo.

La Mujer.—*(Casi en un sollozo.)* ¿Lo ve?

El Desconocido.—Atiéndame, hay algo que no puedo contarle, créame, algo horrible que usted no sabrá nunca y que no me permite, aunque lo deseara con toda mi alma, ofrecerle mi amistad más allá de esta noche.

La Mujer.—Y aunque yo también lo deseara con todas mis fuerzas, ¿cómo iba a irme a pasar con usted una noche sabiendo que iba a ser la primera y la última?

El Desconocido.—Su pasado terminó y su futuro no ha comenzado todavía... Venga.

La Mujer.—No puedo... Sería absurdo.

El Desconocido.—Absurdo es aferrarse a un sufrimiento estéril. *(Pausa.)* ¿Lo amaba todavía?

La Mujer.—*(Pausa. Luego, suavemente.)* No, ya no. *(Alzando la voz.)* ¡Ah, qué no daría por ver la luz entrar de nuevo por esa ventana!

El Encargado entra al salón.

El Encargado.—Es hora de cerrar, señora.

La Mujer.—El señor estaba despidiéndose.

El Desconocido.—Buenas noches, señor Lowellyn. *(Da la mano a la mujer, reteniéndola un momento. Sale con ruido de campanillas.)*

El Encargado.—Venga, mi mujer la está esperando. Antes debo prevenirla, a veces Nancy es un poco inoportuna y pregunta cosas que no le importan. Si usted no le quiere contestar, no le conteste, está acostumbrada. Además será por poco rato, le tenemos lista su habitación y podrá descansar tranquilamente hasta... *(La mujer se conmueve en pequeños espasmos.)* ¿Qué le pasa?... *(La mujer se muerde las manos para no gritar.)* ¿Qué tiene?...

La Mujer.—*(Estallando.)* ¡Corra, señor Lowellyn! ¡Por lo que más quiera en el mundo! ¡Por piedad, señor Lowellyn! ¡Corra a buscarlo!

El Encargado se echa sobre los hombros una man-
ta y sale. Nancy, que ha oído los gritos, abre la
puerta y sin comprender exactamente lo que pasa,
invita a la mujer amablemente, con un gesto, a pa-
sar al living room.

TELÓN

ACTO SEGUNDO

La acción comienza en el mismo momento en que
termina el primer acto.

NANCY.—Pase, por favor *(la mujer entra en el*
living room); siéntese. *(Quita un juguete del sofá.)*
¡Estos niños! Sólo son dos, pero dan más guerra
que un regimiento. *(Sirve dos copas.)* Un cognac
le hará bien, francés legítimo, nos lo regalaron hoy.
(Da una copa a la mujer.) A su salud. *(Bebe.)* ¿Quiere que le prepare algo de comer? *(La mujer niega*
con agradecimiento.) No puede seguir así, no ha
dado un bocado en todo el día.

LA MUJER.—*(Tras una pausa, como despertando.)*
Discúlpeme. *(Nancy la mira, extrañada.)* Sí, los gritos de hace un momento. Me apena haber hecho
salir a la calle a su marido con este frío.

NANCY.—No tenga ningún cuidado, estamos aquí
para servirla y lo hacemos con gusto. Si olvidó decirle algo, la única solución era correr a buscarlo.

LA MUJER.—*(Tras un silencio.)* Lo mandé a buscar para irme con él, no para decirle nada.

NANCY.—Yo pensé que se quedaría con nosotros,
su habitación está lista. Pero en realidad la Navidad
es mejor pasarla con los familiares. Milton me dijo
que el señor es un viejo conocido.

271

La Mujer.—Lo he visto esta noche por primera **vez**. *(Nancy la mira, extrañada. Pausa.)* Diga lo que está pensando.

Nancy.—No sé si debo.

La Mujer.—Se lo estoy pidiendo.

Nancy.—Tal como yo veo las cosas, eso de irse así, de buenas a primeras, con un extraño, me parece una... Bueno... No sé cómo explicarme... No me parece bien... Yo lo encuentro un poco inmoral.

La Mujer.—Otros lo encontrarían *muy* inmoral, es cuestión de apreciación.

Nancy.—A mí me parece que en sus circunstancias, irse con un desconocido...

La Mujer.—Si a una moral que cambia cada cien años y cada mil kilómetros yo sacrifico mi oportunidad de ser feliz, ¿quién me lo agradecería?

Nancy.—Ésas no son cosas que se hacen para que nos las agradezcan, se hacen porque se deben hacer, porque son correctas.

La Mujer.—¿Ser cobarde es ser correcto? Resignarse a ser uno más entre millones de pobres diablos, ¿es eso lo que se debe hacer? ¿Conservarse blanco en apariencia, escondiendo con esmero bajo las sábanas el poquito de impureza indispensable?

Nancy.—Así son las cosas.

La Mujer.—*(Vehemente.)* ¿Y por qué?

Nancy.—No lo sé ni me interesa, si son así es porque así deben ser. Lo que importa no es encontrarles razón, sino aceptarlas.

La Mujer.—No hay una sola razón por la cual yo deba sacrificarme.

Nancy.—*(Señalando el salón.)* Su marido está allí.

La Mujer.—*(Con vehemencia.)* Pero está muerto, muerto, y yo no puedo hacer ya nada más por él. No deja hijos que educar, ni misión por terminar, ni mensaje que ir divulgando... Nada... Su muerte no ha cambiado para nadie, a no ser para mí, el rumbo de las cosas. Otro obrero irá mañana a limpiar las calderas, y si el cable se rompe de nuevo, otro obrero vendrá después a reemplazarlo.

NANCY.—Sea como sea, usted es su viuda.

LA MUJER.—¿Qué debo hacer entonces? ¿Vestirme de negro? ¿Gastar en misas para sacarlo de un purgatorio en el que no creo? ¿Qué más?

NANCY.—Lo que una mujer, sea quien sea, debe hacer cuando muere su marido.

LA MUJER.—Pero entiéndame, él ya no tenía nada que hacer sobre la tierra. Era juventud y lozanía, nada más. ¿Se imagina verlo envejecer? Ver cómo iban apareciendo las arrugas, cómo se caía el pelo y los músculos se fundían en grasa, sentir cómo la gracia natural de los movimientos desaparecía poco a poco mientras su vulgaridad y su simpleza quedaban y crecían... ¡no!... con Jimmy el destino ha hecho bien las cosas.

NANCY.—¿Cómo puede hablar así? *(Pausa.)* Pero también ¿quién soy yo para preguntárselo? Perdóneme que me haya metido en sus asuntos.

LA MUJER.—Fui yo la que comencé a hablar, fui yo la que le dijo que el hombre era un extraño y que me iba con él, sin saber siquiera cómo iban a ser las cosas mañana después de levantarnos ¿no es así? *(Nancy asiente.)* Necesitaba desahogarme, como cualquier mujer... ahora me siento mejor.

NANCY.—*(Tras una pausa.)* ¿Puedo darle un consejo?

LA MUJER.—Claro.

NANCY.—Váyase a dormir ahora mismo, la cama está lista; la almohada es buena consejera y mañana después del entierro usted sabrá mejor que ahora lo que le conviene hacer.

LA MUJER.—*(Junto a la ventana.)* Tardan en volver.

NANCY.—Yo les diré que usted estaba cansada,

que quería dormir. *(La mujer se niega con la cabeza, agradeciendo.)* ¿No cree que la muerte de su marido la ha trastornado un poco?

La Mujer.—Sé perfectamente lo que estoy haciendo.

Nancy.—Reflexione, míreme a mí, ¿cree que tengo todo lo que deseo, que no me siento a veces insatisfecha y con ganas de rebelarme? ¿Usted cree que no me gustaría a veces engañar a mi marido?, no digo abandonarlo y marcharme con otro, eso nunca, pero inventar un viajecito y por allá, en otra ciudad, en cualquier bar encontrarme con un muchacho fuerte y alegre, y tener una aventura de esas maravillosas que no dejan huella ni recuerdo... ¡me enloquecería hacerlo! y sin embargo, no lo hago porque no se debe.

La Mujer.—Yo no tengo marido ni hijos que respetar, ni creo en un Dios preocupado por quién se acuesta con quién. Mi caso es diferente.

Nancy.—Usted ha visto a mi marido, ¿cree que puede despertar la menor pasión? No, claro que no, y menos a mí que me fascinaron siempre, desde pequeñita, los hombres más desvergonzados, los balas perdidas. En el colegio mi pasión eran los jugadores de rugby, los más grandotes, los más brutos. *(Pausa.)* Usted pensará que a qué viene que yo le cuente todo esto, pues bien, confidencia por confidencia, ¿usted cree que yo no siento también a veces la necesidad de hacerlas, como cualquier mujer? A las cotorras que viven en el pueblo no se les puede contar nada. Aquí no hay ni con quién hablar ni de qué hablar, lo único importante es el gran Hospital del Estado y lo ocupan para unas enfermedades tan complicadas que apenas si se dan en el pueblo. Todos los enfermos tienen que traerlos de fuera... ¿pero de qué hablábamos? ¡Ah! de los hombres. Pronto me di cuenta de que yo no les gustaba a los que me gustaban a mí y que era tontería soñar más de la cuenta. Además, mi padre necesitaba un yerno que le ayudara a embalsamar cadáveres y eso no se encontraba en los equipos de *foot ball*. Milton llegó entonces, precisamente entonces. Al comienzo yo no lo podía soportar ¡Jesús! ¡si usted lo hubiera visto!, pero él insistió, insistió... sin darme cuenta me fui acostumbrando a sus hombros angostos, a su caminar de fraile, a su risita a saltos, a sus maneritas... sí... es cierto, así era, ha mejorado mucho desde que nos casamos, mejor dicho desde que heredamos esto y comenzó a sentirse importante. *(Pausa.)* Ahora somos dichosos, yo lo quiero y no lo cambiaría por todos los buenos mozos de la tierra. *(Se oyen voces en el vestíbulo.)* Parece que llegaron, usted quiere hablar a solas con él, claro.

La Mujer.—Si no es molestarla demasiado.

Nancy.—Por supuesto que no.

Entran el Encargado y el Desconocido.

El Encargado.—No fue fácil alcanzarlo, *(presentando)* mi mujer, el señor...

El Desconocido.—*(Sin decir su nombre.)* Buenas noches, señora. *(Saluda a la mujer con un gesto de simpatía.)*

El Encargado.—Danos algo para entrar en calor... un cognac del que nos regalaron hoy. *(Nancy sirve las copas.)* A su salud. *(Beben.)* ¡Delicioso!

Nancy.—Milton, ella quiere hablar a solas con el señor, vamos a ver si han despertado los niños.

La Mujer.—¡Por favor! no hay ninguna prisa.

El Encargado.—Yo tengo que apagar el salón de todas maneras, más tarde podremos conversar un rato. *(Se cambia la chaqueta, al llegar a la puerta se vuelve.)* El señor habló de cruces hace un momento ¿desea que le ponga un crucifijo entre las manos?

LA MUJER.—No es necesario, gracias

EL ENCARGADO.—Como quiera. *(Sale.)*

NANCY.—Hasta que no ha guardado las flores y apagado el salón no se siente a gusto en casa..., bueno... con su permiso voy a ver a los niños. *(Sale.)*

Hay un silencio largo.

EL DESCONOCIDO.—¿Vienes conmigo?

LA MUJER.—Sí.

EL DESCONOCIDO.—¡Si supieras el bien que me haces! *(Pausa.)* Hace un momento caminaba allí afuera, íngrimo y desesperado, repleta la cabeza de las ideas más absurdas... de pronto la voz del Encargado como la varita del hada madrina, y la nieve dejó de caer, y al calor mi cuerpo era liviano y mis pasos ágiles, cuando volvía.

LA MUJER.—Cuando los minutos pasaban y tú no regresabas yo me sentía morir entre estas cuatro paredes.

Hay una pausa.

EL DESCONOCIDO.—¿Cómo te llamas?

LA MUJER.—María.

EL DESCONOCIDO.—Yo me llamo Bernardo.

MARÍA.—Como un santo de montaña.

BERNARDO.—O como un perro lanudo y enorme con un barrilito atado al cuello. *(Ella ríe... ríe otra vez.)* A nada soy tan sensible como a los rostros que se embellecen riendo.

MARÍA.—Cuando él sonreía todo se transformaba en derredor. Me tendía los brazos riendo y deslizarme bajo las sábanas donde él me esperaba era cruzar de un salto y a la vez el umbral de todos los paraísos.

BERNARDO.—¡Basta!

MARÍA.—¿Por qué?

BERNARDO.—Te lo ruego, basta.

MARÍA.—Luego todo terminó poco a poco, como la erupción de los volcanes. Él se repetía y se repetía. En cada momento del amor yo sabía lo que venía después. Me habitué, y la cama, de palacio, se convirtió en simple lecho de amantes.

BERNARDO.—No podía ser de otra manera.

MARÍA.—Si esta mañana en la fábrica el cable no se hubiera roto...

BERNARDO.—(*Interrumpiéndola.*) Si esta mañana el cable no se hubiera roto, hubieras tenido que desperdiciar tu vida entera, al lado de un pobre de espíritu.

MARÍA.—¡Bernardo!

BERNARDO.—Y yo hubiera seguido ambulando en el frío, atormentado, para terminar rompiéndome la cabeza contra el fondo de cualquier despeñadero.

MARÍA.—Ven, (*lo toma de la mano y lo lleva al sofá, donde se sientan juntos*) estás hablando como un muchacho.

BERNARDO.—¡Si tú supieras cómo hablaba yo cuando era un muchacho!, cuando creía en algo y soñaba con envejecer para tener más fuerzas en la lucha y más autoridad para levantar la voz contra las injusticias. (*Se pasa la mano por la frente con gesto familiar.*) María, por favor, hablemos de otra cosa.

MARÍA.—(*Sin atenderlo.*) ¿Crees que podrías recuperar tus ilusiones? (*Él se encoge de hombros.*) ¿Crees que yo puedo ayudarte?

BERNARDO.—(*Con sarcasmo.*) ¿Esta noche?

MARÍA.—Y mañana, y después de mañana, ayudarte de esta noche en adelante.

BERNARDO.—¿Pero es que no has comprendido? ¿Cómo puedo decirte más claramente que lo nuestro no puede ser, que es imposible?

MARÍA.—Nada es imposible, ni mi casamiento con

Jimmy fue imposible. Tú me has dicho que estás solo, íngrimo en la vida y sin proyectos.

BERNARDO.—¿Y lo que ya fue? Mi pasado soy yo, María, y no puedo representar el estúpido papel de amnésico cuando nada es en mí tan violento como la memoria.

MARÍA.—¿Y entonces?

BERNARDO.—Entonces, nada. *(Cambia de tono.)* Ven, esta gente nos ha dejado la sala por un rato y no podemos usarla más tiempo, tengo vino y música en mi cuarto del hotel, no necesitamos más por esta noche.

MARÍA.—*(Angustiada.)* Esta noche se terminará al alba pero mi vida sigue ¿qué voy a hacer mañana?

BERNARDO.—Deja el mañana en paz y ven conmigo.

MARÍA.—*(Tomándolo de los brazos.)* ¿Qué voy a hacer mañana?

BERNARDO.—*(Cruelmente.)* Mañana tú tienes que enterrar a tu marido.

Hay una pausa. María queda anonadada y sólo poco a poco comienza a reaccionar.

MARÍA.—¡Y yo fui tan estúpida que creí en ti!

BERNARDO.—¿De qué estás hablando?

MARÍA.—María de la calle, la que consuela a los desesperados y duerme con los aburridos.

BERNARDO.—No seas ridícula.

MARÍA.—Por fortuna si un minuto basta para ofuscarse también en un minuto pueden verse otra vez las cosas claras. Hace un momento le pedía a gritos al Encargado que corriera a buscarte porque eras tú mi sola posibilidad de compañía porque te sentía distinto de los demás, diferente a toda esa multitud de cuerpos vacíos que han venido jalonando mi vida entera...

BERNARDO.—Sé lo que vas a decir ¿puedo decirte algo antes?

278

Hay una pausa.

MARÍA.—*(Rabiosa.)* Estoy esperando.

BERNARDO.—¿Es que no crees que yo daría este mundo y el otro por cosechar nuestro encuentro? ¿Es que crees que íngrimo y solo como estoy volveré a encontrar una persona, y una persona como tú que *tenga* que comenzar una vida y que esa vida esté dispuesta a compartirla conmigo? Te necesito, créeme, y cada segundo lo comprendo mejor. Pero es imposible, María. Yo no tengo derecho a sacrificarte, a obligarte un día, pronto o tarde, a detestarme y a maldecir esta noche como la más infortunada de tu vida.

MARÍA.—¿No crees que lo era ya, antes de que tú vinieras?

BERNARDO.—Para mí iba a ser la última.

MARÍA.—*(Con afección enorme.)* Escúchame Bernardo, yo sé que apenas nos conocemos, que tal vez mañana nos demos cuenta de que todo fue una ilusión, que no estamos hechos el uno para el otro. Entonces nos despedimos en paz y para siempre. Lo que no puedo es irme contigo a pasar una noche que ha de ser, irremediablemente, la primera y la última. Di que mañana podemos tal vez comenzar una vida juntos, dilo y yo te creo y voy contigo.

BERNARDO.—No quiero engañarte.

MARÍA.—Dilo por piedad, miénteme si es necesario.

BERNARDO.—¿Cómo podría? ¡Si tú supieras el daño que a mí me ha hecho la mentira!

MARÍA.—*(Usando su última energía.)* Vete entonces, vete por favor y vete pronto. *(Bernardo se acerca, ella llama a gritos.)* ¡Señor Lowellyn! ¡Señor Lowellyn!

BERNARDO.—Escucha, voy a decirte la razón por la que mañana, o más tarde, tú me dejarías, tú sentirías asco de mi sola presencia...

Entra el Encargado.

MARÍA.—El señor quería despedirse *(entra Nancy)*: es tarde y debe regresar a su hotel.

BERNARDO.—Es tarde, claro... buenas noches señor Lowellyn, buenas noches señora Lowellyn, gracias por su hospitalidad. *(Se acerca a María.)* Buenas noches.

MARÍA.—Buenas noches... felices Navidades.

Él la mira fijamente, luego sonríe con amargura y sale seguido del Encargado.

NANCY.—¿Se marcha solo? *(Pausa.)* ¿No quiso llevarte? perdón... ¿puedo tutearla?, detesto los formalismos entre gente joven...

MARÍA.—Desde luego, *(pausa)* yo soy la que no ha querido irse con él.

NANCY.—¡Bendito sea Dios!, no he dejado de rezar un momento para que se te quitara esa idea de la cabeza. Jamás pensé que una cosa semejante podría llegar a ocurrir. ¡Te imaginas!, irte con un hombre cuando tu marido estaba todavía en ese cuarto.

MARÍA.—Mi marido está muerto, ¿te das cuenta?, muerto, y yo quiero vivir a manos llenas.

NANCY.—¿Vivir?, eso se hace siempre.

MARÍA.—En mi casa lo tenía todo, no recuerdo en mi niñez haber tenido un solo capricho sin satisfacción. Sin embargo, nadie se ocupó nunca verdaderamente de mí. Aprendí a vivir, sí, y aprendí a vivir porque no había más remedio, porque todo el mundo lo hacía y porque compartir con los demás la cosa de irla pasando era fatal y era inevitable. Pero aunque nadie venía a decírmelo yo sabía que más allá de aquel vegetar había algo; una responsabilidad, una necesidad de justificarse. Presentía además que existía un mundo en donde aquello era posible. *(Pausa.)* En medio del prodigio de mis sensaciones yo esperaba el guía que me tomara de la mano.

Vuelve el Encargado.

EL ENCARGADO.—Lo llevé al taxi del tío Percy, vive en el Hotel Dixie, no queda lejos, pero con este frío hasta para ir a la esquina vale la pena tomar un auto.

MARÍA.—¿Está todo listo para mañana, señor Lowellyn?

EL ENCARGADO.—Sí, el entierro a las diez, a las doce todo estará terminado. Yo la despertaré a las nueve ¿vendrá alguien más?

MARÍA.—No, nadie.

EL ENCARGADO.—Entonces todo está en regla.

MARÍA.—Antes no pude darle las gracias como debía por su invitación, por más que quisiera no sabría expresarle todo mi agradecimiento.

NANCY.—Bah, no tiene importancia, no es la primera vez que hospedamos a los familiares de los... bueno, en este oficio, sabe, uno tiene que hacer frente a mil situaciones inesperadas.

MARÍA.—Es una profesión ingrata la de ustedes.

EL ENCARGADO.—Tiene sus dificultades, no hay duda, pero a veces tiene uno pequeñas satisfacciones que compensan. Recuerdo a un campesino que me trajo a su mujer hace unos meses, cuando terminé de arreglarla y la vio quedó absorto, ¿sabe lo que dijo? "qué pena que ella no pueda verse en un espejo, en toda su vida es la primera vez que se ve bonita!"

MARÍA.—Se necesita un carácter especial para aceptar un oficio así.

EL ENCARGADO.—Aquí ni más ni menos que en otra parte. Es raro el que puede en serio escoger su

281

profesión. En la mayoría de la gente la "vocación" no va más allá de cuatro o cinco aficiones de infancia. En este teatro a uno de una forma o de otra le reparten su papel y lo más razonable es aprenderlo lo mejor posible, olvidándose de lo que pudo ser para atarearse en lo que es.

MARÍA.—Yo no podría, aunque lo intentara no podría. Aceptar por comodidad lo que no se ama es cobardía.

NANCY.—Es prudencia.

MARÍA.—¡Al diablo con la prudencia!

EL ENCARGADO.—Si la prudencia es la base de la felicidad ¿por qué rechazarla?

MARÍA.—¿Cómo puede existir la felicidad dentro de la insatisfacción?

NANCY.—La satisfacción viene después, con la conformidad, y de allí a la felicidad no hay más que un paso. Mira, nosotros..., antes de que muriera mi padre, Milton trabajaba en una oficina de correos, un sueldo miserable, una vida de privaciones...

MARÍA.—¡Una oficina de correos!

NANCY.—Pero a él le *gustaba* ese trabajo. Sin embargo el domingo no se iba al foot ball ni al picnic con sus compañeros sino venía aquí a aprender de mi padre cómo embalsamar, maquillar, en fin... toda esa historia.

EL ENCARGADO.—¿Usted cree que era agradable?, los domingos, con el sol afuera en las montañas, y en los lagos, y en los hombros de la gente joven. *(Pausa.)* Sin embargo, no me arrepiento, ahora vivimos bien y somos felices. *(Coge a Nancy de la mano y la mira con cariño, hay una pausa.)*

NANCY.—Vuelve a tu casa, María, no seas tonta. Un poco de orgullo vencido y todo será igual de nuevo, todo tal y como debe ser. Encontraste lo que buscabas, ¿no es cierto? Es hora de cerrar el paréntesis. Todos nos equivocamos a veces, todos queremos buscar algo diferente, abrir caminos. No hay nadie que no se sienta *bull-dozer* por lo menos una vez en su vida.

MARÍA.—¿Jugar al hijo pródigo? ¿verlos triunfar? Oírlos decir a uno y otro —porque son cantidades, como las langostas— te lo advertimos... te lo advertimos... y sentirlos buscándome con esmero un marido entre los solterones bien de los alrededores, ¿crees Nancy, que yo podría soportarlo?

NANCY.—Claro que podrías, no eres ni más ni menos que los otros mortales, es hora de que te des cuenta. Tu aventura terminó esta mañana y eso es lo único que importa. Estás sola ¿no es así? *(María asiente.)* Nadie puede hacerte compañía mejor que tus padres.

MARÍA.—*(Vehemente.)* ¡Si los conocieras!, me adoran, es cierto, a su manera. En los buenos tiempos se les llenaba la cara de orgullo cuando hablaban de mí con los idiotas del vecindario... pero eso era todo... mi padre jamás me enseñó nada, para eso pagaba a mis profesores. Su deber era ganar dinero para asegurarnos una vida cómoda, su misión era fabricar mermeladas, las mejores de California. ¡Si lo vieras!, ¡y mi madre! ¿Tengo que regresar junto a ella?, ¿soportarla de nuevo con sus joyas, y sus operaciones plásticas cada año, *(va subiendo de tono)* y sus trajes ridículos, y sus estúpidos amantes en Europa?

NANCY.—¡María!

MARÍA.—*(Gritando.)* Sí, sus estúpidos amantes en Europa, sus asquerosos *gigolos* italianos con la cabeza llena de brillantina.

NANCY.—*(Cogiéndola por los hombros.)* ¡María, por favor, cálmate!

MARÍA.—Perdóneme. *(Cambia de tono.)* ¡Ah! Tengo miedo, Nancy, y eso es todo, miedo de volver con ellos, con mis padres y con mis hermanos que son todos iguales. Nancy, ¡ven! dame la mano, está fría, ¿la sientes? *(Pausa.)* Una familia de ricos, eso es todo lo que son, sin más satisfacción que el serlo, sin otra ambición que seguirlo siendo... *(Se levanta y va junto a la ventana.)* Les estoy arruinando la Navidad con mis tonterías.

EL ENCARGADO.—La culpa es nuestra que en vez de distraerla le conversamos siempre del mismo tema. Creo que lo mejor será que suba a buscar a los niños, es casi medianoche.

NANCY.—Hay tiempo todavía, lo mejor será... *(Suena el timbre.)* ¿Quién puede ser a estas horas?

EL ENCARGADO.—¡Como no sea un cliente!

NANCY.—¡No, por Dios! *(El Encargado va a abrir.)* Este oficio es peor que el de médico, te lo aseguro.

Se oyen voces en el vestíbulo, aparece el Encargado con Percy, de unos 50 años.

EL ENCARGADO.—¿Puedo presentarle a Percy Williams?, trabaja para la casa hace más de treinta años. Tiene un taxi, pero en los entierros él conduce nuestra carroza.

Percy saluda a María y a Nancy.

NANCY.—Y esta noche, Tío Percy, ¿otra vez junto al árbol? *(Percy sonríe. A María.)* El loco se pasa cada media noche de Navidad bajo el árbol iluminado que hay frente al ayuntamiento.

PERCY.—Cada año está más grande y tienen que ponerle nuevas luces. Llego con el taxi hasta las ramas bajas y espero a que suenen las campanas de las doce, entonces abro una botella de cerveza y la bebo a la salud de todo el mundo que no conozco.

NANCY.—Por los que conoce se emborracha en Año Nuevo.

EL ENCARGADO.—¿A qué debemos la visita, Percy?

PERCY.—Pasé frente a la casa y...

EL ENCARGADO.—Estaba frente a la casa toda la noche con el taxi.

PERCY.—(*Embarazado saca dos paquetitos del bolsillo.*) Traía los regalos de los niños.

NANCY.—Gracias, Tío Percy, pero los regalos los trae siempre el 25 por la mañana.

PERCY.—(*Cada vez más embarazado.*) ¿Les molesta que haya venido?

NANCY.—Usted sabe bien cómo lo queremos todos en esta casa.

PERCY.—¿Entonces?

EL ENCARGADO.—Nada, era gana de preguntar, ya pasó, siéntese.

MARÍA.—(*Interrumpiendo.*) Usted condujo al forastero al hotel.

PERCY.—(*Azorado.*) Sí...

MARÍA.—Y luego regresó.

PERCY.—(*Como cogido en una trampa.*) Sí... Sí...

MARÍA.—¿Trae tal vez algún mensaje?

PERCY.—¿Mensaje? ¿para quién? yo... (*No puede contenerse más.*) Milton, ¿qué hacía ese hombre en esta casa?

EL ENCARGADO.—Visitaba a la señora.

PERCY.—(*Sin salir de su embarazo.*) Disculpe, yo pensé que la visita era para los Lowellyn... ¿era un familiar suyo?

MARÍA.—Toda la familia que contaba para mí está ahora en ese cuarto.

PERCY.—(*Convencional.*) Mi más sentido pésame.

NANCY.—Termine la comedia, Tío Percy, si quiere saber quién era ese hombre sépalo de una vez para todas: un desconocido que entró por una puerta y se marchó por otra.

PERCY.—Yo no necesito saber quién era ese hombre porque lo sé de sobra, lo que quería saber es qué hacía aquí.

MARÍA.—(*Sobresaltada.*) ¿Él le dijo quién era?

PERCY.—Esta noche lo único que hizo fue rogarme que no lo dejara solo, que lo acompañara a su cuarto a tomar un poco de vino.

NANCY.—¿Estaba borracho?

PERCY.—Desesperado, desesperado como no he visto a nadie más sobre la tierra. Comienzo a sentir remordimientos por no haberme quedado con él, me siento como si hubiera dejado ahogarse a un amigo por temor a resfriarme con el baño.

NANCY.—Él no era su amigo.

PERCY.—¿Qué sabemos en el fondo quiénes son y quiénes no son nuestros amigos? A ese hombre lo abandoné esta noche por temor a no encontrar palabras con qué hablarle.

MARÍA.—Usted dijo que lo conocía.

PERCY.—Dije que sabía quién era, que es diferente.

Hay un silencio largo.

EL ENCARGADO.—Estamos esperando, ¿quién es?

Hay otro silencio, luego lentamente:

PERCY.—El médico centroamericano que mató a su mujer hace cinco años. Lo soltaron ayer.

TELÓN

ACTO TERCERO

La acción comienza en el mismo momento en que termina el segundo acto.

MARÍA.—*(Saliendo con pena de su consternación.)* ¿Se da cuenta de lo que está diciendo? ¿Está seguro de que ese hombre es un asesino?

PERCY.—*(Encogiéndose de hombros.)* Tanto como un asesino...

El Encargado.—¿Mató por fin o no mató a su mujer hace cinco años?

Percy.—De cinco tiros.

Nancy.—Entonces es un criminal, y de los peores. A mí desde el primer momento me dio mala espina, con esa voz, y con esa cara hosca...

María.—No digas ridiculeces.

Nancy.—Es un bandido, María, date cuenta.

El Encargado.—Cállate, mujer, ¿no ves que le haces daño?

Nancy.—Alguien tiene que decirle las cosas claras a esta pobre muchacha. Ese tipo es un asesino.

Percy.—Con la mitad de ese hombre hay para fabricar diez hombres buenos.

Nancy.—¡Vaya! ¿Desde cuándo los hombres buenos se dedican a matar a sus mujeres?

Percy.—La mujer, era una...

El Encargado.—(Interrumpiéndolo.) ¡Respete a los muertos, Percy!

Percy.—¿Cómo? ¿Que respete a los muertos? Si usted los respetara la mitad de lo que yo, esta casa sería otra cosa. Yo lo he visto, Milton, yo lo he visto tratando de meterles los piez en zapatos demasiado pequeños.

El Encargado.—(Colérico.) Usted a sus cosas, Percy, y deje mis asuntos en paz, que yo llevo mi negocio como me da la gana.

Nancy.—Déjense de discutir por tonterías ¡ah, señor! con las incidencias de la noche nadie tiene los nervios en su puesto. (Percy se ha levantado con intención de marcharse pero ella lo obliga a sentarse de nuevo.) Es casi medianoche, vé a buscar a los niños. (Al salir el Encargado da a Percy una afectuosa palmada en la espalda.)

Percy.—(Tras un silencio.) Nunca atino a decir nada. Nunca doy con las palabras. (Pausa.) Hace poco en el Mississipi se hundió el ferry que transportaba un entierro, se fueron todos al fondo me-

nos el muerto, que flotó en su ataúd. *(Pausa.)* Yo
me siento a veces flotando en mi ataúd. *(Pausa.)*
Estoy viejo, viejo y solo, que es lo peor.

MARÍA.—La soledad es la misma cosa para los
jóvenes que para los viejos.

PERCY.—¡Qué va! Para los jóvenes es más fácil
encontrar compañía.

MARÍA.—¡Compañía! *(Pausa, luego con vehemencia.)* Está seguro, Percy, completamente seguro que
es el mismo hombre que hace cinco años...

PERCY.—*(Como intuyendo algo.)* Desgraciadamente, sí.

MARÍA.—Pero él parecía tan sincero, tan humano,
tan extraordinariamente humano...

*Percy va a decir algo cuando entra el Encargado
con los niños. Tommy tiene unos 10 años, la niña
es menor.*

CONNY.—¿A qué hora va a llegar San Nicolás con
los juguetes?

NANCY.—A medianoche.

CONNY.—¿Falta mucho?

NANCY.—¿Nadie les ha enseñado a saludar?

Los niños saludan a María y a Percy.

CONNY.—*(A María.)* Yo le he pedido a San Nicolás una muñeca y dos pistolas, Tommy no me deja
jugar con las suyas.

TOMMY.—Porque las rompes.

CONNY.—¡Mentira!

EL ENCARGADO.—Déjense de pleitos. *(A María.)*
Discuten el día entero.

CONNY.—¿Mamá, crees que la muñeca será grande?

NANCY.—¡Qué sé yo!, y cuántas veces tengo que
decirte que cuando las personas mayores hablan,
los niños se callan.

288

TOMMY.—¿Y por qué se callan?

EL ENCARGADO.—¡Cállate y basta! *(A Nancy.)* Faltan cinco minutos para la medianoche, será mejor que comencemos a encender el árbol.

Los Lowellyn comienzan a encender las velas del arbolito. Tommy trae una mesa que coloca frente al árbol; Conny pone encima un niño Dios, su madre le indica cómo colocarlo, etc.

Entretanto María va a la puerta y sin que nadie se aperciba pasa al salón. No puede más y estalla suavemente en llanto.

En el otro cuarto los Lowellyn han terminado los preparativos y apagan las luces eléctricas. Nancy ha puesto un disco de Navidad y todos, junto al árbol, comienzan a rezar. El murmullo apagado de las voces y la música sirven de fondo a la escena siguiente. En el salón desde el ventanal del fondo alguien llama a María. Ésta se sobresalta, luego se acerca a la ventana en la que aparece Bernardo.

MARÍA.—¿Qué quieres?

BERNARDO.—Abre.

MARÍA.—Espera, voy a abrirte la puerta.

BERNARDO.—No, aguarda, esa gente no tiene por qué enterarse de que he vuelto. *(María abre la ventana, el salón queda en tinieblas, la luz se concentra en la pareja, ella dentro, él afuera envuelto en su abrigo.)* He regresado a buscarte. *(Ella lo mira asombrada.)* Nos iremos lejos y para siempre, María, a compartir los sufrimientos y a disfrutar juntos los pequeños milagros de la vida: los árboles en el otoño, la risa de los niños, el ruido de la lluvia sobre el bosque. Tú y yo, solos.

MARÍA.—Cargados de recuerdos.

BERNARDO.—No, solos. Uno dentro de la piel, sin ojos ni oídos, como un pez en las profundidades.

MARÍA.—Hace una hora...

BERNARDO.—*(Interrumpiéndola.)* Hace una hora todo era diferente.

MARÍA.—*(Vehemente.)* ¡Claro que todo era diferente!

BERNARDO.—Yo no quería tomar contigo una revancha que tú no merecías. Fue más tarde, María, en el calvario de mí entre cuatro paredes, agonizando de ti, cuando la luz se hizo de pronto, cuando me di cuenta que el milagro estaba allí, que la solución existía. *(Pausa.)* Basta con que tú no llegues a saber jamás la única cosa que puede separarnos. *(Pausa.) (Con entusiasmo.)* Nos iremos lejos, a un lugar donde la marea del pasado no suba jamás hasta mojar tu roca. ¡Ah, María! ¡soy feliz!, me siento con fuerzas para comenzar de nuevo, para amar la vida como el jinete a su caballo.

MARÍA.—¿Por qué no me llevaste contigo cuando te lo supliqué esta noche?

BERNARDO.—Porque entonces pensaba que con eso te haría desdichada, y no tenía derecho.

MARÍA.—No puedo más, no me digas nada, no me preguntes nada por favor y vete pronto.

Se oyen las campanas de la medianoche. Silencio.

BERNARDO.—Felices Navidades.
MARÍA.—Felices Navidades.

Hay un silencio largo.

BERNARDO.—¿Te gustan los países con sol?, con playas inmensas y gente sufrida y humilde a la que puedes ayudar y servir? Iremos a uno, el más lejano de todos, el más pobre. Donde los desposeídos vengan a nosotros en busca de consuelo y los huérfanos en busca de cariño. En las noches, bajo las estrellas, reposaremos, el alma en regla y las manos juntas. Intentaremos servir y en el sacrificio, y en el dichoso sufrimiento llegaremos a justificarnos. Seres útiles, María, lucharemos unidos y al final Dios nos tenderá la mano.

MARÍA.—¿A mí también tú crees que Dios me tenderá la mano?

BERNARDO.—Él es reconciliación y amor.

MARÍA.—*(Estremeciéndose.)* Te lo ruego por última vez Bernardo, te lo suplico por lo que más quieras, deja de hablar y vete pronto ¿no te das cuenta de que es tarde?

El extiende el brazo, la mano tendida a María.

BERNARDO.—Ven.

MARÍA.—*(Como un río que se desborda.)* ¿Estás loco? ¿Es la Navidad que te ha trastornado el juicio? ¿O fue la cárcel? Bernardo ¿o fue la cárcel? ¿Crees que también yo he perdido el juicio, que voy a irme a recorrer la vida, la vida, Bernardo, ¡la vida!, del brazo de un asesino? ¡De un asesino! ¿Lo oyes? ¡De un asesino!

Cae en una silla, sollozando, la cara entre las manos, Bernardo queda inmóvil, luego baja el brazo lentamente, la mira un rato y desaparece. Un momento después terminan de rezar en el cuarto vecino. Al encender las luces de nuevo, Nancy pregunta.

NANCY.—¿Dónde está María?

EL ENCARGADO.—En el salón, me figuro, ve a llamarla, Conny.

CONNY.—*(A María desde la puerta del salón.)* Venga, va a llegar San Nicolás con los juguetes.

MARÍA.—*(Sonriendo entre lágrimas.)* Ahora voy, muñeca.

CONNY.—*(Volviendo al salón.)* Está llorando.

NANCY.—Pobre mujer, *(a Conny)* cuando entre le das esto.

MARÍA.—Felices Navidades a todos.

CONNY.—*(Dándole el paquetito.)* Felices Navidades.

MARÍA.—Gracias, Conny. *(Se quita una cadena que lleva al cuello y la pasa por el de la niña.)* Es para ti.

NANCY.—De ninguna manera.

MARÍA.—Por favor.

TOMMY.—*(Que se ha acercado y tiene la medalla entre las manos.)* ¿Es de oro?

MARÍA.—Sí; es de oro. *(Pausa.)* Para ti no tengo nada Tommy.

Tommy va a decir algo, luego se contiene.

MARÍA.—¿Qué ibas a decir?

TOMMY.—Nada.

MARÍA.—Anda, dímelo. *(Tommy mira a sus padres.)*

EL ENCARGADO.—Dilo de una vez.

TOMMY.—*(Haciendo con la cabeza un gesto en dirección al salón.)* Él tiene un reloj muy bonito.

NANCY.—*(Grita.)* ¡Tommy, por Dios! ¿No te da vergüenza?

TOMMY.—Yo no lo iba a decir.

NANCY.—Perdona, María, es una impertinencia del muchacho.

MARÍA.—Tommy tiene razón, es un reloj muy bonito y él ya no lo necesita, voy a traértelo. *(Va a la puerta pero se detiene en el umbral, falta de valor para entrar.)*

TOMMY.—Yo voy. *(Va al salón.)*

MARÍA.—Es curioso, he pasado allí horas enteras y ahora, de pronto, siento miedo de entrar.

EL ENCARGADO.—Son las incidencias de la noche, mañana amanecerá más tranquila.

TOMMY.—*(Entra viendo el reloj.)* Es formidable, marca los días y los meses. ¿Se puede meter al agua?

MARÍA.—Sí.

TOMMY.—¡Diablo!

CONNY.—Tommy, no digas eso.

TOMMY.—Mucho mejor que el que me ofrecieron para mi Primera Comunión y no me dieron.

NANCY.—*(Buscando cómo salir de la situación.)* Conny, dale su regalo al Tío Percy. *(Comienza entonces el intercambio de regalos. El Encargado da a su mujer una cajita, y ésta la abre y se lanza en brazos de su marido.)*

NANCY.—¡Qué belleza! *(Se coloca la sortija.)* Mira, María.

CONNY.—¿A qué hora llega San Nicolás?

EL ENCARGADO.—A medianoche.

TOMMY.—Ya pasó la medianoche.

EL ENCARGADO.—Se habrá escondido en alguna parte, busquemos.

Buscan por la habitación, Conny levanta el mantel y descubre los paquetes.

CONNY.—¡Miren! ¡Miren!

Los papás se acercan, Nancy lee las etiquetas.

NANCY.—A ver, éste dice: "Para Conny, de San Nicolás", y éste: "Para Tommy, de San Nicolás."

TOMMY.—Y San Nicolás, ¿dónde está?

EL ENCARGADO.—Seguramente entró cuando estábamos rezando, y no quiso molestarnos. ¡Tiene tanto que hacer esta noche!

Tommy saca sus pistolas, Conny una gran muñeca y un papelito.

CONNY.—¿Qué dice aquí, mamá?

NANCY.—*(Leyendo.)* Dice: "Las niñas no deben jugar con pistolas. San Nicolás."

Conny abraza su muñeca y se sienta con ella en el suelo. Los Lowellyn se sientan en el sofá cogidos de la mano.

EL ENCARGADO.—Bueno, ya terminó, cada año es la misma cosa y cada año parece diferente.

PERCY.—Cada año nosotros somos diferentes. *(Pausa.)* Por primera vez he pasado la medianoche lejos de mi árbol, ¿creen que me habrá echado de menos?

NANCY.—Claro. *(María está absorta, pensando en algo ausente.)* ¿En qué piensas? *(María se encoge de hombros.)* ¿Siempre en ese hombre? *(María no contesta.)* Sólo de pensar que ese asesino estuvo en mi casa... Mira... ¡Mírame la piel!

PERCY.—Le repito, Nancy, no es justo llamar asesino a ese hombre. Yo hubiera hecho lo mismo en sus circunstancias.

NANCY.—¡Vaya! ¡Otelo en Taxi!

PERCY.—Diga lo que quiera, pero ese asunto lo conocí muy de cerca y puedo asegurarle que ese hombre es una buena persona.

EL ENCARGADO.—¿Mató, por fin, o no mató a su esposa?

PERCY.—De cinco tiros, ya se lo dije.

MARÍA.—Y usted dijo que había hecho bien.

PERCY.—Yo no he dicho que haya hecho bien, nadie puede matar a otro y encima hacer bien. Dije que yo hubiera hecho lo mismo, bueno... Tal vez exageré un poco, nunca he tenido mujer y no sé qué es lo que en realidad hubiera hecho.

NANCY.—Será mejor para María que cambiemos de tema.

MARÍA.—Al contrario, siga.

EL ENCARGADO.—*(Señalando a los niños, que escuchan con atención.)* Éstas no son conversaciones que puedan oír los niños... ¡Vaya! A jugar al cuarto.

TOMMY.—Yo quiero oír.

EL ENCARGADO.—Una vez me gusta decir las cosas, Tommy, *(éste se levanta de mala gana y va a la puerta)* llévate las pistolas.

TOMMY.—No las quiero. *(Sale seguido de Conny con su muñeca.)*

Hay un silencio.

PERCY.—¿Quieren oír toda la historia?

MARÍA.—Empiece, Percy, se lo ruego.

Un silencio; luego, pausadamente.

PERCY.—Del nombre exacto no me acuerdo. Sé que es un médico centroamericano y que estudió su carrera en Europa. Allá conoció a la fulana. Fueron felices de amantes, según parece, y al terminar los estudios se casó con ella y se la llevó a su tierra. Al comienzo todo era exotismo, y las cosas fueron bien. Poco a poco, sin embargo, y conforme la novedad se marchitaba, ella comenzó a detestar el país: el calor, la comida, la gente. Amenazó con regresar, y para no perderla el tipo, que estaba enamorado, aceptó la beca que le ofrecían aquí en el hospital del Estado. *(Pausa.)* Según declararon en el juicio las enfermeras, tenía un don especial para hacerse adorar por sus pacientes, lo cierto es que por atenderlos tanto descuidaba su casa, y la mujer, que no era ninguna Santa Teresita, buscaba, a como diera lugar, remedio para su aburrimiento. Todo el equipo de football, todo el colegio de bachillerato desfiló por aquel dormitorio.

Y en un pueblucho, ¡se figuran!, todo el mundo se dio cuenta.

EL ENCARGADO.—¿Y él?

PERCY.—Lo querían tanto, que por no herirlo no le decían nada.

NANCY.—Era un pobre diablo.

PERCY.—(*Sin oírla.*) Así andaban las cosas y a lo mejor no hubiera pasado nunca nada a no ser por lo de Peter. (*Pausa.*) Y aquí comienza la parte de la historia que conozco más de cerca. Lo sé todo por boca del propio Cargo Johnson.

EL ENCARGADO.—Al grano, Percy.

PERCY.—Cargo Johnson era un taxista, como yo. Éramos amigos desde hacía más de 15 años, cuando tuvo su accidente. No pudo seguir trabajando y llevaba vida de perros con su mujer y sus cuatro hijos. La única persona que venía a visitarlos, el único amigo era el doctor. ¿Los canso?

MARÍA.—No, siga.

PERCY.—De los hijos, Peter, con sus 15 años, era el mayor: un muchachito pálido y sensible con dos ojos negros, inquietos y expresivos, que le llenaban la cara. Estaba enfermo y un día el doctor le dijo a Cargo: "O este muchacho deja este lugar o se muere." ¿Y qué contestó Cargo? "Pues, doctor, con el dolor de mi alma, se va a tener que morir." Con el pretexto de que su mujer necesitaba a alguien que le ayudara con la casa y el jardín lo llevó a vivir con ellos, para alimentarlo y cuidarlo como se debía. (*Pausa.*)

EL ENCARGADO.—Si puede usted abreviar un poco, Percy...

PERCY.—Hicieron buenas migas, los dos tenían algo de poetas y cuando la mujer no estaba en casa se pasaban las horas leyendo, discutiendo, haciendo proyectos. Era una amistad para poner lágrimas en los ojos. Me lo contó todo el propio Cargo el día que le avisaron que Peter se había ahogado.

(*María lo mira con asombro.*) Nunca supieron cómo, lo encontraron a la orilla del lago, pero eso fue meses después y no tiene nada que ver con este asunto. (*Pausa.*) Una noche, al regresar del hospital, el doctor se encontró con que su mujer no estaba y que Peter, encerrado en su cuarto, se negaba a abrir la puerta. A los ruegos, a las amenazas, abrió para confesar, llorando a gritos, lo que había pasado por la tarde. (*Pausa.*) Ella regresó bien entrada la noche, medio borracha, según dicen, y cuando él le pidió cuentas, esperanzado en que todo fuera un delirio del muchacho, ella estalló en alaridos y en insultos. Sí, era cierto, y el estúpido niñito no había ni siquiera sabido cumplir como hombre. Sí, también era verdad lo de los colegiales, y lo del hombre que arreglaba el teléfono. Y allá en su tierra, mientras él curaba los indios, había sido con sus primos, y con los enfermeros, y hasta con los enfermos que tanto lo querían. Y estaba cansada, harta de vivir con un imbécil y se marchaba, regresaba a Europa a contarle a todo el mundo lo que había pasado. Cuando él sacó el revólver, y conste que lo sacó para él, ella no lo creyó capaz de disparar y lo siguió insultando, (*Pausa.*) El resto...

María.—(*Con la cara entre las manos.*) Es horrible, horrible.

Percy.—Perdóneme, tal vez lo mejor hubiera sido quedarme callado. Siempre pasa igual conmigo.

María.—Al contrario, (*le toma la mano y la lleva junto a la mejilla*) gracias, Percy, gracias.

Percy.—Es un buen hombre, se lo aseguro, y usted sabe, Milton, que es mucho más lo que desconfío que lo que confío en la gente; es mi naturaleza, o qué sé yo, creer que todo el que pruebe lo contrario es una araña.

Nancy.—Basta, Percy, ¿no le parece que suficiente ha complicado las cosas esta noche?

MARÍA.—(*Vehemente.*) Pero si lo que ha hecho es aclararlas.

NANCY.—Estaban claras desde el primer momento. Ese hombre mató a su mujer.

MARÍA.—No es eso lo que me interesaba saber. Una locura, una equivocación, una perversidad misma, ¿quién no la comete en esta vida? Lo que importa no es saber si San Pedro negó a Cristo, sino saber si antes de negarlo y después de negarlo era y siguió siendo un hombre fiel y valiente. Yo ahora sé que no era una sirena que cantaba, que no había hipocresía en su entusiasmo. (*Pausa.*) Que haya matado a su mujer no significa nada.

NANCY.—¿Está loca?

MARÍA.—Para mí, ¡nada!, un accidente, como perder la virginidad en un bosque por estupidez o por amor. Lo que interesa es la vida, Nancy, no sus esquinas.

NANCY.—Si te dieras cuenta de la monstruosidad que estás diciendo.

PERCY.—Perdonen que interrumpa, pero es tarde y a estas horas comienza de nuevo en la calle el movimiento, los borrachos que vuelven a los bares, los hombres casados que pasaron la Navidad en familia y regresan con las queridas... (*Se despide.*) Perdóneme, señora, si sin quererlo... (*María le sonríe con cariño.*) Buenas noches. (*Sale seguido del Encargado. Las dos mujeres quedan solas.*)

NANCY.—No des mucha fe a las historias del Tío Percy, sabe docenas y le fascina contarlas y añadirles. (*María se ha transfigurado mientras tanto.*) ¿Qué te pasa?

MARÍA.—¿Te gustan los países con sol, llenos de flores y de gente humilde a la que tú puedes ayudar y servir?

NANCY.—¿De qué estás hablando?

MARÍA.—Y vivir con alguien superior a ti, un hombre a quien respetas y junto al que puedes descansar confiada en que la nobleza y la bondad inspirarán todas sus decisiones. Algo más que la belleza física, que la violencia y el placer; alguien que te traiga la paz, en la dicha como en el sufrimiento.

NANCY.—*(Comprendiendo.)* Es una locura lo que estás pensando, tu marido está allí.

MARÍA.—¡Pero está muerto! ¿No comprendes? Y yo quiero vivir, ¡vivir!, no vegetar entre conformismos y prejuicios, sino participar en grande en la aventura. *(Pausa.)* ¿Sabes lo que es la juventud? Una sed de intensidad. Ahora yo comienzo a ser joven. ¡Ah! ¡Qué diera por creer en Dios para poder darle las gracias!

NANCY.—Déjate de locuras, reflexiona y date cuenta de que lo único que puedes hacer es regresar con tus padres y empezar una vida en serio.

MARÍA.—¡Una vida en serio!

NANCY.—Mira, nosotros jamás tenemos grandes penas, ni angustia o desesperación de cualquier clase. Un poco de aburrimiento, todo lo más, y eso se mata con la televisión o las visitas. El deseo de hacer unas cosas se mata haciendo otras, no dándole tiempo al cerebro de buscarles un por qué a las cosas que no están claras del todo.

MARÍA.—Temer a la verdad, recorrer este pequeño plazo que va del uso de la razón hasta la muerte sin conquistar el privilegio de ser uno mismo. No podría.

NANCY.—Las cosas son así.

MARÍA.—Tú tienes tu moral, guárdala, que sin ella estás perdida. Yo me voy mañana a recoger la cosecha y a sembrar de nuevo sobre la misma tierra.

NANCY.—¿Estás decidida?

MARÍA.—Sí, en cuanto todo haya terminado aquí, iré a su hotel, subiré despacio las escaleras y llamaré a la puerta.

Regresa el Encargado.

EL ENCARGADO.—Percy es un ejemplar de museo, va refunfuñando por no haberse quedado a pasar la Navidad junto al árbol.

NANCY.—Es lo mejor que hubiera podido hacer.

EL ENCARGADO.—*(Sirviendo una copa de cognac.)* No se oyen. Los niños deben haberse dormido.

Suena el teléfono. Encargado responde.

EL ENCARGADO.—*Lowellyn Funeral Home*... Sí... ¿Hotel Dixie? ¿Cómo? ¿Han llamado ya a la policía?... ¿No hay ninguna otra carta?... Bien, guarde el dinero, estaré allí dentro de una media hora. *(Cuelga el teléfono. Pausa larga.)* Es el forastero, el médico dejó 550 dólares sobre la mesa de noche y una carta para la dirección del hotel diciendo que deseaba lo atendieran aquí.

Las dos mujeres, atónitas, no pueden articular palabra.

MARÍA.—¿Había otra carta?

EL ENCARGADO.—No.

Hay un silencio largo.

NANCY.—*(Tomando a María cariñosamente por los hombros.)* No podemos hacer nada, María, es el destino.

MARÍA.—¿Qué tiene que ver mi indecisión con el destino? *(Pausa, luego refrenando una emoción intensa.)* Es tarde... Nancy, ¿me acompañas a mi habitación?, creo que lo mejor que puedo hacer esta noche es tratar de descansar un poco.

NANCY.—Esta noche, sí, pero ¿y mañana?

MARÍA.—¿Mañana? *(Sobreponiéndose. Con voz firme y segura.)* Mañana yo tengo que enterrar a mi marido.

TELÓN

CARLOS SOLÓRZANO

[1922]

Guatemalteco-mexicano. Nació en San Marcos. En 1939 se trasladó a México, en donde realizó sus estudios y donde ha vivido desde ese momento. Estudió la carrera de arquitecto, cuyo diploma obtuvo en 1945. Paralelamente, realizó la carrera de Letras y obtuvo los grados de Maestro en Letras, en 1946, y de Doctor en Letras, en 1948, en la Universidad de México. Hizo estudios especializados de arte dramático en Francia (1948-1951). De regreso en México fue nombrado Director del Teatro Universitario, cargo que desempeñó durante diez años, al mismo tiempo que inició la organización de los Grupos Teatrales Estudiantiles. Su vida ha transcurrido estrechamente vinculada con el teatro mexicano. Actualmente es catedrático de la Facultad de Filosofía y Letras y Director del Museo Nacional de Teatro.

Estudios publicados: El sentimiento plástico en la obra de Unamuno *(1946),* Novelas de Unamuno *(1948),* Teatro latinoamericano del siglo xx *(Nueva Visión. Buenos Aires, 1961),* Teatro latinoamericano del siglo xx *(Texto ampliado para Macmillan, Nueva York, 1963).*

Solórzano ha representado a México en el Primer Seminario de Dramaturgia en Puerto Rico (1961), en el Teatro de las Naciones en París (1963) y en el XI Congreso de Literatura

Iberoamericana en Texas (1963). Ha sido profesor visitante en las Universidades del Sur de California y de Kansas. Es actualmente crítico teatral de "La Cultura en México", suplemento de la revista Siempre!, *y corresponsal de* Rendez Vous de Théâtre *(Órgano del Teatro de las Naciones). Ha colaborado en revistas y periódicos de la Argentina, España, los Estados Unidos, Francia, Guatemala y Puerto Rico.*

La obra dramática de Solórzano está compuesta por los siguientes títulos: Doña Beatriz *(tres actos, 1952),* La muerte hizo la luz *(un acto, 1952),* El hechicero *(tres actos, 1954),* Las manos de Dios *(tres actos, 1956),* Los fantoches *(un acto, 1958) (esta obra fue presentada como la primera mexicana en el Festival de Teatro de las Naciones de París en 1963),* El crucificado *(un acto, 1958),* El sueño del ángel *(un acto, 1960),* El censo *(un acto, 1962),* Los falsos demonios *(tres actos, 1963). Algunas de estas obras han sido traducidas al inglés, al francés, al alemán, al ruso y al italiano y representadas en Europa y América.*

En Las manos de Dios *el autor ha querido revisar los procedimientos del auto sacramental tradicional, asimilándolos a las técnicas modernas, para dar a los personajes una nueva fisonomía y descubrir, así, las implicaciones que éstos tienen en la vida del hombre contemporáneo.*

Las manos de Dios

AUTO EN TRES ACTOS

PERSONAJES

EL CAMPANERO DE LA IGLESIA, *muchacho*
EL SACRISTÁN, *viejo*
EL SEÑOR CURA, *mediana edad, grueso, imponente*
EL FORASTERO (*luego* EL DIABLO)
BEATRIZ, *muchacha del pueblo*
EL CARCELERO, *viejo*
UNA PROSTITUTA
IMAGEN DE LA MADRE
IMAGEN DE BEATRIZ, *con vestido idéntico al de Beatriz y máscara de dicho personaje*
IMAGEN DEL HERMANO NIÑO
IMAGEN DEL HERMANO
CORO DE HOMBRES, *vestidos uniformemente, las caras como máscaras*
CORO DE MUJERES, *vestidas uniformemente, las caras como máscaras*
SOLDADOS
PRISIONEROS

La acción en una pequeña población de Iberoamérica. Hoy

DECORADO. (*Es el mismo para los tres actos.*) *La plaza de un pueblo: A la izquierda y al fondo una iglesia; fachada barroca, piedras talladas, ángeles, flores, etc. Escalinata al frente de la iglesia. En medio de las chozas que la rodean, ésta debe tener un aspecto fabuloso, como de palacio de leyenda.*

A la derecha y en primer término, un edificio sucio y pequeño con un letrero torcido que dice: "Cárcel de Hombres". A la izquierda, en primer término, un pozo. El resto, árboles secos y montes amarillos y muertos.

Es de tarde. La campana de la iglesia repica lánguidamente. Al alzarse el telón la escena permanece vacía unos segundos. Luego la atraviesan en todos sentidos, hombres y mujeres en una pantomima angustiosa, mientras suena una música triste. Todos doblegados por una carga; los hombres con cargamento de cañas secas y las mujeres llevando a la espalda a sus hijos. Van al pozo, sacan agua.

Se oyen fuera de la escena varios gritos que se van acercando: ¡Señor Cura! ¡Señor Cura! El Campanero entra jadeante en escena, gritando. De la iglesia sale el Sacristán, que viene a recibirlo. Los hombres y mujeres del pueblo, que forman el coro, silenciosos, se agrupan en torno de estos dos en una pantomima de alarma. (Durante las dos primeras escenas, el coro comentará las situaciones sólo con movimientos rítmicos, uniformes, sin pronunciar una sola palabra.)

ACTO PRIMERO

CAMPANERO.—*(Sin resuello.)* ¡Señor Cura! ¡Señor Cura!

SACRISTÁN.—¿Qué pasa? ¿A dónde fuiste? Tuve que tocar las campanas en lugar tuyo.

CAMPANERO.—Quiero ver al Señor Cura.

SACRISTÁN.—Ha salido, fue a ayudar a morir a una mujer. Vendrá pronto. ¿Qué pasa?

CAMPANERO.—*(Balbuciendo.)* Allá, en el monte.

SACRISTÁN.—¿En el monte? ¿Algo grave?

CAMPANERO.—Ahí lo vi... Lo vi...

SACRISTÁN.—Cálmate, por Dios. ¿Qué es lo que viste?

CAMPANERO.—(*Con esfuerzo.*) Un hombre... He visto a un hombre vestido de negro...

SACRISTÁN.—(*Suspirando aliviado.*) ¿Es eso todo? ¿Para decir que has visto a un hombre vestido de negro llegas corriendo como si hubiese sucedido una desgracia?

CAMPANERO.—Usted no comprende. Ese hombre vestido de negro apareció de pronto. (*Estupor en el coro. El sacristán les hace gestos para que se aquieten.*)

SACRISTÁN.—¿Qué dices?

CAMPANERO.—Sí, apareció de pronto y me habló.

SACRISTÁN.—Explícate claramente. ¡Lo has soñado!

CAMPANERO.—No. Yo estaba sentado sobre un tronco; veía ocultarse el sol detrás de esos montes amarillos y secos, pensaba que este año no tendremos cosechas, que sufriremos hambre, y de pronto, sin que yo lo advirtiera, él estaba ahí, de pie, junto a mí.

SACRISTÁN.—No comprendo. (*Incrédulo.*) Y ¿cómo era ese hombre?

CAMPANERO.—Era joven. Tenía una cara hermosa.

SACRISTÁN.—Sería algún forastero.

CAMPANERO.—Parecía muy bien informado de lo que pasa en este pueblo.

SACRISTÁN.—¿Te dijo algo?

CAMPANERO.—Tú eres campanero de la iglesia, me dijo, y luego, señalando los montes: Este año va a haber hambre. ¿No crees que causa angustia ver un pueblo tan pobre y tan resignado? (*Movimiento de extrañeza en los del coro.*)

SACRISTÁN.—(*Con admiración.*) ¿Eso dijo?

CAMPANERO.—Sí, pero yo le respondí: El Señor

Cura nos ha ordenado rezar mucho, tal vez así el viento del Norte no soplará más, no habrá más heladas y podremos lograr nuestras cosechas. Pero él lanzó una carcajada que hizo retumbar al mismo cielo. *(El coro ve al vacío como si quisiera ver allí algo.)*

SACRISTÁN.—¡Qué insolencia! ¿No te dijo quién era, qué quería?

CAMPANERO.—Sólo me dijo que es el mismo Dios quien nos envía esas heladas, porque quiere que los habitantes de este pueblo se mueran de hambre. *(El pueblo está expectante en actitud de miedo.)*

SACRISTÁN.—No hay que hacerle caso, lo que dijo no tiene importancia, pero tú no debiste permanecer callado.

CAMPANERO.—No, si yo le dije que Dios no permitiría que nos muriéramos de hambre, pero él me contestó: Ya lo ha permitido tantas veces... Y luego, lo que más miedo me dio, ¡ay, Dios Santo!...

SACRISTÁN.—¿Qué? Habla pronto.

CAMPANERO.—Lo que más miedo me dio, fue que adivinó lo que yo estaba pensando, porque me dijo: Tú estás pensando que no es justo que estos pobres pasen hambre, cuando el Amo de este pueblo les ha arrebatado sus tierras, les hace trabajar para él y... *(Los del pueblo se ven sin comprender, apretándose unos contra otros.)*

SACRISTÁN.—¡Cállate! ¡Cállate!

CAMPANERO.—Quiero ver al Señor Cura.

SACRISTÁN.—*(Al pueblo.)* No hay que hacer caso de lo que dice este muchacho. Siempre imagina cosas extrañas. *(Al Campanero.)* ¿No habías bebido nada?

CAMPANERO.—No, le juro que no.

SACRISTÁN.—Di la verdad.

CAMPANERO.—No. De veras. No.

SACRISTÁN.—*(Con autoridad.)* Tú estabas borracho. Confiésalo.

CAMPANERO.—*(Vacilante.)* No sé, tal vez...

SACRISTÁN.—Estabas borracho. Deberías arrepentirte y...

CAMPANERO.—¿Pero cómo iba a estar borracho si no había bebido nada?

SACRISTÁN.—Te digo que estabas borracho.

CAMPANERO.—Está bien. Si usted lo dice, así debe ser. Tal vez así es mejor. Porque lo más terrible es que ese hombre desapareció del mismo modo que había aparecido. Si yo estaba borracho, nada tiene importancia.

SACRISTÁN.—Aquí viene el Señor Cura.

Entra el Cura. El pueblo se arrodilla, el Cura hace señal para que se levanten.

CURA.—¿Qué pasa, hijos míos? *(El Campanero se acerca a él, suplicante.)* ¿Es algo grave?

SACRISTÁN.—No, Señor Cura. Este muchacho ha bebido unas copas y...

CAMPANERO.—*(Se arroja a los pies del Cura.)* ¡No es verdad! ¡No es verdad! Yo no estaba borracho. Usted debe creerme.

CURA.—Levántate, hijo.

CAMPANERO.—Usted debe creerme que ahí, en el monte, se me apareció un hombre vestido de negro, me dijo que es Dios quien nos envía la miseria y la muerte, y lo peor es que apareció en el momento en que yo pensaba esas mismas palabras y su voz sonaba dentro de mí como si fuera mi misma voz dicha por mil gargantas invisibles. Me arrepiento de haber pensado eso. Usted me perdonará, ¿verdad?

CURA.—Te perdono si te arrepientes. Lo principal es el arrepentimiento.

CAMPANERO.—Sí, estoy arrepentido, porque todo sucedió como si una fuerza extraña a mí se me impusiera. Traté de rezar, pero él se rió y su risa me heló la sangre dentro del cuerpo.

CURA.—*(Con asombro.)* ¿Se rió porque rezabas?

CAMPANERO.—Sí, y me dijo, además... Pero no sé si deba decirlo aquí.

CURA.—Habla.

CAMPANERO.—Me dijo: No reces, ni vayas a la iglesia. Son formas de aniquilarte, de dejar de confiar en ti mismo. *(Movimiento de asombro en los del coro.)*

SACRISTÁN.—Padre, no lo deje seguir hablando aquí.

CURA.—Déjalo, hijo mío, porque todos ellos tienen derecho de saber lo que estoy pensando.

SACRISTÁN.—¿Qué piensa usted, Padre?

CURA.—Espera. *(Al Campanero.)* ¿Qué más dijo?

CAMPANERO.—Ay, Padre, no puedo seguir...

CURA.—Te ordeno que hables.

CAMPANERO.—Pues bien, dijo: Yo soy el jefe de los rebeldes de todo el mundo, he enseñado a los hombres a... No recuerdo bien sus palabras... Sí, dijo: He enseñado a los hombres a confiar en sí mismos, sin temer a Dios. Por eso muchas veces han dicho que yo soy el espíritu del mal, cuando lo único que he querido ser es... ¿Cómo decía?... ¿Cómo dijo?... Sí, lo único que he querido ser es el espíritu del progreso.

CURA.—¿Eso dijo? *(Reflexiona.)* ¿Notaste algo raro en él, en sus ojos?

CAMPANERO.—Eran brillantes y profundos.

CURA.—¿Su cuerpo no tenía nada de particular? ¿Algún apéndice? ¿Sus manos?

CAMPANERO.—Sus manos eran grandes y fuertes.

CURA.—¿No olía, acaso, de una manera muy peculiar?

CAMPANERO.—No sé. Puso su mano, aquí sobre mi hombro. Huela, huela usted Padre. *(Se acerca al Cura.)*

CURA.—(*Acerca su cara al hombro del Campanero y retrocede con un gesto violento.*) ¡Azufre! *Vade retro*, Satanás.

CAMPANERO.—(*Con un gesto impotente.*) ¿Qué dice usted, Padre?

CURA.—¿No comprendes quién era? Te dijo que no reces, que no vengas a la iglesia, habló en contra de Dios, se declaró el jefe de los hombres rebeldes y huele a azufre. Es muy claro.

CAMPANERO.—(*Atónito.*) ¿Qué? Mis vestidos siempre huelen un poco a azufre. (*El pueblo muévese con espanto, con estupor, con angustia.*)

CURA.—(*Teatral.*) Era el Demonio, hijos míos. El mismo Demonio. (*Los del coro se apartan violentamente.*)

CAMPANERO.—Pero él dijo que no era el espíritu del mal, sino del progreso...

CURA.—Es lo mismo, hijo, es lo mismo. Nosotros, los servidores del Señor, sabemos distinguir al Enemigo. Fue por haber oído su voz que los hombres se sintieron capaces de conocerlo todo y fue por eso también que Dios nos castigó haciéndonos mortales y al mismo tiempo temerosos de la muerte. (*El coro cae de rodillas, las cabezas en el suelo.*) Sólo quiero decirles una cosa: éste es un mal presagio. Todos ustedes deben venir con más frecuencia a la iglesia. Para ahuyentar al Enemigo, entremos a rezar ahora mismo, a nuestra venerada imagen del Padre Eterno que está aquí dentro, y que es orgullo de nuestro pueblo por las famosas joyas que ostenta en sus manos y que han sido compradas con las humildes limosnas de ustedes, de sus padres, de sus abuelos...

SACRISTÁN.—(*Repite, como en feria.*) A rezar a la imagen del Padre Eterno, que es orgullo de nuestro pueblo.

Suenan unos acordes de música religiosa. Los

*hombres y mujeres del pueblo se ponen de pie y
comienzan a entrar, silenciosos, en la iglesia, en una
marcha resignada, con las cabezas bajas.*

CURA.—*(Al Campanero.)* Tú, hijo mío, a rezar.
A redimir tu cuerpo y tu alma de ese sucio contacto. *(El Campanero besa la mano del Cura y entra en la iglesia. Quedan solos el Sacristán y el
Cura.)*

SACRISTÁN.—*(Vacilante.)* Padre, ¿cree usted que
ha sido realmente el Demonio? Me parece increíble en este siglo. Me pregunto si...

CURA.—*(Solemne.)* A nosotros no nos cumple preguntar, hijo mío, sólo obedecer. Las preguntas en
nuestra profesión se llaman herejías. Vamos a rezar.
(Entran los dos en la iglesia.)

*Algunos hombres y mujeres atraviesan la escena
con las mismas cargas de la primera. Se oye de pronto un tema musical que encierra cierto misterio.
Por el fondo aparece el Forastero. Es joven y atlé-
tico. Sus facciones hermosas, revelan decisión, capacidad de mando. Su cuerpo es elástico. Viste una
malla alta y pantalones negros. Lleva una gorra,
también negra, en la cabeza. Se adelanta y saluda
con una pirueta un poco bufonesca a los transeúntes de la plaza.*

FORASTERO.—Buenas tardes. *(No recibe respuesta,
el aludido pasa de largo sin verlo. Se dirige a otro.)*
Buenas tardes. *(Tampoco recibe contestación, ni
siquiera un gesto. Habla a otro.)* Perdone, ¿qué
idioma hablan los habitantes de este pueblo? *(No
recibe respuesta. Toma del brazo a un hombre, con
energía.)* Buenas tardes, he dicho. *(El hombre lo
ve, con la mirada vacía, y sigue su camino, indiferente. El Forastero se acerca a la iglesia con curiosidad, intenta entrar, retrocede, vacila, se quita la*

gorra, se limpia el sudor de la frente.) ¡Vaya! ¡Vaya! Los habitantes de este pueblo se han quedado mudos. *(Camina reconociendo el lugar, echa una última mirada a la iglesia y ríe. Sale pausadamente.)*

Entra el Carcelero seguido de Beatriz. El Carcelero es un hombre débil, pero de aspecto brutal. Su traje recuerda al traje militar. Lleva a la cintura una gran pistola que palpa constantemente para sentirse seguro. Beatriz es una muchacha de veinte años, bonita, vestida con extrema pobreza.

BEATRIZ.—*(Corriendo tras el Carcelero.)* Espera, espera. Me he pasado los días enteros esperándote para poder hablarte.

CARCELERO.—No debo hablar contigo, te lo he dicho varias veces.

BEATRIZ.—Nadie puede oírnos. Mira, la plaza está desierta.

CARCELERO.—No debo hablar con la hermana de un hombre que está en la cárcel.

BEATRIZ.—Espera. Me dijiste que mi hermano saldría libre ayer.

CARCELERO.—Las órdenes cambiaron.

BEATRIZ.—¿Por qué?

CARCELERO.—El Amo lo dispuso así.

BEATRIZ.—Llevo un año esperando. Pasa el tiempo y me dices que mi hermano saldrá libre. Me hago la ilusión de que será así y luego me dices que han cambiado las órdenes. Creo que voy a volverme loca. Ayer le esperé. En la lumbre de nuestra casa le esperaba la cena que a él le gusta tanto y...

CARCELERO.—*(Impaciente.)* Lo siento.

BEATRIZ.—¿Por qué no lo dejan en libertad? Tú sabes que su falta no fue grave. Todo su delito consistió en decir que las tierras que eran nuestras, son ahora otra vez del Amo. ¿No es la verdad?

CARCELERO.—No estoy aquí para decir la verdad, sino para cumplir las órdenes del Amo.

BEATRIZ.—Pero tú sabes que lo hizo porque es muy joven. No tiene más que dieciocho años. ¿No comprendes? Cuando murió mi padre pensamos que el pedazo de tierra que era suyo sería nuestro también, pero resultó que mi padre, como todos, le debía al Amo y la tierra es ahora de él. Mi hermano quiso hablarle, pero él ni siquiera le oyó. Después bebió unas copas y gritó aquí en la plaza lo que pensaba. No creo, sin embargo, que ésa sea una razón para estar más de un año en la cárcel.

CARCELERO.—Todo fue culpa de tu hermano. Como si no supiera que aquí todo le pertenece al Amo: Las tierras son de él, los hombres trabajan para él al precio que él quiere pagarles, el alcohol con con que se emborrachan está hecho también en su fábrica, la iglesia que aquí ves pudo terminarse de construir porque el Amo dio el dinero. No se mueve la hoja de un árbol sin que él lo sepa. ¿Cómo se atreve tu hermano a gritar contra un Señor tan poderoso?

BEATRIZ.—Mi hermano no creyó que podría ir a la cárcel por hablar lo que pensaba.

CARCELERO.—Muchos han ido a la cárcel porque se atrevieron sólo a pensar mal del Amo.

BEATRIZ.—Y ustedes, ¿cómo lo sabían?

CARCELERO.—*(Viéndola fijo.)* Se les conocía en la mirada. Una mirada como la que tú tienes ahora. *(Inicia el mutis. Entra el Forastero, despreocupado.)*

BEATRIZ.—Espera. Tú, como carcelero, podrás al menos decirme cuándo podré verlo.

CARCELERO.—Tengo órdenes terminantes. El Amo no quiere que tu hermano hable con nadie en este pueblo y menos que vaya a meterles ideas raras en la cabeza. Por eso está incomunicado. *(El Forastero advierte la escena que se desarrolla frente a él y observa, atento.)*

BEATRIZ.—*(Violenta.)* ¿Tiene miedo el Amo de que

algún día esos pobres hombres que él ha vuelto mudos le griten a la cara lo mismo que mi hermano le dijo?

CARCELERO.—*(Viendo en torno suyo con temor.)* Cállate.

BEATRIZ.—Perdona. No sé lo que digo. Estoy desesperada. Ayúdame.

SACRISTÁN.—*(Tiene un movimiento de compasión, luego se reprime y adopta un aire rígido.)* En mi oficio no hay lugar para la compasión.

BEATRIZ.—Dime, al menos, qué hace ahí dentro. ¿Se acuerda de mí? ¿Canta? *(Con añoranza.)* Le gustaba tanto cantar...

CARCELERO.—Haces mal en hablarme así. No me gusta enternecerme. Ahí dentro se olvida uno de que los hombres sufren y todo es más fácil así.

BEATRIZ.—¿Cuánto tiempo estará preso mi hermano?

CARCELERO.—Eso no puedo decírtelo.

BEATRIZ.—¿Por qué?

CARCELERO.—Nunca se sabe.

BEATRIZ.—¿Quieres decir que puede pasar otro año y otro más? No es posible. Yo debo hacer algo. Veré de nuevo al Juez y le diré...

CARCELERO.—Inútil. El Juez es sobrino del Amo.

BEATRIZ.—¿Y el Alcalde?

CARCELERO.—Es hermano suyo.

BEATRIZ.—*(Sombría.)* ¿Nadie puede nada, entonces, contra él?

CARCELERO.—No. Y cuando se le sirve bien, es un buen Amo. *(Con amargura.)* Bueno, al menos me da de comer y una cama para dormir.

BEATRIZ.—*(Suplicante.)* Tú debes ayudarme. *(Tierna.)* Cuídalo. En estas noches en que sopla el viento debe sentir mucho frío. Cuando cayeron las heladas no pude dormir pensando que se despertaría gritando como un niño. Una de sus pesadillas era soñar que estaba preso. Siempre la misma pesadilla.

Hasta llegó a contagiármela... Pero ahora está preso de verdad. ¿Qué puedo hacer?

CARCELERO.—(*Con intención.*) Quizá podrías...

BEATRIZ.—Dímelo. Haré lo que sea.

CARCELERO.—Podrías ir a ver al Amo.

BEATRIZ.—¿Crees que me recibiría?

CARCELERO.—A él le gustan las muchachas bonitas. Aunque tiene muchas, podrías hacer la prueba. Tienes un cuerpo duro, ¿eh? (*La toca.*) ¿Estás virgen todavía? (*Trata de abrazarla.*)

BEATRIZ.—(*Lo rechaza violentamente.*) Déjame, cochino. Tú y tu Amo pueden irse al demonio. ¡Al demonio! ¡Al demonio!

Beatriz llora. El Carcelero se encoge de hombros y entra en el edificio de la cárcel. El Forastero desciende de la escalera del templo, de donde ha observado la escena, y se acerca, muy cortés, a Beatriz.

FORASTERO.—Me pareció que llamabas. ¿Necesitas ayuda?

BEATRIZ.—(*Con lágrimas.*) Quiero estar sola.

FORASTERO.—No es culpa del carcelero. Él es sólo una pieza de la maquinaria.

BEATRIZ.—(*Sin ver al Forastero.*) ¡La maquinaria! ¿De qué habla usted?

FORASTERO.—(*Misterioso.*) Lo sé todo, Beatriz.

BEATRIZ.—(*Al oír su nombre, vuelve a verlo, extrañada.*) ¿Por qué sabe mi nombre? Ha estado espiando. ¿Quién es usted?

FORASTERO.—Un extranjero, como tú.

BEATRIZ.—Yo nací en esta tierra.

FORASTERO.—Pero nadie se preocupa por ti. Nadie te habla. Nada te pertenece. Eres extranjera en tu propia tierra.

BEATRIZ.—(*Con amargura.*) Es verdad. ¿Y usted cómo se llama?

FORASTERO.—¿Yo? (*Muy natural.*) Soy el diablo.

BEATRIZ.—*(Con una risita.)* ¿El diablo?

DIABLO.—Sí, ¿no me crees?

BEATRIZ.—Pues... No sé... La verdad... No. Usted tiene ojos bondadosos. Todo el mundo sabe que el diablo echa fuego por los ojos y que...

DIABLO.—*(Sonriente.)* No es verdad.

BEATRIZ.—...Y que lleva una cola inmensa que se le enreda entre las piernas al andar, y que tiene dos grandes cuernos que apuntan contra el cielo... Y que se acerca a las muchachas de mi edad para...

DIABLO.—*(Con aire mundano.)* ¿Para violarlas?

BEATRIZ.—*(Avergonzada.)* Sí, eso es lo que se dice.

DIABLO.—Pues todo eso no es verdad. ¡Es una calumnia!

BEATRIZ.—*(Con simpatía.)* Bueno. Todo eso sería grave si usted fuera realmente el Demonio... Pero con ese aspecto tan cuidado, como de persona bien educada, no va a pretender asustarme.

DIABLO.—*(Con un suspiro.)* No me crees. Me lo esperaba. Pero tal vez así sea mejor. Seremos amigos más pronto.

BEATRIZ.—*(Lo ve, extrañada.)* No comprendo.

DIABLO.—Debo advertirte que tengo dos clases de nombres. Unos han sido inventados para asustar a los hombres y hacerlos creer que no deben seguir mi ejemplo: *(Teatral.)* Mefistófeles, Luzbel, Satanás. *(Otra vez natural.)* Como si yo fuera el mal absoluto. El mal existe, por supuesto, pero yo no soy su representante. Yo sólo soy un rebelde, y la rebeldía, para mí, es el mayor bien. Quise enseñar a los hombres el por qué y el para qué de todo lo que les rodea; de lo que acontece, de lo que es y no es... Debo decirte que yo prefiero otros nombres, esos que aunque nadie me adjudica son los que realmente me pertenecen: para los griegos fui Prometeo, Galileo en el Renacimiento, aquí en tierras de América... Pero, bueno, he tenido tantos nombres más. *(Con un dejo de amargura.)* Los nombres cambiaron, pero yo fui siempre el mismo: calumniado, temido, despreciado y lo único que he querido siempre, a través de los tiempos, es acercarme al Hombre, ayudarle a vencer el miedo a la vida y a la muerte, la angustia del ser y del no ser. *(Torturado.)* Quise hallar para la vida otra respuesta que no se estrellara siempre con las puertas cerradas de la muerte, de la nada.

Beatriz.—*(Ingenua.)* Pero ¿de qué está hablando?

Diablo.—*(Se vuelve a ella.)* Perdona. *(Al ver que Beatriz lo ve con estupor.)* Mi principal defecto es que me gusta oírme demasiado. *(Saca de la bolsa un pañuelo que ofrece a Beatriz. Le habla con simpatía.)* Límpiate las lágrimas. *(Beatriz lo hace. El Forastero ve en derredor suyo.)* Los habitantes de este pueblo son mudos, ¿verdad?

Beatriz.—Hablan poco. Creo que sólo lo hacen cuando están en sus casas con las puertas cerradas. Nunca les oí hablar.

Diablo.—¡Qué lástima! Tienen miedo.

Diablo.—Sí, pero es mejor tener miedo. Es más seguro. Mi hermano no lo tuvo y por eso está preso. *(Sigilosa.)* ¿Usted no tiene miedo del Amo?

Diablo.—No, porque el Amo no existiría si los hombres no lo dejaran existir.

Beatriz.—No comprendo.

Diablo.—¿No crees que esos pobres no hablan porque nunca les han preguntado nada, ni lo que piensan ni lo que quieren?

Beatriz.—No sé, puede ser. ¿Cree usted?

Diablo.—*(Mundano.)* Puedes tratarme de tú. *(Pausa.)* Creo que no has empleado con el carcelero el método adecuado para obtener la libertad del Hombre. El ruego nunca ha sido eficaz. Veamos. *(Medita.)* A un servidor del Amo, ¿qué podría interesarle? *(Pausa.)* Creo que no hay más que una cosa, una sola para él: El dinero.

316

BEATRIZ.—(*Con asombro.*) ¿El dinero?

DIABLO.—Sí, claro está que estos pobres hombres mudos deberían libertarlo, pero no se atreverán. En otros tiempos quizás te habría aconsejado un método distinto, pero ahora es el único recurso.

BEATRIZ.—Quizás. Pero, ¿cómo voy a ofrecerle dinero si no lo tengo? Los pocos ahorros que teníamos los he gastado esperando que mi hermano quedara en libertad. No he podido ni siquiera trabajar. La vida entera se me va en esta angustia, en esta espera.

DIABLO.—(*Misterioso.*) Si quisieras, podrías arreglarlo todo.

BEATRIZ.—¿Cómo? No tengo nada. Este pueblo está arruinado. Las cosechas de este año se han perdido. Mira el cielo, está gris desde que el viento del Norte trajo las heladas. (*Con amargura.*) Y él ahí dentro, sintiendo hambre y frío...

DIABLO.—(*Encendiendo un cigarrillo.*) Dios tiene a veces designios que no se comprenden fácilmente.

BEATRIZ.—¿Qué quieres decir? ¿No crees en Dios?

DIABLO.—(*Con un suspiro.*) He tenido que soportarlo como tú. Pero ahora hay que pensar cómo haremos para que el Hombre sea libre.

BEATRIZ.—¿Por qué le llamas el Hombre? Es mi hermano y no tiene más que dieciocho años. Es casi un niño.

DIABLO.—Todos los hombres son casi niños. ¿Cómo haremos para que sea libre?

BEATRIZ.—¿Libre? Sólo si el Amo se muriera...

DIABLO.—Eso no serviría de nada. Tendrá hijos y hermanos... Una larga cadena. (*De pronto, entusiasmado.*) Pero si tú quieres realmente que él sea libre...

BEATRIZ.—¡Si bastara con desearlo!

DIABLO.—Basta con eso. ¿No sabes que los hombres nacen libres? Son los otros los que después los van haciendo prisioneros.

BEATRIZ.—Si puedes aconsejarme alguna manera para ayudar a mi hermano... trabajaría para ti, te juro que te lo pagaría...

DIABLO.—*(Después de reflexionar, habla, muy seguro de sí mismo.)* Voy a ayudarte, pues él está preso por la misma razón que yo fui desterrado de mi tierra natal. Tu hermano se rebeló contra este Amo que lo tiraniza, así como yo me rebelé contra esa voluntad todopoderosa que me desterró del Paraíso donde nací, por enseñarles a los hombres los frutos del bien y del mal. Pero, mira, ahí viene otra vez el carcelero. Luego te explicaré, ahora háblale y ofrécele dinero. Es la única manera.

BEATRIZ.—Pero, ¿de dónde voy a sacarlo?

DIABLO.—Háblale. Veremos si acepta. Haz un trato con él y yo luego haré otro trato contigo. *(Beatriz duda, pero un gesto firme del Diablo la impulsa a hablar. Este vuelve a las gradas del templo. El Carcelero sale del edificio de la cárcel detrás de dos soldados que llevan a dos prisioneros, con una marcha mecánica de pantomima siguiendo el toque insistente de un tambor.*

Beatriz se acerca. El Carcelero finge no verla. Beatriz tira repetidas veces de su uniforme.

CARCELERO.—Te he dicho que no debo hablarte.

BEATRIZ.—Voy a hacerte una proposición. Algo que te conviene.

CARCELERO.—*(A los soldados.)* Alto ahí. Y vigilen a esos presos. No vayan a escaparse. *(Los presos, doblegados y famélicos, marcan el paso como autómatas. La vigilancia de los soldados resulta excesiva.)* ¿Qué quieres?

BEATRIZ.—He pensado que tal vez tú quisieras dejar en libertad a mi hermano, si te diera algo de dinero.

CARCELERO.—*(Garraspeando, grita a los soldados.)*

¡Soldados!, lleven a esos prisioneros a picar la piedra del camino de la casa del Amo. Debe quedar arreglado hoy mismo. ¿No oyen? (*Los soldados tiran violentamente de los prisioneros. Uno de ellos cae del tirón, al otro se le incrusta la cuerda en el cuello ocasionándole un violento acceso de tos. Salen tirando unos de otros, en una pantomima grotesca.*) ¿Qué historia es ésa? Me comprometes hablando así delante de ellos. Por fortuna, creo que no oyeron nada. Si el Amo supiera algo de esto...

Beatriz.—Perdona.

Carcelero.—Bueno, ¿cuánto puedes darme?

Beatriz.—Entonces, ¿vas a ayudarme? ¡Qué feliz soy! (*Besa en la cara apasionadamente al Carcelero.*)

Carcelero.—Pensándolo bien, creo que no debo aceptar dinero tuyo. (*Inicia el mutis.*)

Beatriz.—Pero dijiste...

Carcelero.—(*Deteniéndose.*) ¿Cuánto?

Beatriz.—Pues no sé... ¿Cuánto quieres tú?

Carcelero.—La libertad de un hombre vale mucho.

Beatriz.—Oye, nunca he querido hablarte de esto, pero ahora debo hacerlo: sé que quieres a esa mujer que vive en las afueras del pueblo. Ella te querría si tú le dieras algo de dinero. ¿Cuánto quieres? (*El Diablo sigue la escena con una sonrisa de complicidad.*)

Carcelero.—(*Pensando.*) No sé... (*De pronto, concretando.*) Necesito trescientos pesos.

Beatriz.—(*Retrocediendo espantada.*) ¿Trescientos pesos? (*Vuelve a ver al Diablo, que le hace una señal afirmativa con la cabeza.*) Está bien. Te daré lo que me pides.

Carcelero.—¿Tú tienes ese dinero? Pero si andas vestida con andrajos.

Beatriz.—(*Con fingida seguridad.*) Si ése es el precio de la libertad de mi hermano, te lo pagaré.

Carcelero.—Bueno, creo que podemos arreglarlo,

319

pero a condición de que tu hermano se vaya del pueblo cuando quede libre.

BEATRIZ.—Sí. Nos iremos lejos, a la tierra donde nació mi madre.

CARCELERO.—*(Con miedo.)* Y el Amo de allá, ¿no conocerá al nuestro?

BEATRIZ.—No. Allá no hay ningún Amo. Yo no conozco esa comarca; pero me han dicho que ahí las gentes trabajan para sí mismas labrando una tierra que les pertenece, donde todo nace casi sin esfuerzo; el viento no lleva las heladas, sino la brisa cálida del mar. En las tardes, según me decía mi madre, después del trabajo, se tienden los hombres a cantar bajo el cielo, como si fuera su propio hogar.

CARCELERO.—*(Soñador.)* Debe ser hermoso vivir allí. *(De pronto, rígido.)* ¡Bah! Eso lo soñaste, o lo soñó tu madre, tal vez.

BEATRIZ.—*(Con añoranza.)* Tal vez.

CARCELERO.—¿Ahí, en ese país, no se mueren las gentes?

BEATRIZ.—Sí; si no, sería el cielo.

CARCELERO.—Pues si se mueren, no debe ser mucho mejor que esta tierra. *(Pausa.)* Si me das ese dinero, mañana puedo dejar libre a tu hermano. *(Para sí.)* Voy a correr un grave riesgo. *(A Beatriz.)* ¿No puedes darme más?

BEATRIZ.—*(Ve al Diablo, que le hace una señal negativa con la cabeza.)* No. Lo dicho. ¿Cómo harás para sacarlo? ¿A qué hora? Me tiembla todo el cuerpo de pensar que voy a verlo otra vez. Desde que nacimos, es ésta la primera vez que estamos separados. Sin él me siento como perdida en el aire.

CARCELERO.—Mañana, al caer la tarde, haré que salgan los prisioneros a trabajar en el camino de la casa del Amo, como lo hacen todas las tardes.

BEATRIZ.—*(Inquieta.)* ¿Van todos los días?

CARCELERO.—Sí. Hasta donde alcanza mi memoria,

320

han ido allí todos los días. Bien. Aprovecharé ese momento para hacer salir a tu hermano y tú estarás preparada para huir. Vendrás con el dinero una hora antes. Debo estar absolutamente seguro.

BEATRIZ.—Está bien. Haré todo como quieras. Hoy en la noche no podré dormir de la alegría. ¡Tengo tan poca costumbre de ser feliz!

CARCELERO.—Entonces, hasta mañana. (Sale.)

BEATRIZ.—(Detrás de él.) Adiós, adiós. Hasta mañana. (El Diablo se acerca. Beatriz baila en torno suyo cantando, luego se toman de las manos y bailan juntos cantando con júbilo, al compás de una música tierna y festiva.)

> Ay hermano prisionero
> despierta ya...
> La prisión es como un barco
> hundido en un hondo mar
> ay hermano prisionero
> no duermas más...
> Pues en la orilla te esperan
> la risa y la libertad.

(Ríen los dos, sofocados.)

DIABLO.—(Riendo.) ¿Verdad que cuando uno se siente libre, es como si la tierra fuera más ancha, como si fuera, en vez de un valle de lágrimas, un paraíso de alegrías? ¡Alégrate! ¡Aceptó! (La abraza con júbilo.)

BEATRIZ.—(Radiante.) Sí... ¡Aceptó! Lo va a dejar en libertad. (De pronto se detiene asustada.) Y ahora, ¿qué voy a hacer para darle ese dinero?... ¿Por qué me has dicho que le propusiera eso? Nunca en mi vida he tenido trecientos pesos en la mano.

Ahora que lo pienso... Él no te vio, ¿verdad? (El Diablo complacido hace un gesto negativo.) ¿Cómo es posible que no te viera?...

DIABLO.—Es natural: a mí sólo pueden verme los que llevan la llama de la rebeldía en el corazón, como tú. Los que tienen miedo no pueden verme. Tan pronto aparece el arrepentimiento, no me ven más.

BEATRIZ.—Pero... entonces... ¿quién eres realmente? *(Lo ve horrorizada.)* ¡No!... Yo creo en Dios. Cumplo con todos los mandamientos de la Iglesia, rezo a solas y cuando he cometido una falta me arrepiento. No debo hablarte. *(Inicia el mutis.)*

DIABLO.—*(Con autoridad.)* Espera... *(Mimoso.)* ¿No he sido bueno contigo?

BEATRIZ.—*(Se detiene.)* Sí, has sido bueno. Tengo necesidad de que sean buenos conmigo y nadie más que tú lo ha sido.

DIABLO.—*(Se acerca dominante.)* Dios te ayuda poco, ¿verdad?

BEATRIZ.—No debería decirlo y no sé si Él va a enojarse, pero todos los días y las noches de este año he rezado con todo el ardor posible para que mi hermano quedara en libertad, pero Él no ha querido oírme, y cuando Él no quiere, no se puede hacer nada.

DIABLO.—*(Misterioso, habla con gran autoridad.)* Ahora vas a exigirle en vez de rogarle.

BEATRIZ.—¿Exigirle a Él?

DIABLO.—Sí, te explicaré. En el interior de esta iglesia hay una imagen del Padre Eterno...

BEATRIZ.—Sí, es una imagen preciosa, enorme; la cara casi no puede verse porque está en medio de las sombras, pero las manos que sostienen al mundo, le brillan de tantas joyas que tiene. Una aureola guarnecida de esmeraldas le sirve de respaldo, como si fuera el cielo con todas sus estrellas. A esa imagen he rezado durante todo este tiempo.

DIABLO.—Ahora no vas a rezarle, sino a arrebatarle algo de lo que a él le sobra y que a ti te hace tanta falta... Él está acostumbrado a recibir. Vas a pedirle algo en préstamo. (*Ríe.*) Ya se lo pagarás en la otra vida.

BEATRIZ.—(*Viéndole muy cerca como fascinada.*) Te brilla en los ojos un fuego extraño. ¿Qué quieres que haga?

DIABLO.—(*Dominándola con la mirada.*) Bastará con entrar en la iglesia cuando no haya nadie y alargar la mano. Las joyas serán tuyas. Será fácil.

BEATRIZ.—(*Retrocede espantada.*) No, eso es imposible. ¿Por qué me aconsejas que robe las joyas del Padre Eterno? Creo que al alargar la mano se me caería allí mismo hecha pedazos, o me quedaría allí petrificada para siempre, como ejemplo para los que quisieran hacer lo mismo...

DIABLO.—(*Impaciente.*) ¡Beatriz!

BEATRIZ.—(*Aterrorizada.*) O me dejaría ciega, dicen que su luz es cegadora, o quizás en ese mismo momento mi hermano se moriría en la cárcel. ¿Quién puede saber cómo querría castigarme? Con Él nunca se sabe. (*Pausa.*) ¿Todo lo que puedes aconsejarme es que robe?

DIABLO.—No es un robo. Es un acto de justicia. ¿O no quieres que tu hermano vuelva a ver la luz del sol? Irte lejos con él a ese Paraíso de que hablas. ¿No quieres eso? (*La toma de los hombros, ella vacila, luego se aleja.*)

BEATRIZ.—Sí, pero no así, no así. (*El Diablo la sigue.*)

DIABLO.—(*Sujetándola del brazo.*) En este momento tienes que escoger entre la libertad de tu hermano y el respeto por esa imagen que ha permanecido sorda ante tus ruegos.

BEATRIZ.—(*Tratando de soltarse.*) No blasfemes. No blasfemes. (*Se santigua repetidas veces.*)

DIABLO.—(*Enérgico.*) Recuérdalo, Él no ha hecho nada por ti. Él es indiferente y tú quieres seguir siéndole fiel. Mañana te esperará ahí el carcelero.

Si tú no traes lo que le has prometido, tu hermano se consumirá en la cárcel para siempre. *(La suelta.)*

BEATRIZ.—*(Agobiada.)* Pero ¿cómo podría hacerlo? Siempre hay alguien cuidando de la imagen, además, nunca me he atrevido a verla de cerca, me da tanto miedo... Siempre tuve que inclinar la cabeza hacia un lado para no verla. ¿Cómo quieres que me acerque para robarle?

DIABLO.—*(Camina casi deslizándose, y se sitúa detrás de ella hablándole casi al oído.)* Sólo vas a quitarle algo de lo que estos hombres mudos han puesto entre sus manos y que Él quizás no advertirá siquiera.

BEATRIZ.—*(Casi impotente.)* No me lo perdonaría nunca, me condenaría.

DIABLO.—*(Con absoluto dominio.)* Óyeme bien. En el momento en que logres hacer esto te sentirás liberada del miedo y también tu hermano será libre.

BEATRIZ.—*(Al borde de las lágrimas.)* ¡Ay Dios mío! ¿Qué voy a hacer? Si el Amo se muriera...

DIABLO.—En eso no puedo ayudarte. Es Dios quien inventó la muerte. No yo.

BEATRIZ.—*(De pronto cree liberarse de la influencia de él y lo ve horrorizada.)* ¿Pero no comprendes que lo que me pides es superior a mis fuerzas? Es a Dios a quien quieres que despoje.

DIABLO.—*(Riendo al vacío.)* ¿Dónde está Dios? Es una imagen de madera que despojada de sus joyas y resplandores, aparecerá a tus ojos y a los de todo este pueblo, como realmente es: un trozo de materia inanimada a la que ellos mismos han dado vida. Quítale todos los adornos. *(Con ira.)* Déjala desnuda, totalmente desnuda.

BEATRIZ.—*(Desesperada.)* Mi pobre hermano tendrá que perdonarme, pero él no querrá que yo me condene. La libertad a ese precio, la libertad sin Dios, no puede ser más que la desgracia, la angustia, la desesperación. *(Supersticiosa.)* Tuve una tía que por haber jurado en vano, Dios la condenó a que todos sus hijos se murieran. *(Ingenua.)* Dios es rencoroso, ¿no lo sabes?

DIABLO.—*(Irónico.)* ¡Y me lo dices a mí! Pero mira al Amo, él no tiene miedo, él da el dinero para construir esta iglesia, y hace que esos pobres hombres mudos, que se creen hechos a semejanza de Dios, sean sus esclavos.

BEATRIZ.—No quiero oírte más. Voy a rezar para olvidar todo lo que me has dicho.

DIABLO.—Espera, Beatriz.

BEATRIZ.—No quiero, ¿por qué te habré oído? *(Lo ve fijo.)* Tú lo que quieres es vengarte de Dios y me has escogido a mí para hacerlo. *(Se santigua frenéticamente y grita despavorida.)* ¡Es el Diablo! ¡El Demonio! ¡El Demonio! *(La plaza se llena de rumores, de todos los puntos llegan corriendo hombres y mujeres. Beatriz frenética en el suelo en un ataque de histeria señala al punto donde está el forastero a quien nadie ve.)* ¡Ahí!... ¡Ahí!... Mátenlo... Mátenlo.

El pueblo ve en torno suyo y se mueve como buscando al Diablo sin poder verle. El Diablo se acerca a Beatriz gritando.

DIABLO.—Aquí estoy.

BEATRIZ.—*(Retrocede.)* ¿No lo ven?

DIABLO.—Pero cómo van a matarme si no pueden verme siquiera. Para ellos es como si yo estuviera detrás de una cortina; la cortina del miedo. *(Grita.)* Abran la cortina, ábranla de una vez por todas. *(El telón comienza a cerrarse, poco a poco, mientras el pueblo busca al Diablo sin comprender.)* ¡Ábranla, he dicho! ¡Ábranla! ¡Ábranla! *(El Diablo sigue clamando hasta cerrarse el*

TELÓN

Mismo decorado. Un día después. Al abrirse el te-
lón, la plaza está desierta. Se oye un tema musical
en una trompeta que recuerda la música de un
"cabaret". Entra la prostituta, contoneándose. Del
edificio de la cárcel sale el Carcelero. Se acerca a
la prostituta.

PROSTITUTA.—*(Despectiva.)* Te he dicho que no
me sigas. Podrías ahuyentar a alguien que quisiera
acercarse a mí.

CARCELERO.—No quiero que se te acerque nadie.

PROSTITUTA.—Déjame en paz. No tienes con qué
pagar.

CARCELERO.—*(Riéndose con insolencia.)* Llevas
aquí dos semanas y nadie se ha acercado a ti. En
este pueblo, miserable no hay nadie que tenga dinero para comprarse un buen rato de placer.

PROSTITUTA.—Tú tampoco lo tienes, y aunque lo
tuvieras no me iría contigo. ¿Ya te olvidaste que te
eché de mi casa? No quiero tratar con hombres
viejos. Para qué quieres que yo...

CARCELERO.—*(Con ansiedad.)* Puedo ofrecerte lo
que nadie aquí podría. Pero te quiero sólo para mí.

PROSTITUTA.—Para que fuera a vivir contigo, se
necesitaría que tuvieras diez veces más dinero del
que ganas como Carcelero.

CARCELERO.—*(Resentido.)* No encontrarás a nadie.
Te morirás de hambre.

PROSTITUTA.—¡Quiero ser libre! Por eso me esca-
pé de la casa donde estaba en la ciudad. Ahí la due-
ña nos hacía trabajar toda la noche y a veces nos
obligaba a acostarnos con hombres viejos y decré-
pitos como tú. Muchas noches en las horas en que
dormía, venía a despetarme para meter algún tipo
en mi cuarto. ¡Quiero tener derecho al sueño! Aho-

ra soy libre para cualquier compromiso y no quiero, sin embargo, comprometerme en nada.

CARCELERO.—*(Burlón.)* ¡Valiente libertad!

PROSTITUTA.—No soy más libre que tú, ni menos. Me vendo como todos. *(Se pasea tratando de conquistar a alguien que pasa.)* La tierra entera es una prostituta. *(Lanza una carcajada.)*

CARCELERO.—*(Acercándose.)* Voy a hacer un sacrificio por ti. Para que veas que te quiero.

PROSTITUTA.—¡Quererse! Hablas como el Cura. ¡Palabras huecas! *(De pronto reacciona con interés.)* Pero veamos. ¿Has dicho un sacrificio? A ver. Nadie se ha sacrificado por mí nunca.

CARCELERO.—Sólo para tenerte voy a correr un grave riesgo. Un asunto que me dejará trecientos pesos.

PROSTITUTA.—*(Con alegría.)* ¿Trecientos pesos? Parece un sueño.

CARCELERO.—Ahora cambias, ¿verdad? Valiente p...

PROSTITUTA.—No te he dicho que quiero ese dinero. Ni me importa. *(Sigue su marcha.)*

CARCELERO.—Espera. *(Se encara con ella y la abraza con lujuria.)* Sí, voy a hacer una locura, pero vas a ser mía. Nos divertiremos juntos y luego que me lleve el Diablo. ¡Así hay que vivir! Trecientos pesos no los ganas aquí en toda tu vida!

PROSTITUTA.—Pero yo quiero seguir siendo libre.

CARCELERO.—Qué te importa la libertad si de todas maneras algún día tendremos que morirnos.

PROSTITUTA.—Si no me aseguras algo para después, como si no hubiera oído nada.

CARCELERO.—¿Asegurarte? ¿Quién puede asegurarte nada? *(Irónico.)* Ni el mismo Padre Eterno. *(Señala a la iglesia.)*

PROSTITUTA.—*(También irónica.)* No blasfemes. Dicen que el Diablo anda cerca.

CARCELERO.—Eso querrías tú, acostarte con el mismo Diablo. Pero a partir de ahora voy a ser solo yo tu amo. *(Trata de asirla.)*

PROSTITUTA.—*(Se aleja.)* No quiero amos. *(Pausa.)* Y si aceptara ¿qué condiciones me pondrías? Eres igual que todos los hombres, siempre pensando en ser amos aunque sean unos miserables.

CARCELERO.—*(Abrazándola.)* Vas a ser sólo mía: no saldrás de la casa, no te pintarás, no usarás esos vestidos, sino otros que cubran bien tu cuerpo. *(La aprieta contra él y la besa.)*

PROSTITUTA.—*(Lo rechaza violenta.)* Ya comprendo. Quieres que yo sea otra prisionera. Te he dicho que ahora soy libre.

CARCELERO.—¡Libre! ¡Libre! Todos hablan de libertad, como si fuera tan fácil conseguirla. Si fuéramos libres dejaríamos de ser humanos. Vas a ser mía y quiero que olvides todo lo que fue tu vida hasta aquí. ¿Aceptas? Voy a arriesgarme mucho por ti.

PROSTITUTA.—¿Qué vas a hacer?

CARCELERO.—No puedo decirte.

PROSTITUTA.—*(Burlona.)* Quieres comprarme en cuerpo y alma, dices que vas a salvarme, pero no quieres que sepa cómo harás para conseguirlo. Te digo que hablas como el Cura.

CARCELERO.—*(Sujetándola.)* Bueno, te lo diré: voy a dejar en libertad a un enemigo del Amo y por eso van a pagarme.

PROSTITUTA.—*(Con admiración.)* ¿Y eso lo haces sólo por mí?

CARCELERO.—Sí. Porque ya no puedo de ganas de tenerte.

PROSTITUTA.—Así es que la libertad de ese pobre, vale tanto como acostarse con una prostituta. ¡Qué mundo éste! *(Ríe a carcajadas.)*

CARCELERO.—*(Impaciente.)* Dime sí o no.

PROSTITUTA.—*(Pensando las palabras.)* Y, ¿por qué van a darte sólo trescientos pesos? ¿No comprendes que ahí está nuestro porvenir? La libertad de ese tipo, o no tiene precio, o tiene el que tú quieras darle.

CARCELERO.—No pueden pagar más.

PROSTITUTA.—(*Implacable.*) Vuelve a pedirles.

CARCELERO.—(*Convincente.*) Es imposible, se trata de una muchacha pobre...

PROSTITUTA.—Y a mí qué me importa que sea pobre o no. ¿No voy a irme yo contigo que estás viejo? ¿No voy a sacrificarme? (*Otra vez despectiva.*) Cuando tengas el doble de lo que me has prometido, ven a verme. Antes no me voy contigo.

CARCELERO.—(*Deteniéndola.*) ¡Pero oye!

PROSTITUTA.—Cuando tengas el doble... y entonces... ya te resolveré... (*Sale.*)

El Carcelero, furioso, patea el piso repetidas veces. Por el otro lado entra Beatriz.

El Carcelero al ver a Beatriz entra violentamente en la cárcel para rehuirla. Al mismo tiempo el Cura sale de la iglesia y baja lentamente la escalera. Beatriz se acerca al Cura que viene leyendo un devocionario.

BEATRIZ.—(*Con ansiedad.*) ¡Padre! ¡Padre! Vengo a pedirle ayuda. Sólo usted puede ayudarme ahora.

CURA.—(*Extrañado.*) Hace tiempo que no vienes a la iglesia, hija mía.

BEATRIZ.—He tenido una gran angustia.

CURA.—¿Es por tu hermano?

BEATRIZ.—Sí.

CURA.—¿Está preso aún?

BEATRIZ.—Sí. Me parece que va a consumirse en la cárcel para siempre si usted no me socorre.

CURA.—Entonces tienes una buena razón para venir a la iglesia y rezar a Dios.

BEATRIZ.—Lo he hecho muchas veces inútilmente. Por eso ahora he venido para hablarle a usted. Quiero confesarle que he visto a...

CURA.—*(Interrumpe.)* ¿Vienes a hablarme de tu hermano? ¿Se ha arrepentido de su falta? Es pecado sembrar la rebeldía y el desorden entre los hombres. *(Inquisitivo.)* Te pregunto si se ha arrepentido.

BEATRIZ.—*(Desolada.)* No lo sé. Pero yo quisiera decirle. ..

CURA.—*(Interrumpiendo otra vez.)* Dios quiere el orden, hija mía. ¿No lo sabes?

BEATRIZ.—*(En un arranque de rebeldía.)* Sí, pero mi hermano no hizo nada más que reclamar lo suyo.

CURA.—*(Impasible.)* Nada de lo que hay en esta tierra nos pertenece. Todo es de Dios Nuestro Señor. Él repartió los bienes terrenales y nosotros debemos aceptar su voluntad. Lo único que nos pertenece a cada quien es nuestra muerte y de lo que hagamos aquí, depende lo que ella signifique.

BEATRIZ.—*(Implorante.)* Pero a Él le sobra todo y a mí todo me falta...

CURA.—*(Interrumpiendo.)* Me duele oírte hablar así. No ayudarás a tu hermano de esa manera.

BEATRIZ.—Pero, ¿por qué es enecesario soportarlo todo para que Dios esté satisfecho, padre?

CURA.—No preguntes. Los designios de Dios son inescrutables. Sólo Él sabe cómo aplicar su poder.

BEATRIZ.—*(Rebelde.)* ¿Por qué contra mi hermano? ¿Qué había hecho él?, ¿o es que Dios odia a sus hijos?

CURA.—*(Severo.)* Dios es todo amor. *(Conciliador.)* Quizás sea una prueba que Él envía a tu hermano para hacerlo salir de ella con más fortaleza.

BEATRIZ.—*(Extrañada.)* ¿Quiere usted decir que mientras más se resigne tendrá más fortaleza?

CURA.—*(Solemne.)* Así es. Cuando los hombres se

convencen de que la vida es una batalla que sólo
Dios puede resolver, comienzan a ser felices. De
otra manera es la oscuridad.

BEATRIZ.—No comprendo. No comprendo ya nada.
Ayer, en esta misma plaza... *(De pronto se arroja
a los pies del Cura besándole la mano con pasión.)*
Padre, necesito ayuda.

CURA.—Es mi misión, hija, darte ayuda espiritual.

BEATRIZ.—*(Apasionada.)* Necesito dinero. Lo necesito desesperadamente.

CURA.—*(Sorprendido.)* ¿Dinero? Has llamado en
una puerta que no es la que buscas. Nuestra rique-
za no es ésa.

BEATRIZ.—*(Rotunda.)* Sí. La iglesia está llena de
cosas que valen mucho, mucho dinero. Necesito que
me dé algo, alguna cosa pequeña. ¿No quiere Dios
ayudar a sus hijos?

CURA.—*(Impaciente.)* Sí. Pero no así hija mía, no
así.

BEATRIZ.—*(Imperiosa.)* Y ¿cómo entonces? Si todo vale dinero, hasta la libertad de un hombre. Si
todo depende de que tengamos o no dinero, ¿por
qué no ayuda Dios así también a sus hijos? *(Agre-
siva.)* ¿Se ha olvidado de que somos desgraciados
porque somos miserables?

CURA.—*(Severo.)* Piensa delante de quién hablas.

BEATRIZ.—*(Trastornada.)* Sólo quiero pedirle que
me ayude, y le aseguro que ahora será más importante que me dé dinero y no que me llame a rezar.
(Pausa.)

CURA.—*(Después de meditar.)* No puedo darte nada. No me pertenece.

BEATRIZ.—Entonces, ¿de quién es lo que hay ahí
dentro?

CURA.—*(Evasivo.)* De todos los hombres de esta
tierra.

BEATRIZ.—¿También mío?

CURA.—*(Dudando.)* Sí.

BEATRIZ.—Es mío y no puedo disponer de nada. Es de todos y no es de nadie. Está ahí y no sirve para nada. Hágame comprender. *(Lo sigue con vehemencia.)*

CURA.—*(Rehuyéndola.)* Mi misión no es la de hacer comprender. No es necesario comprenderlo todo. Yo sólo soy el guardián. El que guía las ovejas del Señor. Lo que pides no lo podría hacer el Señor mismo, aunque quisiera.

BEATRIZ.—*(Sin comprender.)* Está bien. Pero entonces ¿cómo podemos seguir viviendo si ni Dios mismo puede hacer lo que quiere? ¿Qué puedo hacer yo, tan pequeña? Me siento perdida. ¡Perdida! ¡Perdida! *(Beatriz se aleja del Cura.)*

CURA.—*(El Cura trata de detenerla.)* ¡Hija! ¡Hija!

Beatriz sale de la escena, enloquecida.

Oscuridad total.

Cuando la luz vuelve hay varios grupos de hombres y mujeres en la plaza. Entra Betriz. Va de un lado al otro de la escena pidiendo a los hombres y mujeres.

BEATRIZ.—*(Se acerca a un hombre.)* ¡Necesito ayuda! ¡Una limosna por favor! ¡Ama a tu prójimo como a ti mismo! Dame algo. Cualquier cosa. *(Pantomima de un hombre que enseña las bolsas vacías. Beatriz va a otro que está de espaldas.)* Mira mis manos, están vacías. Dame algo de lo que tienes. ¡Mira! ¡Mira! *(El hombre se vuelve violentamente y se ve que es ciego. Beatriz va a otro.)* ¡Dame algo! Si me das algo tú mismo te sentirás contento. *(Una mujer aparta a su marido para no darle nada. Beatriz se arrodilla en mitad de la escena, mientras los transeúntes pasan en todos sentidos indiferentes, en una marcha mecánica. Ella está bajo un cono de*

332

luz.) Nadie quiere ayudarme. ¿Tendré que hacerlo entonces yo sola? *(Viendo a lo alto.)* Tú me has puesto en esta tierra. ¿Por qué me has puesto aquí? ¿Por qué está él en la cárcel? ¿Por qué estamos todos presos? ¿Por qué? ¿Por qué? He tratado de no oír al Demonio, pero desde que él me habló no he podido dormir pensando en sus palabras. Tú quieres sólo sacrificios, y él me habla de libertad. Él me habla como amigo y tú ni siquiera me haces una seña para hacerme saber que piensas un poco en mí. La cabeza me va a estallar porque no puedo comprender ya nada. ¿O es que tú crees que es bueno que mi hermano esté en la cárcel? Él es inocente. *(Con rencor.)* ¿Qué es lo que te propones entonces? *(Contrita.)* Perdóname Dios mío, pero a veces pienso que no eres tan bueno como nos han dicho. ¿O será que eres bueno de una manera que yo no puedo comprender? ¿O será que no te importa que yo comprenda o no? ¿O será que ya no estás donde yo creía que estabas? ¿O será que nunca has estado ahí? *(Desesperada.)* ¿O será que te he estado llamando y el que no comprende nada eres tú? *(Enajenada.)* Ya no sé qué es lo bueno y qué es lo malo. Ya no sé nada. Nada. Nada. *(Llora largamente.)*

La plaza se ha quedado desierta. De la iglesia sale el Diablo. Llama a Beatriz sigilosamente.

DIABLO.—Beatriz, Beatriz.

BEATRIZ.—*(Alzando la cabeza.)* ¿Tú? ¿Otra vez?

DIABLO.—*(Con premura.)* Ahora no hay nadie dentro de la iglesia.

BEATRIZ.—*(Retrocediendo.)* Nadie quiere ayudarme. ¿Por qué quieres ayudarme tú? ¿Quieres que yo te dé mi alma, verdad?

DIABLO.—*(Con una carcajada.)* ¡Tonterías! ¿Cómo voy a pedirte un alma que no te pertenece a ti misma? Lo que quiero es ayudarte a recobrarla, a ha-

cerla tuya realmente. No lo lograrás si no pierdes
el miedo.

BEATRIZ.—(*Viéndolo con simpatía.*) Creo que sólo
tú eres mi amigo.

DIABLO.—De eso estoy seguro. (*Señalando la iglesia.*) Hay que darse prisa.

BEATRIZ.—(*Vacilante.*) Dios va a castigarme. Lo sé.

DIABLO.—(*Impaciente.*) Dios te castiga de todos
modos. Por el simple hecho de haber nacido. Mira,
faltan pocos minutos para que el Carcelero salga
a recibirte. Vamos. Vamos. (*Le tiende la mano a
Beatriz y con suave movimiento la conduce hasta la
puerta de la iglesia. Beatriz va a entrar, luego...*)

BEATRIZ.—(*Retrocede espantada.*) No... No...

Pausa.

DIABLO.—(*Después de meditar.*) Creo que tendré
que recurrir a los recuerdos y si es necesario, te
haré ver un poco del futuro.

BEATRIZ.—¿Del futuro?

DIABLO.—(*Muy natural.*) Sí. Es el último recurso
en estos casos de indecisión. (*Cambiando de tono.*)
Tu hermano nació hace dieciocho años en este mismo pueblo. Un pueblo como todos los del mundo...

BEATRIZ.—Es verdad. Así es. (*La luz se concentra
sobre el Diablo y Beatriz.*)

DIABLO.—(*Echándole el brazo al hombro, señala
al espacio.*) Recuerda, recuerda bien. Tu madre era
una de tantas mujeres del pueblo. (*Luz fantástica.
Comienzan a entrar en escena todas las mujeres del
pueblo en una marcha resignada, como de cámara
lenta, llevando a la espalda a sus hijos.*)

DIABLO.—Ahí va tu madre. Llámala... Llámala.

*Entra la madre con un movimiento angustioso. En
torno de ella se mueven la imagen de Beatriz y la*

imagen del hermano niño. Animarán en movimiento de pantomima el sentido del diálogo siguiente.

BEATRIZ.—*(Tímida.)* Madre, madre... *(Las mujeres siguen su desfile con una música triste. La madre se detiene y queda a mitad de la escena. Su figura se despliega tratando de proteger a sus hijos. Las mujeres se sitúan a los lados formando coro.)*

DIABLO.—Basta pensar en una pobre vida de mujer, para que de pronto se convierta en algo único, intransferible. Ahí estás. Lloras. ¿Por qué lloras? *La imagen de Beatriz baila angustiada.*

BEATRIZ.—Creo que tenía hambre.

DIABLO.—Tu madre está sola. Ustedes no son hijos legítimos. Personalmente yo creo que hasta ahora ningún hombre lo es. Tu madre está sola con la carga de dos pequeñas vidas y la amenaza de tres muertes sobre ella. *(La imagen de Beatriz y la del hermano niño bailan una pantomima angustiosa con la imagen de la madre.)*

BEATRIZ.—*(Rígida.)* Mi madre lavaba la ropa de los trabajadores de una mina. Era difícil dejarla limpia. Los hombres siempre nos rebajaban el dinero, porque no era posible dejarla blanca. *(El coro de mujeres y la madre hacen los movimientos de las lavanderas, torturadas, como si no pudieran escapar a ellos, como si fuera una pesadilla.)*

DIABLO.—*(Burlón.)* ¡Ganarás el pan con el sudor de tu frente! Y tú lloras otra vez. ¿Por qué lloras? *(La imagen de Beatriz llora.)*

BEATRIZ.—Tenía hambre otra vez. Creo que siempre tuve hambre.

DIABLO.—Mira, tu hermano saca de la bolsa algo. *(Lo que sigue debe ser representado en pantomima por la imagen del hermano niño sobre el cual se concentra la luz.)* ¿Qué es eso? ¡Ah! Es una cartera y está llena de billetes. ¿La ha robado? No. La

335

halló en la calle y la recogió. ¡El pobrecito piensa que todo lo que hay en el mundo le pertenece! ¡La niñez del Hombre! Por eso fue castigado.

BEATRIZ.—Sí. Ese día mi madre lo castigó. Dijo que quería que su hijo fuera un hombre honrado. *(Pantomima de la madre que le pega al niño que huye de ella. La imagen de Beatriz y el Coro salen detrás.)*

DIABLO.—*(Con fastidio.)* Ya sé. *(Teatral.)* ¡No robarás! Es increíble cómo las madres aunque sean miserables, educan a sus hijos como si la miseria no existiera en este mundo.

BEATRIZ.—Mi madre quiso que devolviera la cartera, pero mi hermano no halló al dueño. Se compró un traje precioso y en la noche regresó muy contento. *(Pasa al fondo el niño en un baile rápido muy alegre, con un vestido reluciente.)*

DIABLO.—Tu hermano no buscó al dueño de la cartera. Porque desde entonces pensó que se cobraba así una pequeña parte de todo lo que el mundo le había robado a él. *(Pausa.)* Tu madre murió. *(Música fúnebre.)* Una vida vacía. Dios hace la eternidad con la sucesión de muchas vidas vacías. *(Pasan al fondo las mujeres con las cabezas cubiertas, en una marcha torturada. Pantomima de la imagen de Beatriz y la del hermano enlutados después del funeral.)* Tú lloras otra vez. ¿Tenías hambre? *(La imagen de Beatriz y la del hermano animarán en pantomima el sentido del siguiente diálogo. El Coro de mujeres enlutadas baila lento como un friso de angustia.)*

BEATRIZ.—Creo que mi hambre se ha convertido ahora en algo peor. Yo también estoy vacía. No me importa nada. Sólo un ansia de comprender, de saber por qué hemos sido hechos así, tan desgraciados y por qué la única respuesta a nuestra desgracia, es la muerte.

DIABLO.—¡La adolescencia del Hombre! Tu hermano quiere convencerte de algo. Tú quieres irte y él quiere quedarse aquí y reclamar el pedazo de tierra que le pertenecía. ¿Querías huir?

BEATRIZ.—Quería irme. Olvidar. Alejarme del lugar en que había muerto mi madre. Tenía algo así como un remordimiento por estar viva.

DIABLO.—¡El pecado original! *(La pantomima, se desenvuelve vertiginosa. La imagen de Beatriz quiere irse y en los gestos del hermano se advierte que quiere convencerla a quedarse con una angustia impotente.)*

DIABLO.—Tu hermano seguía pensando que la tierra debería pertenecerle.

BEATRIZ.—*(Hunde la cabeza entre las manos.)* Sí. ¿Por qué no me hizo caso? ¿Por qué? Nos habríamos ido lejos de este pueblo de hombres mudos del que Dios se ha olvidado. Yo no quería quedarme, pero él tenía tanta ilusión. Le brillaban los ojos cuando hablaba de ese pedazo de tierra que sería nuestro. Me decía que tendríamos aquí un hogar...

DIABLO.—Y en vez de eso, halló una prisión. *(La pantomima cesa de pronto... La imagen del hermano atraída por una fuerza desde el interior de la cárcel se va acercando. La imagen de Beatriz trata de impedirlo pero la cárcel se traga al hermano y la puerta se cierra ante ella. Sale de escena bailando con desesperación.)* ¡Ahora estamos en plena actualidad! Ya sabemos lo que pasó después. Pero ahora tendrás que saber lo que va a sucederle si tú no lo liberas. ¿Quieres verlo?

BEATRIZ.—¿Qué?

DIABLO.—El futuro del Hombre, quiero decir, de tu hermano.

BEATRIZ.—*(Con miedo.)* Sí.

DIABLO.—Tendrás que ser fuerte.

BEATRIZ.—Quiero ver.

DIABLO.—Está bien. Ahí viene. En medio de esos guardianes. *(Pantomima saliendo de la cárcel, de* un pelotón de soldados al frente del cual viene el carcelero. Entre los soldados viene el hermano con las manos amarradas detrás del cuerpo y los ojos vendados.)

BEATRIZ.—(Acercándose al Diablo.) ¿Qué es lo que hacen?

DIABLO.—El carcelero está furioso. Cree que tú le has engañado. Teme haber caído en una trampa y para estar seguro... (Señal del carcelero dando una orden al pelotón. Los soldados preparan los fusiles muy lentamente en movimiento de "cámara lenta".)

BEATRIZ.—¿Qué hacen?

DIABLO.—¡Van a fusilarlo!

BEATRIZ.—(Gritando.) ¡No! ¡No! Él nunca ha sido feliz. Es inocente. Es inocente. (La imagen del hermano trata de soltar las cuerdas que lo atan. Se mueve con desesperación. Los soldados van levantando lentamente los fusiles y apuntan contra el hermano.)

DIABLO.—Esa no es razón para que lo perdonen.

BEATRIZ.—No. ¡Deténganse!

DIABLO.—Tus palabras no servirán de nada.

BEATRIZ.—(Gritando.) ¡Es un crimen!

DIABLO.—Es la Justicia. (En la pantomima, los soldados se detienen. El hermano, gesticula como si quisiera lanzar una arenga a los aires, pero las palabras no salen.)

BEATRIZ.—(Escondiendo la cabeza en el pecho del Diablo.) ¡No dejes que lo hagan! Tú eres poderoso. Si quisieras podrías salvarlo, sin necesidad de inducirme a mí a la violencia.

DIABLO.—Yo no puedo hacer nada por mí mismo. Si tú no descubres que yo estoy dentro de ti, todo será inútil. Mira (Alzándole la cara.) Atrévete a ver.

BEATRIZ.—(El carcelero hace una señal y el pelotón dispara sobre el hermano. Beatriz lanza un grito desgarrador.) ¡No! ¡Yo haré todo, menos dejarlo morir! ¡Él ha tenido siempre tanto miedo a la muerte! *(En la pantomima el hermano expira enmedio de una contorsión desorbitada y angustiosa. Los soldados alzan el cuerpo, lo colocan sobre la espalda de uno de ellos y salen marcando el paso mecánicamente. Beatriz ve horrorizada la escena. Vuelve la luz real. Pausa.)*

DIABLO.—*(Insinuante.)* ¿Vas a hacerlo por fin?

BEATRIZ.—*(Jadeante.)* Sí. Tú vigilarás aquí afuera. Y que sea lo que tú has querido. *(Como enajenada entra Beatriz dentro de la iglesia. Antes de entrar no puede resistir al movimiento habitual y se cubre la cabeza.)*

DIABLO.—*(Dando una fuerte palmada en señal de satisfacción. En una pantomima que debe expresar todos los movimientos de Beatriz dentro de la iglesia dice en monólogo.)* ¡Beatriz! Ahora debes caminar firmemente. Camina, camina. Qué largo es el camino que la separa de esa imagen. Se acerca al altar... Lo ve... Está erguida frente a él, desafiante... Ahora sube al altar, alarga la mano, ahora está sacando las joyas de esas manos inmensas... Una, dos, tres... Ve a la cara de la imagen. ¡No tiene ojos! Desde abajo parecían dos ojos inmensos que lo veían todo y no son más que dos cuencas vacías, ciegas, sin luz... El corazón palpita fuertemente. Señal de que estamos vivos. ¡Es fácil! Más fácil de lo que creía. ¡Qué bueno es cobrarse de una vez por todas lo que sabemos que es nuestro! ¿Un vértigo? No. ¡Hay que ser fuertes! Las joyas ahora están en sus manos y no en las de la imagen. Esas joyas valen mucho. Valen la libertad. Valen la vida entera. ¡Ya está! ¡Ahora vamos afuera! Los pasos resuenan en la oscuridad! ¡Vamos! ¡Vamos! ¡La puerta está tan lejos todavía! ¡Camina Beatriz, camina! Uno, dos, uno, dos. La puerta se ve ya más cerca. ¡Ahora está cerca! ¡Ahí está la luz, la libertad! ¡La vida! ¡Ahí! Dos pasos más. ¡Ahí está la libertad! ¡La puerta. La puerta, la puerta, la puerta. La luz, la luz, ya, ya... (*Beatriz sale de la iglesia enloquecida con las manos cerradas sobre el pecho. El Diablo se acerca a ella para reanimarla.*)

DIABLO.—Ya está, Beatriz. ¡Has franqueado la Eternidad! Ahí está el carcelero. Te espera. (*El Carcelero ha salido de la cárcel. Al ver a Beatriz trata de entrar violentamente de nuevo, pero ésta se avalanza sobre él, enjugándose las lágrimas.*)

BEATRIZ.—¡Mira! ¡Mira! Aquí está. Te traigo más de lo que te he prometido... (*El Carcelero, al ver el pequeño bulto que Beatriz le muestra, hace un gesto indiferente. Beatriz lo ve sorprendida.*) Todo está bien, ¿verdad? ¿Hoy lo dejarás libre?

CARCELERO.—(*Recibe dentro de las cuencas de las manos, las joyas, con indiferencia.*) ¿Qué es esto?

BEATRIZ.—¡Son joyas! Podrás venderlas. Valen más de lo que me pediste.

CARCELERO.—(*Viéndolas fijo.*) ¿Es esto todo?

Se guarda las joyas dentro de la bolsa. Se oye en la trompeta el tema de la prostituta. Esta atraviesa la escena por el fondo, contoneándose, mientras lanza una carcajada siniestra.

CARCELERO.—(*Rígido.*) Tráeme más.

BEATRIZ.—(*Viéndolo sin comprender.*) ¿Qué dices?

CARCELERO.—(*Rígido.*) ¡No es bastante!

Beatriz esconde la cara entre las manos. El Diablo reacciona extrañado, el carcelero rígido. Sobre este cuadro estático cae el

TELÓN

ACTO TERCERO

Tres días después, en el atrio; el Campanero barre las gradas. De pronto sale de la iglesia precipitadamente el Cura, y detrás de él el Sacristán.

CURA.—*(Dando muestras de desesperación.)* ¡Qué gran desgracia! Cuando lo vi no quise creerlo.

SACRISTÁN.—¡Cómo es posible! ¡Después de tantos años!

CURA.—Después de tantos años, es ésta la primera vez que siento miedo.

SACRISTÁN.—¿Del castigo de Dios?

CURA.—No. De lo que estos hombres puedan atreverse a hacer. *(Al campanero que se ha acercado.)* ¿Has visto entrar a alguien en la iglesia?

CAMPANERO.—*(Displicente.)* A todo el mundo. Aquí es lo único que hay que hacer.

CURA.—Quiero decir... a alguien que no conozcamos.

CAMPANERO.—No. ¿Por qué?

CURA.—*(Conteniendo las palabras.)* Han sido robadas las joyas de la mano derecha del Padre Eterno.

CAMPANERO.—*(Cayendo de rodillas.)* No he sido yo, no he sido yo.

CURA.—*(Severo.)* Lo dices como si hubieras pensado hacerlo.

CAMPANERO.—Le confieso que aquella tarde en que se me apareció el Diablo... Pero yo soy inocente. ¿Me creerá usted? He limpiado esas joyas durante toda mi vida y nunca un granito de oro se quedó entre mis manos.

CURA.—¿Quién pudo haber sido entonces?

CAMPANERO.—No sé si otros lo habrán pensado también. Pero no conozco a nadie capaz de hacerlo.

SACRISTÁN.—*(Que ha estado meditando.)* Señor Cura, usted distraídamente no habrá...

CURA.—(*Grita alarmado.*) ¡Cómo te atreves a dudar de mí! *(Con insidia.)* Fuiste tú quien descubrió el robo.

SACRISTÁN.—(*Contrito.*) De haberlo querido hacer lo habría hecho desde hace muchos años. *(Pausa.)*

CURA.—¡Qué vamos a hacer ahora! ¡Qué voy a decir al Señor Obispo!

CAMPANERO.—Rezaremos veinte rosarios y tal vez así...

CURA.—Sí... sí..., pero hay que pensar ahora en algo más concreto.

SACRISTÁN.—Haremos saber a todos que es pecado mortal tener esas jayos y así las devolverán.

CAMPANERO.—El que las tiene sabía que desafiaba la ira de Dios.

CURA.—(*Temeroso.*) ¡Calla! ¡No vayan a oírte! Debemos hacer que ese robo no sea visible. ¿Qué pensarían todos si supieran que la imagen misma del Padre Eterno ha sido despojada? ¿A qué no se atreverían después? ¡Esto es muy peligroso!

SACRISTÁN.—(*Iluminado.*) Tenemos algunas joyas falsas. Podríamos ponerlas a la imagen, y como está en alto, los que vienen a rezarle no podrían ver si son las auténticas o si son falsas. Ellos saben que las joyas están en las manos del Padre Eterno y sabiéndolo ya no tienen la preocupación de verlas.

CAMPANERO.—Además, siempre que rezan tienen la cabeza baja. No se atreven ni siquiera a ver a la imagen.

CURA.—(*Recapacitando, dice complacido.*) Creo que es una buena idea: Pondremos las joyas falsas, pues es mejor que todo parezca en regla. No le diré nada al señor Obispo, sino hasta haber hallado las auténticas...

CAMPANERO.—¿Y si no las hallamos?

SACRISTÁN.—Tenemos que hallarlas.

CAMPANERO.—¿Por qué?

SACRISTÁN.—(*Convincente.*) Porque Dios tiene que ayudarnos.

CURA.—Sí... Sí... Pero sobre todo porque vamos a estar vigilantes. (*Les toma las cabezas y habla como si se tratara de una conspiración.*) Desde dentro del confesionario, se puede ver la imagen del Padre Eterno sin ser visto. Haremos guardia los tres.

CAMPANERO.—¿Y si no vuelve el ladrón?

SACRISTÁN.—Rezaremos a Dios para que venga a robar de nuevo y así pronto le haremos caer en nuestras manos. Ahora voy a poner las joyas falsas. (*Entra en la iglesia.*)

CAMPANERO.—(*Meditando.*) Padre, ¿no cree usted que puede ser cosa del Demonio?

CURA.—(*Con fastidio.*) No seas inocente, hijo mío.

CAMPANERO.—¿Y si fue Él? ¿Y si vuelve a sorprendernos? ¿Y si fue el Enemigo, Padre?

CURA.—Tranquilízate, hijo, y ahora vamos a montar guardia. (*Entran los dos en la iglesia.*)

Entran Beatriz por un lado y el Carcelero por otro.

CARCELERO.—(*Viendo a Beatriz con crueldad.*) Te he dicho que no es bastante.

BEATRIZ.—Llevo dos días rogándote. Me tiranizas y tengo que rogarte. Tengo lástima y asco de mí misma.

El Carcelero se encoge de hombros.

BEATRIZ.—Te traje todo lo que tenía; una vez y otra, nunca es bastante. Tres veces me lo has dicho y tres veces te he traído más.

CARCELERO.—Tengo que tomar precauciones. Voy a quedarme sin trabajo y...

BEATRIZ.—¡Valiente trabajo!

CARCELERO.—(*Insolente.*) Es un buen trabajo. Aquí

el único que no se muere de hambre soy yo. Y pensándolo bien, los presos tampoco se mueren de hambre. ¿Para qué quieres que sea libre? De cualquier manera, todos estamos prisioneros en este mundo, porque nunca podemos tener lo que queremos.

BEATRIZ.—*(Suplicante.)* Pero, en fin, ¿qué es lo que debo hacer?

CARCELERO.—Me traerás una cantidad igual a la de ayer y lo dejaré libre.

BEATRIZ.—¿Y quién me asegura que será así?

CARCELERO.—Yo mismo.

BEATRIZ.—¿Cómo puedo confiar en ti?

CARCELERO.—*(Altanero.)* Si no confías en mí, no confías en nada, y tu hermano se pudre en la cárcel. Si te pido cada vez más, es porque a mí también me piden más y más.

BEATRIZ.—*(Llorosa.)* Podría traerte esa cantidad y me dirías que no es bastante. Llegaría un momento en que no tendría qué darte. La vida misma no vale nada si tú no le das valor.

CARCELERO.—Esta vez es seguro. Si no crees en mí, tienes que darlo todo por perdido.

BEATRIZ.—*(Impotente.)* ¡A dónde he llegado! Siendo tú el carcelero, eres mi única esperanza.

CARCELERO.—*(Dominante.)* Sí. Y más vale que me traigas hoy mismo lo que te pido, porque mañana será tarde.

BEATRIZ.—*(Con alarma.)* ¿Tarde? ¿Qué quieres decir?

CARCELERO.—Me han dicho que mañana se llevarán de aquí a los prisioneros incomunicados.

BEATRIZ.—*(Angustiada.)* No es verdad. Quieres asustarme.

CARCELERO.—*(Cruel.)* No. A veces hay que hacer una limpia. La cárcel está llena y los prisioneros no caben dentro de ella. Duermen uno junto a otro, y a veces han tenido que dormir uno sobre otro. *(Ríe con una risa equívoca.)* Es que la cárcel se construyó para unos cuantos y ahora hay muchos, muchos más.

BEATRIZ.—¿Y qué van a hacer con los que se lleven de aquí?

CARCELERO.—*(Fastidiado.)* No sé.

BEATRIZ.—¿Van a matarlos, verdad? ¿Es eso? *(Vuelve a ver el lugar donde estuvo el Diablo.)* Él tenía razón.

CARCELERO.—Bueno, es lo más probable. *(Al ver que Beatriz se sobresalta.)* Unos años antes, unos después... De la cárcel podrás librarlo, pero de la muerte...

BEATRIZ.—Me parece que la muerte, después de haber sido libres en esta tierra, debe ser una forma más de libertad, pero si hemos estado aquí prisioneros, la muerte ha de ser la cárcel definitiva. *(Pausa.)* Dime, ¿todos esos presos están ahí porque han hablado en contra del Amo?

CARCELERO.—*(Con intención.)* No todos, otros son ladrones.

BEATRIZ.—*(Tímida.)* Comprendo.

CARCELERO.—Sí, veo que comprendes muy bien. ¿Crees que no sé de dónde vienen esas joyas?

BEATRIZ.—*(Desesperada.)* Son herencia de mi familia. Las tenía guardadas y...

CARCELERO.—Está bien, está bien... *(Lanza una carcajada.)* Si me traes lo que te he pedido, me callaré, si no...

BEATRIZ.—Si hablas, tendrás que devolverlas.

CARCELERO.—*(Burlón.)* Confieso que has tenido una buena idea. He conocido tipos arriesgados, pero mira que arrebatarle a Dios mismo de las manos... *(Ríe. De pronto, muy serio.)* ¿No sabes que eso puede costarte una angustia tal, que la libertad y la vida misma pueden llegar a parecer vacías?

BEATRIZ.—*(Con angustia.)* ¡Calla!

CARCELERO.—Está bien. Pero si no me traes lo que te pido...

BEATRIZ.—Diré que las tienes tú.

CARCELERO.—*(Muy seguro de sí mismo.)* No te creerán. Tú no eres nadie. Una mujer, hermana de un hombre que no es libre. Yo soy la autoridad.

BEATRIZ.—¿Esto te hace creerte libre de culpa?

CARCELERO.—Al menos no corro el riesgo de que me atrapen. Y además, por si acaso... *(Burlón).* Como dicen que Dios es muy cuidadoso de las formas, ante sus ojos el ladrón eres tú y no yo. Con que ya lo sabes, si no quieres despedirte hoy mismo de tu hermanito... *(Tararea el tema musical de la prostituta y entra en la cárcel, dejando a Beatriz paralizada.)*

Pasan algunos hombres y mujeres por la escena. Beatriz espera que salgan para entrar furtivamente dentro de la iglesia. De pronto se oyen dos gritos prolongados en el interior. Salen de la iglesia el Cura y el Sacristán, llevando casi a rastras a Beatriz.

CURA.—¿Qué has hecho, desventurada? ¿Qué has hecho? Hereje, impía, alma diabólica! ¿Cómo te has atrevido? ¿No sabes que te exponías a la ira de Dios? *(El Cura arroja a Beatriz al suelo.)*

BEATRIZ.—*(Irguiéndose, habla con absoluta rebeldía.)* Desde que nací, he oído esas palabras. ¿Podría ignorarlas ahora?

CURA.—¿Y sabiéndolo te has atrevido a hacerlo?

BEATRIZ.—*(Dolida.)* Pensé que si Dios lo comprende todo realmente, sabría perdonarlo todo también.

SACRISTÁN.—*(Escandalizado.)* Sabe lo que ha hecho y se atreve a declararlo.

CURA.—Lo que has hecho sólo se paga con la condenación eterna. Soy sacerdote y sé lo que Dios es capaz de hacer con quienes violan su sagrada casa.

BEATRIZ.—No he hecho nada que pudiera merecerme esta suerte tan desgraciada. *(Al Cura.)* ¿Qué espera? Envíeme a la cárcel. *(Patética.)* Quise vivir con mi hermano en la libertad y usted me mandará a morir con él en la prisión.

Cura.—*(Severo.)* ¿Dónde están las joyas?

Beatriz.—Se las di al carcelero para que diera la libertad a mi hermano, pero él siempre me pedía más y más y Dios me daba cada vez menos.

Cura.—Y tú, ¿no enrojecías de vergüenza de pensar que tu hermano podría ser libre a ese precio?

Beatriz.—*(Iluminada.)* Creí que la libertad de un hombre merece que se sacrifique a ella todo lo demás.

Cura.—¿Y ese carcelero sabía de dónde provenían las joyas? ¿Tú se lo hiciste saber?

Beatriz.—Sólo sé que debía salvar a mi hermano a cualquier precio.

Cura.—*(Al Sacristán.)* Vé a buscar al Carcelero. *(El Sacristán entra en la cárcel.)*

Cura.—Tú tendrás que afrontar también la justicia de esta tierra. Por cosas mucho menores el Amo ha hecho encarcelar por toda la vida a tantos hombres...

Beatriz.—Ahora todo está perdido. Mi pobre hermano no será nunca libre, pero yo no tengo miedo ya de nada.

Cura.—*(Amenazador.)* Aún te quedan muchos castigos. Siempre hay un castigo que no conocemos.

Beatriz.—*(Con amargura.)* Ya no me importa nada.

Cura.—¿No sabías que al robar la imagen del Padre Eterno dabas con ello un mal ejemplo a todos los hombres? ¿No te arrepientes?

Beatriz.—*(Crispada.)* De lo único que me arrepiento, es de haber nacido. *(Entra el Sacristán seguido del Carcelero y, detrás de él, la Prostituta.)*

Sacristán.—Aquí está el carcelero, señor Cura, ha llorado cuando le conté lo sucedido.

El Sacristán da un empellón al Carcelero y éste cae de rodillas ante el Cura

CURA.—¿Eres cómplice de ésta que se ha atrevido a alargar la mano hasta donde los hombres no deben atreverse?

CARCELERO.—*(De rodillas.)* Soy culpable por haber aceptado esas joyas, pero no por otra cosa. No sabía de quién eran. ¿Cómo iba yo a atreverme si no?

BEATRIZ.—*(Violenta.)* Tú sabes la verdad, pero eres como todos; la escondes, te arrodillas, te humillas, haces como que crees...

CARCELERO.—¿Voy a declararme culpable si no lo soy?

BEATRIZ.—Sigue declarándote inocente, para seguir teniendo el derecho de ser carcelero.

CURA.—¡Silencio! *(Al Carcelero.)* ¿Dónde están esas joyas?

CARCELERO.—No las tengo ya. Se las di a esta mujer.

CURA.—*(De pronto, repara en la presencia de la Prostituta.)* ¿A esta mujer?

PROSTITUTA.—*(Burlona.)* Yo tampoco las tengo. Las vendí a una mujer que es amiga del Amo. *(Ríe.)*

CURA.—*(Alzando las manos.)* ¡Con qué seres me enfrentas, Dios mío! Lo más bajo de la creación.

CARCELERO.—*(Ofendido, se pone de pie.)* ¿Por qué me acusan a mí? No tengo la culpa de ser Carcelero. Yo no soy el que ha puesto a unos hombres adentro, tras las rejas, y otros afuera para custodiarlos. *(Despectivo.)* Alguna vez fui yo también a esa iglesia, a preguntarle al Padre Eterno si estaba bien que yo fuera Carcelero. Pero Él calló. Puedo asegurarle, señor Cura, que ser Carcelero no es fácil: Ser Carcelero no es más que una forma de estar preso. Y usted, tras ese uniforme negro...

CURA.—Calla, insensato.

CARCELERO.—*(Sobreponiéndose al Cura.)* Es la verdad. Mi padre fue Carcelero y mi abuelo también, toda mi raza está hecha de carceleros y he llegado a aborrecerlos, pero usted es el que menos derecho tiene a despreciarme, porque las cárceles y las iglesias...

CURA.—(Con gran firmeza.) Te he ordenado que calles y me digas dónde están esas joyas. Algún rastro tendrás de ellas...

PROSTITUTA.—(Burlona.) Ya le dijo que me las dio a mí. Me las dio como limosna, ¿sabe usted? (Ríe, insolente.) La limosna es mi especialidad.

CURA.—(Fuera de sí.) ¡Calla! ¿Qué hiciste con las joyas?

PROSTITUTA.—Las vendí y me compré una cama reluciente. Tiene en las cabeceras cuatro grandes esferas doradas, como ésa que sostiene el Padre Eterno entre las manos. (Ríe, más insolente.)

CURA.—(Después de reflexionar.) ¿Dijiste de dónde provenían las joyas?

PROSTITUTA.—No. No soy tonta.

CURA.—¡Mejor! Esto no debe saberse.

SACRISTÁN.—Sería un ejemplo espantoso.

CARCELERO.—Por mi parte no se sabrá nada.

CURA.—Entonces lleva a esta mujer a la cárcel. Yo hablaré con el Amo para que la castigue con todo rigor. Ella sola es la culpable y nadie más.

BEATRIZ.—(Con intención.) ¿Está usted seguro de eso?

CURA.—(Firme.) Sí. En la cárcel estarás incomunicada para siempre. Ya tendrás tiempo de arrepentirte.

El Carcelero toma violentamente a Beatriz del brazo, pero ésta forcejea y grita repetidas veces.

BEATRIZ.—¡Soy inocente! ¡Soy inocente! ¡Soy inocente!

*La plaza se llena de hombres y mujeres que vie-
nen de todos lados de la escena y rodean al grupo,
interrogantes. Por el otro lado entra el Diablo. El
pueblo está agitado. Se oye un rumor, pero ninguna
palabra.*

SACRISTÁN.—*(Temeroso.)* Señor Cura, hay que explicarles a estas gentes.
CURA.—Creo que es inevitable explicarles.

El Diablo está cerca de Beatriz.

BEATRIZ.—¿Ya ves hasta dónde me has llevado?
DIABLO.—*(Con ardor.)* ¡Ha llegado el momento
decisivo! Estos hombres sabrán lo que has hecho
y te justificarán. Les has demostrado que no hay
en esa imagen nada que pueda infundirles temor.
Vencerán el miedo. Se sentirán unidos. Podrán entonces verme y oírme y podré encaminarlos a su
salvación.
CURA.—*(Desde el atrio de la iglesia, arengando
al pueblo.)* Ha sucedido en nuestro pueblo, algo
que ha hecho temblar el trono mismo del Altísimo:
Alguien se ha atrevido a entrar en esta iglesia y
ha tratado de robar, inútilmente, las joyas que estaban en manos de la sagrada imagen. *(El pueblo se
mueve sorprendido, otra vez con movimiento rít-
mico y uniforme.)* Pero al mismo tiempo se ha ope-
rado el más maravilloso de los milagros: Por el
centro de la cúpula de nuestra iglesia, ha entrado
un ángel que vino a avisarme. *(Estupor en el pueblo, que ve, arrobado, al cielo.)*
SACRISTÁN.—*(Con asombro.)* ¿Por qué no me lo
había dicho, señor Cura?
CURA.—*(Zafando con impaciencia la punta de la
sotana que el Sacristán le tira.)* Aquel Ángel sonrió,
y me dijo: Debes estar vigilante, porque alguien
intenta cometer un grave pecado y revoloteando

como una mariposa gigantesca, cuyas alas encendían de luz toda la iglesia...

SACRISTÁN.—*(Alucinado.)* ¡Qué hermosura!

CURA.—*(Detiene al Sacristán con un gesto severo.)* Encendían de luz toda la iglesia y me guiaban hasta el lugar donde esta infeliz, con la mano paralizada, trataba inútilmente de robar las joyas. *(Movimiento del pueblo hacia Beatriz.)*

SACRISTÁN.—*(Que camina siempre detrás del Cura.)* ¿Por qué tengo tan mala suerte? Siempre me pierdo de lo mejor.

CURA.—Aquel ángel, todo bondad, quiso dar un castigo a la falta de esta mujer y con sus grandes alas volaba en torno suyo, azotándola con ellas, como si fuesen dos látigos inmensos y coléricos.

SACRISTÁN.—*(Entusiasmado.)* ¡Bien hecho! ¡Bien hecho!

CURA.—*(Alucinado por sus mismas palabras.)* Yo miraba, absorto, todo esto, pensando que hasta al pueblo más modesto, como es el nuestro, le está señalado el día en que ha de ver manifiesto el poder de los ángeles.

SACRISTÁN.—*(En un arrebato de entusiasmo.)* ¡Vivan los ángeles!

CURA.—Esta mujer, al verse castigada, quiso huir, pero un rayo de luz caía sobre ella y la paralizaba en la tierra.

SACRISTÁN.—*(Asombrado.)* Pero si fui yo el que la detuvo...

CURA.—*(Con la voz más fuerte.)* El rayo de luz la inmovilizó y la hizo caer entre mis manos. Así, ante ustedes está esta mujer, cuya alma se ha manchado. *(A Beatriz.)* ¡De rodillas, desventurada! ¡De rodillas! *(Beatriz permanece de pie.)* He dicho que te arrodilles.

El pueblo se mueve, amenazador, contra Beatriz.

BEATRIZ.—(*Altiva.*) No tengo de qué arrepentirme. Quiero hablarles.

CURA.—No hay que escucharla, hijos míos.

El pueblo hace un movimiento, como si arrojara algo a la cara de Beatriz.

BEATRIZ.—He tomado esas joyas de las manos de Dios porque creí que eso era lo justo. Muchos de ustedes habrán pensado hacerlo. ¿Van a condenarme? ¿Por qué? ¿Porque tuve valor de hacer lo que ustedes no han querido hacer? Aún quedan ahí joyas. Son nuestras.

CURA.—¡Calla, maldita!

Movimiento del pueblo hacia el Cura.

DIABLO.—Amigos, hermanos. (*Sobre el atrio de la iglesia. El pueblo vuelve a ver al Diablo.*) ¿Ahora ya pueden verme? (*El pueblo asiente con la cabeza.*) Las palabras y el sufrimiento de esta muchacha han obrado el verdadero milagro. ¡Ustedes ya pueden verme!

CURA.—(*Al Sacristán.*) ¿Quién es ese hombre? No le conozco.

SACRISTÁN.—(*Cae de rodillas, arrobado.*) Debe ser el ángel que usted vio. (*El Cura lo levanta violentamente, y el Sacristán queda en actitud de éxtasis. El Cura se adelanta al Diablo, pero éste lo detiene con un gesto enérgico.*)

DIABLO.—(*Movimiento del pueblo hacia el Diablo, cuando éste habla.*) Esta mujer debe quedar libre ahora mismo. ¡Mírenla! Es joven y está sola. Sola como cada uno de ustedes. Sola porque ustedes no quisieron unirse a ella.

CURA.—¡De rodillas, pecadores! ¡Todos de rodillas! (*El pueblo se arrodilla.*) La ira de Dios caerá sobre este pueblo por haber escuchado al Enemigo. Sólo el arrepentimiento puede salvarlos.

DIABLO.—No hay de qué arrepentirse. *(El pueblo se yergue poco a poco mientras el Diablo habla.)* Es la voz de la justicia la que habla dentro de ustedes. *(Movimiento del pueblo otra vez hacia el Diablo.)* Por una vez hablen, hombres de este pueblo. Que suene el timbre de esa voz dormida dentro de sus pechos. Se trata de ir ahora a la cárcel, ir a la iglesia, abrir las puertas de par en par y dejar libres a todos los que han estado ahí aprisionados.

CURA.—*(Tonante.)* Los muros de esta iglesia son sólidos y fuertes. ¿Serían capaces de embestir contra ellos?

Movimiento del pueblo hacia el Cura.

PUEBLO.—*(Tímido.)* No.

DIABLO.—*(Con alegría.)* ¡Han hablado! Se operó el segundo milagro. *(Al pueblo.)* ¿Quieren condenar a esa muchacha? ¿Quieren aceptar la injusticia eterna que pesa sobre ella?

Movimiento del pueblo hacia el Diablo.

PUEBLO.—*(Menos tímido.)* No.

CURA.—Esta iglesia es la seguridad, hijos míos. Lo sabemos bien.

PUEBLO.—*(Movimiento hacia el Cura.)* Sí.

DIABLO.—*(Con entusiasmo.)* El camino que sigo es a veces áspero, pero es el único que puede llevar a la libertad ¿No quieren hacer la prueba?

PUEBLO.—*(Con entusiasmo, moviéndose hacia el Diablo.)* Sí.

CURA.—*(Amenazador.)* Pobre de aquel que se vea aprisionado en la cárcel de su propia duda. Esa cárcel es más estrecha que todas las de esta tierra. ¿No lo saben?

PUEBLO.—*(Resignado, moviéndose hacia el Cura.)* Sí.

DIABLO.—Lo que él llama duda es la salvación. Ustedes serán capaces de hacer aquí las cosas más increíbles.

PUEBLO.—*(Alucinado.)* Sí.

CURA.—¿Y la otra vida? ¿No importa nada? ¿Quieren hallar, al morir, cerradas definitivamente las puertas de la esperanza?

PUEBLO.—*(Atemorizado.)* No.

DIABLO.—*(Vital.)* Lo único que importa es la vida.

PUEBLO.—*(Con entusiasmo.)* Sí.

CURA.—La resignación es la única salud del alma. ¿Quieren consumirse en una rebeldía inútil?

PUEBLO.—*(Resignado.)* No.

DIABLO.—*(Con gran fuerza.)* Pero será hermoso el día que nuestra voluntad gobierne esta tierra. Todo lo puede la voluntad del Hombre.

PUEBLO.—*(Enardecido.)* Sí.

CURA.—*(Gritando.)* ¡Basta de locuras, insensatos! ¿Trabajamos todos en la tierra de Dios?

PUEBLO.—*(Dolorosamente.)* Sí.

DIABLO.—Esta tierra será la tierra de los hombres.

PUEBLO.—*(Soñador.)* Sí.

CURA.—*(Con los brazos en cruz.)* No es posible rebelarse ante todo lo que Dios ha querido que sea.

PUEBLO.—*(Resignado.)* No.

DIABLO.—*(Entusiasta.)* ¡Sí, es posible!

PUEBLO.—*(Interrogante.)* ¿Sí? *(En la puerta de la iglesia aparece el Campanero gesticulando.)*

CAMPANERO.—*(Gritando.)* ¡Señor Cura! ¡Señor Cura! *(Se acerca al Cura y le habla al oído. Expectación general. El pueblo está inmóvil.)*

CURA.—*(Muy solemne, después de oír al Campanero.)* Hijos míos, el pecado de esta mujer, que les indujo a oír la voz del Demonio, ha dado ya sus frutos malignos. Vienen a decirme que las cosechas se perderán definitivamente en este año. No quedará ni una sola planta en estos campos. La miseria va apoderarse de esta tierra. El viento del Norte comienza a soplar. ¡Oigan!

El pueblo se despliega. Se oye el rumor del viento, que seguirá siendo más estruendoso hasta el final de la escena.

SACRISTÁN.—*(Supersticioso.)* Todo esto es castigo de Dios.

PUEBLO.—*(De rodillas.)* ¡Castigo de Dios! ¡Castigo de Dios!

DIABLO.—*(Gritando.)* ¡No es verdad! No dejen que el miedo se filtre otra vez por la primera rendija. ¡Óiganme! *(El pueblo, arrodillado, le vuelve la espalda al Diablo.)*

BEATRIZ.—*(Con gran tristeza.)* Ya no te ven, amigo mío.

DIABLO.—¡Me oirán al menos!

BEATRIZ.—Tu imagen se está borrando dentro de ellos mismos. Tienen miedo. *(Con angustia.)* ¿Qué van a hacer de mí?

DIABLO.—*(Con amargura.)* ¡La ignorancia es la peor injusticia! *(A Beatriz.)* ¿Tienes miedo? *(Se acerca a ella y la toma en sus brazos.)*

BEATRIZ.—*(Lo ve, arrobada.)* No. Es extraño, pero no siento miedo. Algo comienza a crecer dentro de mí que me hace sentir más libre que nunca.

DIABLO.—Pero no es justo. *(Al pueblo.)* ¡Óiganme! Esta mujer debe quedar libre. Hay que soltarla.

PUEBLO.—*(Arrodillado, repite mecánicamente con los brazos abiertos en cruz y viendo al cielo.)* ¡Castigo de Dios! ¡Castigo de Dios! ¡Castigo de Dios!

CURA.—*(Implacable. Señalando a Beatriz.)* Esta mujer es la culpable.

El pueblo se pone mecánicamente de pie. Se arremolina en torno de Beatriz. Un hombre se acerca a ella y la señala, gritando.

UN HOMBRE.—¡La muerte!

PUEBLO.—*(Repite frenéticamente.)* ¡La muerte! ¡La muerte! *(Las mujeres, enloquecidas, se apoderan de Beatriz y violentamente la amarran al tronco de un árbol.)*

DIABLO.—*(Impotente, corre tras de ellas.)* ¡Deténganse! ¡Deténganse! *(Nadie le hace caso.)*

BEATRIZ.—*(Gritando con pánico mientras la arrastran.)* ¡No! ¡No! Suéltenme. Suéltenme. *(Mientras la amarran, grita, forcejeando.)* No soy culpable de nada. Si me matan, matarán una parte de ustedes mismos. *(El pueblo, en tumulto, al ver a Beatriz amarrada, se precipita sobre ella en un movimiento uniforme y avasallador y la hiere con gran violencia, mientras ella grita enloquecida.)*

BEATRIZ.—¡No, no, no! *(Su voz se va apagando.)*

CURA.—Que la voluntad de Dios se cumpla sobre ella. Nosotros rezaremos por la salvación de su alma. *(El pueblo, al oír la voz del Cura, cesa de herir a Beatriz y se repliega en un extremo de la escena donde se arrodilla, siguiendo el rezo del Cura, que dice el Padre Nuestro.)*

BEATRIZ.—*(Amarrada, le habla al Diablo, que llora junto a ella.)* Van a dejarme aquí, inmóvil, atada, hasta que el frío y el viento terminen con mi vida.

DIABLO.—*(Junto a Beatriz.)* ¿Qué hacen ahora?

Un hombre entra con una imagen del Diablo, a manera de un judas mexicano, y en medio del silencio expectante de los demás, lo cuelga como si lo ahorcara.

BEATRIZ.—*(Desfalleciente.)* Están ahorcando tu imagen. Lo hacen para sentirse libres de culpa.

Se oye un ruido de cohetes y el muñeco cuelga al viento.

356

CURA.—(*Desde el atrio.*) Ahora hay que castigarse, hijos míos. ¡Hay que castigarse! Todos somos culpables de lo que esta mujer ha querido hacer. No hemos estado vigilantes. ¡A pagar nuestra culpa! ¡A pagar nuestra culpa!

Los hombres y mujeres, arrodillados, comienzan a flagelarse con chicotes imaginarios y con movimientos angustiosos se van poniendo de pie mientras se flagelan, en una especie de pantomima grotesca y comienzan a entrar en la iglesia flagelándose con movimientos contorsionados.

CURA.—(*Desde el atrio.*) ¡Fuerte! ¡Más fuerte! ¡Más fuerte!

Los del pueblo continúan la pantomima flagelándose, giran en derredor del Cura y, delirantes y como si obedeciesen a una fuerza ciega, desesperados, entran en la iglesia. El Cura entra detrás de ellos con los brazos abiertos, como el pastor tras su rebaño.

DIABLO.—(*Corre inútilmente hacia el pueblo.*) No se flagelen más. No se odien de esa manera. ¡Ámense a sí mismos más que a Dios!

El Sacristán y el Campanero entran en la iglesia. El Carcelero vacila, pero, resuelto, entra también en la iglesia con paso firme. Quedan solos Beatriz y el Diablo, que se desploma, sollozando, en las gradas de la iglesia.

BEATRIZ.—(*Amarrada, casi exhausta.*) Estas ataduras se hunden en mi carne. Me duelen mucho. No puedo más. (*Viendo al Diablo con gran simpatía.*) ¿No puedes hacer ya nada por mí, amigo mío?

DIABLO.—Lo único que logré fue sacrificarte a ti. ¡Para eso es para lo único que he servido!

BEATRIZ.—*(Con voz entrecortada.)* No estés triste. Ahora comprendo que el verdadero bien eres tú.

DIABLO.—*(Sollozando.)* He perdido tantas veces esta batalla de la rebeldía y cada vez me sube el llanto al pecho como si fuera la primera. El viento del Norte moverá tu cuerpo, pobre Beatriz, y golpeará en la ventana de la celda del Hombre, que sigue prisionero. *(Patético.)* No volveré a luchar más. Nunca más.

BEATRIZ.—*(Casi sin poder hablar.)* Sí. Volverás a luchar. Prométeme que lo harás por mí. Algún día se cansarán de creer en el viento y sabrán que sólo es imposible lo que ellos no quieran alcanzar. Su misma voluntad es el viento, con que hay que envolver la superficie completa de esta tierra. *(Se desfallece. El viento sopla furioso, agitando los vestidos y cabellos de Beatriz.)*

DIABLO.—*(Impotente.)* ¡Ya no puedo hacer nada por ti! *(Se levanta y se acerca a Beatriz y la llama inútilmente.)* ¡Beatriz!... *(Pausa. La sacude con desesperación. De pronto, reacciona otra vez con energía.)* Está bien... Seguiré luchando; libraré de nuevo la batalla, en otro lugar, en otro tiempo, y algún día, tú muerta y yo vivo, seremos los vencedores. *(Abre los brazos como si fuera a comenzar el vuelo. El tema musical del Demonio suena ahora dramático, mezclado con el rumor del viento.)*

TELÓN

ÍNDICE

DEMETRIO AGUILERA MALTA
El tigre 7

CÉSAR RENGIFO
Lo que dejó la tempestad 28

ABELARDO ESTORINO
El robo del cochino 76

FRANKLIN RODRÍGUEZ
El último instante 129

JOSÉ DE JESÚS MARTÍNEZ
Juicio final 155

PABLO ANTONIO CUADRA
Por los caminos van los campesinos 181

WALTER BENEKE
Funeral Home 249

CARLOS SOLÓRZANO
Las manos de Dios 301

Este libro se terminó de imprimir el día 10 de Abril de 1981 en los talleres de Lito Ediciones Olimpia, S. A. Sevilla 109, y se encuadernó en Encuadernación Progreso, S. A. Municipio Libre 188, México 13, D. F. Se tiraron 5,000 ejemplares.